AF196960

1927 an der italienischen Riviera: Es ist Juni in Portofino, wo das britische Upperclass-Ehepaar Cecil und Bella Ainsworth ein exklusives Hotel eröffnet hat. Nach dem Bruch mit ihrem Mann verwaltet Bella das Haus erfolgreich allein und plant bereits den Ausbau. Dann trifft die Nachricht ein, dass verdeckte Hoteltester in Ligurien unterwegs sind. Fortan gilt es, deren Identität zu enthüllen und ihnen einen unvergesslichen Aufenthalt zu bereiten. Als wäre das nicht Aufregung genug, steckt Bellas Sohn Lucian in einer Ehekrise, vor der er ins Hotel Portofino flüchtet – zu seiner heimlichen Liebe Constance, die hier lebt und arbeitet. Doch während die beiden einander näherkommen, ist Lucians Ehefrau ebenfalls auf dem Weg nach Italien. Sein bester Freund Nish hat sich derweil einer antifaschistischen Gruppierung angeschlossen und schwebt in großer Gefahr.

JP O'Connell hat viele Jahre als Journalist gearbeitet, u. a. für The Guardian, The Times und The Daily Telegraph. Er ist Autor mehrerer Sachbücher, u. a. von ›Bowies Bücher‹ (2020). In ›Hotel Portofino‹ (DuMont 2022) nimmt die Geschichte um die Familie Ainsworth ihren Anfang. JP O'Connell lebt in London. Die Serienverfilmung von ›Hotel Portofino‹ läuft seit 2022 bei Magenta TV.

Eva Kemper studierte in Düsseldorf Literaturübersetzen. Zu ihren Übersetzungen zählen Werke von Junot Díaz, Jarett Kobek, Emma Stonex und Cathy Park Hong.

JP O'Connell

SOMMER IM HOTEL PORTOFINO

Roman

Aus dem Englischen
von Eva Kemper

DUMONT

Von JP O'Connell ist bei DuMont außerdem erschienen:
Hotel Portofino

William Butler Yeats' ›Das Zweite Kommen‹ (S. 161) wurde zitiert nach:
William Butler Yeats, Die Gedichte. Neu übersetzt von Marcel Beyer, Mirko Bonné,
Gerhard Falkner, Norbert Hummelt, Christa Schuenke. Die Rechte an der deutschen
Übersetzung von Mirko Bonné liegen beim Luchterhand Literaturverlag, München, in der
Penguin Random House Verlagsgruppe GmbH.

Das bei der Produktion dieses Buches entstandene CO_2 wurde
durch die Finanzierung von Klimaschutzprojekten kompensiert:
climate-id.com/17531-2110-1001/de

Juni 2025
DuMont Buchverlag, Köln
Alle Rechte vorbehalten.
Die Nutzung dieses Werks für Text- und Data-Mining im Sinne
von § 44b UrhG behalten wir uns explizit vor.
Copyright © The Writers' Room Publishing Limited 2024
Published by arrangement with Simon & Schuster UK Ltd
1st Floor, 222 Gray's Inn Road, London, WC1X 8HB
A Paramount Company
Die englische Originalausgabe erschien 2024 unter dem Titel ›Hotel Portofino. Lovers and
Liars‹ bei Simon & Schuster, London.
© 2024 für die deutsche Ausgabe: DuMont Buchverlag GmbH & Co. KG,
Amsterdamer Straße 192, 50735 Köln, info@dumont-buchverlag.de
Übersetzung: Eva Kemper
Umschlaggestaltung: Lübbeke Naumann Thoben, Köln
Umschlagabbildung: © Adobe Stock
Satz: Fagott, Ffm
Gesetzt aus der Adobe Garamond Pro
Druck und Verarbeitung: GGP Media GmbH, Pößneck
Gedruckt auf säurefreiem und chlorfrei gebleichtem Papier
Printed in Germany
ISBN 978-3-7558-0530-4

www.dumont-buchverlag.de

PROLOG

Juni 1927

Bella sah verträumt aus dem Fenster, als ein lautes Klopfen sie aus ihren Gedanken riss. Sie blickte auf und sah Betty, die Köchin des Hotels Portofino, mit finsterem Blick durch die Milchglasscheibe ihres Büros starren. Bella rief: »Herein!«, und die Tür wurde aufgestoßen.

»Mrs Ainsworth.« Betty, eine kleine, stämmige Frau mit einem Gesicht so faltig wie eine Walnuss, keuchte vor Anstrengung. »Lorenzo, der Metzgerjunge, ist mit dem Kalbfleisch da. Aber das Tor ist abgeschlossen, und der Schlüssel ist verschwunden.«

Kaum waren die Worte ausgesprochen, fielen die Blicke der Frauen auf die linke Seite von Bellas Eichenschreibtisch, wo der gesuchte Schlüssel in einer Keramikschale lag. »Ah«, sagte Bella betreten. »Ich habe gestern Abend vergessen, ihn wieder in die Küchenschublade zu legen. Tut mir leid, Betty.«

Betty versuchte, ihren Ärger zu unterdrücken. »Das macht doch nichts, Mrs Ainsworth. Er wartet erst seit fünf Minuten. Wenn ich es die Zufahrt hinaufgeschafft habe, liegt das Fleisch im Handumdrehen in der kühlen Speisekammer.«

Sie trat vor und wollte den Schlüssel gerade aus der ausgestreckten Hand ihrer Arbeitgeberin nehmen, als Bella diese wieder schloss. »Wissen Sie, was? Mir ist nach einem Spaziergang. Ich übernehme das und laufe schnell zum Tor.«

Betty wirkte erleichtert, aber auch zufrieden, als betrachtete sie das als angemessene Buße für Bellas Fehltritt. »Wenn es Ihnen nichts ausmacht, wäre es eine große Hilfe. Dann kann ich mich um die Kartoffeln kümmern. Die schälen sich nicht von selbst, wissen Sie?«

Damit machte Betty auf dem Absatz kehrt und marschierte zurück in die Küche.

Bella rieb sich die Augen, dann saß sie einen Moment mit dem Kopf in den Händen da und dachte an Marco, den Bauleiter und Architekten, den sie für die Errichtung des neuen Thermenbereichs des Hotels engagiert hatte.

Abgesehen davon, dass er mit den wärmsten Empfehlungen gekommen und in Portofino geboren und aufgewachsen war, wusste Bella wenig über ihn. Aber herrje, sah er gut aus, und herrje, fiel es ihr schwer, nicht ständig an ihn zu denken, auch wenn natürlich nichts zwischen ihnen vorgefallen war und nichts vorfallen konnte. Wichtig war, dass sie endlich wieder träumen konnte. Seit ihrer Hochzeit mit Cecil hatte sie diese Freiheit nicht mehr besessen.

Es hatte sich so viel verändert, seit Cecil im letzten Sommer kleinlaut zurück nach England geflohen war. Er hatte sie furchtbar behandelt und war schließlich auf erschütternde Weise gewalttätig geworden. Danach hatten sie sich nur noch ein einziges Mal gesehen, als Lucian und Rose geheiratet hatten. Bella hatte es wochenlang davor gegraut, aber wie es bei solchen Dingen immer war – als sie erst einmal im windigen Yorkshire vor der Kirche stand und die Gäste begrüßte, Cecil stumm und verlegen an ihrer Seite, war es gar nicht so schlimm.

Sie hatte für Lucian stark sein wollen; sie und Cecil sollten als traut vereintes Paar auftreten. Und so hatten sie einen Weg gefunden, zusammen und doch getrennt an allen wichtigen Formalitäten teilzunehmen: der Trauung, dem Termin mit dem Fotografen, dem Hochzeitsfrühstück. Aber sobald der Tag vorbei war, gingen sie wieder getrennte Wege – sie nahm den Zug zum Hafen, er kehrte in seine Wohnung irgendwo in London zurück. Chelsea, hatte jemand gesagt.

Die Wanduhr schlug zehn. Obwohl es jetzt Juni war, stieg die Hitze erst im Laufe des Tages an, und vormittags konnte es in Portofino noch recht frisch sein. Bella zog ein Tuch über ihr mandelgrünes Leinenkleid, schlüpfte in ihre Sandalen und lief mit leisen Schritten durch die Küche – vorbei an Betty und ihrer Helferin Paola – zur Seitentür, die zur Zufahrt führte.

Es war ein goldener, sanfter Morgen mit einem strahlend blauen Himmel. Unter Bellas Füßen knirschte satt der Kies. Der Weg war auf beiden Seiten von ordentlich gestutzten Palmen gesäumt, die wie Speere in den Himmel ragten. Sie genoss die Geräusche fast so sehr wie den Ausblick – das Zirpen der Zikaden, das gerade richtig aufklang, und in der Ferne das leise Tuckern eines kleinen Fischerboots.

Bella liebte den Beginn des Sommers, der in den letzten zehn Jahren nach und nach den Winter als beliebteste Zeit für wohlhabende Italienreisende abgelöst hatte. Tatsächlich liebte sie Portofino das ganze Jahr über, aber außerhalb der Saison – darüber hatte sie mit den anderen Hotelbesitzern gesprochen, und sie empfanden ebenso – beschlich sie gelegentlich das Gefühl, sie sei hier fremd, eine Hochstaplerin im Exil, die eigentlich an einen anderen Ort gehörte.

Doch jetzt schien die Sonne, und Portofino erwachte zum Leben. Den ganzen Tag lang schoben Jugendliche aus dem Ort Karren mit Sonnenliegen und Schirmen und zerlegbaren Badekabinen hinunter zum Strand von Paraggi. Oben in der Stadt hatten sich die Cafés neue karierte Tischdecken zugelegt und zum Teil auch ihre bunten Markisen ausgetauscht.

Bella drehte sich um und betrachtete das Hotel. Das elegante und beeindruckende Gebäude war alles geworden, was sie sich damals beim Kauf erhofft hatte. Sicher, mittlerweile boten andere Hotels in der Gegend eine ähnliche Erfahrung, aber keines von ihnen kam ganz dem Hotel Portofino gleich.

Sie erinnerte sich noch gut an das erste Mal, als sie diese blassgelbe Villa gesehen hatte. Sie war vor etwa vierzig Jahren von einem ligurischen Unternehmer erbaut worden, und wenn Bella nur an die anstrengenden Renovierungsarbeiten dachte, spürte sie noch immer die Erschöpfung. Es hatte drei Monate gedauert, die Fenster neu zu verkitten und zu streichen, und zwei weitere, die Fensterläden aufzuarbeiten, die von der Sonne Blasen geworfen hatten. Zu den ersten Wörtern Italienisch, die Bella gelernt hatte, gehörten *cacciavite* – »Schraubenzieher« – und *mano di vernice* – »Anstrich«.

In Italien hatte sich vieles im Namen des Fortschritts verändert, aber die schönsten Traditionen überdauerten. Die Felder an den steilen Berghängen wurden noch immer mithilfe von Ochsen gepflügt, und jeder Ort achtete voll Stolz darauf, seine Trockensteinmauern instand zu halten. Doch es war auch eine traurige Tatsache, dass immer mehr Menschen Automobile fuhren. Als sie vor einem Vierteljahrhundert hier mit Cecil ihre Flitterwochen verbracht hatte, waren ihr auf der gewundenen Küstenstraße große, schwerfällige Ausflugskutschen voller Touristen begegnet, gezogen von bis zu acht Pferden, herausgeputzt wie für eine Zirkusparade. Sie hatten Glocken um den Hals getragen und wippende Federn in ihren geflochtenen Mähnen. Vorne hatte meist ein geschäftstüchtiger Hotelier gesessen und in ein Kutscherhorn geblasen.

All das war vorbei. Statt Hörnern hörte man jetzt die Hupen der Kraftfahrer, mit denen sie sich vor den Haarnadelkurven ankündigten.

Trotz alldem – und trotz der sich zuspitzenden politischen Lage, die ihr enorme Sorgen bereitete – konnte Bella sich nicht vorstellen, irgendwo anders zu leben, und ganz sicher würde sie niemals dauerhaft nach London zurückkehren.

Wie hieß es in dem Gedicht von Browning? Sie lächelte, als ihr die Zeilen einfielen:

»Öffne mein Herz, und in Versalien
steht eingraviert dort ›Italien‹.«

Lorenzo wartete geduldig auf sein Fahrrad gestützt, das Fleisch hatte er eng an eng in dem Weidenkorb am Lenker verstaut. Ein drahtiger Junge von etwa vierzehn Jahren mit struppigen Haaren, der stärker sein musste, als er aussah, denn wie in aller Welt hätte er sonst dieses Gewicht den Hügel hinaufschaffen sollen? Er war mit Bettys Sohn Billy befreundet, der im Hotel als Page arbeitete, und Bella wusste, dass er Kontakte zum antifaschistischen Widerstand pflegte. Sie tauschten ein verschwörerisches Lächeln, als sie das Tor aufschloss und kräftig daran zog.

»*Buon giorno, Lorenzo. Come sta tuo padre?*«

»*Impegnato, signora. Ma bene, grazie.*«

Der Junge radelte an ihr vorbei zum Haus und hinterließ eine säuberliche, gerade Reifenspur im Kies. Bella folgte ihm langsam. Dann blieb sie stehen. Marco kam ihr voller Elan von der Küchentür aus entgegen. Selbst von Weitem sah sie, dass er lächelte. Sie errötete.

Marco blieb vor ihr stehen. Falls er bemerkte, wie verlegen sie war, ließ er sich nichts anmerken. Seine braunen Augen funkelten unter den dicken dunklen Brauen. »Signora Ainsworth! Ich habe gute Neuigkeiten. Wir müssen die Decke doch nicht abstützen.« Er sprach hervorragend Englisch, besser als Bella Italienisch. »Als wir die Wand zwischen den Zimmern entfernt haben, habe ich das befürchtet. Aber im Bericht des Bauingenieurs steht, dass das nicht notwendig sein wird.«

»Das sind fabelhafte Neuigkeiten«, sagte Bella. Unwillkürlich strahlte sie ihn an, fast wie ein Schulmädchen. Ihr Blick wanderte zu der Kuhle an Marcos Hals, prächtig betont durch das kragenlose weiße Hemd, das er immer bei der körperlichen Arbeit auf der Baustelle trug. »Wie weit sind wir gekommen?«

»Die großen Umbauarbeiten sind fast beendet. Jetzt können wir verputzen und streichen. Und Sie können den Thermenbereich ausstatten, wie Sie wollen.«

Bella nickte. Es hatte ihr die Sprache verschlagen, ein ungewohntes Gefühl. Sie senkte den Blick und suchte nach Worten.

Aber Marco sprach weiter, ohne ihr Unbehagen zu beachten. »Ich mag dieses Hotel sehr. Was Sie daraus gemacht haben. Ich weiß noch, dass wir früher manchmal hergekommen sind, als ich noch ein Kind war, meine Familie und ich. Mein Vater war mit dem Besitzer befreundet. Die Villa war immer hübsch, eine der schönsten der Gegend. Aber Sie haben sie verwandelt, mit Ihrem … Stil. Ihrem Geschmack.«

»Sie sind sehr freundlich.«

Er lächelte. »Das ist nicht nur reine Höflichkeit, versprochen. Mir fallen kleine Details auf – das gehört zu meiner Arbeit. Die Tapete von William Morris in der Ascot Suite ist erlesen. Und die Badezimmer –« Er unterbrach sich. »Verzeihen Sie mir. Ich habe mich oben umgesehen.«

»Sie müssen sich nicht entschuldigen. Ich hätte Sie herumführen sollen. Ich weiß nicht, warum ich das nicht getan habe.«

»Morris hat etwas Wunderbares gesagt. Vielleicht kennen Sie es? ›Man sollte nur Dinge in seinem Haus haben, die schön sind oder die man für nützlich hält.‹«

»Sehr treffend«, stimmte Bella zu. »Und nein, das kannte ich noch nicht.«

»In diesem Haus ist vieles schön.«

Bella errötete. Ohne nachzudenken, sagte sie: »Ich wünschte, mein Mann würde ebenso denken.«

»Ihr Mann?« Marco wirkte überrascht. »Ich wusste nicht …« Er räusperte sich. »Verzeihung, ich habe ihn bei meiner Arbeit hier noch nicht gesehen. Ich dachte, Sie wären vielleicht Witwe.«

»Nein, nein. Signor Ainsworth ist … außer Landes. Fort.« Bella hatte sich in eine unangenehme Lage gebracht. »Er ist nach England zurückgekehrt. Aus geschäftlichen Gründen.«

»Verstehe. Und er mag das Hotel nicht?«

»Oh, er hat nicht direkt etwas dagegen. Aber er ist ein traditioneller Engländer. Ihm ist schweres, verschnörkeltes Mobiliar lieber. Viel Mahagoni.«

Marco zuckte mit den Schultern, als wollte er sagen: Jeder, wie er mag.

Auf dem Weg zurück zum Haus herrschte zwischen ihnen einträchtiges Schweigen. Beiläufig und mit einem unschuldigen Ton, den Bella nicht recht überzeugend fand, fragte Marco: »Wann kommt Signor Ainsworth zurück?«

Bella lächelte. »Das klingt vielleicht seltsam«, sagte sie, »aber ehrlich gesagt habe ich nicht die leiseste Ahnung.«

EINS

Das Schlafzimmer lag im dritten Stock und bot Ausblick auf die Gärten in der Mitte des Gevierts. Beide Schiebefenster waren geöffnet, die Gardinen bewegten sich leicht in der warmen Brise. Aus dem angrenzenden Badezimmer drangen das Geräusch von schwappendem Wasser und Julias unmelodisches Summen.

Ein grauer Aschestängel fiel von Cecils Zigarette auf die seidene Tagesdecke. Cecil schnalzte mit der Zunge und wischte die Asche weg, auf den Läufer neben dem Bett. Der Tabakgeruch vermischte sich angenehm mit dem Moschusduft des Potpourris, das Julia in einer Schale auf ihren Nachttisch gestellt hatte, um die etwas abgestandene Luft aufzufrischen.

Das Haus in Belgravia hatte bessere Zeiten erlebt, trotzdem war es eine ganz andere Welt als das triste Apartment mit Conciergediensten in Chelsea, in dem Cecil Ainsworth jetzt leben musste. Als Cecil sich nun umschaute, versetzte ihm der Neid einen schmerzlichen Stich. Aber er konnte das Gefühl unterdrücken, denn immerhin war er hier – im Ehebett, im ehelichen Schlafzimmer. Dem Allerheiligsten.

Im Grunde war es Julias Zimmer. Julias Haus. Ihr Mann Andrew hatte seit Jahren nicht mehr hier geschlafen – er war auf seinem Anwesen in Yorkshire glücklicher und mied London, wenn er nur irgend konnte. Allerdings bemerkte Cecil interessiert, dass Julia der Einrichtung hier und da noch ihre männliche Note gelassen hatte: die gerahmten Drucke von Jagdmotiven und Karikaturen aus der *Vanity Fair* waren noch da, ebenso der Ledersessel mit Ziernägeln, der besser in den Athenaeum Club gepasst hätte, und das hässliche kleine Heizgerät auf einem Backsteinpodest vor dem Kamin.

Vielleicht, dachte Cecil, brauchte sie die Spuren von Andrew um sich, wenn sie allein in London lebte. Vielleicht bestand die Ehe doch weniger zum Schein, als die Leute sagten.

Mit einem Klicken öffnete sich die Tür, und Julia kam in einer Dampfwolke aus dem Badezimmer. Sie trug einen weißen Bademantel und hatte sich ein weißes Handtuch um den Kopf gewickelt. Cecil sah ihr gebannt zu, als sie lautlos zur mit Chintz bezogenen Chaiselongue gegenüber dem Bett ging. Sie nahm seufzend Platz und schlug die langen, noch immer wohlgeformten Beine übereinander.

Ihre Blicke trafen sich, und ein Lächeln legte sich auf Julias Lippen. »Du siehst aus, als hättest du es gemütlich«, sagte sie.

»Das ist ja auch ein gemütliches Bett.« Cecil klopfte auf den freien Platz neben sich. »Willst du nicht wieder herkommen?«

Sie schaute weg und brach damit den Zauber. »Ich muss Besorgungen machen. Wenn du etwas essen willst, musst du es dir selbst holen. Ich habe den Dienstboten den Nachmittag freigegeben.«

»Wie großzügig.«

Julia zog eine Augenbraue hoch. »Du kennst mich doch. Die Güte in Person.«

Ungeduldig, als hätte sie es schon längst tun wollen, stand sie auf und öffnete die Vorhänge mit einem entschiedenen Ruck. Das harsche Morgenlicht fiel auf ihr ungeschminktes Gesicht und betonte ihre Stirnfalten und die dunklen Ringe unter ihren Augen. Wenn man sie jetzt ansah, hätte man nicht vermutet, dass Julia früher weithin für ihre Schönheit gerühmt wurde. Sie war hager geworden, und ihre ehemals strahlende Haut hatte einen fahlen Ton angenommen. Aber Cecil fühlte sich noch immer zu der Erinnerung hingezogen, wie sie früher ausgesehen hatte, und als er ihr letzten Sommer in Portofino begegnet war (sie war auf seine Einladung hin angereist, um ihre Rose mit seinem Lucian zu verkuppeln), hatte es ihn überrascht, wie tief und nachdrücklich diese Erinnerung war.

Bella war ganz anders – größer, üppiger, aber jetzt leider auch unnahbar, vielleicht für immer.

Die Atmosphäre ungezwungener Intimität, die er mit Julia heraufbeschwören konnte, erstaunte Cecil manchmal. Er führte sie darauf zurück, dass sie sich schon so lange kannten – weit über zwanzig Jahre.

Damals waren Dutzende von Männern in Julia verliebt gewesen, und im Salon ihrer Familie hatte es an den Wochenenden von Verehrern nur so gewimmelt. Julia spielte mit ihnen und schürte Rivalitäten, so lange, bis ihr ein gewisser Ruf vorauseilte. Nach und nach versiegten die Angebote, und als sie mit sechsundzwanzig noch unverheiratet war, tauchte Andrew auf und rettete sie.

Wegen der strengen Anforderungen ihrer Familie war Cecil nie als Bewerber infrage gekommen, aber das hatte ihn damals nicht gestört und tat es auch jetzt nicht. Das zwanglose Arrangement, das sie jahrelang beibehalten hatten – bis die Hochzeit mit Bella ihn gezwungen hatte, es zu beenden –, passte besser zu ihnen. Cecil war überzeugt davon, dass in fast jeder Ehe heimlich betrogen wurde. Hier herrschten dagegen nur Ehrlichkeit und klare Verhältnisse. Cecil wusste, wie hart und kaltherzig Julia sein konnte, und passte seine Erwartungen entsprechend an. Julia ihrerseits fühlte sich von seiner ruchlosen Seite angezogen, davon, dass er ein Opportunist und Schurke war. Wenn er mit ihr zusammen war, musste Cecil sich für nichts rechtfertigen. Das übernahm Julia schon für ihn.

Als er in Ungnade gefallen aus Italien zurückgekehrt war, hatte Cecil sich sofort bei Julia gemeldet. Vordergründig, um die anstehende Hochzeit von Lucian und Rose zu besprechen, doch insgeheim hoffte er, ihre körperliche Beziehung wiederaufleben zu lassen. In Portofino hatte Julia durchblicken lassen, dass ihr ein solches Ansinnen zusagen würde. Und Cecil bildete sich etwas darauf ein, solche Anspielungen stets richtig zu deuten.

Anfangs hatten sie sich des Öfteren zufällig – in Wahrheit sorgsam geplant – bei gesellschaftlichen Anlässen getroffen. Dann hatten sie es mit ein oder zwei Hotels versucht, an denen Julia allerdings immer etwas auszusetzen hatte. Cecil vermutete, dass sie nervös geworden war, obwohl sie ein relativ geringes Risiko eingingen. Aber es war tatsächlich immer lustvoller, wenn sie sich hier in ihrem Haus liebten.

Wer hätte gedacht, dass Vorsicht ein Aphrodisiakum ist?

Bei ihrem ersten verstohlenen Stelldichein hatte Cecil auf dramatische und parteiische Art seine Eheprobleme geschildert. Seiner Erzählung zufolge hatten Bella und ihr Möchtegernliebhaber Henry weit mehr getan, als nur Briefe auszutauschen. Bella habe es zugegeben, behauptete Cecil, deshalb habe er die Hand erhoben, als habe er sie schlagen wollen. Er war nicht stolz darauf, aber es war nun einmal geschehen.

Natürlich, fügte er schnell hinzu, hatte er nichts dergleichen getan. Was für ein Mann schlug denn seine Frau? Aber Cecils Geste musste Bella auf eine Idee gebracht haben, denn als er sie das nächste Mal sah, hatte sie furchtbare Blutergüsse auf der Wange und an der Lippe. Er konnte sich nur vorstellen, dass sie, nun ja, gegen eine Tür gelaufen war …

»… oder sie hat sich selbst geschlagen«, warf Julia ein, die nackt neben ihm lag. »So etwas kommt vor. Davon habe ich schon gelesen. Manche Frauen schrecken vor nichts zurück.«

»Das stimmt«, pflichtete Cecil ihr bei, auch wenn er den Teufel auf seiner Schulter dabei noch deutlicher spürte als sonst.

Seit der Hochzeit von Lucian und Rose im Februar hatte er Bella nicht mehr gesehen und auch keinen nennenswerten Kontakt zu seinen Kindern gehabt. Soweit er wusste, kam das frisch vermählte Brautpaar ganz gut miteinander aus. Alice war nach Italien zurückgekehrt, um ihre Mutter bei der Leitung des Hotels zu unterstützen – eine unglaublich undankbare, ermüdende Aufgabe.

Die sittsame, zugeknöpfte Alice schien sich in ihrem Witwentum fest einzurichten. Nicht das Schicksal, das Cecil sich für sie vorgestellt hatte. Sie schrieb ihm gelegentlich, immerhin, und aus diesen Briefen hatte er erfahren, dass Bella die unansehnlichen Kellerräume des Hotels in eine Therme verwandeln wollte.

Diese Neuigkeit hatte ihn verärgert, nicht nur, weil Thermen die Art modischen Unfugs waren, für den Bella schon immer eine Schwäche gehegt hatte, er war auch überzeugt davon, dass der Ausbau die Einnahmen nur so zum Sprudeln bringen würde. Wie furchtbar ärgerlich, nicht dabei zu sein, wenn Bella einen Dukatenesel auftat, wie sein Bankiersfreund Geoffrey gern sagte.

Während er grübelte, zog Julia sich an. Cecil konzentrierte sich wieder und beobachtete, wie seine Geliebte schnell und geschickt ihre Bluse zuknöpfte. Als sie fertig war, kam sie zu ihm, setzte sich auf die Bettkante und musterte ihn eindringlich mit ihren braunen Augen.

»Musst du rauchen?«, fragte sie.

»Ja, muss ich.«

»Du riechst wie ein Aschenbecher.« Julia wandte sich kurz ab. Als sie ihn wieder ansah, lächelte sie, aber ihr Lächeln überspielte nur halbherzig eine gewisse Boshaftigkeit, die direkt auf Cecil zielte. »Das habe ich noch gar nicht erzählt. Ich hatte ein interessantes Gespräch mit dem neuen Dienstmädchen, das Rose und Lucian eingestellt haben. Edith oder wie sie heißt. Die mit der furchtbaren Frisur.«

»Ach ja?«

»Lucian hat sie gebeten, für Italien zu packen. Aber nur einen Koffer. Für ihn.«

Cecil runzelte die Stirn. »Er will allein nach Portofino? Ohne seine neue Frau?«

»Offenbar.«

»Wann?«

»Sofort, soweit ich es verstanden habe.«

»Hast du mit Rose gesprochen?«, fragte er träge.

»Natürlich. Sie hat mir bestätigt, dass Lucian allein fährt. Sie sagt, sie fühlt sich für die Reise zu unwohl.«

»Unwohl auf welche Art?«

»Ach, das Übliche.« Julia winkte leicht ab. »Die Nerven. Kopfschmerzen. Übelkeit, das ist das Neueste.«

»Vor der Hochzeit hast du nicht erwähnt, dass Rose so … gebrechlich ist.«

Julia warf ihm einen vernichtenden Blick zu. »Meine Tochter ist nicht gebrechlich.«

Cecil kam ein Gedanke. »Du hast gesagt, ihr sei übel. Du weißt, was das bedeutet.«

»Ich weiß, was es bedeuten *kann*. Aber ich fürchte, in diesem Fall tut es das nicht.«

Julias beiläufig zur Schau gestellte Gewissheit verdutzte Cecil. »Wie in aller Welt kannst du so sicher sein?«

Sie lachte herablassend. »Cecil, sie schlafen in getrennten Zimmern. Schon seit der Hochzeit.«

»Wer hat dir das erzählt?«

»Edith.«

»Aber das ist doch absurd.«

»Auf jeden Fall ist es bedauerlich.«

Cecil verspürte den eigenartigen reflexhaften Drang, die Männlichkeit seines Sohns zu verteidigen. »Dass sie nicht im gleichen Zimmer schlafen, heißt nicht, dass sie nicht … du weißt schon. Bella und ich haben auch nicht immer im selben Zimmer geschlafen.«

»Habt ihr nicht?« Julia zog spöttisch eine Augenbraue hoch.

»Ach, komm. Sag mir nicht, du und Andrew würdet noch das Zimmer teilen.«

»Doch, das tun wir. Wenn ich oben in Yorkshire bin.«

Cecil zog tief an seiner Zigarette. »Du warst seit der Hochzeit nicht mehr in Yorkshire.«

Julias Tonfall wurde eisig schroff. »Wenn du es unbedingt wissen willst: Dieser Teil unserer Ehe war immer äußerst erfreulich.« Sie stand auf. »Und es ist mir wirklich ernst, Cecil. Rose' Ehe muss funktionieren.«

So reagierte Julia manchmal. Geplauder und Tratsch kippten plötzlich zu einer gereizten, unangenehmen Diskussion. Zudem störte Cecil die Vorstellung, dass sie immer noch mit Andrew intim war. Nicht weil er eifersüchtig gewesen wäre, sondern weil er es in gewisser Weise als demütigend empfand, nicht mit seiner eigenen Frau schlafen zu können: Wie die Dinge standen, würde Bella ihn nie wieder in ihre Nähe lassen.

Er spürte, dass er sich vor lauter Missmut innerlich zurückzog, und überlegte, wie er sich daraus befreien konnte. Die Lösung, beschloss er, bestand darin, mit besonders zärtlicher Stimme ein Mittagessen im Savoy vorzuschlagen.

»Ich hätte Lust auf scharfe Lammnierchen«, verkündete er. »Willst du mir nicht Gesellschaft leisten? Wir könnten danach ins Filmtheater gehen. Und uns Ivor Novello in *Der Mieter* ansehen.«

Aber Julia wirkte entsetzt. »Das Savoy? Also wirklich, Cecil, ich will nicht, dass ganz London von uns erfährt. Und was die Lammnierchen betrifft«, sagte sie naserümpfend, »so etwas essen Angestellte.« Sie prüfte ihr Make-up im Spiegel ihrer Puderdose, dann nahm sie ihre Sachen. »Sei so gut und finde selbst hinaus ... Um vier Uhr musst du verschwunden sein.«

Auf dem Heimweg von dem Architekturbüro, in dem er ein Praktikum absolviert hatte, ging Lucian mit unsicheren Schritten die Old Brompton Road entlang. Sein verletztes Bein bereitete ihm heute wieder Probleme. Ohne erkennbaren Grund schmerzte es an manchen Tagen und an anderen nicht. Er hatte zwar allerlei Theorien gehört – es läge am Luftdruck, extremer Kälte, extremer Wärme ... –, aber keine überzeugte ihn. Wer konnte schon genau wissen, was die Schmerzen auslöste?

Es war später Nachmittag und so sonnig und windstill, dass ein Optimist geglaubt hätte, der Sommer sei gekommen. Aus einer Laune heraus machte er bei einer Konditorei halt und kaufte ein paar Törtchen, in der Hoffnung, Rose würde sich darüber freuen.

Wenn sie die Törtchen sah, wenn sie vor ihr standen, würde sie vielleicht davon essen. Vielleicht.

Das Praktikum in dem Büro in Bayswater war die Idee seiner Mutter gewesen. Schon durch die Einrichtung hatte er sich in die Schule zurückversetzt gefühlt: Sechs Zeichentische waren in zwei Reihen aufgestellt, an der Wand vor ihnen hing eine riesige Uhr. Anfangs hatte ihn an der Architektur gereizt, wofür sie stand – sie vereinte Kunst mit dem menschlichen Grundbedürfnis nach einer anständigen Behausung. Nur gab es bei Shipman & Colville keinen Platz für Innovationen. Man tat, was einem gesagt wurde, egal, wie eintönig es war.

Zum Beispiel war es Lucians zentrale Aufgabe gewesen, beim

Entwurf eines Wohnblocks in Shepherd's Bush zu helfen. Wohnungen für die Armen. Der leitende Architekt, sein Vorgesetzter, hatte die Entwürfe als »im Stil von Sir Christopher Wren« beschrieben, aber für Lucian sahen sie nicht danach aus. Trotz der Rokokoschnörkel wirkten die Wohnungen düster und unwirtlich, kein Ort, an dem man freiwillig leben wollte. Ihr Reiz würde sein, dass zu jeder Wohneinheit ein eigenes Bad gehörte, und Lucian leuchtete ein, dass das wichtig war. Tagelang arbeitete er an verschiedenen Möglichkeiten, an Fluren und Wohnzimmern Platz zu sparen, damit die Bäder so groß wie möglich werden konnten.

Er hatte auf etwas Resonanz gehofft, bevor sein Praktikum heute endete, aber keine bekommen. Stattdessen hatte ein Streit den Tag überschattet, eine überraschend gehässige Auseinandersetzung darüber, ob im großen Geviert ein Kriegsdenkmal aufgestellt werden sollte.

Als ehemaliger Soldat hatte Lucian zwiespältige Gefühle gegenüber solchen Denkmälern. Aber seine Zwiespältigkeit dem biederen alten Shipman & Colville gegenüber war noch größer. Er hatte in Zeitschriften über den Internationalen Stil gelesen und träumte von gläsernen Fassaden und glatt verputzten Wänden. Warum konnten Architekten diese neuen Stilelemente nicht auch nutzen, wenn sie Häuser für normale Menschen entwarfen? Warum baute man für die Zukunft mit den Materialien der Vergangenheit? Das war doch unsinnig.

Die größere Frage lautete aber, warum er überhaupt versuchte, ein Architekt zu werden, wenn er im Grunde seines Herzens Maler werden wollte.

Zumindest, dachte Lucian, hatte er sich gut bewährt. Der Büroleiter schien mit seiner Arbeit zufrieden zu sein und hatte angedeutet, dass er dort eine Stelle finden würde, sollte er zurückkommen wollen. Es war zwar eine beruhigende Aussicht – eine gute, feste Arbeit, auf die er stolz sein konnte und bei der sein beträchtliches Talent bestens zum Einsatz kam –, aber nichts reizte ihn so sehr wie die Freiheit. Nicht, gestand er sich mit einem schuldbewussten Schaudern ein, um mehr Zeit mit Rose zu verbringen, sondern um wieder reisen zu können. Er wollte nach Italien zurückkehren und sich wieder auf seine Malerei stürzen. Seine Mutter und Alice sehen. Constance sehen …

Die Straße beschrieb einen Bogen und gab den Blick auf das Haus frei, das ihm und Rose im Ehevertrag zugebilligt worden war. Es war eine behagliche viktorianische Villa mit vier Schlafzimmern (eines davon unter dem Dach für das Dienstmädchen) und einem Badezimmer mit WC. Vor vier Jahren war das Haus renoviert und mit Elektrizität versorgt worden, aber Rose wollte das Licht nicht einschalten, weil sie fürchtete, es könnte ein Feuer auslösen. Stattdessen bestand sie darauf, eine Öllampe mit an ihr Bett zu nehmen.

Alles in allem war das Haus in Lucians Augen mehr, als er verdient hatte. Er fühlte sich in letzter Zeit ohnehin seltsam und war häufiger als sonst geneigt, die Einsamkeit zu suchen. Er genoss die Zeit, wenn Edith gerade ihre Arbeit beendet hatte und Rose zu Bett gegangen war; dann kam es ihm vor, als hätte er das ganze Haus für sich allein. Besser gesagt genoss er es eine halbe Stunde lang, dann legte sich ein Schalter um, Lucian versank in einem Sessel und wurde von so tiefer Verzweiflung gepackt, dass er kaum noch atmen konnte.

Rose ihrerseits wirkte verloren, überfordert von ihrem neuen Stand als verheiratete Frau mit dem Leben einer Erwachsenen in ihrem eigenen Haus. Lucian war sich nicht ganz sicher, womit sie den Tag verbrachte, wenn er nicht in der Nähe war. Sie machte weder Besorgungen, noch traf sie Verabredungen, soweit er wusste. Sie las nicht. War sie noch auf, wenn er von der Arbeit nach Hause kam, fand sie oft keine Ruhe. Sie aß vielleicht ein paar Löffel Suppe mit ihm. Dann wanderte sie mit gedankenverlorenem Stirnrunzeln von Zimmer zu Zimmer, als suchte sie etwas, das sie verlegt hatte.

Lucian blieb vor der Haustür stehen und atmete tief ein. Dann schloss er auf. Nachdem er seinen Mantel ausgezogen und an den Kleiderständer gehängt hatte, stellte er die Tüte mit den Törtchen auf den Flurtisch. Er kam sich dumm vor, weil er dafür Geld verschwendet hatte. Vielleicht würde Edith die Törtchen haben wollen.

Das neue Dienstmädchen war noch im Haus. Sie war Anfang dreißig, klein und rundlich mit mausbraunen, asymmetrisch kinnlangen Haaren. Julia hatte sie gefunden und Lucian und Rose bedrängt, sie einzustellen. Vielleicht war Lucian ihr gegenüber deshalb misstrauisch geworden. Sie gab sich betont unterwürfig, aber Lucian hatte gesehen, wie sich ihr Gesichtsausdruck veränderte, wenn sie sich unbeobachtet wähnte. Der Blick ihrer kleinen Rosinenaugen huschte ständig suchend umher. Im Gespräch war sie mit keiner Antwort, die man ihr gab, zufrieden und hakte jedes Mal neugierig nach. Es wirkte, als wollte sie sich stets einen umfassenden Überblick verschaffen.

Sie kam die Treppe herunter, und Lucian entging nicht, dass ihr die Tüte mit den Törtchen auffiel. »Oh, Sir. Ich bin gerade mit dem Packen für Sie fertig.«

»Danke, Edith.«

»Sind acht Hemden genug? Mrs Ainsworth sagte, Sie fahren für einen Monat ...«

»Das stimmt.«

»... aber wenn es länger wird, brauchen Sie vielleicht mehr?«

Lucian versicherte ihr, er würde nicht länger als einen Monat wegbleiben, obwohl er das in Wirklichkeit nicht wusste.

Resigniert hörte Lucian sich an, was es zu essen gab – ein schönes Stück gekochtes Rindfleisch gefolgt von Syllabub. Edith konnte Betty als Köchin nicht das Wasser reichen.

Er erkannte vorgetäuschtes Desinteresse in ihrer Stimme, als sie fragte: »Und wird Mrs Ainsworth ihr Abendessen heute unten zu sich nehmen?«

Lucian sagte, das wisse er nicht, weil er noch nicht mit ihr gesprochen habe.

»Es ist nur schade, dass Sie beide nicht zusammen essen. An Ihrem letzten Abend in London ...«

Wollte Edith andeuten, dass sie bereit wäre, für Rose einzuspringen und ihm gegenüber am Tisch Platz zu nehmen?

»Es ist, wie es ist«, sagte Lucian lächelnd. »Und nehmen Sie gern die Törtchen mit, wenn Sie gehen. Ein Kollege hat sie mir geschenkt. Aber wir machen uns beide nicht viel aus so etwas.«

Mit schweren Schritten stieg Lucian die Treppe hinauf. Die Tür zum großen Schlafzimmer war geschlossen. Er klopfte zweimal, bevor er sie öffnete, blieb kurz auf der Schwelle stehen und ging dann leise über den mit Teppichen ausgelegten Holzboden zu Rose, die in ihrem Bett lag. Die Luft schmeckte muffig und abgestanden. Durch die Spalte neben den fest zugezogenen Samtvorhängen sickerten schmale Lichtstreifen herein.

Lucian setzte sich auf die Bettkante und betrachtete seine Frau. Sie lag auf Kissen gebettet, die Hände neben sich. Eine große Schlafmaske aus Satin verdeckte ihre obere Gesichtshälfte. Ihre langen, dicken Haare, die Edith ihr kämmte, bevor sie sich hinlegte, umgaben ihren Kopf wie ein Heiligenschein. Im Halbdunkel erinnerte sie an eine steinerne Statue auf einem Grabmal.

»Rose?« Er streckte die Hand aus und berührte ihre Wange.

Sie zuckte zurück. »Wer ist das? Lucian?«

»Ja.«

»Ich würde dich gern ansehen«, sagte sie schwach, »aber ich ertrage nicht einmal das geringste bisschen Licht.«

»Ich verstehe«, sagte Lucian, obwohl ihm das zunehmend schwerfiel. Auch die Ärzte, die Rose in den letzten Monaten untersucht hatten, verstanden es nicht. Ihre Diagnose lautete immer gleich und erschien Lucian vage und wenig hilfreich – Neurasthenie oder »Nervenprobleme«. Organisch lag nichts vor, erklärten sie. Die schweren Migräneanfälle, die Rose mehrmals die Woche quälten, waren Teil einer allgemein angeschlagenen Verfassung. Die Ärzte hatten Bettruhe verordnet und dazu Tabletten namens Veronal, die angeblich hervorragend gegen Angstzustände halfen und den Schlaf förderten. Das Problem war, dass Rose das Veronal nicht gern nahm, weil es, wie sie sagte, ihre Kopfschmerzen verschlimmerte; außerdem wollte sie keine »Drogensüchtige« werden.

Lucian versuchte, sich von der Situation nicht die Kraft rauben zu lassen. Er sagte sich immer wieder, dass es für Rose schlimmer war. Allerdings gab es ein weiteres Problem, ein sehr privates, von dem er vermutete, dass es mit den Kopfschmerzen zusammenhing. Nur sah er sich außerstande, es den Ärzten gegenüber anzusprechen, weil es zu peinlich war und weil Rose ihn angefleht hatte, niemandem etwas zu sagen. Am Ende blieben sie untätig, aber lange konnte das Leben so nicht weitergehen.

Rose drückte sich vorsichtig hoch, als würde es sie enorme Kraft kosten und als wäre sie nicht sicher, ob ihre knochigen Ellbogen sie tragen würden. Lucian beugte sich vor und legte ihre Kissen zurecht. »Du bist gut zu mir«, sagte sie. Ihre Stimme war schwach und entrückt.

Sie sprachen über Alltägliches, wie gewohnt. Lucian erzählte ihr ein wenig von seiner Arbeit und machte dabei aus einer kleinen Meinungsverschiedenheit einen ausgewachsenen Streit, den er glorreich gewonnen habe. Rose erzählte ihm von dem Rotkehlchen, das sie im Garten gesehen hatte, als sie sich einen Moment lang kräftig genug gefühlt hatte, sich nach draußen zu setzen. Dann sagte sie: »Ich kann kaum glauben, dass du morgen wegfährst.«

Lucian errötete schuldbewusst. »Es ist wirklich seltsam«, gab er zu. »Was wirst du anziehen?«

Die eigenartige Frage überrumpelte ihn. »Ich weiß nicht. Meinen weißen Leinenanzug, glaube ich. Er ist bequem und bietet sich für die Reise an ...«

»Ja.«

»... allerdings knittert er auch leicht.«

Rose drückte seine Hand. »Bitte Edith, ihn für dich zu bügeln.«

Das würde er, versicherte Lucian.

»Es ist schwer vorstellbar«, sprach Rose weiter, »dass du bald auf der Terrasse Limonade trinkst und im Mittelmeer schwimmst.«

Wollte sie ihm ein schlechtes Gewissen machen? Das konnte Lucian bei ihr nicht immer erkennen. »Ich habe dich gefragt, ob du mitkommen willst«, erinnerte er sie. »Und du wolltest nicht.«

Sie lächelte fast unmerklich. »Ich könnte es nicht. Es geht mir einfach nicht gut genug. Außerdem mag ich keine Limonade. Und wie du immer wieder erwähnst, kann ich nicht schwimmen.«

Es war eine sanfte Spitze, die ihn trotzdem traf. Lucian begegnete ihr mit einer vorbereiteten Rede, dass diese Reise eher der Arbeit als dem Vergnügen diente. Er kehrte nur nach Portofino zurück, um seiner Mutter zu helfen, einige Kellerräume zu einer Therme auszubauen. Unter normalen Umständen würde sein Vater dort sein und das übernehmen, aber wie Rose wusste, waren die Umstände nicht normal ...

»Ich weiß«, seufzte sie schicksalsergeben. »Du trägst eine große Verantwortung.«

»Das habe ich dir ja noch gar nicht erzählt – ich mache unterwegs für ein paar Tage in Paris Station. Mutter hat mich gebeten, ein paar Kunstwerke für das Hotel auszuwählen.«

Rose runzelte die Stirn. »Paris? Ist das nicht schrecklich gefährlich?«

»Ganz und gar nicht. Es ist eine sehr achtbare Stadt.«

»Man hört so viele Geschichten.«

»Die sicher alle unwahr sind.« Eine gewaltige drückende Stille machte sich breit, bis Lucian fragte: »Kommst du zum Abendessen nach unten?«

Sie schüttelte den Kopf. »Ich glaube nicht. Könntest du Edith bitten, mir etwas heraufzubringen? Vielleicht schwachen Tee.«

»Du solltest mehr zu dir nehmen. Du musst bei Kräften bleiben.«

Ärger blitzte auf. »Was bringt es mir, etwas zu essen, wenn ich es nicht bei mir behalten kann? Du verstehst das nicht. Du hattest noch nie solche Kopfschmerzen, Lucian.«

Das stimmte, deshalb sagte Lucian nichts. Jedes Atom seines Körpers wehrte sich gegen die Situation. Er wollte das Zimmer verlassen, weggehen, einfach so, in die Freiheit.

Rose spürte offenbar, dass etwas nicht stimmte. »Du bist böse auf mich«, sagte sie.

»Natürlich nicht. Wie könnte ich?«

»Schreib mir, ja? Jeden Tag.«

»Ich werde es versuchen.«

»Ich nehme an, dass du schrecklich früh aufbrichst.«

»Um sechs Uhr.«

»Dann wollen wir uns jetzt verabschieden. Ich möchte nicht geweckt werden.«

Als er später Zuflucht in seinem Arbeitszimmer genommen hatte, ließ Lucian sich mit einer Zigarre und einem Glas Whisky in einen Sessel fallen. Mit leerem Blick starrte er auf seinen Schreibtisch, die reichlich bestückten Bücherregale, das große Fenster mit dem beeindruckenden Blick auf die Eiche am Ende des Gartens. Materiell mangelte es ihm an nichts. Emotional sah es anders aus.

Der Himmel verfinsterte sich, dunkle Flecken breiteten sich aus wie auf verdorbenem Obst, und vor Lucian erstreckte sich ein weiterer einsamer Abend.

An ihrem Hochzeitstag hatte Rose Kopfschmerzen bekommen und geklagt, sie fühle sich »kraftlos«. Schon während der Planung hatten sich ihre Familien in Lager aufgeteilt, beide Seiten hatten völlig unterschiedliche Vorstellungen davon, was wünschenswert oder auch nur möglich war. Rose' Mutter hatte darauf bestanden, dass sie auf dem Anwesen der Familie in Yorkshire heirateten – im Frühling, damit Lucians Mutter ausreichend lange vor Saisonbeginn wieder in Italien sein konnte. Zum Anwesen gehörte eine reizende kleine Kirche, die einen malerischen Ort für die Trauung abgegeben hätte, wäre das Wetter nicht so scheußlich gewesen: grauer Himmel und Eisregen, der stach wie winzige Nadeln.

Bei der Hochzeit begegnete Lucian zum ersten Mal seinem künftigen Schwiegervater. Er stellte sich als untersetzter Mann heraus, recht enthusiastisch, mit schütterem rötlichen Haar und der Angewohnheit – einem Tick eher –, blinzelnd an seiner linken Augenbraue zu kratzen, wenn er mit jemandem sprach. Ihm gebührte Respekt: Andrew Drummond-Ward hatte die Somme überlebt, wo er als Offizier des 9. Battaillons der King's Own Yorkshire Light Infantry gedient hatte.

»Du bist also der Bursche, der mir Rose abnimmt?«, hatte er gefragt. »Ich hoffe, du weißt, worauf du dich einlässt.«

Als scherzhaftes Geplänkel unter Männern wäre das nicht weiter bemerkenswert gewesen. Aber Lucian konnte in der Stimme des älteren Mannes keinen humorvollen Unterton feststellen, und so klang seine Bemerkung wie eine Warnung, fast wie ein Vorwurf. Es hatte sein Gefühl verstärkt, er habe die Verbindung verloren, nicht nur zu dem lärmenden Hochzeitszirkus, sondern zu sich selbst. Lucian sorgte sich, alles würde herauskommen, jeder hätte bereits erraten, was er sicher wusste – diese Ehe war ein Schwindel.

Falls er vor der Hochzeit nicht ans Fegefeuer geglaubt hatte, so tat er es danach. Wohin er sich auch wandte, aus jeder Ecke überfielen ihn Freunde und Verwandte der Drummond-Wards. »Hubert Rawlingson, Rose' Patenonkel …«, »Godfrey Hart, Jagdherr …«.

Julia fing ihn auf dem Weg zur Kirche ab, das Gesicht eine Kabukimaske, weiß mit dick aufgetragenem Rouge auf den Wangen. »Das Wetter ist nicht so wie erhofft. Deine Mutter musste ja auf einer Hochzeit im Frühjahr bestehen …«

Die langsame Prozession zum Altar war wie ein schlechter Traum. Die kalte, parfümierte Luft, das Husten und Tuscheln. Was sagten die Leute? Lachten sie ihn aus? Rose sah wunderschön aus, keine Frage, sie trug dasselbe Hochzeitskleid wie schon ihre Mutter und ihre Großmutter – ein Mieder mit Balltaille, der Ausschnitt und die kurzen Puffärmel mit Spitze besetzt –, aber es war eine leere, blasse Schönheit.

Mit Lucian geschah etwas Bemerkenswertes, etwas Schreckliches, etwas, von dem er sich vielleicht nie würde lösen können.

Dann folgte der schlimmste Teil – die Hochzeitsnacht.

Als Lucian daran zurückdachte, umklammerte er schaudernd seinen Whisky. Er leerte das Glas und schluckte die Scham und Verlegenheit, die ihn noch immer quälten, herunter.

Nein. Diesen Moment konnte er nicht noch einmal durchleben.

Am nächsten Morgen verließ Lucian das Haus, ohne Rose zu wecken, wie sie es erbeten hatte. Edith zündete gerade den Herd an. »Keine Sorge, Sir«, sagte sie, während sie ihr Tuch gegen die morgendliche Kälte enger um sich zog. »Ich passe auf Mrs Ainsworth auf.«

Darauf möchte ich wetten, dachte er.

Das Taxi kroch auf den Bahnhof Charing Cross zu. Lucian wischte Kondenswasser vom Fenster und schaute hinaus zum silbergrauen Himmel und dem Nieselregen, der die Sonne vom Vortag abgelöst hatte; auf die Straßenbahnen, die zahllose Männer mit Hüten und Mänteln vor den Büros im West End ausspuckten. Sie hielten am Taxistand neben dem Eleanor-Kreuz. Sofort fand Lucian einen Träger für seinen Koffer und seine zweite, kleinere Tasche. Er machte bei WH Smith halt, kaufte die neueste Ausgabe vom *Bystander* und erreichte den Zug zum Hafen zehn Minuten vor Abfahrt.

Diese Strecke kannte er gut. Folkestone war während des Krieges ein wichtiger Knotenpunkt für die Truppen gewesen. Man hatte nicht umsonst gesagt, dass die Westfront eigentlich auf der englischen Seite des Kanals begann.

Die baufälligen Hafengebäude waren das Letzte, was er 1917 von England gesehen hatte, und wieder das Erste ein Jahr später, nach seiner Entlassung aus dem Genesungsheim in Trouville, wo er seinen wunderbaren Freund Nish kennengelernt hatte. Deshalb war diese Reise für ihn eine Art Pilgerfahrt, eine erzwungene, aber hoffnungsvolle Wiederholung.

Lucian machte es sich auf seinem Sitz bequem und fühlte sich zum ersten Mal seit Monaten optimistisch und entspannt. Er bestellte Frühstück, las seine Zeitschrift und ließ ganz leise den Gedanken daran zu, was – oder besser besagt wer – ihn in Portofino erwartete.

Vor seinem geistigen Auge huschten Szenen vorbei – lächerliche Fantasien. In einer lag er mit Constance in seinem Zimmer im warmen Sonnenschein, durch das Fenster strömte die würzige Meeresluft. In einer anderen schlenderte er mit ihr durch einen märchenhaften Garten mit Hecken aus Myrten und Aloe. Sie blieben stehen, und sie hob das Gesicht seinem entgegen. Er strich ihr mit den Fingerspitzen ein Haar aus dem Gesicht und küsste sie auf die Lippen, erst sanft, dann inniger, als er spürte, dass ihre Zunge seine suchte …

Hatte Rose je eine ähnlich intensive Rolle in seiner Vorstellung gespielt? Nein. Man konnte Rose und Constance nicht vergleichen, auch nicht wie Lucian für sie empfand.

Ein paar Stunden später stieg Lucian am Hafen von Folkestone aus – der Zug brachte seine Fahrgäste bis ans Meer. Ungläubig stellte er fest, dass das »neue« Schiff, das ihn übersetzen sollte, dasselbe war, das ihn in den Krieg gebracht hatte, die gute alte *Biarritz*, wenn auch überholt und aufpoliert, mit höheren Schornsteinen und einer Einfassung um das Promenadendeck.

Soso. Das konnte doch nur eine Art Omen sein.

In den Schützengräben hatte sein Freund Peter, ein Altphilologe, gern Heraklit zitiert, bis zu dem Moment, in dem er von einer Granate zerfetzt wurde.

»Der Weg nach oben und der Weg nach unten sind ein und derselbe«, hatte er oft gesagt.

»Ja«, hatte Lucian geantwortet. »Aber woher weißt du, welche Richtung welche ist?«

»Gar nicht. Genau darum geht es.«

Jetzt dachte Lucian: *Geht es für mich nach oben oder nach unten?*

Er wollte von Boulogne aus nach Paris reisen, wo er zwei Tage lang die Atmosphäre von Montparnasse und des Quartier Latin aufsaugen würde, um dann mit dem Train Bleu nach Nizza zu fahren. Dort würde er ein Automobil mieten und auf der Küstenstraße vorbei an Sanremo und Savona nach Portofino fahren. Dafür plante er fast einen ganzen Tag ein.

Die Geschichte, dass Lucian auf Bellas Wunsch hin Kunstwerke für das Hotel beschaffen sollte, war nicht die ganze Wahrheit. Im Grunde wollte er einfach eine Weile allein sein, er wollte Zeit haben, um seinen Schwärmereien zu frönen und wieder mehr zu sich selbst zu finden.

War er verschlossener geworden? Zum Teil war er es immer gewesen, schon als Kind. Im Internat lernte man schnell, dass es inakzeptabel war, seinen Eltern irgendetwas zu erzählen. Deshalb hatte niemand je erfahren, dass Lucians Kopf dort einmal in eine Toilettenschüssel gedrückt worden war, während sein Erzfeind Lawrence Barr-Heston die Spülung betätigte. Als sich ein Junge, der noch viel schlimmer als Lucian drangsaliert worden war, in der Kapelle erhängte, sprach niemand darüber. Es gab keine Schulversammlung, keine Untersuchung, niemand übernahm die Verantwortung. Den Schülern musste nicht erst gesagt werden, dass sie den Vorfall verschweigen sollten. Sie taten es von sich aus.

Und jetzt tat er es wieder, aber dieses Mal war Constance sein Geheimnis. Seine Liebe zu Constance. Seine Hingabe zu ihr.

Für Lucian war Italien Constance und Constance Italien. Sie war eins mit den mittelalterlichen Städtchen auf den Berggipfeln, mit den würdevollen, vornehmen Villen, die umgeben von Zypressen in der hügeligen Landschaft standen, und mit der frischen, heißen italienischen Luft, erfüllt von Licht und Farbe.

Das Problem war, dass seine Liebe zu Constance nicht mehr ganz geheim war – seine Schwester Alice hatte offensichtlich Verdacht geschöpft –, deshalb musste er seine Gefühle unbedingt besser verstecken.

Alice war allzeit wachsam. Sie hatte über nichts anderes nachzudenken und nichts anderes zu tun, als ihre Nase in anderer Leute Angelegenheiten zu stecken. Verbittert und rachsüchtig hatte sie ihr Witwentum zu ihrer ganzen Persönlichkeit gemacht und schien den Rest ihres beengten, missgünstigen Lebens als Nonne verbringen zu wollen. Erst letztes Jahr hatte sie die Annäherungsversuche des armen alten Grafen Albani, eines Hotelgasts, so heftig zurückgewiesen, dass er Lucian leidgetan hatte.

Nun, das konnte sie machen, wenn sie wollte. Aber Lucian hatte nicht vor, sich solchen Gefühlen zu versperren.

Der einzige Mensch, der sein Dilemma vielleicht verstehen würde, war Nish. Aber Nish war nach Genua gezogen und führte ein radikales, gefährliches neues Leben. Ein eigenartiger Weg, um Erfüllung zu finden, hatte Lucian anfangs gedacht, aber je länger er überlegte, desto klarer wurde ihm, dass sie sich in vergleichbaren Lagen befanden.

Beide begriffen, dass man für seine Erfüllung Opfer bringen musste.

Vor seiner Abreise aus London hatte Lucian an die Adresse in Genua geschrieben, die er von Nish hatte, und ihn eingeladen, ihn in Portofino zu besuchen.

Ob Nish den Brief bekommen hatte? Ob er ihn je bekommen würde? Die Reling fest gepackt, den Blick auf das unablässig aufgewühlte graue Wasser gerichtet, hoffte Lucian, die Antwort laute »Ja«.

Alice stand mitten im Speisesaal und schaute sich um. Das Kontrollieren lag ihr, sie konnte auf zehn Schritte erkennen, ob irgendwo eine Gabel fehlte. Was sie erblickte, waren allerdings zwanzig fehlende Gabeln – die Aufgabe war nur halb erledigt. Nach dem Frühstück waren alle Tische abgeräumt und mit frischen Tischdecken versehen worden, aber nur auf einigen lag Besteck. Das bedeutete noch eine halbe Stunde Arbeit. Was in aller Welt ging hier vor sich?

Sie würde mit Paola sprechen müssen, dem italienischen Zimmermädchen, was nie einfach war. Zum einen lag es an der Sprachbarriere, zum anderen an der schlichten Tatsache, dass Paola sie nicht mochte. Aber es war nicht Alice' Aufgabe, gemocht zu werden. Ihre Aufgabe war es, für reibungslose Abläufe im Hotel zu sorgen, damit sie Geld verdienen und ein faules Zimmermädchen wie Paola bezahlen konnten.

Auch wenn das Hotel noch nicht voll belegt war, mussten die Standards aufrechterhalten werden. Ehrlich gesagt vermisste Alice die Zeit, als das Hotel leer gewesen war. So gefiel es ihr am besten, wenn diese gedämpfte Atmosphäre herrschte und man nichts hörte als das Läuten der fernen Kirchenglocken und das leise Scharren, wenn Constance die Treppen fegte. In den Nächten sah es anders aus. Wenn die Saison vorbei war und es Winter wurde, senkte sich eine schwere, dunkle Stille auf die Menschen, und man empfand eine unglaubliche Einsamkeit und Kälte.

Ich bin müde, dachte Alice. *Ich muss immer mehr Verantwortung übernehmen, und niemand sieht es oder dankt es mir.*

Nun, das stimmte nicht ganz. Ihre Mutter wollte sie überreden, mit Freundinnen in den Urlaub zu fahren. Ihre alte Schulfreundin Dorothy hatte bereits Zimmer im Hotel Majestic in Nizza gebucht. Alice hatte eingewandt, ein Aufenthalt in einem Hotel bedeute mehr Arbeit als Urlaub, weil sie ständig die Leistung der Angestellten beäugen und die Tischwäsche nach Brandflecken absuchen würde, aber ihre Mutter hatte erwidert, sie solle nicht albern sein. Dorothy schrieb ihr immer wieder und schwärmte von Olivenhainen und wie reizend es sei, im Schatten von Eukalyptusbäumen Tennis zu spielen, ohne zu ahnen, dass Alice in Portofino alle Olivenhaine und Tennisplätze hatte, die man sich nur wünschen konnte.

»Die große Mode dieses Jahr ist das Sonnenbaden«, hatte Dorothy geschrieben.

»Sonnenbaden klingt furchtbar«, hatte Alice geantwortet. Sie mochte die Sonne nicht, schützte sich vor ihr, so gut es ging, und war stolz auf ihren zarten Teint.

Das andere Problem mit einem Urlaub war, dass ihre Mutter erst vor Kurzem Constance March zur stellvertretenden Hoteldirektorin befördert hatte. Wenn Alice sich freinahm, und sei es nur eine Woche, würde Constance bei ihrer Rückkehr sicher das gesamte

Hotel und wahrscheinlich ganz Portofino übernommen haben, wie ein mythologisches Wesen, dem immerzu neue Köpfe und Arme wuchsen.

Nichts ärgerte Alice mehr als Mamas unerklärliche Zuneigung zu der kleinen March, die – das musste offen ausgesprochen werden – recht gewöhnlich war und dazu eine liederliche Person. Nur Alice durchschaute Constance' wahre Absicht: Lucian zu verführen, seine Ehe zu zerstören und ihn dazu zu bringen, für ihren unehelichen Sohn den Vater zu spielen.

Nun, das würde Alice nicht dulden.

Ein lautes Klopfen, tief aus dem Innersten des Hotels, hallte in den oberen Räumen nach. Alice rieb sich die Stirn. Sie hätten für die Dauer der Bauarbeiten schließen sollen, aber Mama war dagegen gewesen. Sie fand, sie könnten das Hotel geöffnet lassen, wenn sie die Zimmerpreise senkten und die Gäste offen auf den möglichen Lärm und die Unannehmlichkeiten hinwiesen. Sie hatte eine Personalversammlung einberufen, bei der alle versprochen hatten, ihr Bestes zu geben.

Wenn Paola hier ihr Bestes gegeben hat, dachte Alice, als sie die Gabeln verteilte, *dann Gnade uns Gott, wenn sie sich weniger Mühe gibt.*

Die Arbeiten an der Therme hatten im Januar begonnen, als es noch kalt gewesen war, und hätten mittlerweile abgeschlossen sein sollen, aber wie sich herausstellte, waren italienische Bauarbeiter noch unzuverlässiger als englische. Dieser Marco, nun, er mochte Mama mit seinem markant guten Aussehen und seiner unschuldigbescheidenen Art für sich gewonnen haben, aber Alice kannte diese Sorte Mann und ließ sich keinen Moment zum Narren halten.

Sie ging vom Speisesaal in die Küche, um Paola die Leviten zu lesen. Als sie dort ankam, herrschte aber bereits ein solcher Tumult, dass sie nicht noch dazu beitragen wollte. Das italienische Zimmermädchen wischte energisch die Terrakottafliesen, während Betty hinter ihr mit Kochtöpfen herumpolterte, den Kopf schüttelte und vor sich hin grummelte.

Der Grund der Aufregung war offensichtlich. Bruno und Salvatore, die italienischen Arbeiter, die Marco für die Umbauten im Keller mitgebracht hatte, hatten in einer leeren, ungenutzten Ecke der Küche Zementsäcke deponiert. Betty hatte dieser Regelung widerwillig zugestimmt, unter der Voraussetzung, dass sie nur vorübergehend galt. Leider hatte sich herausgestellt, dass die Säcke undicht waren, und jedes Mal, wenn einer durch die Küche und die Seitentür in den Garten getragen wurde, hinterließ er eine feine Staubspur – nicht nur auf dem Boden, sondern auch in der Luft. Der Zement setzte sich auf dem Herd und den Kupferpfannen ab, auf den Ciabatta-Brötchen, die auf einem Rost abkühlten, und auf dem gehackten Gemüse und den eingeweichten Borlotti-Bohnen für die Minestrone.

Betty sah Bruno und Salvatore kopfschüttelnd nach. »Diese Therme«, sagte sie zu niemand Bestimmtem, »bringt mich noch ins Grab.«

»Seien Sie nicht lächerlich«, sagte Alice, die gelernt hatte, dass man mit Betty entschieden und direkt sprechen musste. Wieder einmal schwang sie sich zur Verteidigung der Therme auf. »Wir haben das schon so oft besprochen. Wir müssen eine Möglichkeit finden, die Saison zu verlängern. Das Hotel profitabler zu machen. Die Schweizer und die Deutschen lieben Thermen, und sie verreisen früh im Jahr, schon im März.«

»Völlig aberwitzig, wenn Sie mich fragen.«

»Nun ja, die Kälte macht ihnen nichts aus. Im Gegensatz zu den Einheimischen, die trauen sich erst im Juni ans Meer.«

»Es ist ja alles schön und gut, was Sie sagen«, meinte Betty, »aber wenn den ganzen Tag Leute durch meine Küche laufen, leidet das Essen.«

»Das verstehe ich«, versicherte Alice ihr, »nur kann das Hotel Portofino nicht stillstehen. Es muss konkurrenzfähig sein. Neulich habe ich von einer Therme in Baden-Baden gehört – sie hat zweiundfünfzig Baderäume, in denen natürlich warmes Wasser aus den Quellen fließt. Es gibt da auch Dampfbäder, Schlammbäder, einen Inhalationsraum, einen Massageraum …« Sie zählte die Angebote an den Fingern ab.

»Aber wir sind keine Therme in wo auch immer, oder?«, unterbrach Betty sie. »Wir sind das Hotel Portofino – und stolz darauf.«

Insgeheim stimmte Alice ihr zu. Sie fand Thermen dekadent und unhygienisch und sah keinen Grund, etwas zu bauen, nur weil irgendwelche Deutschen es so wollten. Trotzdem nutzte sie die Gelegenheit, Betty für ihre respektlose Antwort zu tadeln. »Achten Sie bitte auf Ihren Tonfall, wenn Sie mit mir sprechen.«

»Ja, Ma'am.« Betty wandte sich den Zwiebeln zu, die sie gerade gehackt hatte.

Gekränkt ging Alice ins Foyer, wo Mama mit Constance plauderte. Die zwanglose Vertrautheit der beiden machte Alice wütend. Schon der Ton, in dem sie miteinander sprachen – so leise und formlos.

Ihre Mutter schien mit jedem Tag jünger zu werden: Ihre Haut strahlte, ihre Haltung war leicht und anmutig. Sie war zerstreuter und öfter in Gedanken versunken, ja, aber auch selbstsicherer. Mit einem Schaudern merkte Alice, dass sie eifersüchtig war. So fühlte sie sich oft, wenn andere Menschen sich veränderten, weil sie nicht glaubte, dass sie selbst dazu in der Lage war. Manchmal versuchte sie ganz bewusst, etwas anders zu machen, trug eine neue Frisur oder ließ sich ihren Ärger nicht so anmerken, aber die Gewohnheit holte sie jedes Mal ein, und sie war bald wieder die alte Alice.

Bella dagegen blühte auf, seit Alice' Vater Cecil Italien verlassen hatte. Sie war nicht mehr so angespannt, seit das Hotel die Anfangsschwierigkeiten überwunden hatte und florierte. In der Gemeinde hatte sie an Ansehen gewonnen und gute Verbindungen zu den Lieferanten und Amtsträgern im Ort aufgebaut (abgesehen von Danioni, diesem Scheusal aus dem Gemeinderat).

Es war erstaunlich, dachte Alice, wie wenig ihr Vater vermisst wurde. Niemand erwähnte ihn je. Es war, als hätte er nie existiert. Auch wenn sie den Grund dafür verstand – er hatte sich eindeutig nicht mit Ruhm bekleckert –, erschien es ihr doch ungerecht, um nicht zu sagen unverhältnismäßig. Es wurde insgesamt unterschätzt, wie viel er zu diesem Hotel beigetragen hatte, fand Alice.

Sicher, er konnte unangenehm werden – wer nicht? –, aber sie hatte sich ihm immer nah gefühlt und war ehrlich überzeugt davon, dass er ihrer Mutter im Laufe der Jahre gutgetan hatte, indem er dafür sorgte, dass ihre wunderlichen Ideen nicht ausuferten. Obwohl Alice stets ein behutsames Vorgehen bevorzugte und die grenzenlose Risikofreude ihres Vaters ablehnte, hatten kleine Dramen hin und wieder doch ihr Gutes. Sie rüttelten die Leute auf, spornten sie an und schafften Anreize. Ohne ihren Vater erschien ihr das Leben manchmal schal und farblos.

Und jetzt interessierte ihre Mutter sich mehr für Constance als für ihre eigene Tochter.

Um den trauten Moment zu stören, räusperte Alice sich und ließ ihre Autorität spielen. »Constance? Könnten Sie Paola helfen, die Tische zu decken? Wir hängen schrecklich hinterher …«

»Natürlich, Ma'am.« Ohne sie anzusehen, huschte Constance mit gesenktem Kopf davon.

Bella wandte sich Alice zu. »Was sollte das?«

»Sie muss Paola helfen. In der Küche ist das Chaos ausgebrochen.«

Bella starrte sie an, ihr Blick bohrte sich tief in ihre Tochter, bis Alice wegschauen musste. »Bemüh dich bitte, netter zu Constance zu sein. Du hast von ihr nichts zu befürchten, weißt du?« Alice errötete. Sie drückte ihre Fingernägel fest in die Handflächen. »Deine Position im Hotel wartet auf dich, wenn du aus Frankreich zurückkommst.« Bella lächelte. »Ich sollte wohl sagen: ›Falls du zurückkommst‹, es wird bestimmt sehr schön …«

»Natürlich komme ich zurück. Falls ich überhaupt fahre …«

»Was meinst du damit?«

»Ich überlege, ob es das Richtige ist. Ob es mir dort überhaupt gefallen würde.«

Ihre Mutter legte ihr eine Hand auf den Arm. »Sieh mich mal an«, bat sie. Alice hob den Blick. »Ich weiß, wie hart du arbeitest. Und ich bin sehr dankbar dafür. Aber du bist noch eine junge Frau. Wirf nicht die besten Jahre deines Lebens weg. Nach allem, was du durchstehen musstest, hast du es verdient, dich zu vergnügen.« Sie stockte. »In deinem Alter zur Witwe zu werden … Das muss furchtbar sein. Glaub nicht, das wäre mir nicht bewusst.«

Alice unterdrückte die Tränen, die zu ihrem Entsetzen fließen wollten, und nickte. »Danke, Mama.«

»Gern«, sagte Bella. »Dafür bin ich ja da.«

ZWEI

Als er sah, dass er vor Lord Heddon im Club angekommen war, machte Cecil es sich im Rauchersalon neben dem Wintergarten mit einem Gin Tonic bequem.

Aber bevor er auch nur einen Schluck trinken konnte, kam sein Bruder hereingerauscht und beklagte sich seufzend über alles Mögliche: den unbekümmerten Tonfall seines Taxifahrers, die Art, wie Frauen sich heutzutage kleideten, sogar über Cecils Bitte, sich an diesem fürchterlichen Ort zu treffen ...

Wusste Cecil nicht, dass dieser Laden ausgedient hatte? Dass jeder Mann von Format in den Garrick Club abgewandert war?

Die Beleidigung traf ihr Ziel, Cecil bebte vor Wut und Scham. Als jahrzehntelanges Mitglied des Beefeater Clubs hatte er sich in seiner Jugend bei zahlreichen Junggesellenabenden und Blackjack-Partien in den weitläufigen, behaglichen Räumen an der Pall Mall vergnügt.

Letztes Jahr hatte Bella angeregt, er solle seine Mitgliedschaft auslaufen lassen. Sie zogen nach Italien, warum sollte er sie behalten? Sie mussten »in allen Bereichen ihre Ausgaben prüfen«, hatte sie gesagt, ganz die Fabrikantentochter, die sie war. Cecil hatte sie ignoriert. Im Handbuch des Clubs, erinnerte er sich, stand, er sei ideal für »den Mann, dessen Heim den angemessenen Komfort entbehrt« – was ihn genau beschrieb.

Seit seiner Rückkehr nach London hatte Cecil hier mindestens einmal die Woche zu Abend gegessen. Er liebte die alten Ledersofas, die abgelaufenen Teppiche und die Gemälde illustrer Mitglieder, die ihn von blutroten Wänden herunter anstarrten.

Cecil ging voran in den Speisesaal, in dem ein aufwendiger Kristalllüster mattes Licht verströmte. Sie setzten sich – auf Heddons Wunsch hin – ans Fenster, und Cecil bemerkte mit seinem raubtierhaften Instinkt für die Schwächen anderer, wie korpulent sein Bruder geworden war. Der ältere Mann keuchte und ächzte, als er seinen stämmigen Körper in den Sessel quetschte.

Cecil plante, das Abendessen mit ungezwungener Plauderei zu verbringen und so die richtige Grundlage für das Gespräch zu schaffen, das er anschließend führen wollte. Nur stand Heddon nicht der Sinn nach Smalltalk. Kaum hatten sie bestellt – zufälligerweise das Gleiche: Garnelen in Butter gefolgt von Shepherd's Pie –, herrschte er Cecil wegen seiner Whiskygeschäfte an.

Auf Cecils Bitte hin hatte Heddon ihn seinem Freund Viscount Dalwhinnie vorgestellt, der eine Whiskydestillerie in Schottland führte, eine recht große Brennerei in Glen Ord.

»Dalwhinnie hat mir erzählt«, donnerte Heddon, »dass du bei ihm eine laufende Bestellung von neunhundert Litern pro Monat aufgegeben hast, die direkt nach Bermuda verschifft wird.«

»Das stimmt«, sagte Cecil, bemüht, sich seine Verärgerung über Heddons Einmischung nicht anmerken zu lassen.

»Das ist eine Menge Whisky.«

»Wirklich?« Cecil gab sich erstaunt und zog die Augenbrauen hoch.

Heddon beugte sich vor. »Werde mir nicht frech, Cecil. Glaubst du, ich wüsste nicht, was Schleichhandel ist?«

Cecil lachte. »›Schleichhandel.‹« Spöttisch ließ er sich das Wort auf der Zunge zergehen. »Du liest zu viel in der Zeitung.«

»Möglich.« Heddon dachte darüber nach. »Aber vielleicht liest du auch zu wenig.«

»Was in aller Welt meinst du damit?«

»Hast du von Roy Olmstead gehört?«

»Hilf mir auf die Sprünge«, bat Cecil, dem der Name nichts sagte.

»Amerikaner. Ehemaliger Polizist. Der Bursche hat kanadischen Whisky von einer Destillerie in Victoria über die Haro-Straße transportiert. Hat sie unterwegs nach Seattle auf D'Arcy Island gebunkert. Er hat gut verdient, zweihunderttausend Dollar im Monat. Dann hat die Polizei sein Telefon abgehört. Jetzt sitzt er im Gefängnis. Vier Jahre Zwangsarbeit und achttausend Dollar Geldbuße.«

»Also wirklich, Heddon«, sagte Cecil mit gespielter Empörung. »Was ich hier mit der Hilfe eines italienischen Geschäftspartners – mit einem hohen Posten in der Lokalpolitik und allerbesten Beziehungen – auf die Beine gestellt habe, ist ein seriöses Import-Export-Geschäft. Was mit dem Whisky passiert, wenn er Bermuda erreicht hat, ist nicht mein Problem.«

»Die Polizei wird das anders sehen.« Heddon zögerte. »Ich frage mich, ob es klug ist, dich so bald nach der Geschichte mit dem Rubens auf neue fragwürdige Geschäfte einzulassen.«

»Daran war nichts fragwürdig.«

»Bist du sicher?« Heddon beugte sich wieder vor und senkte die Stimme. »Hör mal, du willst Geld verdienen. Das ist verständlich. Aber du bist gegen Ende der ganzen Geschichte eingestiegen. Die haben jetzt Patrouillenboote. Ein ganzes System, um die Schmuggelei zu unterbinden. Der Großteil deines Whiskys wird im Meer landen.«

Der Shepherd's Pie kam. Cecil stocherte schlecht gelaunt in seiner Portion herum. Das Fleisch war knorpelig und das Essen fast kalt. Gott sei Dank war der Wein besser als befürchtet – ein annehmbarer Pomerol von 1920, cremig mit den konzentrierten Aromen reifer Pflaumen.

Heddon brach das Schweigen. »Und wie geht es Bella?«

»Gut, soweit ich weiß.«

»Ihr habt keinen Kontakt?«

»Nein.«

»Und du hast nicht vor, nach Italien zurückzufahren?«

»Zurzeit nicht.«

»Was wirst du dann machen? Allein in London, mit schwinden- den Mitteln?«

Jetzt verlor Cecil die Beherrschung. »Ich wüsste nicht, was das mit dir zu tun haben sollte.«

»Gar nichts«, sagte Heddon, »es sei denn, meine Freunde sind involviert. In dem Fall ist es meine Pflicht, die Augen offen zu hal- ten.« Mit seinem Messer kratzte Heddon die Reste seines Kartoffel- pürees vom Teller. »Du bist verstimmt, wie ich sehe. Also nur eine letzte Bemerkung, dann können wir das Thema wechseln. Bella und die Kinder sind das Beste, was dir je passiert ist, und jeder Mann, der halbwegs bei Verstand ist, wäre bei ihr, statt seine Zeit in der Hauptstadt mit Julia Drummond-Ward zu vertun.«

»Jetzt mal langsam …«

»Das weiß jeder, Cecil. Jeder. Und jetzt«, Heddon griff zur Spei- sekarte und las sie mit leicht zusammengekniffenen Augen, »wie wäre es mit Nachtisch? Früher gab es hier einen anständigen Sher- ry-Trifle.«

Cecils Taxifahrt zurück nach Chelsea dauerte eine Ewigkeit. Lon- don war heutzutage so überfüllt, allerdings war es auch die Haupt- verkehrszeit, all die Angestellten und Verkäuferinnen warteten in Menschentrauben vor den Eingängen der Untergrundbahn. Der Nachmittagshimmel war grau und unfreundlich. Man hätte nie ver- mutet, dass es Juni war.

Es war unerhört, wie sein Bruder mit ihm gesprochen hatte, auch wenn er am Ende das Mittagessen bezahlt hatte. Er hatte leicht reden; er hatte das Familienanwesen geerbt, was natürlich auch Belastungen mit sich brachte – nach Vaters Tod hatten sie eine halbe Million Erbschaftssteuern zahlen müssen, außerdem wurde es immer schwerer, anständige Dienstboten zu finden –, aber Heddon nagte nicht am Hungertuch. Er besaß reichlich Land, das er zu Geld machen konnte. Erst letzten Monat hatte er vierzig Hektar an einen Bauunternehmer verkauft. In ein paar Jahren würde das Waldgebiet, in dem Cecil seine erste Hütte gebaut und sein erstes Kaninchen geschossen hatte, dicht gedrängten kastenförmigen Sozialbauten gewichen sein.

Als Cecil sein Wohnhaus betrat, verbeugte sich der Concierge unterwürfig und berichtete, eine Mrs Drummond-Ward habe nach ihm verlangt, während er aushäusig gewesen war. Cecil bedankte sich und trug ihm auf, etwaigen weiteren Besuchern, auch Mrs Drummond-Ward, mitzuteilen, er würde auch den restlichen Tag außer Haus verbringen.

In seinem Postfach fand er einen Brief von Alice. Cecil wandte ihn hin und her und war überrascht, dass der Anblick tiefe Freude in ihm weckte. Noch mehr überraschte ihn die ebenso tiefe Traurigkeit, die ihn überfiel, als er auf den Fahrstuhl wartete. Ihm wurde bewusst, dass er Alice vermisste und sie gern gesehen hätte, dass er sich wünschte, sie würde erfolgreich und glücklich werden. Vielleicht meinten andere Menschen das, wenn sie sagten, sie würden ihre Kinder lieben.

Die Wohnung lag im dritten Stock. Sie war nicht schlecht. Alles war elegant und neu – Wände, Teppiche, Vorhänge. Das heiße Wasser war zuweilen launisch, aber die Zentralheizung funktionierte gut, auch wenn die Radiatoren nach heißem Eisen stanken. Leider ließ sich die Heizung nicht von den Wohnungen aus einstellen; sie ging an und aus, wann immer ihr danach war. Da der Sommer nahte, hätte man meinen können, sie sei abgeschaltet worden, aber gestern war sie mitten in der Nacht angesprungen, und Cecil hatte beim Aufwachen geschwitzt wie ein Schwein.

Jetzt hatte Cecil steife Gliedmaßen und Kopfschmerzen vom Wein. Er setzte sich aufs Sofa und öffnete Alice' Brief.

Liebster Daddy, begann er. *Was Du jetzt gerade wohl tust?*

Dann folgte Geschwätz über das Hotel; seit dem letzten Sommer habe sich alles »beruhigt« – eine recht spitze Bemerkung, wie er fand. Jetzt wurde es wieder geschäftiger, allerdings unter erschwerten Umständen, weil die Bauarbeiten an der Therme länger dauerten als geplant. Die kleine March machte Karriere. Bella hatte sie sogar zur stellvertretenden Hoteldirektorin befördert, sehr zu Alice' Leidwesen.

Eine dumme Entscheidung, dachte Cecil. *Sich die eigene Tochter zum Feind zu machen.*

Das Ende überraschte ihn: *Ich folge deinem Rat, mich zu amüsieren. Wenn ich das nächste Mal schreibe, dann eine Postkarte aus Saint-Tropez! P.S.: Mummy vermisst dich fast ebenso sehr wie ich und lässt dich herzlich grüßen.*

Cecil faltete den Brief zusammen, schob ihn zurück in den Umschlag und legte ihn beiseite. Er streckte die Beine aus. Er musste sich einiges durch den Kopf gehen lassen. Die Vorstellung, dass Alice in Saint-Tropez die Hemmungen fallen ließ, fand er ebenso erfreulich wie amüsant. Es wurde auch wirklich Zeit.

Das Erstaunlichste war allerdings, dass Bella ihn vermisste und ihn herzlich grüßen ließ. Es klang verdächtig danach, als könnte sie ihm verziehen haben. Und wer verzieh, der war bereit und offen für einen Neuanfang.

Lucian gegenüber saß ein Priester in einer schwarzen Soutane. Seit er vor über einer Stunde in Sanremo eingestiegen war, bekreuzigte er sich in einem fort und murmelte vor sich hin. Lucian klappte sein Buch zu, weil das Lesen angesichts dieser Ablenkung zu mühsam wurde.

Der Zug durchfuhr zahlreiche Tunnel, die durch die hervorspringenden Felsen geschlagen worden waren, und die beiden Männer wurden abwechselnd in grellen Sonnenschein und undurchdringliche Dunkelheit getaucht. In den Tunneln drang der beißende Qualm der scheußlichen Kohle selbst durch die geschlossenen Fenster herein, und Lucian bekam kaum noch Luft.

Seine Reise verlief nicht nach Plan, und er fürchtete, dass das Chaos der letzten Tage nichts Gutes verhieß.

In Cannes hatte Lucian sich vergeblich um ein Automobil bemüht (die Vermietung hatte unerklärlicherweise keines mehr »zur Hand«) und demnach den Zug nach Sanremo nehmen müssen, gefolgt von diesem nach Nervi. Er hatte seiner Mutter wegen der Planänderung ein Telegramm geschickt und hoffte, dass sie es bekommen hatte.

Schon seltsam, dachte er, dass die eigene Stimmung so sehr beeinflusste, wie man einen Ort wahrnahm. Letztes Jahr hatte Italien ihm etwas ganz anderes bedeutet, es war ein verzaubertes Reich gewesen, in dem sich Licht, Luft, Landschaft und Schönheit jeder Art miteinander verbanden und unzertrennlich wurden. Seine künstlerische Seite war ganz vernarrt darin, wie das Leben und die Kunst in Italien miteinander verwoben waren und wie die Schönheit des Landes unablässige Aufmerksamkeit einforderte. Aber diese Seite verkümmerte wie ein Muskel, der nicht genutzt wurde. Er hatte seit Monaten nicht mehr gemalt.

Statt ihm Klarheit zu bringen, hatte Lucians unseliger Aufenthalt in Paris – den er am Ende nach nur einer Nacht abgebrochen hatte – ihn bloß weiter verwirrt und den Schmerz und die Reue, die sich in ihm anstauten, noch verstärkt.

Zudem dachte er sorgenvoll darüber nach, wie er reagieren würde, wenn er Constance begegnete. Er hatte so oft von ihr geträumt. Was, wenn sie sich verändert hatte? Was, wenn er sie sah und merkte, dass sich seine Gefühle für sie verändert hatten? Würde sein Leben dadurch einfacher oder komplizierter werden?

Und nun war er wieder hier in Italien.

Als der Zug mit zischendem Dampf und quietschenden, knirschenden Bremsen in den Bahnhof Santa Margherita einfuhr, war die Atmosphäre von Vorahnung und Sehnsucht erfüllt. Die weiße Sonne brannte vom Himmel, und als sich die Dampfwolken auflösten, bot sich Lucian ein vertrauter Anblick: die Gepäckträger mit ihren Mützen und Schnurrbärten, die Laternenpfähle mit den Körben voll üppiger Bougainvilleen. Aber es gab nur eines, das er wirklich sehen wollte.

Und dann, ohne suchen zu müssen, entdeckte er sie, die Frau, die im letzten Sommer sein Leben auf den Kopf gestellt hatte. Es war, als wollten die Götter ihn für das quälende Warten belohnen. Plötzlich fühlte er sich panisch, überwältigt, als könnte er in Tränen ausbrechen.

Sie stand ihm zugewandt da, als sich der Dampf lichtete, ein Umriss, der Gestalt annahm, bis er unbestreitbar Constance war. Ihre schimmernden honiggoldenen Haare waren heller als in seiner Erinnerung. Und noch etwas hatte sich verändert. Es war nicht nur ihre Kleidung, die deutlich schicker und eleganter war als alles, was sie im letzten Sommer getragen hatte – woher hatte sie diesen glockenförmigen Strohhut? –, sondern auch ihre Haltung, die eine neue Förmlichkeit und Selbstvertrauen ausstrahlte.

Er lächelte, und es war das Natürlichste, was er seit Wochen getan hatte.

Constance lächelte auch, aber es wirkte oberflächlich, ein wenig ausdruckslos und schwer zu deuten. Lucian fragte sich gerade, was der Grund dafür sein mochte, als hinter ihr eine größere Gestalt auftauchte. Es war Billy, der sich mit seinen schwarzen Haaren, breiten Schultern, seinen unbeholfenen, beinahe clownesken Bewegungen und dem fröhlichen Auftreten kein bisschen verändert hatte.

Billy rief: »Mr Lucian!«

Sie gaben sich die Hand – zuerst er und Billy, dann er und Constance. Es erschien ihm skurril, aber sie ließ sich nicht anmerken, ob sie ähnlich empfand. Billy ließ die beiden kurz allein, um Lucians Koffer zu holen.

»Es ist schön, Sie wiederzusehen«, sagte er.

»Sie auch.«

»Sie sehen gut aus.«

»Es geht mir auch sehr gut, vielen Dank. Hatten Sie eine angenehme Reise?«

»Sie war eher ereignisreich als angenehm. Ich muss Ihnen unbedingt davon erzählen. Jetzt bin ich jedenfalls hier.«

»Das stimmt.« Constance senkte den Blick. Sie schienen schon nicht mehr zu wissen, worüber sie reden sollten.

Die Situation wurde noch unbehaglicher, als Billy zurückkam, ganz aufgebracht wegen einer Diskussion mit dem Bahnhofsvorsteher. Als er zur Kutsche voranging, redete er ununterbrochen. »Wir waren überrascht, als Ihr Telegramm aus Cannes kam, oder, Connie? Wir haben erst morgen mit Ihnen gerechnet.«

»Meine Pläne haben sich geändert.«

»So ist das mit Plänen, oder? Gehört wohl dazu. Ich habe mir gedacht, Sir, Sie wollen vielleicht unterwegs bei der Post anhalten und Rose ein Telegramm schicken? Ihr sagen, dass Sie sicher angekommen sind?«

»Eine aufmerksame Idee.« Lucian errötete. »Aber das wird nicht nötig sein.«

»Es macht echt keine Umstände.«

»Danke, Billy, aber Rose wird nicht besorgt sein. Ich melde mich zu gegebener Zeit bei ihr.«

Die bloße Erwähnung von Rose ließ eine deutliche Anspannung zwischen Lucian und Constance entstehen. Constance war ohnehin schweigsam, aber jetzt zog sie sich noch weiter zurück, als würde sie in etwas Verruchtes verwickelt, wenn sie nur mit Lucian sprach. Nicht, dass Billy etwas bemerkt hätte; auf dem Rückweg zog er Lucian unerbittlich mit den »Freuden des Ehelebens« auf, wie er es nannte.

Lucian saß vorne neben Billy. Nachdem er zehn Minuten lang mit eingefrorenem Lächeln Billys Neckereien standgehalten hatte, drehte er sich zu Constance um und versuchte, mit ihr ins Gespräch zu kommen.

»Alice hat mir geschrieben, dass Lottie wieder in England ist?«

»Das stimmt. Sie verbringt den Sommer mit der Familie ihres verstorbenen Vaters.«

»Verstehe. Dann haben Sie mehr Zeit? Wenn Sie sich nicht um Lottie kümmern müssen?«

»Eher nicht.«

»Ihre Mutter hat sie befördert«, warf Billy ein. »Wussten Sie das nicht? Sie ist jetzt stellvertretende Direktorin. Eine feine Dame. Wir verbeugen uns, wenn du in die Küche kommst, oder, Connie?«

»Hör schon auf«, bat Constance matt.

»Sie nimmt Unterricht bei einem Buchhalter – einem ausgewanderten Engländer, der ein Stück die Straße rauf lebt. Und Paola bringt ihr Italienisch bei.«

»Paola?« Lucian versuchte, sich seine Überraschung nicht anhören zu lassen. »Wirklich?«

»O ja«, sagte Billy. »Sie ist so beschäftigt, da wundert es mich, dass sie Zeit hat, sich das Gesicht zu waschen.« Ein Auto hupte und verschreckte eines der Pferde. Billy hatte Mühe, es wieder unter Kontrolle zu bringen. »Diese Kutsche habe ich satt, das kann ich Ihnen sagen. Ich rate Mrs Ainsworth ständig, sie soll das Ding abschaffen und die Pferde gleich mit. Sie könnte ein Auto kaufen oder einen Autobus, wie einige der anderen Hotels. Aber davon will sie nichts hören. Die Gäste lieben die Kutsche, sagt sie.«

»Ich könnte mit ihr sprechen«, schlug Lucian vor, der Billy insgeheim zustimmte.

»Würden Sie, Sir? Ich glaube wirklich, es wäre eine Verbesserung.«

Die restliche Fahrt verbrachten sie in einer seltsamen Schwebe zwischen geselligem und quälendem Schweigen. Lucian spürte, dass Constance ebenso erleichtert war wie er, als die Kutsche endlich zwischen den sich wiegenden Palmen über die kiesbestreute Zufahrt ruckelte und vor dem vertrauten blassgelben Haus mit dem gedrungenen Turm und den grünen Fensterläden hielt.

Die mit Nieten verzierte Eingangstür war geschlossen. Niemand war da, um ihn zu begrüßen, nicht einmal Bella. Lucian war sprachlos. Kümmerte die Rückkehr des verlorenen Sohns wirklich niemanden?

Constance sprang von der Kutsche und lief zur seitlich gelegenen Küchentür, als könnte sie gar nicht schnell genug wegkommen. Billy lud Lucians Gepäck aus und stellte es auf die Terrasse. »Lassen Sie die Sachen stehen, Sir. Ich bin gleich wieder da«, sagte er und verschwand, um die Pferde zu versorgen.

Lucian betrat das Foyer mit dem kühlen Marmorboden und fand seine Mutter am Empfangstresen. Sie hatte alle Hände voll mit sichtlich schwierigen Gästen zu tun – ein älteres Paar, das eher in ein Wiener Kaffeehaus mit Walzerklängen gepasst hätte als zum Sonnenbaden an die italienische Riviera. Alice war auch da. Es herrschte eine vorwurfsvolle und angespannte Atmosphäre. Altvertraute Sätze wehten zu ihm herüber, als er am anderen Ende des Foyers wartete.

Es tut mir sehr leid, das zu hören.

Italienisches Essen sagt nicht jedem zu.

Nach italienischen Maßstäben sind unsere sanitären Anlagen wirklich hervorragend.

So sah leider die Wirklichkeit aus, wenn man ein Hotel führte.

Sobald es Bella möglich war, entschuldigte sie sich und eilte zu Lucian, um ihn mit einem Kuss und einer Umarmung zu begrüßen. Ihre Augen leuchteten voller Zuneigung, und sie strahlte ihre gewohnte gelassene Autorität aus – ihre Erhabenheit, fand Lucian. Wenn sie sich überhaupt verändert hatte, dann war sie »italienischer« geworden. Er sah es in ihrer offenen, zwanglosen Frisur, in der sie ihre weißblonden Haare trug, und in dem gesmokten Kleid mit Bauernstickerei. Noch im letzten Jahr hätte sie niemals gewagt, ihre Arme so kühn zu entblößen.

»O, Lucian. Es tut mir leid, dass du warten musstest. Wir haben dich erst morgen erwartet. Wie dem auch sei. Es ist so schön, dich jetzt zu sehen.« Sie drückte seine Hand. »Mach es dir bequem, und ich komme nachher zu dir.« Sie wandte sich ab, dann fiel ihr etwas ein, und sie hielt inne. »Du bist nicht in deinem alten Zimmer. Die Nachfrage war so hoch, dass ich dein und auch Alice' Zimmer zu Gästesuiten umfunktionieren musste. Deshalb habe ich dich unter dem Dach einquartiert. Du weißt schon, in Nishs altem Zimmer. Ich hoffe, das ist in Ordnung?«

»Natürlich«, sagte er.

Und damit verschwand sie.

Als Bella den Flur entlang davoneilte, kam Constance mit einer Blumenvase ins Foyer. Lucian versuchte, ihren Blick aufzufangen, aber sie weigerte sich standhaft, ihn zur Kenntnis zu nehmen.

Was in aller Welt ging hier vor sich?

Erschöpft und leicht verärgert stieg Lucian die Stufen zu seinem Zimmer in der obersten Etage hinauf, eines von mehreren, die auf dem alten Speicher eingerichtet waren. Mit den Dachschrägen und dem einzelnen niedrigen Fenster war es der Inbegriff einer Dachstube. Früher hatte Lucian das romantisch gefunden. Aber wenn er sich nun umsah, erschien ihm das Zimmer ohne Nishs Bücher und seine übrigen Habseligkeiten beengt und unpersönlich, zumal Bella der Einrichtung in diesem Teil der Villa deutlich weniger Aufmerksamkeit geschenkt hatte.

Billy hatte sein Gepäck hochgetragen. Lucian überlegte, seinen Koffer auszupacken, entschied sich aber dagegen. Er war zu müde von seiner Reise und dem lächerlichen, letztlich überflüssigen Aufenthalt in Paris, der ihn tief beschämt und verlegen zurückgelassen hatte. Er legte sich auf das schmale Einzelbett, beinahe ein Kinderbett, und dachte an Constance und Rose und die eigenartige Situation, in der er sich befand.

Ringsum ertönten die Geräusche des Hotels, ein leises, unaufhörlich geschäftiges Summen. Gäste kamen und gingen, Türen wurden zugeschlagen. Minuten später war Lucian tief eingeschlafen.

Ein Klopfen an der Tür weckte ihn. Ohne auf eine Antwort zu warten, kam seine Mutter herein. »Lucian!«, rief sie, als wäre sie überrascht, ihn hier zu finden. »Das Zimmer passt ja hervorragend zu dir. Es ist lauschig, oder? Hier oben hat man seine Ruhe. Es tut mir leid wegen des Teppichs, er ist ziemlich zerschlissen. Und da drüben – schau – kann man sehen, wo Nish Tinte verschüttet hat.«

Sie kam zu ihm und setzte sich aufs Bett. Er hatte sie seit der Hochzeit nicht mehr gesehen. War diese aufgedrehte, zerstreute Art neu? Oder war sie schon immer so gewesen, und er hatte es nur vergessen?

»Wie war es in Paris?«, fragte Bella.

»Aufschlussreich.«

»Trotzdem bist du früh abgereist.«

»Ich hatte alles gesehen, was ich wollte.«

»Vor deinem Telegramm wusste ich gar nicht, dass du dort halt-machst.«

»Ich habe es niemandem gesagt. Ich wollte … etwas für mich machen, allein. Klingt das seltsam?«

»Kein bisschen. Es tut mir nur leid, dass du dem Aufenthalt nicht mehr abgewinnen konntest.« Sie lächelte ihn liebevoll an, und er war erleichtert, dass sie immer noch so verständnisvoll war wie früher. In jüngeren Jahren hatte sie die Kunst und Malerei selbst geliebt, und sie wusste, wie erfüllend der Augenblick sein konnte, wenn man mit dem Pinsel die Leinwand berührte.

»Und wie geht es Rose?« Bellas Miene hellte sich auf. »Wie schade, dass sie beschlossen hat, in London zu bleiben. Wir hätten sie so gern —«

»Reisen behagt ihr nicht«, unterbrach Lucian sie gereizt. »Das weißt du doch.«

Bella musterte ihn mit zusammengekniffenen Augen. »Du siehst müde aus.«

»Das ist so, wenn ein Mann arbeitet.«

»Ein paar Wochen hier bringen dich wieder auf Vordermann. Es ist eine wunderschöne Jahreszeit, um hier zu sein. Das Licht ist außergewöhnlich. Ich freue mich schon darauf, dich mit deiner Staffelei und den Farben draußen im Garten zu sehen.«

Sie erkundigte sich nach seiner Reise, bevor sie zu einem langen Vortrag über das Hotel ansetzte. Der Bau der neuen Therme schien sie über Gebühr zu beschäftigen. Sie sprach über die Bauarbeiter, als wären sie alte Familienfreunde, die Lucian seit seiner Kindheit kannte, obwohl er ihnen bisher noch nie begegnet war und gerade zum ersten Mal von ihnen hörte. Wer war dieser Marco Bonacini, von dem sie nahezu besessen wirkte?

»Er ist ein ganz wunderbarer Architekt«, antwortete Bella, als Lucian höflich nachfragte. »Na ja, nicht nur das, er ist auch ein Gentleman. Kein einfacher Bauarbeiter, er ist gebildet. Er hat eine Ausbildung, so wie du. Ich habe ihn angestellt, um den Umbau zu überwachen, und als … eine Art Vorarbeiter im Grunde. Ich kann dir gar nicht sagen, wie charmant und fähig er ist. Es ist eine Freude, ihn um sich zu haben.«

»Wie schön«, antwortete Lucian mechanisch.

Sie verstummten. Dann klatschte Bella plötzlich in die Hände und sagte: »Also los. Steh auf!«

»Jetzt?«

»Ja. Zieh dir Schuhe an. Ich muss dir etwas zeigen.«

Benommen folgte Lucian ihr zur Treppe, eine Etage hinunter und den Flur entlang zu einem früheren Abstellzimmer. Seine Mutter hatte es – meisterlich, das musste er zugeben – in einen Aufenthaltsraum »für die jüngeren Gäste« verwandelt. Es gab ein Grammophon mit einer Auswahl an Schallplatten, eine Bar, einen Billardtisch, Kartentische und einen Schrank voller Gesellschaftsspiele.

Allerdings war nichts davon die Hauptattraktion. Diese Ehre gebührte fraglos den aufwändig bemalten Fensterläden – nackte Figuren ungewissen Geschlechts, tanzend, fallend und fliegend – und der filigranen Schablonenmalerei auf der Kaminumrandung. Die Wände waren gelb gestrichen, und vor dem Fenster stand ein niedriger Tisch, in dessen Platte bunte Fliesen eingelassen waren. Das Zimmer strahlte eine warme, einladende Eleganz aus.

»Wie findest du es?« Sie sah ihn erwartungsvoll an, aber Lucian blickte sich nur voll stummer Bewunderung um. »Gefällt es dir?«

»Es ist wunderschön«, sagte er. Ein breites Lächeln legte sich auf sein Gesicht. »Hast du das gemacht? Gemalt und gestrichen, meine ich?«

Bella nickte. »Für die Wände habe ich Kalkfarbe genommen. Es ist scheußlich, damit zu arbeiten, aber mit den richtigen Pigmenten gemischt sieht es fantastisch aus. Wenn ich das so sagen darf.«

»Du bist eine geborene Künstlerin«, meinte Lucian.

»Das weiß ich von dir besonders zu schätzen.« Bella zögerte. »Die Sache mit deinem Zimmer tut mir wirklich leid.«

»Ach, das macht nichts«, sagte er. »Ich verstehe das.« Ihm kam ein Gedanke. »Wo schläft Alice?«

»Im Zimmer deines Vaters.«

»Verstehe.« Lucian konnte nicht ganz verbergen, dass er das als Kränkung empfand.

»Ist das ein Problem?«

»Na ja, wird er es nicht zurückhaben wollen? Wenn es so weit ist?«

»Gut möglich. Diese Regelung ist nur vorübergehend.« Die Frage schien Bella aufzuwühlen, und Lucian bedauerte, sie gestellt zu haben. »Stört dich das Einzelbett?«

»Nein, überhaupt nicht.«

»Ich hätte dir nämlich das Zimmer deines Vaters angeboten, wenn du Rose mitgebracht hättest. Aber jetzt«, sie schien ständig das Thema und die Umgebung wechseln zu wollen, »komm mit, du musst Marco kennenlernen. Ich hoffe sehr, dass ihr euch versteht, denn ihr werdet zusammenarbeiten.«

Lucian runzelte die Stirn. »Ach ja?«

»Es war nur ein Scherz. Aber es würde mir viel bedeuten, wenn du einen Blick auf seine Pläne für das Untergeschoss werfen würdest. Wo du doch jetzt ein ausgebildeter Architekt bist.«

Er folgte ihr durch die Küche, wo er Betty überschwänglich und Paola verhalten begrüßte, und hinunter in den Keller. Das Geschoss war leer, feucht und unangenehm kühl, das Mauerwerk lag frei. Von den Balken unter der niedrigen Decke hingen Öllampen. Die Arbeiter hatten Schuhabdrücke in der dicken Staubschicht auf dem

Boden hinterlassen. Auch in der Luft hing der Staub, kratzte in Lucians Hals und brachte ihn zum Husten.

»Es sieht alles ordentlich aus«, sagte er in dem Versuch, professionell zu klingen.

Bella nickte lächelnd. »Es freut mich, dass du so denkst.« Nur Marco war nirgends zu sehen, und das schien sie über die Maßen zu enttäuschen. »Er ist sicher bald wieder da«, sagte sie leicht besorgt.

Lucian fand, er habe genug gesehen. Wollte seine Mutter, dass sie dort warteten, bis Marco zurückkam? Bevor er fragen konnte, sagte Bella plötzlich: »Ich sorge mich, dass du dich hier langweilen könntest. Ohne Rose.«

Lucian lachte. »Auf keinen Fall. Wie soll man sich in Portofino langweilen? Außerdem habe ich Nish eingeladen, uns von Turin aus zu besuchen.«

Das heiterte sie auf. »Was für eine wunderbare Idee.«

»Ich habe noch keine Antwort erhalten«, räumte Lucian ein. »Aber wenn er nicht kommt, kann mir immer noch Alice Gesellschaft leisten.«

Jetzt verging Bella das Lächeln. »Nicht lange. Sie reist morgen ab. Nach Südfrankreich, zu Freunden.« Lucian musste überrascht ausgesehen haben, denn sie fragte: »Ist das so merkwürdig?«

»Nein. Ich … freue mich nur. Für Alice. Dass sie sich überwunden hat, das Hotel zu verlassen und Urlaub zu machen.«

»Es wird schwierig ohne sie, aber wir schaffen es schon. Möglicherweise muss ich dich um Hilfe bitten.«

»Natürlich.«

»Hast du sie schon begrüßt? Geh doch gleich zu ihr. Sie müsste in ihrem Zimmer sein und packen.«

Tatsächlich war Alice im Salon und rückte die Zeitschriften auf den Tischen zurecht. Ihr cremefarbenes Kleid mit asymmetrischen

Lagen aus Chiffon war für sie ungewohnt modisch, und auch ihre Frisur war anders. Ihr Haar war jetzt hinter die Ohren frisiert und umspielte ihre Schultern. Sie blickte auf und lächelte zaghaft, als er hereinkam. »Liebster Bruder«, sagte sie. »Was bringt dich an diese rauen Gestade?«

»Gewohnheit«, sagte er, und sie lachte.

Gott sei Dank, dachte er. Die früher gereizte Stimmung war verflogen, und auch wenn die beiden sich nie besonders nah sein würden – sie waren einfach zu verschieden –, gab es doch keinen Grund, nicht zivilisiert miteinander umzugehen.

Ihr Geplauder wandte sich den Gästen des Hotels zu, die sich gerade für einen Aperitif im Speisesaal versammelten. Lucian musste lachen, als Alice ihn auf den Größenunterschied zwischen dem Hünen Colonel Duperrier (»ein furchtbarer Langweiler; kommt wohl jedes Jahr nach Portofino«) und dem schmächtigen Geistlichen James Milton hinwies, der allein reiste und wirkte, als könnte er einem Roman von Jane Austen entsprungen sein.

Die Kameradschaft zwischen ihnen erinnerte Lucian an alte Zeiten – an die Anfänge.

»Komm mit«, forderte Alice ihn auf. »Zeit, sich unter die Gäste zu mischen. Nutz mal deine gesellige Ader.«

Lucian hätte ihr den Gefallen getan, doch dann fiel ihm Graf Albani ins Auge – oder Carlo, wie ihn alle mittlerweile nannten –, der schon im letzten Jahr hier logiert hatte. Er saß allein auf der Terrasse, wie immer in hoheitsvoller Haltung und scheinbar im gleichen dunkelgrauen Anzug mit Fischgrätmuster aus der Savile Row.

»Er ist dieses Jahr auch allein hier«, bemerkte Alice.

»Was ist mit Roberto?«, fragte Lucian. Roberto war Carlos Sohn und hatte ihn letztes Jahr nach Portofino begleitet.

»Sie haben sich überworfen. Der Politik wegen. Einzelheiten kenne ich nicht. Ehrlich gesagt bemühe ich mich, ihm aus dem

Weg zu gehen.« Alice hatte im vergangenen Sommer einen unerwünschten Heiratsantrag von Carlo erhalten.

»Du bemühst dich so sehr, dass du nach Frankreich flüchtest.«

Alice warf ihm einen scharfen Blick zu. »Sei nicht so abfällig. Mummy hat mir nachdrücklich geraten, meine besten Jahre nicht an das Hotel zu verschwenden. Sie sagt, ich solle mich amüsieren und meine Jugend genießen, so lange ich es kann.«

»Vater sagt das seit Jahren.«

»Das stimmt«, gab sie zu, dann stockte sie kurz. »Ich habe in letzter Zeit oft an den armen Daddy gedacht. Hast du dich häufig mit ihm getroffen, seit er wieder in London ist?«

Lucian schüttelte den Kopf. »Rose' Mutter ist ihm über den Weg gelaufen – in gesellschaftlichen Kreisen. Er hat eine Wohnung in Chelsea.«

»Ich weiß. Ich habe ihm dorthin geschrieben.«

»Wirklich? Und was?«

»Dies und das. Dass wir ihn vermissen.« Alice zögerte. »Dass Mummy ihn vermisst.«

Lucian runzelte die Stirn. »Tut sie das?«

»Das weiß ich nicht.«

»Warum in aller Welt schreibst du es dann?«

»Weil sie zusammengehören. Bei manchen Menschen ist das so.«

Lucian wurde wütend. »Du hast doch gesehen, was er ihr angetan hat.«

»Ich habe Blutergüsse gesehen. Ich weiß nicht, wie sie zustande gekommen sind. In seinen Briefen schreibt Daddy ausdrücklich, dass er nichts damit zu tun hatte.« Lucians scharfer, ungläubiger Blick verunsicherte sie und trieb sie in die Defensive. »Sieh mich nicht so an, Lucian. Ehen sind kompliziert.« Sie richtete sich zu ihrer vollen Größe auf und holte zum vernichtenden Schlag aus. »Gerade du solltest das doch wissen.«

DREI

Seit Lucian zurück war, dachte Bella, schien sich alles auf wunderbare Art zusammenzufügen. Ihn und Alice unter ihrem Dach zu haben, wenn auch nur kurz, war erhebend und trug zu ihrer wohligen und beschwingten Gefühlslage bei.

Es erinnerte sie daran, wie sie sich ganz zu Anfang dieses italienischen Abenteuers gefühlt hatte, am ersten Morgen, als sie am Rande des Gartens gestanden, aufs Meer geblickt und den Duft der Blumen, des Meersalzes und der Zitrusfrüchte eingeatmet hatte.

Jetzt konnte sie zudem genießen, dass Cecil fort war und sie ganz eigenständige Entscheidungen treffen konnte. Nicht, dass Cecil sie je aktiv von ihren Vorhaben abgehalten hätte, das war nicht seine Art, aber sie hatte ihn immer berücksichtigen und sich oft einen Weg an ihm vorbei suchen müssen. Jetzt konnte sie geradewegs auf jedes Ziel zuhalten, das sie sich steckte.

Sie konnte nicht einfach vergessen, was geschehen war, was Cecil ihr angetan hatte, obwohl ein Teil von ihr es sich sehnlichst wünschte. Gleichzeitig betrachtete sie es als ihre Pflicht, sich selbst und anderen Frauen gegenüber, es stets im Gedächtnis zu behalten. Er hatte sie tief verletzt, bis in das Innerste ihrer Seele, und wenn Erinnerungen an jene Nacht emporstiegen, weil Bella manchmal nicht die Kraft besaß, sie zu unterdrücken, wurde der emotionale fast zu einem körperlichen Schmerz, so schlimm wie ein verdrehter Knöchel oder ein fauler Zahn.

Bella musste sich durch lange Phasen der Fassungslosigkeit und Wut kämpfen. Trotz allem hatte der Vorfall ihr nicht den Glauben an sich selbst genommen. Die ersten Nächte allein waren ihr seltsam und bedrückend erschienen, sie hatte sich wie gelähmt gefühlt. Nach und nach war sie dem Nebel entronnen, und als das geschafft war, wirkte alles reiner und klarer.

Allem voran das Hotel Portofino – und ihre Vorstellung davon, was aus ihm werden konnte.

Trotz der wachsenden Konkurrenz in und um Portofino schien das Hotel unaufhaltsam beliebter zu werden. Verzichtete sie auf falsche Bescheidenheit, wusste Bella, dass es ihr Verdienst war – durch ihr freundliches Wesen und ihr Bestreben, Raum für alles Schöne zu schaffen. Sie war der Ansicht, dass Schönheit den Menschen in plötzlichen Impulsen begegnete und man die Pflicht hatte, sie voll auszukosten, woher sie auch stammte.

Manchmal war die Quelle etwas Einfaches. Die Art, wie ein Sonnenstrahl auf den Rand eines Glases traf oder wie halbierte Feigen auf einem Teller mit Prosciutto angerichtet waren. Genauso gut konnte es ein Mensch sein – und dann wurde es kompliziert.

Seit Marco zum ersten Mal einen Fuß in das Hotel gesetzt hatte, war sie fasziniert. Er war ein attraktiver Mann mit dunklen Augen und durchdringendem Blick, den seine kleine, runde Brille nicht verbergen konnte. Bei ihrer ersten Begegnung war der Architekt, ganz Gentleman, recht förmlich aufgetreten: glatt rasiert, ein weißes Hemd mit Fliege und ein braunes Sakko. Mit seinen kräftigen Händen hatte er die Pläne für die Therme auf dem Küchentisch ausgebreitet und fast die Flasche mit ligurischem Wein umgestoßen, die Bella geöffnet hatte. Mit jedem Glas wurde er enthusiastischer und lebhafter.

»Wir führen die Rohre an dieser Wand entlang, aber – wie sagt man noch? – vergraben sie, *seppellirli*, damit man sie nicht sieht …«

Marko sprach Englisch mit Akzent, aber fließend, und er hatte etwas Sanftes und Wohlwollendes an sich, eine Art vornehmer Weltgewandtheit. Seine Eltern waren gestorben, als er noch jung war, erzählte er Bella. Das Leben hatte ihn abgehärtet, aber sie erkannte etwas Weiches in ihm. Gerade das fand sie besonders anziehend.

Als er ein paar Wochen später mit seinem Trupp auftauchte, um die Arbeiten zu beginnen, hatte Marco sich in einen Mann der Tat verwandelt. Sie hatte im dämmrigen Gang gestanden und beobachtet, wie er die Ausrüstung mit einem anhaltenden und rhythmischen Rumms, Rumms, Rumms die Treppe heruntergeschleift und Bruno und Salvatore Anweisungen entgegengeblafft hatte. *Non come quello! Idioti!*

Aber jetzt musste sie weitermachen – sich auf die Gäste konzentrieren, die sich im Salon einfanden. Sie kamen wie eine sanfte, stete Welle die Treppe herunter und ließen die Aktivitäten des Tages hinter sich. Wann immer Bella konnte, nahm sie an diesem Ritual teil; sie mischte sich unaufdringlich unter die Gäste und lauschte den Gesprächen, wenn sie sich nicht selbst unterhielt. Die Gastgeberin zu spielen gehörte zu ihrer Arbeit, und sie war gut darin. Selbst Cecil hatte in einem seiner freundlicheren Momente ihren »meisterhaften Umgang mit Menschen« erwähnt.

So früh in der Saison waren die meisten Gäste Schweizer oder Deutsche. Bella sah ihnen gern zu, wenn sie durch den Garten spazierten, die Gesichter von ihren Sonnenschirmen beschattet. Bei den älteren Herren waren immer noch Westen beliebt, die Damen flanierten im Sommerpelz, die Jüngeren trugen Golfpullover und strahlten gelassenes Selbstbewusstsein aus. Zwischen den Generationen taten sich Unterschiede auf, aber sie alle wollten englisches Flair, und so sorgte Bella für englische Traditionen wie den Nachmittagstee und Krocket.

Was sie nicht anbieten konnte, waren Tennisplätze. Sie hatte mit

Sorge bemerkt, dass zwei Hotels in Santa Margherita bereits welche bauen ließen. Am Hotel Portofino wollte sie auf Tennisplätze verzichten – sonst würde sie einen Teil des sorgfältig angelegten Gartens mit seinen Bäumen als Sichtschutz und den hübschen Kieswegen verlieren –, aber wie schnell sich andere Hotels auf die neuen Vorlieben einstellten, bestätigte sie darin, dass sie mit dem Bau der Therme die richtige Entscheidung getroffen hatte.

Der Klang des höflichen, zufriedenen Geplauders war Musik in Bellas Ohren. Als sie den Salon betrat, schenkte Paola Prosecco und fertig gemixten Antico Negroni ein, die Constance den Gästen auf ihrem Silbertablett servieren sollte. Paola war eine gepflegte dunkelhaarige Frau mittlerer Größe. *Ausgesprochen hübsch,* dachte Bella, die wusste, aber geflissentlich übersehen hatte, dass Lucian letztes Jahr mit ihr angebandelt hatte. Sie war Witwe und wohnte im Hotel, seit Bella sie fest angestellt hatte; jetzt schaltete und waltete ihre Mutter allein in dem kleinen Stadthäuschen, in dem Paola früher gemeinsam mit der alten Frau und ihrem Mann gelebt hatte.

Lächelnd und nickend ging Bella durch den Salon. Ein Herr Hoffmann aus Berlin beugte sich näher und fragte, ob die Köchin eine gute Brotsuppe machen könne, er habe nämlich gehört, dass Engländer so etwas gern zum Frühstück aßen. Neben ihm spielte seine Frau mit einem gekünstelten Kichern an ihrer Kette aus Jadeperlen.

Danach kam Bella mit einer Madame Nisple aus Zürich darüber ins Gespräch, ob das Wahlrecht auch für Frauen gelten solle. Bella war dafür, während Madame Nisple andere Ansichten vertrat, was Bella nicht besonders überraschte, schließlich war die Schweiz in Sachen Frauenrechte schrecklich rückständig.

Der schmächtige Geistliche aus Hampshire, der gern heiß badete – hieß er Norton? –, hielt von der anderen Seite des Salons aus geradewegs auf sie zu. Bella bemerkte, dass sich auch Carlo, der sich während ihrer Diskussion über das Wahlrecht im Hintergrund gehalten hatte, entschlossen näherte, um ihre Aufmerksamkeit zu gewinnen.

Das kam ihr gerade recht als Ausrede, um sich bei Madame Nisple zu entschuldigen, zumal sie Carlo sehr schätzte. Nachdem Alice seinen Heiratsantrag abgelehnt hatte, war Bella davon ausgegangen, dass er nicht ins Hotel zurückkehren würde. Aber nun war er wieder hier, ein freundlicher Mann und loyaler Verbündeter im Kampf gegen Danioni und dessen ständige Intrigen und Erpressungsversuche – insbesondere als der Gemeinderat gedroht hatte, das Hotel Portofino wegen mangelnder Küchenhygiene zu schließen, war Carlo ihr eine große Hilfe gewesen. Ohne Roberto wirkte Carlo ein wenig einsam, und sie nahm ein Missbehagen in seinem Auftreten wahr, das sie besorgte, eine unausgesprochene Befangenheit vielleicht, die ihn davon abhielt, so offen wie früher mit ihr zu sprechen.

Er schlängelte sich zu ihr durch und raunte: »Ich muss mit Ihnen reden, Signora Ainsworth.«

»Natürlich.«

»Es geht um eine recht wichtige Angelegenheit.«

»Oh?« Bella befürchtete Schlimmes.

Carlo lächelte. »Keine Sorge. Niemand ist gestorben. Ich war nur gestern in Genua. Ein Freund von mir arbeitet beim Außenministerium und wurde darauf hingewiesen, dass Visa für mehrere Mitarbeiter eines Touristenführers beantragt wurden. Ich vermute, Sie haben von den *Grünen Reiseführern* gehört?«

»Ja, sicher«, sagte Bella.

Die *Grünen Reiseführer* erschienen als eine Reihe umfassender Wegweiser für den neuen städtischen, gebildeten Urlauber. Angesiedelt irgendwo zwischen dem ehrwürdigen *Baedeker* und dem schlichteren *Thomas Cook* boten sie Informationen über Reisestrecken, Verkehrsmittel, Sehenswürdigkeiten und Spazierwege nebst Empfehlungen für Hotels und Restaurants. Den Schwerpunkt legten sie weniger auf Kultur als auf Atmosphäre und gesellschaftliches Leben, allerdings gab es auch Abschnitte über Kunst, Architektur und Archäologie. Für ein Haus wie das Hotel Portofino wäre es ein wahrer Segen, in einen *Grünen Reiseführer* aufgenommen zu werden. Falls die Bewertung positiv ausfiel ...

»Der Antrag lässt darauf schließen, dass sie eine Reihe von Hotels für britische Touristen in Ligurien und der Toskana begutachten wollen«, fuhr Carlo fort. »Mein Freund sagt, dass der Antrag vor über einem Monat gestellt wurde, was bedeutet, dass die Tester wahrscheinlich schon im Land sind. Leider kennt er die Namen der Antragsteller nicht. Er will versuchen, sie herauszufinden, sobald sein Kontakt aus dem Urlaub zurückkommt.«

»Danke, Carlo«, sagte Bella. »Es ist sehr freundlich, dass Sie mich vorwarnen.« Aber die Sorge war ihr anzusehen.

»Sie haben nichts zu befürchten«, versicherte er ihr.

»Nein, nein, Sie haben recht. Wir geben uns in diesem Hotel alle Mühe, und die Ergebnisse sprechen hoffentlich für sich.«

Als Carlo sich mit einer leichten Verbeugung zurückzog, bestand Bellas erste Reaktion in Panik. Dass diese Leute sich möglicherweise schon unter ihnen bewegten ... Daran durfte sie gar nicht denken.

Das Abendessen folgte, und Bella half Constance und Paola beim Servieren, wobei sie das Adrenalin selbst das kleinste Detail bemerken ließ.

Sie war offenbar herrisch, aufdringlich und ein wenig lästig; sie meinte zu sehen, dass Paola die Augen verdrehte, als Bella einen Teller zurückgehen ließ, weil das Essen »irgendwie falsch« angerichtet war. Der Hauptgang gehörte zu Bettys besten Gerichten – Reh mit Kirschsoße, eine lokale Spezialität; Betty hatte das Fleisch zwei

Tage lang mariniert –, trotzdem versiegte die Zufriedenheit, die Bella zuvor empfunden hatte. Es fiel schwer, enthusiastisch zu bleiben, wenn alles perfekt sein musste.

Eigentlich lächerlich, dachte sie, *dass eine einzige Information den ganzen Tag verderben kann.*

Danach ging sie wie üblich in die Küche, wo Constance und Betty das Geschirr spülten, das Paola aus dem Speisesaal brachte, schön vorsichtig, damit von dem zarten Wedgwood- Porzellan in der großen, eckigen Spüle nichts abplatzte. Als Betty sie neben dem Tisch bemerkte, kam sie zu Bella herüber. »Ist alles in Ordnung, Ma'am?«

»Ja«, sagte Bella. »Ich meine, nein. Nicht so richtig. Es ist etwas passiert.«

»Ach?«

»Kein Grund zur Sorge«, fügte Bella hinzu, um sie nicht mit ihrer Panik anzustecken. »Nur etwas, das wir beachten müssen.« Sie zögerte. »Haben Sie von den *Grünen Reiseführern* gehört?«

Betty schüttelte den Kopf.

»Sie sind die Bibel der Branche. Die meisten, die eine Reise an einen Ort wie Portofino in Betracht ziehen, kaufen oder leihen sich wahrscheinlich eine Ausgabe. Jedenfalls«, fuhr sie fort, »hat Carlo mir gerade erzählt, dass zwei Reisetester im Moment in Ligurien sind und hierherkommen.«

Betty gab sich zuversichtlich. »Wir müssen uns wegen eines Testbesuchs keine Sorgen machen, Ma'am. Wir haben die sauberste Küche in ganz Portofino, und eine so anspruchsvolle Speisekarte finden Sie nirgends sonst.«

»Es freut mich, dass Sie es so sehen, Betty. Aber diese Tester stehen im Ruf, extrem kritisch zu sein. Eine schlechte Bewertung kann gravierende Folgen haben. Sie könnte sogar dazu führen, dass wir das Hotel schließen müssen.«

Schweigend überdachte Betty, welch schlimme Konsequenzen möglicherweise drohten.

»Aber müsste man sie nicht erkennen können?« Constance hatte ihnen zugehört. Sie klang skeptisch.

»Leider nein. Das System ist klug eingerichtet. Alle Testbesuche finden anonym statt. Wir können nicht herausfinden, wer sie sind.«

»Großer Gott«, sagte Betty. »Als hätten wir Spione unter uns!«

»Ja, schon«, stimmte Bella verhalten zu. »Aber Carlo hat einen Plan. Möglicherweise kann er durch seine Kontakte herausfinden, wer die Visa beantragt hat. Bis dahin müssen wir uns alle umso mehr bemühen, einen absolut tadellosen Service zu bieten.«

Betty verschränkte trotzig die Arme. »Sie wissen, was ich sagen will, Ma'am.«

Bella nickte.

»Ich kann mich noch so abrackern, eine ordentliche Küche zu führen, aber hier laufen Tag und Nacht Arbeiter rein und raus, lenken mich und alle anderen ab und bringen Gott weiß welche Bazillen ins Essen.«

»Ich weiß«, sagte Bella, die sich in den letzten Wochen schon oft dieser Beschwerde gestellt hatte. »Aber die Therme ist wichtig – für das Hotel, für uns alle. Wir sind nicht das einzige Hotel in Portofino. Wenn wir nicht Schritt halten und uns anpassen …« Entnervt unterbrach sie sich. »Morgen rede ich mit Marco. Ich frage ihn, was er tun kann, um die Beeinträchtigungen möglichst gering zu halten.«

Lucian konnte in seinem neuen Zimmer gut schlafen. Es war wärmer als sein altes, weil es direkt unter dem Dach lag, aber dafür ruhiger, und er verstand, warum Nish hier so gut hatte schreiben und nachdenken können.

Als er die Fensterläden öffnete und auf das weite, glitzernde Meer blickte, erschien ihm sein Pariser Intermezzo wie ein ferner Albtraum. Rose würde erst heute mit seiner Ankunft rechnen – er hatte nur eine Nacht in Paris verbracht, nicht zwei –, und er nahm sich vor, ihr ein Telegramm zu senden.

Weil er nach seiner Reise zu erschöpft gewesen war, um zum Abendessen hinunterzugehen, machte er sich jetzt auf der Terrasse hungrig über ein großzügiges englisches Frühstück her. Es war sonnig, die Luft aber angenehm frisch. Ein leichter Wind kribbelte in seinem Nacken wie ein Atemhauch. Als er spürte, dass die anderen Gäste ihn begutachteten, schaute er sich um, suchte Constance, fand aber nur Paola. Seit den Ereignissen im letzten Sommer begegnete sie ihm freundlich, aber distanziert – genauer gesagt seit seiner Verlobung mit Rose, wegen der Paola damals ihre heimliche Beziehung zu Lucian beendet hatte.

Paola war sehr aufmerksam, wie er wusste, und besaß eine scharfe Intuition, vor allem, wenn es um Herzensangelegenheiten ging. So eng, wie sie mit Constance zusammenarbeitete, wusste sie sicher um seine Gefühle für die neue »stellvertretende Direktorin«. Als sie ihm also ein Glas Orangensaft brachte und Lucian sie betont beiläufig fragte, ob Constance heute Morgen arbeite, überraschte es ihn nicht, dass sie stockte, bevor sie antwortete: »*No – e non so dove sia.*« Nein – und ich weiß nicht, wo sie ist.

Er stürzte den Saft herunter und trank seinen Kaffee aus. Auf dem Weg ins Haus begegnete er seiner Mutter. Sie und Alice wollten nach Portofino laufen und ein paar Dinge für Alice' Reise nach Frankreich besorgen. Wollte er sich ihnen nicht anschließen?

Das würde er gern, antwortete Lucian. Und als er erwähnte, dass er Rose ein Telegramm schicken wolle, reagierte sie begeistert. »Natürlich, unbedingt. Das arme Mädchen macht sich sicher furchtbare Sorgen.«

In friedlicher Eintracht schlenderten sie in den späten Morgen, folgten den Windungen der Straße und liefen einen steilen Weg hinunter zum Hafen. Alice trug ein grünes Etuikleid, das ihre kreideweißen Arme entblößte.

Sie hatte sich aus ihrem Schneckenhaus gewagt, dachte Lucian, und wollte sich endlich der Welt zeigen. Auf ihre eigene Art war sie ebenso verletzlich wie er – und wollte ebenso wenig, dass man sie auf ihre wunden Punkte ansprach.

»Pass auf, dass du dir keinen Sonnenbrand holst«, sagte er.

Alice sah ihn an. Ihre Miene war harsch und gereizt. »Ich bin kein Kind«, fuhr sie ihn an.

Am späteren Morgen herrschte prächtiges Wetter, warm, aber längst nicht so heiß wie im Hochsommer. Als sie die winzige hufeisenförmige Bucht erreichten, verspürte Lucian unerwartet heftige Sehnsucht nach dem letzten Jahr – er wünschte sich zum Anfang der Saison zurück, in die Zeit vor dem ganzen Drama. Damals hatte er all das noch voller Unschuld betrachtet, es war für ihn neu und frisch gewesen: die Boote, die auf dem leuchtend blauen Meer schaukelten; der weite Blick über die Hügel, der das Castello Brown einfasste, und die hübsche gelbe Kirche von San Giorgio.

Die Bucht war kein besonders schöner Platz zum Schwimmen, einen echten Strand im herkömmlichen Sinne gab es nicht. Trotzdem waren einige größere Gruppen von den umliegenden Hotels heruntergekommen, um es auszuprobieren. Überall am Ufer verteilt lagen Handtücher, aufgehäufte Kleidung und mit Steinen beschwerte Sommerhüte. Lucian sah den springenden, lachenden Gestalten dabei zu, wie sie in die Wellen liefen, und war plötzlich stark versucht, sich auszuziehen und es ihnen gleichzutun.

In der Stadt herrschte ebenso großer Trubel. Vor den Touristenläden hatten sich lange Schlangen gebildet. Portofino entwickelte sich, es veränderte sich, alte Traditionen wichen neuen, während die Stadt versuchte, der Flut von Neuankömmlingen mit ihren exzentrischen Wünschen nach Badeanzügen und Cremes zum Sonnenbaden gerecht zu werden.

Als er, Alice und ihre Mutter die Piazzetta überquerten und die hübsche Reihe reizender pastellfarbener Häuser passierten, vergaß er für einen Moment seine Probleme mit Rose. Es hatte etwas Tröstliches, mit seiner engsten Familie zusammen zu sein. Es war wie eine Prise der schöneren Momente seiner Kindheit – der seltenen Zeiten, wenn ihr Kindermädchen Benson fort gewesen war und ihre Mutter sie versorgt hatte. Bella hatte sie dann mit Aufmerksamkeit überschüttet, bis sie trunken davon waren. Aber dann war Benson zurückgekehrt, und sie hatten diese wichtige Verbindung verloren.

Sie wandten sich nach links und gingen die Via Roma hinauf. Lucian bemerkte ein neues Fischrestaurant mit schicken Korbstühlen und Marmortischen. Gegenüber, wo früher die schlechteste Bäckerei gewesen war – die Einheimischen hatten geraten, man solle sie meiden, weil das Brot immer verbrannt sei –, wurde jetzt exklusive Damenmode verkauft. In den Schaufenstern drängten sich bunt gekleidete Puppen in starren, unnatürlichen Posen.

Alice wirkte heiter, wenn auch ein wenig besorgt. Sie gab sich selbstbewusst, aber allein nach Frankreich zu reisen war ein großer Schritt für sie, der größte seit dem Tod ihres Mannes George.

Ihre Mutter ließ sich ein paar Schritte zurückfallen, und Alice und Lucian fanden ein wenig in die Vertrautheit ihrer Kinderzeit zurück. Sie ließen alte Witze wiederaufleben, teilten Albernheiten und unbeschwertes Lachen, sogar Nähe. In der *farmacia* kauften sie Briefmarken und ein paar andere Dinge. Bella fand, Alice sollte ihren Gastgeberinnen in Frankreich Geschenke mitbringen, vielleicht Seife oder eine Spitzentischdecke, aber Alice wies die Idee zurück. Ihre Freundinnen erwarteten keine Geschenke, behauptete sie, und es würde einen seltsamen Eindruck machen, als wolle sie sich einschmeicheln.

Lucian fiel auf, wie freundlich die Leute seiner Mutter begegneten, sie tippten sich an den Hut und wünschten ihr *buon giorno*. Stolz erfüllte ihn. Sie hatte sich große Mühe gegeben, sich zu integrieren und gute Beziehungen zu den Geschäftsinhabern und Zulieferern in Portofino aufzubauen. Er fragte sich, was man in der Stadt von Cecils Abwesenheit hielt, davon, dass Bella im Grunde allein war. Wurde es akzeptiert? Italiener konnten schnell ein harsches Urteil fällen, noch mehr als Engländer, vor allem über Frauen, die Autorität und Unabhängigkeit ausstrahlten und sie verteidigten.

Sie hatten gerade Eiscreme gekauft, als die Idylle rüde zerstört wurde.

Bella war die Erste, die den Gemeinderat, ein hohes Tier der *comune*, bemerkte. »O nein«, sagte sie. »Nicht heute.«

Sie hatten das obere Ende der Via Roma erreicht, wo die Straße auf die Piazza della Libertà mündete. Danioni streunte über den Platz, sprach offenbar gezielt Urlauber an und blieb immer wieder stehen, um sich zu verbeugen oder eine Hand zu schütteln.

Lucian war überrascht, wie heftig er auf den schmächtigen Mann mit dem billigen Anzug und dem fahlen, griesgrämigen Gesicht, das an ein Wiesel erinnerte, reagierte.

Bella sah es ihm an. »Keine Sorge«, flüsterte sie. »Danioni hat sich benommen, seit wir Carlo letztes Jahr auf ihn losgelassen haben.«

Lucian beobachtete ihn skeptisch. »Ich weiß nicht. Ich halte es für wahrscheinlicher, dass Danioni sich benimmt, weil Vater ihn dafür bezahlt hat.«

Alice runzelte die Stirn und widersprach dieser Verunglimpfung des moralischen Wesens ihres Vaters. »Wie in aller Welt kommst du darauf?«

»Vater hat mir selbst gesagt, dass er Danioni bestochen hat. Wir waren in diesem furchtbaren Club, den er so mag, angeblich um über meine Karriere als Architekt zu sprechen. Er hat mir geraten, ich solle die zuständigen Leute schmieren, wenn ich schneller vorankommen will.«

»Das klingt nach Cecil«, bestätigte Bella.

»Er hat es sicher gut gemeint«, sagte Alice.

Bella zog die Augenbrauen hoch. »Es freut mich, dass du Kontakt zu ihm hattest, Lucian. Und dass er wenigstens versucht hat, seine väterlichen Pflichten zu erfüllen.«

Lucian dachte an ihr Treffen zurück – und an die Andeutungen, die Cecil gemacht hatte. »Ich hatte den Eindruck, dass er und Danioni auch gemeinsame Geschäfte machen.«

»Wirklich?« Bella runzelte nachdenklich die Stirn. Doch lange konnte sie nicht grübeln, denn Danioni hatte sie entdeckt und kam sichtlich beschwingt auf sie zu.

Er breitete die Arme aus: »Signora Ainsworth! Sie sind mit Ihrer wunderbaren Familie hergekommen. Was für eine Freude. *Una felice occasione!*«

Bellas Reaktion war ein Musterbeispiel frostiger Selbstbeherrschung. »Gewiss doch«, sagte sie.

»Sehen Sie sich um«, forderte Danioni sie mit ausladender Geste auf. »Portofino blüht und gedeiht. Wir haben mehr Touristen hier als je zuvor – und das so früh im Jahr. Weil es jetzt mehr Hotels bei uns gibt. Das haben Sie sicher schon bemerkt. Konkurrenz für Ihr illustres Haus, nicht wahr? Aber wie ich immer sage, Konkurrenz belebt das Geschäft.«

»Was kann ich für Sie tun?«, fragte Bella mit ausgesuchter Höflichkeit.

»Die Frage ist eher, was ich für Sie tun kann. Sie bauen eine Therme, wie ich höre? Jetzt ist nicht der richtige Moment, um die –

wie heißt es bei Ihnen? – *particolari* zu besprechen. Aber wir müssen uns treffen, Sie und ich, und das bald. Die Bauvorschriften in Italien sind sehr kompliziert.« Er hielt inne und sah sich stirnrunzelnd um, als hätte er gerade bemerkt, dass etwas nicht stimmte. »Aber wo ist Signor Ainsworth? Ich habe gehört, dass die Arbeit ihn in London festgehalten hat …« Das sagte er mit einem Grinsen, um klarzustellen, dass er diese weitverbreitete Geschichte als unwahr durchschaute. »Mittlerweile ist er doch sicher wieder in Portofino?«

»Ich fürchte, nein«, sagte Lucian.

»Eine wahre Schande.« Danioni wandte sich an Bella. »Sie stehen natürlich im ständigen Austausch mit ihm und wissen genau, wann er zurückkehren will?«

»Die Angelegenheiten meines Mannes sind genau das.« Bellas Stimmte triefte vor Sarkasmus. »Wie könnte ich, eine einfache Frau, nur hoffen, seine Pläne und Ziele zu kennen?«

Cecil wollte gerade seine Wohnung verlassen, als das Telefon ging. Er war versucht, es einfach klingeln zu lassen, aber seine Neugier siegte.

»Ich habe einen Anruf aus Italien für Sie«, sagte eine muntere Frauenstimme.

Cecil schluckte seinen Ärger hinunter. »Na schön. Stellen Sie bitte durch.«

Es wurde unangenehm still, ein Knacken war zu hören, dann dröhnte Danionis schrille Stimme aus dem Hörer. »Signor Ainsworth!«

»Danioni. Was für eine Überraschung.«

»Ich hoffe, ich störe nicht.«

»Nicht mehr als sonst.«

»Gut. Ich habe Ihnen nämlich etwas mitzuteilen.«

»Und was?«

»Ich hatte gerade ein reizendes Gespräch mit Ihrer Frau, Ihrem Sohn und Ihrer Tochter.«

Also sind sie alle da unten, dachte Cecil. Es kränkte ihn und stimmte ihn zugleich unerwartet traurig. »Das freut mich zu hören«, sagte er. »Aber deshalb rufen Sie sicher nicht an, oder? Wir waren uns doch einig, dass Sie mich nur in Notfällen in London kontaktieren.«

»Aber das ist ein Notfall«, beteuerte Danioni. »Ich dachte, Sie wären mit Ihrem Sohn nach Italien zurückgekommen. Jetzt höre ich, dass dem nicht so ist.«

»Na und?«

»Sie müssen das verstehen. Gewisse Freunde von uns bestehen auf einem persönlichen Treffen. Sie haben dringende geschäftliche Angelegenheiten zu besprechen.«

Cecil lachte laut auf. »Die Geschäfte in Schottland sind unter Kontrolle. Ich hatte erst heute ein Treffen deswegen. Sagen Sie ihnen, sie brauchen sich keine Sorgen zu machen.«

»Es geht um etwas anderes. Unsere Freunde haben vor Kurzem das Casino in Portofino übernommen.«

»Schön für sie«, sagte Cecil. »Ich wüsste nicht, was ich damit zu tun habe.«

»Sie haben etwas damit zu tun, weil diese Leute Sie als Geschäftspartner betrachten.«

»Wie reizend von ihnen«, sagte Cecil, »aber mal eben in Ihrer entlegenen Gegend aufzukreuzen bedeutet für mich eine Menge Kosten und Umstände. Nur für ein Gespräch lohnt sich das wohl kaum.«

Danioni zögerte. »Schon komisch«, meinte er, »der frühere Besitzer des Casinos hat etwas Ähnliches gesagt, als unsere Freunde an ihn herantraten, um es ihm abzukaufen. Er hat sich schnell von ihrem Standpunkt überzeugen lassen.«

»Ach, wirklich?« Cecil steckte sich eine Zigarette zwischen die Lippen. »Wie ist es dazu gekommen?«

»Ich glaube, auf dem Totenschein stand *morte per annegamento*. Äußerst bedauerlich. Die Strömungen hier in Portofino können wirklich unberechenbar sein. Viel stärker, als die Leute annehmen.«

Die schnippische Antwort, die Cecil auf der Zunge lag, erstarb. Er fühlte sich ertappt. In die Ecke getrieben. »Ich frage in meinem Reisebüro nach«, sagte er. »Mal sehen, was sich machen lässt.«

»Eine kluge Entscheidung. *Arrivederci*, mein Freund.«

Cecil legte den schweren schwarzen Hörer auf die Gabel und steckte mit zitternden Händen seine Zigarette an.

Als Gianluca die Wohnung verließ, war es fast halb zwölf. Den ganzen Vormittag lang hatte er angekündigt, auf der Porta Palazzo Gemüse besorgen zu wollen. Er hatte Nish gefragt, ob er ihn begleiten wolle, weil er wusste, wie fasziniert sein Geliebter von dem Markt war und dem dichten Treiben, das dort herrschte – man sah Einwanderer aus Tunesien und Marokko, Mütter, die Kutteln kauften, und Restaurantbesitzer auf der Suche nach Trüffeln und *funghi procini*. »Was sagt ihr Engländer doch gleich? ›Hier tobt das geballte Leben …‹«

Normalerweise hätte Nish gern eingewilligt. Aber es war kein normaler Morgen.

Nach dem Frühstück hatte Nish dem *fermo posta* seinen täglichen Besuch abgestattet. Nur ein Brief hatte auf ihn gewartet, was ihn sonst enttäuscht hätte. Aber Lucians ordentliche, geschwungene Handschrift auf dem Umschlag zu sehen hatte sein Herz singen lassen. Er und Lucian hatten monatelang nichts voneinander gehört, Monate, die ihm wie Jahre vorkamen. Unmittelbar nach den Ereignissen des letzten Sommers hatten sie sich oft geschrieben, wobei Lucians Briefe einen besorgten, gönnerhaften Ton angenommen hatten. Aber dann hatte er Rose geheiratet und sein Praktikum begonnen, und, nun ja, die Korrespondenz war eingeschlafen. Auch Nish hatte sich gedrängt gefühlt, sich in sein neues Leben einzufinden – in dieser geheimnisvollen Stadt, die ganz anders war als die italienischen Orte, die er bisher besucht hatte, in der Beziehung mit Gianluca und dazu als politischer Dissident.

Er hatte den Brief an Ort und Stelle öffnen und lesen wollen, gleich auf dem Gehweg, während die Straßenbahnen vorbeiratterten. Aber als er den *fermo posta* verlassen hatte, war er Gianlucas Freund Vincente in die Arme gelaufen, der darauf bestanden hatte, ihn nach Hause zu begleiten.

Vincente redete und redete in seiner belehrenden Art auf ihn ein, und Nishs Ungeduld stieg an wie Quecksilber in einem Thermometer. Empfand Nish Turin ebenso wie Henry James als eine Stadt der Arkaden und aufwändigen Illusionen?

»Es hat James schrecklich verwirrt«, sagte Vincente. »Wie der große Mann schreibt, gibt es hier keine Kirchen, keine Denkmäler, keine romantischen Straßenszenen. Wir haben natürlich die Superga, aber was macht man, wenn man sie schon gesehen hat?«

»Keine Ahnung.« Nish wollte nicht unhöflich klingen, aber er wollte endlich, *endlich* seine Ruhe haben. »Eine Galerie besuchen?«

Vincente lachte, als hätte Nish einen großartigen Witz gemacht.

Die kleine Wohnung, die Gianluca von einem Freund gemietet hatte, lag im siebten Stock eines Gebäudes am Corso Vittorio Emanuele II. Vom Schlafzimmerbalkon aus konnte man gerade eben die Alpen ausmachen. In jeder anderen Hinsicht war sie unscheinbar – und bewusst deswegen ausgewählt.

Nachdem er sich erleichtert von Vincente verabschiedet hatte, ging Nish hinauf und musste feststellen, dass Gianluca immer noch da war und sich vor dem Badezimmerspiegel die Haare kämmte. Vor seinen Augen konnte Nish den Brief auf keinen Fall lesen. Ihm von seiner bloßen Existenz zu erzählen hätte Gianluca wütend gemacht.

Gianluca kam zu Nish und küsste ihn auf die Lippen. Ihn umwehte ein wohliger Duft nach Seife und Tabak. Leichthin fragte er: »War Post da?«

Nish schüttelte den Kopf.

»Das ist gut«, sagte Gianluca. »Je weniger Briefpartner wir haben, desto besser, nachdem die OVRA jetzt die Macht hat, Briefe abzufangen.«

Sie sprachen eine Weile über eines ihrer ständigen Themen, die Verschlechterung des politischen Klimas für antifaschistische Aktivisten. Dann verließ Gianluca mit seinem Einkaufsnetz das Haus.

Nish setzte sich und zog Lucians Brief aus der Innentasche seiner Jacke. Unbeholfen öffnete er den Umschlag.

Mein lieber Nish,
ich bin auf dem Weg nach Portofino und schreibe dir aus Paris.
Ich bin allein unterwegs, Rose ist leider zu schwach, um die
Reise durchzustehen. (Das ist eine lange Geschichte, die noch
warten muss.) Ich frage mich oft, wie es dir geht, und hoffe, dass
du in diesen gefährlichen Zeiten gut auf dich aufpasst.
Ich will gleich zur Sache kommen: Ich würde dich diesen
Sommer sehr gern sehen und habe überlegt, ob du wohl Zeit
und Lust hast, zu mir ins Hotel Portofino zu kommen. Wir
hatten letztes Jahr viel Spaß, oder, trotz allem? Ich hatte
immer das Gefühl, dass unsere Freundschaft besonders stark
ist – wie so viele Freundschaften, die unter widrigen

Umständen geschmiedet werden. Ich empfinde das Leben im Moment als ziemlich mühselig, und dich zu sehen würde mich ungeheuer aufmuntern.
Schreibst du mir zum Hotel und lässt mich deine Antwort wissen?
Für immer dein Freund,
Lucian

Nish runzelte die Stirn. Was war hier los?

Nishs jetziges Leben unterschied sich zu einem nahezu absurden Maß von seinem Leben im letzten Sommer. Gestern Abend zum Beispiel: Er und Gianluca hatten sich in einem Zimmer über einem Café mit Raffaele und Franco getroffen, zwei besonders aktiven Antifaschisten, um ein Attentat auf den Turiner Bezirksvorstand der Nationalen Faschistischen Partei zu planen, einen engen Verbündeten Mussolinis. Raffaele, ein ehemaliger Soldat, hatte ihnen ganz selbstverständlich die Handgranate gezeigt, die er aus seiner Dienstzeit behalten hatte. Er wollte sie in das Auto das Amtsträgers werfen, wenn dieser einstieg, um sich nach Hause fahren zu lassen. Das tat er jeden Tag zur selben Zeit, man hätte die Uhr danach stellen können. Allerdings, erklärte Raffaele, war die Granate alt, es bestand die Möglichkeit, dass sie nicht explodieren würde.

Darauf hatte Gianluca mit ebensolcher Selbstverständlichkeit enthüllt, das sei kein Problem, er habe eine Alternative geplant. Zu Nishs Entsetzen hatte er eine Pistole aus der Tasche gezogen und erklärt, er würde in der Nähe in Position gehen und notfalls einen tödlichen Schuss abfeuern.

Später hatte Gianluca ihn beruhigt, er selbst, Nish, müsse keine Gewalttat begehen. Er und Franco hatten nur als Fluchtfahrer für Gianluca und Raffaele bereitzustehen, auf zwei Motorrädern, die für diesen Zweck gestohlen worden waren …

Nish riss sich aus seinen Gedanken und starrte auf den Brief. Er las ihn noch einmal und war so darin vertieft, Lucians verborgene Botschaften zu entschlüsseln, dass er nicht hörte, wie die Haustür geöffnet wurde. Er bemerkte auch nicht die gedämpften Schritte auf der Treppe oder das Kratzen, als Gianluca seinen Schlüssel ins Schloss steckte. Plötzlich fragte eine Stimme hinter ihm: »Was ist das?«

Nish zuckte zusammen. »Nichts.« Er wollte den Brief zusammenfalten, aber Gianluca durchmaß den Raum mit langen Schritten und riss ihm das Blatt aus der Hand.

»Wenn es nichts wäre, würdest du nicht versuchen, es vor mir zu verstecken.« Argwöhnisch überflog er den Brief. »Du hast mir gesagt, es wäre keine Post gekommen. Du hast mich angelogen.«

Nish sagte nichts.

»Er ist von deinem englischen Geliebten, wie ich sehe.«

»Sei nicht albern. Lucian ist mein Freund. Das weißt du. Gib ihn bitte zurück. Er ist an mich adressiert, nicht an dich.«

»Wie kann ich dir bei wichtigen Dingen vertrauen, wenn du mich bei so etwas anlügst?«

»Ich habe nicht gelogen. Ich … habe es verschwiegen.«

Gianluca lachte bellend auf. »Du solltest Anwalt werden wie mein Vater.«

Stille machte sich breit. Dann sagte Nish: »Es tut mir leid. Ich weiß nicht, warum ich das Gefühl hatte, dass ich es dir nicht sagen kann.«

Gianluca wandte Nish den Rücken zu. Er ging in die Küche, schraubte die Kaffeekanne auseinander und löffelte duftendes, dunkel geröstetes Pulver ins Sieb. »Er müsste jetzt schon in Italien sein.«

»Ja.«

»Und was willst du machen?«

»Ich weiß es nicht.«

Gianluca schüttelte den Kopf. »Das reicht nicht, Nish. Du musst dich entscheiden.«

»Zwischen ihm und dir? Du weißt, wie meine Entscheidung ausfallen würde.«

»Nein. Zwischen den bourgeoisen Annehmlichkeiten deiner Vergangenheit und der Härte und den Gefahren deines jetzigen Lebens mit mir.«

Der Ausdruck »bourgeoise Annehmlichkeiten« ließ Nish zurückzucken, als wäre er geschlagen worden. Sein erster Gedanke war, dass dieser Vorwurf ausgerechnet von einem Anwaltssohn kam. Aber im nächsten Moment musste er ihm recht geben. Außerdem hatte Gianluca wohl nicht nur Nish, sondern auch sich selbst gemeint.

Er folgte Gianluca in die Küche und berührte seinen Arm. »Ich nehme gar nicht wahr, dass unser Leben hart ist«, sagte er, »weil ich zum ersten Mal wirklich glücklich bin.«

»Das ist alles schön und gut. Aber ich will, dass du der Zukunft mit offenen Augen entgegengehst.«

»Was meinst du damit?«

Gianluca ließ die Kaffeekanne auf dem Herd stehen, ging zurück ins Wohnzimmer und suchte aus seiner Tasche die aktuelle Ausgabe der *Giustizia e Libertà* hervor. Er hielt die Zeitung hoch, damit Nish die Geschichte auf dem Titelblatt sehen konnte – Faschisten hatten eine örtliche Gruppe der Arbeiterbewegung angegriffen und sieben Mitglieder getötet.

»Das ist entsetzlich«, sagte Nish.

»Es ist kriminell. Deshalb sind zielgerichtete Aktionen unsere einzige Möglichkeit, ihnen Einhalt zu gebieten.« Er fing Nishs Blick auf. »Bist du sicher, dass du mitmachen willst?«

Nish nickte. »Ganz sicher.«

»Dann musst du etwas für mich tun.«

»Natürlich.«

»Du musst diesen Brief verbrennen. Jetzt. Vor meinen Augen.«

Gianluca hielt den Umschlag hoch und deutete mit dem Blick zum Feuerzeug auf dem Tisch neben ihm.

Nish hielt die Flamme ans Papier, es fing Feuer und flackerte hell auf. Innerhalb von Sekunden verbrannte es zu rot glühender Asche, fiel aus Gianlucas Hand und blieb als schwelendes graues Häufchen auf dem Boden liegen.

Mehr gab es nicht zu sagen. Gianluca ging, Nish blieb in der Wohnung und las. Die Fenster waren weit geöffnet, die Läden aufgeklappt. Sanft gefiltert strömte Sonnenlicht herein. Es verteilte sich weich und diffus auf den Bodenfliesen, traf aber so hell auf die weiße Wand des Wohnzimmers, dass sie von innen heraus zu strahlen schien.

Nish fand auf dem uralten Sofa eine gemütliche Position, konnte sich aber nicht auf sein Buch konzentrieren. Er begriff besorgt, dass er sich von seinen alten Gewohnheiten und Leidenschaften verabschieden und neue entwickeln musste – und die Optionen erschienen ihm gefährlich und wenig erstrebenswert.

Wie militant war er, wenn es hart auf hart kam? Wie viel war er bereit zu opfern?

Er warf das Buch beiseite, ging ins Bad und rasierte sich am Waschbecken. Er musste sich beschäftigen, irgendetwas tun, bei dem er sofort ein Ergebnis sah.

Auch dieses Mal hörte er nicht, dass Gianluca hereinkam. Er sah ihn im zerbrochenen Badezimmerspiegel, als er sein Gesicht einseifte. Gianluca sah aus wie ein Engel, als er von hinten an Nish herantrat und seinen schaumigen Hals küsste und liebkoste. Nish ließ seinen Rasierer ins Waschbecken fallen. Eine Weile lang duldete er die Störung – denn so empfand er es –, ohne zu reagieren, aber dann wurde es ihm zu viel, und er löste sich mit einem Schulterzucken von Gianluca.

»Was ist?« Die Zurückweisung schien Gianluca zu überraschen.

»Ich muss immer wieder an den Fahrer denken.«

»An welchen Fahrer?« Gianlucas Stimme klang ungeduldig.

»An den des faschistischen Amtsträgers. An den Fahrer, der von unserem Plan betroffen sein wird und höchstwahrscheinlich, nun ja ... stirbt.«

Gianluca legte ihm einen Finger auf die Lippen und zischte, obwohl Nish leise gesprochen hatte. »Du siehst das ganz falsch«, flüsterte er. »Du glaubst, der Fahrer wäre unschuldig? Er ist ein Kollaborateur.«

»Er ist auch jemandes Ehemann oder Vater oder Bruder. Jemand, der nur versucht, seinen Lebensunterhalt zu verdienen. Der versucht, das Beste für seine Familie zu tun.«

Gianluca schüttelte den Kopf. »Das ist Irrsinn.«

»Warum?«

»Wie kannst du so ... sentimental sein? Faschismus ist Gewalt. Und Gewalt kann man nur mit Gewalt bekämpfen.«

»Das sagst du so leicht.« Nish war aufgewühlt und sprach lauter. »Ich war da, weißt du. An der Westfront. Ich habe gesehen, wie Männer vor mir in Stücke gerissen wurden. Genug Gewalt für ein ganzes Leben.«

Gianluca antwortete mit sanfterer Stimme. »Ich weiß. Und ich verstehe das. Wirklich.« Er küsste Nish wieder. Dieses Mal erwiderte Nish den Kuss. »Es ist nicht zu spät, weißt du?«, sagte er sanft. »Wenn du willst, kannst du gehen – zurück zu deinem alten Leben. Lass mich hier weiterkämpfen. Ich will dich überzeugen, nicht unter Druck setzen.«

»Ich weiß«, sagte Nish. »Das weiß ich.«

VIER

Jetzt mal Schluss mit der Therme, dachte Betty. *Was ist mit der Küche?* Sie war geräumig, sicher, mit reichlich Arbeitsflächen, und Betty liebte den Terrakottaboden, die hohe Gewölbedecke, die glänzenden Pfannen an den Haken. Sie liebte auch die Details, auf denen sie selbst bestanden hatte, etwa die kleinen Gardinen, die man vor den niedrigen Regalen zuziehen konnte, und den Buffetschrank mit der Schublade für all die Kleinteile, die man in einer geschäftigen Küche ständig brauchte: Scheren, Bindfaden, Haftetiketten, Bleistifte …

Aber einiges ließ noch Raum für Verbesserung. Zum Beispiel musste der alte mit Brennholz befeuerte Herd gegen einen moderneren ausgetauscht werden. Und mit einer zweiten Spüle könnten sie die Unmengen an Geschirr nach jeder Mahlzeit deutlich leichter bewältigen.

Die größte Aufgabe lag allerdings darin, dafür zu sorgen, dass die Lebensmittel nicht mehr so schnell verdarben. Der Vorratsraum, den man durch einen langen Gang, um eine Ecke und eine Stufe hinauf erreichte, war kühl, aber nicht kühl genug, vor allem nicht im Juli und August. Betty hatte sich mit Agatha angefreundet, der pragmatischen schottischen Chefköchin des Hotels Loto Bianco drüben Richtung Rapallo. Agatha sang unentwegt Loblieder auf diesen neumodischen Gaskühlschrank, den sie gekauft hatten und der die Lebensmittel wie durch Zauberei kalt hielt.

»Rate mal, wie lange sich die Milch hält«, hatte Agatha sie herausgefordert.

»Ich habe keine Ahnung«, gab Betty zu. »Bis zum nächsten Morgen?«

»Drei Tage!«

Das gab einem schon zu denken.

Betty füllte den Wasserkessel und stellte ihn auf den Ofen. Sie bereiteten das Abendessen vor und hatten die Phase erreicht, die sie immer »die Ruhe vor dem Sturm« nannte. Der Großteil der Arbeit war erledigt, und es war ein guter Zeitpunkt, sich bei einem Tee zusammenzusetzen und einen Schwatz zu halten.

Constance schrubbte angebrannte Milch aus einem Topf, den sie über Nacht mit Natron eingeweicht hatte. Wie lange würde sie noch zu solchen Tätigkeiten bereit sein? Das Mädchen machte Karriere. Betty hegte deswegen keinen Groll – sie hatte Constance gern, fast als wäre sie ihre eigene Tochter –, aber die Beförderung hatte sie trotzdem in eine ziemliche Bredouille gebracht. Mrs Ainsworth hatte sich vorher nicht mit ihr abgesprochen, was natürlich ihr gutes Recht war… Trotzdem.

Constance rief zu Betty hinüber: »Was hältst du eigentlich von diesem Testbesuch?«

Betty schnaubte. »Die haben sich einen schönen Zeitpunkt ausgesucht, mit diesem ganzen Unsinn mit der Therme und Fräulein Griesgram unterwegs nach Frankreich. Sie könnte gleich dableiben, wenn es nach mir ginge, aber wer kümmert sich jetzt um den Speisesaal?«

»Du hast recht«, sagte Constance. »Wir brauchen einen Ersatz. Vielleicht kennt Paola jemanden.«

»Frag sie doch mal.«

»Vielleicht mache ich das.«

Der Wasserkessel pfiff. Betty löffelte losen Tee (Typhoo aus dem britischen Laden in Bordighera, nicht diesen vornehmen Quatsch) in eine braune Keramikkanne und goss das kochende Wasser darüber. In diesem Moment kam Billy mit einer Steige Tomaten herein.

Betty verdrehte die Augen. »Die hätte ich vor einer Stunde gebraucht.«

»Ich habe gerade an dich gedacht«, sagte Constance.

»Ach ja?« Er zwinkerte ihr zu.

»Werde nicht albern. Wegen des Testbesuchs, meinte ich.«

»Wegen was?«

»Ein Autor von einer wichtigen Reisezeitschrift kommt ins Hotel«, erklärte Betty. »Er will es bewerten.«

»Es könnte auch eine Sie sein«, sagte Constance.

»Mach es nicht so kompliziert«, widersprach Betty. »Wird es nicht, oder? Warum sollte es eine Sie sein?«

»Frauen schreiben auch für Zeitschriften.«

»Nicht oft.«

»Sehr oft heutzutage. Ich will nur sagen, dass wir nicht wissen, wer es ist.«

Billy fragte: »Warum nicht?«

»Weil«, sagte Betty, »das läuft … wie heißt das? Anon… anana—«

»Anonym«, warf Constance ein. »Deshalb musst du uns helfen.«

»Wie denn?«

»Du sollst herausfinden, wer es ist, Dummerchen.«

»Du meinst, ich soll die Gästezimmer durchsuchen?«

Betty lachte laut auf. »Wie beim letzten Mal, meinst du? Das ist ja gut ausgegangen.«

»Dieses Mal musst du vielleicht etwas subtiler vorgehen«, sagte Constance. »Mach einfach, was du sowieso gut kannst, Billy. Sei unauffällig. Halt Ausschau nach Notizblöcken und Schreibmaschinen.«

»Und bring dich bloß nicht wieder in Schwierigkeiten«, fügte Betty entschieden hinzu.

Julia lebte nach dem Grundsatz, Probleme möglichst sofort anzugehen. Manche Gespräche konnte man allerdings nur persönlich führen.

Aus Erfahrung wusste sie, dass Cecil eher geneigt sein würde, ihr zuzuhören, wenn sie vor ihm stand. In letzter Zeit hatte sie ihn oft gesehen, und seine fortdauernde Anwesenheit in London wurde langsam ein wenig anstrengend, und doch nahm sie jetzt widerwillig ein Taxi zu seiner Wohnung.

Was sie dazu bewegt hatte? Eine neue »Rose-Krise«, wie Julia sie bei sich nannte.

Davon hatte es schon Dutzende gegeben, angefangen, als ihre Tochter ein kleines Mädchen war. Zuerst wurde sie in der Schule drangsaliert, also wurde sie herausgenommen und zu Hause unterrichtet. Dann bekam sie immer wieder Infektionen der unteren Atemwege. Dann aß sie nichts mehr, und ihre Eltern mussten sie zu einem Mann in der Harley Street bringen, der sie durch einen Schlauch zwangsernährte, ohne bleibenden Erfolg. Jetzt waren es Kopfschmerzen und Müdigkeit und ... diese Angelegenheit.

Julia war bei Rose vorbeigeschneit, wie sie es alle paar Tage machte, wenn Lucian aus dem Haus war. Sie hatte Rose im Garten vorgefunden, in einer dunklen Ecke unter dieser riesigen vulgären Eiche. Rose blickte auf, als sie ihre Mutter bemerkte, sagte aber nichts.

»Was in aller Welt machst du da?«, fragte Julia. »Wieso sitzt du allein im Dunkeln?«

»Es gefällt mir hier. Es ist ruhig, und ich kann besser nachdenken.«

»Das Denken sollte man den Pferden überlassen.«

»Ich muss über vieles nachdenken.«

»Zum Beispiel über den katastrophalen Zustand deiner Ehe?«

»Was?« Rose war entsetzt über diese spitze Bemerkung – genau die Reaktion, die Julia beabsichtigt hatte.

»Warum sagst du das? Was meinst du damit?«

»Meine Antwort hängt davon ab, wie deutlich ich werden soll.« Rose schwieg.

Julia wappnete sich und sagte es geradeheraus. »So viel ich weiß, seid ihr miteinander nicht intim.«

Rose erschrak, als sei sie geschlagen worden. »Wir sind was nicht?« Sie wich zurück. »Über so etwas spreche ich mit dir nicht.«

»Nun, wir müssen darüber sprechen. Edith hat keine Spuren von Absonderungen auf den Laken gesehen, die sie zum Waschen geschickt hat.«

»›Absonderungen‹? Das geht niemanden …«

»Und offenbar hast du dir angewöhnt, im Gästezimmer zu schlafen.«

»Du weißt doch, dass ich allein schon immer besser geschlafen habe.«

»Ja, aber du kannst nicht alles allein machen.« Julia senkte verschwörerisch die Stimme. »Liegt es an Lucian? Er ist im Grunde seines Herzens Künstler. Und die meisten Künstler sind natürlich Homosexuelle.« Sie zögerte. »Sag mal … gefällt es ihm? Der körperliche Akt?«

»Ich glaube schon. An Enthusiasmus scheint es ihm nicht zu mangeln.«

»Wo liegt dann das Problem?«

»Wohl bei mir. Ich … kann es nicht richtig.«

Julia wurde ungeduldig. »Du musst schon deutlicher werden.«

»Ich kann nicht …«

»Ach, heraus damit, um Himmels willen. Schüchternheit ist etwas für die Mittelklasse. Ob du es glaubst oder nicht, ich habe auf diesem Gebiet einige Erfahrung.«

»Na ja …« Rose schloss die Augen. »Es ist der Moment, wenn … wenn er es reinsteckt.« Sie schauderte.

»Aha …«

»Und es geht nicht rein.«

»Was in aller Welt meinst du damit?«

»Es tut weh. Und je mehr wir es versuchen, desto angespannter bin ich, und dann schmerzt es noch mehr.«

Ausnahmsweise verschlug es Julia die Sprache. Ein solches Problem war ihr noch nie begegnet. Weder hatte sie selbst so etwas bei ihren sexuellen Beziehungen erlebt, noch hatte sie je von ihren Freundinnen davon gehört, mit denen sie über solche Dinge sprach.

Jetzt kroch das Taxi durch den Verkehr. Es regnete. Julia betrachtete die Straßen, die Geschäfte und die wogende Masse schwarzer Regenschirme und dachte, wie sonderbar es doch war, dass sich London so schnell von einem grandiosen in einen trostlosen, tristen Ort verwandeln konnte.

Cecils Wohnung lag in einem Anfang des Jahrhunderts gebauten Häuserblock an der Fulham Road. Julia hatte sie noch nie gesehen, weil sie und Cecil sich immer in ihrem Haus trafen. Aber sie kannte das Gebäude, weil einige ihrer Freunde, verführt von der Zentralheizung, dem stets verfügbaren warmen Wasser und der Atmosphäre äußerster Diskretion, dort Zweitwohnungen unterhielten.

Der Empfang glich dem eines Hotels. Der Pförtner saß in einer kleinen Holzkabine, hinter ihm hingen die Schlüssel an kleinen Haken. Er klappte sein Buch zu, als Julia eintrat, und räusperte sich. »Wie darf ich Ihnen helfen, meine Dame?«

»Ich möchte Mr Cecil Ainsworth besuchen«, verkündete sie. »Er wohnt im Apartment 24.«

Der Portier öffnete das ledergebundene Buch wieder und ließ seinen gelben Finger die Spalten hinuntergleiten, bis er Cecils Namen gefunden hatte. »Ich fürchte, er hat das Gebäude verlassen.«

»Oh. Wie ärgerlich.« Julia lächelte verkniffen. »Wissen Sie, wann er zurückkommt?«

»Gar nicht, meine Dame.«

Julias Lächeln war wie weggewischt. »Was heißt das?«

»Er hat uns endgültig verlassen. Gestern Morgen ist er ausgezogen.«

»Hat er gesagt, wohin?«

»Nein, meine Dame.«

»Sie haben nicht daran gedacht zu fragen?« So boshaft hatte sie nicht klingen wollen.

Der Portier schlug ebenfalls einen anderen Tonfall an. »Wohin ein Gentleman geht«, sagte er mit sonorer Stimme, »ist allein die Angelegenheit des Gentlemans.« Als er sah, wie bestürzt Julia war – trotz aller Bemühung traten ihr Tränen in die Augen und drohten, über ihre Wangen zu fließen –, beschloss er, Milde walten zu lassen. »Wenn ich jetzt darüber nachdenke, hat Mr Ainsworth gesagt, er müsse den Zug zum Festland erwischen. Und dass er nicht weiß, wann oder ob er zurückkommt.«

Es war Morgen in Portofino. Bella lag im Bett – reglos und angespannt nahm sie jedes Geräusch und Gefühl wahr. In der Ferne krähte seit einer halben Stunde ein Hahn.

Ihr Wecker zeigte zehn nach fünf. Normalerweise stand Bella um sechs Uhr auf, wusch und zog sich schnell an und ging nach unten, um beim Frühstück nach dem Rechten zu sehen. Sie hatte schlecht geschlafen, aber jetzt war es zu spät, um noch einmal einzuschlafen.

Gestern Abend hatte es einige schöne Momente gegeben. Sie hatte sich mit zwei der netteren neuen Gäste unterhalten – einer Engländerin, Mrs Bertram, und ihrem Sohn Jonathan, der vom Krieg eine schreckliche Entstellung zurückbehalten hatte, viel schlimmer als Lucian, der arme Mann. Ein Granatsplitter hatte ihn erwischt und das Gesicht von der Stirn über den Nasenrücken bis zur Wange aufgerissen.

Aber dann war etwas Eigenartiges geschehen.

Beim gemeinsamen Schlummertrunk hatte sie gesehen, wie Lucian sich in den hinteren Teil des Gartens aufmachte. Warum sie das Gefühl überfallen hatte, sie sollte sich entschuldigen und ihm folgen, wusste sie nicht genau. Aber es hatte wohl etwas damit zu tun, wie traurig er seit seiner Ankunft aussah. Eine schwere Last schien auf ihm zu liegen, Einsamkeit umgab ihn. Es tat ihr im Herzen weh.

Er lehnte an der Gartenmauer, als sie ihn fand, und starrte aufs Meer hinaus. Beim Klang ihrer Schritte auf dem Kiesweg drehte er sich um, sein Lächeln matt erleuchtet vom Licht der Leuchtgirlande, die Bella aufgehängt hatte.

Sie trat zu ihm und folgte seinem Blick aufs dunkle Wasser. »Du wirkst so nachdenklich, seit du angekommen ist. Möchtest du über etwas reden?«

Lucian lachte. »Alles. Ich würde am liebsten über alles reden, weil … alles falsch ist.«

»Sag das nicht.«

»Aber es stimmt. Ich weiß nicht, was ich tue. Worauf zum Teufel ich mich eingelassen habe.«

»So darfst du deinen Beruf nicht sehen. Wenn du am Ende entscheidest, dass die Architektur nicht das Richtige für dich ist, dann sei es so.«

Verwirrt sah er sie an. »Ich spreche nicht von meinem Beruf. Ich spreche von meiner Ehe.«

Bella stutzte. »Oh.«

»Du hattest doch sicher auch Zweifel. Wegen deiner Ehe mit Vater.«

Sie zuckte mit den Schultern. »Wir hatten unsere Höhen und Tiefen, wie du weißt.«

»Aber ihr habt sie überstanden.«

»Ja, schon.« *Ich muss ehrlich sein,* dachte Bella, *ihn zumindest ein wenig an meinen Gefühlen teilhaben lassen, nicht nur an meinem Erstaunen. Aber ich kann auch nicht alles offenlegen. Ich brauche noch ein wenig Hoffnung.*

»Tja, ich weiß nicht, wie ich das überstehen soll«, sagte Lucian. »Meine Ehe mit Rose ist ein Debakel.«

»Das ist ein strenges Urteil.«

»Aber nicht das falsche.« Er zögerte. »Kann ich dir etwas anvertrauen? Und du versprichst, nicht schockiert zu sein?«

»Natürlich.« Bella rüstete sich innerlich.

Lucian schluckte schwer und wandte den Blick ab. »Wir konnten nicht ein Mal – kein einziges Mal – richtig miteinander intim sein.«

Schweigen breitete sich aus. Bella war eher verblüfft als entsetzt. Sie war besorgt gewesen, Lucian und Rose würden wegen ihrer Persönlichkeiten oder Interessen nicht gut zueinander passen, aber ihr war nie in den Sinn gekommen, es könnte an körperlicher Anziehungskraft mangeln.

Der Gedanke war ihr kaum gekommen, da holte Lucian weiter aus und erklärte genau, was er meinte. »Ich fühle mich zu Rose hingezogen, das ist es nicht. Sie ist sehr schön. Sie scheint nur furchtbare Angst davor zu haben, es … mit mir zu tun. Wir haben es einige Male versucht, aber sie war immer starr vor Anspannung.«

»Ich kann nicht so tun, als wäre ich Marie Stopes«, begann Bella zögernd, »aber meiner begrenzten Erfahrung nach fällt es vielen

Menschen schwer, bei … der körperlichen Liebe gleich den Dreh herauszubekommen.«

Lucian lachte verbittert. »Es wird dich nicht überraschen, aber ich bin nicht gerade ein Neuling. Und so ein Problem hatte ich noch nie.«

Lucian wirkte so traurig und gequält. Bella wusste nicht recht, wie sie ihn aufmuntern sollte. Ihr Ratschlag klang so banal, dass sie das Gesicht verzog: »Sei lieb und zärtlich mit Rose, dann wird sie sich irgendwann entspannen.«

»Das habe ich versucht. Aber was ich auch mache, es wird nur schlimmer – sie weint dann unkontrollierbar. Und davon bekommt sie Migräneanfälle.«

»Sollte ihre Mutter mit ihr reden? Ihr ein paar Tipps geben?«

»Das würde es nur schlimmer machen. Viel schlimmer.«

Bella kam eine Idee. »Wie wäre es, wenn ich mit Rose spreche? Später im Jahr, wenn ich wieder in England bin.«

Lucian erwiderte ihren Blick. »Bis dahin besteht die Ehe nur noch auf dem Papier.«

Jetzt, am Morgen nach diesem erschütternden Gespräch, dachte Bella verwundert darüber nach, wie sehr ihre Kinder immer noch ihr Leben bestimmten. Obwohl sie längst erwachsen waren, empfand sie die Probleme der beiden als ihre und verspürte denselben Drang, ihnen zu helfen, wie damals, als sie noch Kleinkinder waren.

Ging es allen so? Falls ja, wie gelang es Eltern – anständigen, verantwortungsbewussten Eltern –, je wieder ihr eigenes Leben zu führen?

Als Bella nach unten ging, waren Constance und Betty schon seit einer Stunde auf und machten in der Vorratskammer Inventur. Bella hatte auf dem Weg in die Küche die Post eingesammelt. Beide Frauen hatten Briefe bekommen, und Bella war derart müde, dass sie Constance fast einen an Betty adressierten Brief gegeben hätte. Immerhin gehörte die Handschrift auf dem Umschlag Constance' Mutter. Sie und Betty waren alte Freundinnen, deshalb war es nicht weiter verwunderlich, dass sie sich schrieben, aber wie hastig Betty den Brief einsteckte und Constance versprach, sie würde ihr alle Neuigkeiten berichten, erschien Bella sonderbar.

Marco kam morgens meist früh. Bella fand ihn im Keller, wo er mit einem Spaten Sand und Zement mischte, während einer seiner Helfer Wasser dazugoss. Seine Ärmel waren hochgekrempelt, sein offener Kragen enthüllte eine Silberkette. Auf seiner Stirn glänzte Schweiß. Als er aufschaute, lächelte er. Um nicht im Weg zu stehen, wartete sie errötend an der Tür, bis er fertig war. Die körperliche Anstrengung, die Marco Tag für Tag auf sich nahm, faszinierte sie. Trotzdem strahlte er stets eine gewisse Eleganz und Förmlichkeit aus.

Als er fertig war, kam Marco zu ihr und klopfte sich den Staub von den Kleidern. Bella erzählte ihm von dem anstehenden Testbesuch und erklärte, wie wichtig es sei, die Belästigung durch die Arbeiten zu minimieren. Natürlich, sagte er; wenn seine Männer mit den Sanitärinstallationen und dem Fliesenlegen fertig waren, konnten sie die restlichen Arbeiten auf den Winter verschieben, wenn im Hotel weniger Betrieb herrschte. *Non problema.*

Bella erwiderte, das müssten sie nicht sofort entscheiden, solange im nächsten Frühjahr alles fertig war.

Sie hatte sich schon zum Gehen gewandt, als Marco sagte: »Es ist wunderbar hier, wissen Sie?«

»Oh«, sagte Bella, überrascht über das Kompliment. »Danke.« Dann fiel ihr besorgt auf, er könnte Portofino gemeint haben und nicht das Hotel, oder vielleicht ganz Italien.

Aber was er als Nächstes sagte, schaffte Klarheit: »Alles, was ich im Hotel Portofino gesehen habe, ist der Inbegriff von Geschmack und Eleganz.«

»Ich tue, was ich kann«, sagte Bella lachend.

»Eine Sache gibt mir allerdings Rätsel auf.«

»Ach ja?«, fragte Bella. »Welche denn?«

»Warum eine Frau mit Ihrer offensichtlichen Feinsinnigkeit hier ist. Als Hotelbetreiberin, meine ich.«

»Dasselbe könnte ich Sie fragen. Ein Architekt mit Ihrem Talent – was machen Sie hier, in der Stadt, in der Sie aufgewachsen sind?«

Marcos Miene wurde ernst. »Ich hatte gerade angefangen, mich in Mailand zu etablieren, als die Faschisten die Macht übernahmen. Seitdem … Sagen wir einfach, dass ich beschlossen habe, ein ruhigeres, bescheideneres Leben zu führen. Und hierzubleiben, nahe bei meinen Eltern und Geschwistern.«

»Ihre Frau und Ihre Kinder freuen sich sicher, die Familie in der Nähe zu haben.«

Jetzt war er es, der errötete. »Ehrlich gesagt habe ich nie geheiratet.«

»Oh.« Die Situation war Bella ausgesprochen peinlich. »Es tut mir sehr leid. Ich hatte nur angenommen …«

»Ist schon gut. Das passiert ständig.«

»Ich würde gern wissen, warum. Wenn die Frage nicht zu persönlich ist.«

Marco zuckte mit den Schultern. »Das hat viele Gründe. Wirtschaftliche vor allem. Aber ich sehe mich um und, na ja, ich mache mir Sorgen um die Welt. Ich sehe keinen Grund, Kinder dem auszusetzen. Dazu fehlt mir der Mut, aber ich bewundere diejenigen, die ihn haben.« In der Ferne klingelte das Telefon. Marco schien für die Unterbrechung dankbar zu sein.

»Ich sollte das Gespräch annehmen«, sagte Bella. »Um diese Zeit ist der Empfang nicht besetzt. Entschuldigen Sie mich?«

»Natürlich.« Mit einem Lächeln und einer eleganten Verbeugung ging Marco wieder an die Arbeit.

Die Frau am anderen Ende der Leitung stellte sich als Mrs Turner vor. »Sie erinnern sich vielleicht an mich«, sagte sie erwartungsvoll.

Bella hätte diese liebenswürdige Stimme mit dem kessen Unterton überall wiedererkannt. Sie und ihr damaliger Partner Jack hatten letzten Sommer im Hotel gewohnt und ihm einen Hauch vom Glanz der Jazz-Ära verliehen, bis Jack seine wahre unangenehme Natur gezeigt hatte.

»Mrs Turner!«, rief Bella und lachte auf. »Meine Güte! Für mich werden Sie immer Claudine Pascal sein. Ich werde Sie nie vergessen und auch nicht, wie Sie mir in der Stunde der Not beigestanden haben.«

Claudine war Zeugin davon geworden, wie brutal Cecil Bella behandelt hatte. Wie sich gezeigt hatte, waren Cecil und Jack in Sachen Kontrollsucht und Gewalttätigkeit aus demselben Holz geschnitzt. Die beiden Frauen waren im Laufe eines einzigen Abends enge Vertraute geworden – und Freundinnen fürs Leben.

Claudine lachte, aber es klang traurig. »Das freut mich zu hören, Bella. Ich muss Sie nämlich um einen großen Gefallen bitten.«

Bellas Herz schlug schneller. »Sind Sie in Schwierigkeiten?«

»Das kann man so sagen.«

Bella hatte Claudines Aufstieg in den vergangenen Monaten verfolgt. Claudine war eine bekannte amerikanische Tänzerin und Sängerin, die – wie viele schwarze Künstlerinnen und Künstler dieser Tage – das Leben in Frankreich angenehmer fand als in ihrem Heimatland. Nun war ihr mühelos der Sprung von der Bühne auf die Leinwand gelungen.

Sie war nach Amerika zurückgekehrt, wo sie den Erzählungen zufolge in Pasadena aus dem Zug gestiegen war, ein Taxi zum MGM-Gelände genommen und einem verdutzten Louis B. Mayer verkündet hatte, sie »trete zur Arbeit an – und wenn Sie mir keine geben, suche ich mir selbst welche«.

Bella war extra nach Genua gefahren, um sie in ihrem Filmdebüt *Blüten im Sturm* zu bewundern. Obwohl Claudine nur eine kleine Rolle gespielt hatte – eine Floristin, die in einem fort üppige Blumengestecke herstellte –, war Bella hingerissen von dem Auftreten und der Weltgewandtheit, an denen ihre Verbündete in der kurzen Zeit seit ihrer letzten Begegnung gefeilt hatte. Die Bandbreite an Gefühlen, die sie auf der Leinwand darstellen konnte, war so groß, dass es Bella zu Tränen rührte.

Und jetzt rief sie an und berichtete, sie sei im Foyer des Hotels Carlton Cannes am einzigen Telefon, das den Gästen zur Verfügung stand. »Sie sollten mich mal sehen, unter meinem Morgenmantel trage ich nur einen Badeanzug. Sogar meinen Sonnenschirm musste ich am Set zurücklassen.«

»Am Set? Welchem Set?«

»Für einen Tonfilm, den ich für Max Marshall drehe. Ich bin eine Schwimmlehrerin bei Tag und Sängerin in einem Jazzclub bei Nacht. Zwei Rivalen kämpfen um meine Zuneigung. Einer wird von Hubert Rainford gespielt. Sie wissen ja, wie das läuft.«

Bella fragte: »Was ist das für ein Lärm im Hintergrund?«

»Das können Sie hören, oder?« Claudine lachte. »Das sind Fotoapparate. Das Zünden der Blitzlichter. Ich bin umzingelt, Bella. Sie sind wie Wölfe.«

Bella hob eine Hand an die Stirn. »Vielleicht«, sagte sie, »fangen Sie lieber von vorne an.«

Und das tat Claudine. Bei ihren »Schwierigkeiten« handelte es sich um das Gerücht, sie und ihr verheirateter Filmpartner Hubert hätten eine Affäre.

»Stimmt es denn?«, fragte Bella mit einem Lächeln in der Stimme.

»Darüber können wir später reden.«

Das Problem war, dass die Gerüchte nach außen gesickert waren. Wo immer sie jetzt filmten, stießen die Produzenten auf Journalisten und Fotografen, die sich im Gebüsch versteckten und in ungünstigen Momenten hervorsprangen, sogar wenn der Regisseur gerade »Und, bitte!« gerufen hatte.

»Er hat verlangt, dass ich die Sache in Ordnung bringe«, erklärte Claudine, »weil uns das Studio sonst zur Schnecke macht. Ich habe ihm klargemacht, dass er so nicht mit mir reden darf, und er meinte, ich wäre anmaßend. Und dass ich wissen sollte, wo mein Platz ist.« Sie zögerte. »Ich glaube, wir wissen beide, was er gemeint hat.«

»Sie haben von einem Gefallen gesprochen.«

»Ich muss hier dringend weg, Bella. Hier ist ein Sturm losgebrochen – und ich brauche einen sicheren Hafen.«

Als das Gebäck fertig war, entschuldigte sich Betty bei Constance, sie müsse zur Toilette, und verließ die Küche. Stattdessen stieg sie hinauf in ihr Dachzimmer und verschloss die Tür hinter sich. Es war ein kleiner Raum, schlicht eingerichtet, die Wände mit Reststücken der William-Morris-Tapete aus den Gästezimmern verziert – es sah hübsch aus, selbst mit den augenfälligen Nähten.

Betty setzte sich auf das schmale Eisenbett. Mit fahrigen Bewegungen öffnete sie den Umschlag.

Bettys Herz raste, seit sie die Handschrift erkannt hatte. Sie wusste instinktiv, dass der Brief keine guten Neuigkeiten bringen würde. Trotzdem traf sie der Inhalt wie ein Schlag.

Meine liebe Betty,
die Ärzte sagen, es steht schlecht um mich. Ich fürchte, ich
muss Constance dazu bewegen, nach Hause zu kommen oder

den Jungen zur Adoption freizugeben, wenn sich kein anderes liebevolles Zuhause für ihn finden lässt. Liebste Betty, ich weiß nicht mehr weiter und brauche dringend einen vernünftigen und guten Rat, wie ihn dein liebes, treues Herz schon immer gegeben hat.
Alles Liebe, Deine Freundin Fanny

Ihr entfuhr ein lautes: »O Gott«, dann bat sie Gott um Verzeihung, weil sie immer bemüht war, seinen Namen nicht zu missbrauchen.

Was für eine furchtbare Situation – die Distanz zwischen Portofino und Yorkshire machte sie noch schlimmer. Von hier aus konnte Betty herzlich wenig tun. Zu welchem Vorgehen sollte sie Fanny raten? Und was sollte sie Constance sagen? Das Kind ging natürlich vor – Kinder gingen immer vor. Aber sie wollte Constance nicht verlieren, und Constance würde ihr neues, glückliches, erfolgreiches Leben in Portofino nicht zurücklassen wollen, um an einen Ort zurückzukehren, an dem sie zwar geboren und aufgewachsen war, den sie aber mit Finsternis, Schmerzen und Gewalt verband.

Darüber würde sie gründlich nachdenken müssen. Übereiltes Handeln hatte noch nie zu etwas Gutem geführt.

Äußerst sorgsam faltete Betty den Brief zusammen und schloss ihn in ihrer Schreibtischschublade ein.

Wenn sie nicht bald losfuhren, würden sie den Zug nach Genua verpassen, dachte Bella besorgt, als sie Billy dabei zusah, wie er Alice' Gepäck in die Kutsche lud. Vielleicht war es doch an der Zeit, das alte Gefährt zu ersetzen und eines dieser dreckigen Automobile zu kaufen, die jetzt jedermann zu besitzen schien.

Alice hatte eine Unmenge an Koffern und Taschen gepackt, darunter den mit Segeltuch bespannten Reisekoffer aus Kiefernholz, den Bella bei ihrer ersten Reise mit Cecil nach Portofino mitgenommen hatte. Aber solange sie sich wohler fühlte, wenn sie vertraute Dinge um sich hatte … Und da kam sie, in einem bunten Blumenkleid mit tiefem V-Ausschnitt trat sie zwischen den Säulen vor der Tür hindurch.

Alice beobachtete Billy und hatte natürlich etwas daran auszusetzen, wie er das Gepäck stapelte. »Ach, um Himmels willen. Wie lange machst du solche Arbeiten schon? Soll ich raufklettern und es selbst erledigen?«

Manchmal kam in Bella Abneigung gegen Alice auf; als junge Mutter hatte sie mit Entsetzen gemerkt, dass es möglich war, die eigenen Kinder nicht zu mögen und doch gleichzeitig zu lieben. Das Leben war wirklich kompliziert und voller moralischer Dilemmata. Es ließ sich auch nicht abstreiten, dass man nie damit aufhörte, seine Kinder zu bemuttern, auch wenn sie vor den eigenen Augen zu Erwachsenen heranreiften. Alice musste versuchen, weniger bissig und missbilligend zu werden, sonst würde sie ihr Leben lang andere Menschen vertreiben. Bella hatte es sehr verärgert, wie Alice letzten Sommer auf die Neuigkeit von Constance' unehelichem Kind reagiert hatte – und vor allem, auf welch verstohlene, hinterhältige Weise sie davon erfahren hatte.

Es gab keine Entschuldigung dafür, die Briefe und Tagebücher anderer Leute zu lesen.

»Mir kam gerade ein Gedanke«, sagte Bella plötzlich. »Vielleicht solltest du heute lieber mit Constance nach Genua fahren statt mit mir.«

Alice erstarrte. »Warum?«

»Sie muss zur Bank und die Einnahmen einzahlen. Das vertraue ich ihr zum ersten Mal an, und es muss im Laufe der Woche erledigt werden. Und, nun ja, es wäre vielleicht gut, wenn sie Gesellschaft hätte.«

»Warum denn meine Gesellschaft?«

»Du könntest die Gelegenheit nutzen, um mit ihr Frieden zu schließen.«

»Warum? Wir verstehen uns blendend.«

»Wirklich?« Bella sah sie an. Sie wartete, bis Billy gegangen war, bevor sie weitersprach: »Du musst dich daran gewöhnen, dass Constance im Hotel ist. Sie ist ein langfristiges Projekt für mich. Meine beste Mitarbeiterin. Ich setze große Hoffnung in sie.«

»Ich verspreche«, sagte Alice, »wenn ich aus Frankreich zurück bin … gebe ich mir mehr Mühe mit Constance. Aber ich möchte, dass *du* mich nach Genua begleitest. Du bist meine Mutter.« Während sie sprach, wanderte Alice' Blick etwas zur Seite. Bella drehte sich um. Lucian verließ gerade das Haus. Sein Anblick schien einen Funken Bosheit in Alice zu entzünden. »Ich wüsste jemanden, der Constance nur zu gern nach Genua begleiten würde«, sagte sie, dann rief sie ihrem Bruder zu: »Was hast du diese Woche vor, Lucian?«

Er hielt auf der obersten Treppenstufe inne. »Malen. Schwimmen. Rose ein Telegramm schicken. Warum?«

»Mutter sucht jemanden, der Constance zur Bank begleitet. Und ich dachte: Ich weiß, wer das gern machen würde.«

Hier ging irgendetwas vor sich, Spielchen wurden getrieben. Errötend wich Lucian dem Vorschlag aus, ohne direkt abzulehnen. Seine gestammelte Antwort wirkte ein wenig unzusammenhängend. »Constance braucht sicher keine Begleitung, und bestimmt nicht mich … Aber falls doch, helfe ich liebend gern. Also, nicht liebend gern«, korrigierte er sich, »aber es macht mir nichts aus. Ihr zu helfen.«

Die lange Fahrt nach Genua war mittlerweile vertraut, aber dadurch nicht weniger schön. Auf dem Weg nach Santa Margherita herrschte viel Verkehr, aber als Bella, Alice und ihr Fahrer Billy die Straße nach Camogli erreichten, wurde es angenehm leer. In Terrakottatöpfen und unter Pergolen erstrahlten die letzten Frühlingsblumen – Jasmin, Blauregen und Geranien bildeten wunderschöne Kontraste zu den gefleckten rosa Fassaden. Dann ließen sie die Häuser hinter sich. Eine Seite der Straße wurde durch eine Mauer begrenzt, neben der anderen erstreckte sich das glitzernde Meer, das endlose Freiheit verhieß. Bella konnte sich endlich entspannen, und ihr Körper gab nach. Als hätte sie es gespürt, lehnte Alice sich bei ihr an und legte den Kopf auf die Schulter ihrer Mutter, so wie früher als kleines Mädchen.

Das Letzte, was Bella vor Alice' Abreise wollte, war ein großer Krach. Deshalb hielt sie das Gespräch auf neutralem Boden und mied jedes Thema, das Alice hätte verärgern können. Sie sprachen über das Samtcape, das sie in der Samtweberei in Zoagli für Alice' Schiffsfahrt gekauft hatten. Alice erzählte, dass sie vor Kurzem gehört hatte, Spitze würde in Genua *pizzo* genannt, und die dortigen Anwälte würden sie als lose Bänder an ihrer Kleidung tragen.

»Da will man fast vor Gericht«, sagte sie, und Bella lachte.

Die weiße Marmorstatue von Christoph Kolumbus kam in Sichtweite, und die Kutsche blieb abrupt stehen. Im weitläufigen Bahnhofsgebäude ging es so laut und geschäftig zu wie immer. Sie fanden einen Gepäckträger, der Alice' Koffer und Taschen übernahm, und suchten ihr einen Platz in einem möglichst leeren Wagen. (»Sonst zieht immer jemand die Jalousie herunter und verdirbt einem den Ausblick.«)

»Bist du dir sicher, dass du deine Reiseroute kennst?«, fragte Bella. »Du steigst in Sanremo um, dann wirst du in Ventimiglia etwa eine Stunde vom Zoll aufgehalten.«

»Ich weiß«, sagte Alice bissig. »Das hast du mir schon tausend Mal erzählt.«

Sie ist nervös, dachte Bella. *Aber sie verstellt sich.* »Es wird bestimmt wunderschön«, sagte sie mit einem beruhigenden Lächeln. »Du wirst als neuer Mensch zurückkommen.«

Alice hatte nie viel für emotionale Abschiede übriggehabt. Aber als es so weit war und der Zug sich in Bewegung setzte, stand sie am Fenster und winkte mit ihrem Taschentuch. Bella winkte zurück, in ihren Augen brannten Tränen. Als der Zug davonfuhr, lenkte sie sich damit ab, dass sie ihre Aufmerksamkeit wieder dem belebten Bahnsteig zuwandte, dem Lärm der eiligen Schritte und dem Rattern der Gepäckwagen.

Am gegenüberliegenden Bahnsteig war inmitten einer Dampfwolke langsam ein Zug eingefahren. Bella erkannte ihn als den Zug aus Turin. Als sie zum Ausgang ging, dachte sie an Nish und hoffte, dass es ihm gut ging.

Sie überlegte gerade, in welchem Stadtteil Lucians alter Freund wohl wohnen mochte, als die Tür des Abteils der Ersten Klasse aufschwang und ein Mann ausstieg. Er wandte ihr den Rücken zu, aber alles an ihm – der Leinenanzug, der Schnitt seiner grau melierten Haare – war scheußlich vertraut. Er reckte sich und sah sich um, wahrscheinlich nach einem Gepäckträger, der ihm mit den Koffern helfen sollte.

Jedes Atom in Bella erstarrte vor Furcht, als sich ein unsicheres Lächeln auf seinem Gesicht ausbreitete: Er hatte sie gesehen. Das ließ sich nicht ungeschehen machen, die Zeit ließ sich nicht zurückdrehen, dieses furchtbare Ereignis sich nicht mehr abwenden. Es war passiert, und sie würde sich dem stellen müssen. Damit leben. Das Beste daraus machen.

»Na, so was, Bellakins«, sagte der Mann. »Dass ich dich hier treffe.«

»Hallo, Cecil«, sagte sie.

FÜNF

Der Dampf verwehte, und der verschwommene Umriss auf dem Bahn-
steig nahm feste Gestalt an. Dieses Mal war es nicht Cecil, sondern Mar-
co. Erleichterung durchströmte Bella. Sie ging rasch auf ihn zu und
drängte sich durch die Menge. Aber je näher sie ihm kam, desto un-
deutlicher wurde er, und als sie ihn erreicht hatte, war er nicht mehr
derselbe. Sie sah in sein Gesicht, und plötzlich war es Cecil, der sie an-
blickte, starr vor Wut. »Du Hure!«, fauchte er und hob die Hand, als
wollte er zuschlagen ...

Panisch schreckte Bella aus ihrem Albtraum auf. Sie konnte nicht
atmen. Auf ihrer Brust lag eine schwere Last, als würde sie ersticken.

Es konnte nicht wahr sein. Bitte, Gott, lass es nicht wahr sein.

Sie sprang aus dem Bett, zog schnell ihren Morgenmantel über
und schlüpfte in ihre Hausschuhe. Cecils Zimmer grenzte an ihres
an und konnte über eine Verbindungstür betreten werden, die sie
gewohnheitsmäßig abschloss. Sie drehte den Türknauf und zog
sanft daran. Als sich die Tür öffnete, schwoll die Lautstärke von
Cecils Schnarchen unangenehm an. Bella fuhr zurück.

Er war also wirklich da. Er war zurückgekehrt. Der Albtraum
war echt. So leise wie möglich schloss Bella die Tür.

Am Bahnhof hatte er sie angestrahlt. »Na, so was, Bellakins. Dass
ich dich hier treffe.«

»Hallo, Cecil.«

»Ich habe gar nicht mit einem Empfangskomitee gerechnet.«

Bella fühlte sich plötzlich benommen, aber sie war entschlossen, sich keine Schwäche anmerken zu lassen. Sie starrte ihn an. »Ich bin kein Empfangskomitee«, sagte sie. Und dann: »Was in aller Welt willst du hier?«

Bei seiner Antwort schwang ein drohender Unterton mit: »Meine Frau besuchen. In meinem Haus.«

Er musste noch darauf warten, dass sein Gepäck aus dem Zug geladen wurde. Bella nutzte das aus und marschierte an ihm vorbei in die Bahnhofshalle, ohne auf seine lautstarken Proteste und Befehle zu achten, sie solle auf ihn warten, er würde sie draußen sehen.

Sie dachte nur noch daran, so schnell wie möglich von dort wegzukommen. Nachdem Cecil sie gesehen hatte, würde er erwarten, dass sie ihn zum Hotel mitnahmen. Aber sie hätte seine Gesellschaft nicht ertragen, schon gar nicht auf der langen Fahrt von Genua nach Portofino, die drei Stunden dauern konnte.

Die Hotelkutsche stand direkt vor dem Eingang. Bella hatte Billy gebeten, auf sie zu warten. Sie raffte ihr Kleid mit einer Hand zusammen, kletterte auf den Sitz und sagte: »Schnell. Wir müssen losfahren. Sofort.«

Billy ließ die Peitsche knallen, die Pferde machten einen Satz nach vorn, und die Kutsche rollte an. Als sie die Piazza Aquaverde verließen, drehte Bella sich um und sah Cecil, der gerade den Bahnhof verlassen hatte und sich hektisch umschaute.

Auf dem Heimweg schwankte ihre Stimmung zwischen Wut und Angst. Es erschien ihr als Grenzüberschreitung, dass Cecil zurückgekehrt war. Sie hatte sich daran gewöhnt, allein zu sein, unabhängig Entscheidungen zu treffen. Dass er einfach zurück in ihr Leben marschieren konnte, kam ihr ungeheuerlich vor, ein Verbrechen wider die Natur.

Ich muss meine Angst überwinden, dachte sie, *sie ist die stärkste Waffe, die er gegen mich verwenden kann. Ich muss mein Leben weiterführen, so, wie ich es seit einem Jahr tue, aber ihm gegenüber ausgesprochen höflich bleiben. Ich bin ihm moralisch überlegen, und auf seine Provokationen einzugehen würde ihm nur geben, was er will und erwartet.*

Als sie das Hotel erreichten, hatte Bella das Gefühl, sie habe eine effektive Strategie entworfen, um Cecil in Schach zu halten. Aber dann kehrte die Wut zurück. Warum sollte all das überhaupt nötig sein? Warum musste sie sich diesem Problem stellen? Dieser ungerechten, über sie hereingebrochenen Hürde auf dem Weg zum Glück?

Jetzt verließ sie in Morgenmantel und Hausschuhen ihr Schlafzimmer und ging hinunter.

Cecil war also zurück. Seis drum. Er hatte das Recht, dort zu sein, auch wenn es rücksichtslos war, dieses Recht einzufordern.

Aber das Hotel Portofino war ihr Hotel. Ihr Leben. Und wenn es um sie und das Hotel ging, würde sie tun, was ihr gefiel.

Cecil wurde vom Läuten der Glocken geweckt. Einen verwirrenden Moment lang lag er im Dunkeln zwischen den noch leicht steifen, frisch gewaschenen Laken und fragte sich, wo er war. Die Gerüche und Geräusche waren neu und doch vertraut. Wo es auch war, es erschien ihm ungemein friedlich.

Dann dämmerte es ihm. Er war wieder in Portofino. Es war wirklich und wahrhaftig kein Traum.

In aller Gemütsruhe – es gab keinen Grund, sich zu beeilen – erhob er sich aus dem Bett und schlenderte nackt durchs Zimmer. Er klopfte an die Tür zu Bellas Schlafzimmer und rief ihren Namen.

Keine Antwort.

Er versuchte es mit dem Türknauf. Abgeschlossen. Sehr lästig. Ein Seufzer drang über seine trockenen, verkniffenen Lippen.

Cecil begriff, dass Bella Zeit brauchen würde, um sich wieder an seine Anwesenheit zu gewöhnen. Er war ja kein Unmensch, sagte er sich. Durchaus verständnisvoll. Trotzdem wäre es nett (wenn nicht gar ihre Pflicht als seine Ehefrau) gewesen, ihn gestern aus Genua mitzunehmen. Tatsächlich hatte sie ihn im Stich gelassen, und es hatte eine ganze Weile gedauert, bis er einen Fahrer gefunden hatte, der bereit war, ihn den weiten Weg nach Portofino zu bringen.

Er würde sich ordentlich ins Zeug legen müssen, bis Bella ihm wieder gewogen war, aber am Ende würde alles gut werden. Cecil konnte *extrem* charmant sein, wenn es sein musste – und gegen solche Überzeugungskünste war schließlich niemand gefeit.

Er zog sich an, rasierte sich und genoss die Gelegenheit, sich schick zu machen, sein Aussehen zu unterstreichen, das ihm in jüngeren Jahren so gut gedient hatte.

In seinem Kleiderschrank – einem ramponierten Teil aus dem achtzehnten Jahrhundert, das Bella bei einer Auktion aufgetrieben hatte und das nach Mottenkugeln roch – fand er den Sommeranzug aus grauem Serge, in dem er schlanker aussah, als er tatsächlich war. Cecil zog ihn an, dann ging er hinunter und begegnete ausgerechnet Billy am Empfangstresen.

Der arme Billy traute offenbar seinen Augen nicht und wich leicht zurück. Cecil genoss die Situation so sehr, dass er fast ein schlechtes Gewissen bekam.

»Billy! Wie schön, dich wiederzusehen. Keine Angst, ich beiße dich nicht.«

»Guten Morgen, Mr Ainsworth.«

»War das schon alles? Wir müssen doch nicht so förmlich miteinander umgehen, oder? Nach allem, was wir zusammen erlebt haben?«

»Ich weiß nicht, was Sie meinen, Mr Ainsworth.«

»Ich hoffe, du hast während meiner Abwesenheit keinen Unfug angestellt.«

Billy sagte nichts.

»Das werte ich mal als Nein.«

Billy sah sich um, als suchte er nach einem Fluchtweg. »Schön, dass Sie wieder hier sind, Mr Ainsworth«, murmelte er. Dann gab er seinen Posten auf, marschierte dreist in Richtung Küche davon und ließ Cecil einfach stehen.

Er wollte sich gerade auf den Weg zum Frühstück machen, als keine Geringere als Bella erschien. Bevor er ihr etwas zurufen konnte, entdeckte sie ihn, machte kehrt und huschte in die entgegengesetzte Richtung davon.

Er rief ihr nach. »Bella! Hallo, Bella!« Doch eine Antwort blieb aus. *Na schön,* dachte er. *Wenn es so sein soll.* Er mochte Persona non grata sein, aber er hatte immer noch seinen Status. Er besaß noch immer Autorität.

Cecil schlenderte in Richtung Küche. Vor der Tür blieb er stehen und lauschte, ob sein Name fiel. Aber man hörte nur das übliche Gelärme. Betty wies jemanden namens Salvatore in gebrochenem Italienisch zurecht. Diese hübsche, kleine Constance war auch noch da! Dem Himmel sei Dank, auch für kleine Gnaden! Sie versuchte, die Geräuschkulisse zu übertönen und fragte Betty nach einem Brief, den diese offenbar bekommen hatte. Gab es Neuigkeiten von ihrer Mutter? »Nein, nichts«, sagte Betty. Cecil, der sich viel auf sein gutes Ohr für Zwischentöne einbildete, fand ihre Antwort wenig überzeugend. »Das war nur Klatsch und Tratsch. Zwei mittelalte Frauen, die sich amüsieren.«

»Ich würde den Brief trotzdem gern lesen«, bat Constance.

»Ich habe jetzt wohl kaum Zeit, ihn zu holen, oder? Ich muss das Mittagessen für zwanzig Gäste planen!«

Er sah, wie Bella aus ihrem Büro kam, die Küche durchquerte und durch eine neue Doppeltür auf der anderen Seite ging – vermutlich führte sie zu der neuen Therme, von der er so viel gehört hatte.

Als er die Küche betrat, veränderte sich die Atmosphäre, und er genoss das greifbare Unbehagen, das seine Anwesenheit hervorrief. »Guten Morgen«, sagte er ganz beiläufig.

Betty und Constance fuhren herum. Sie wirkten ebenso fassungslos wie Billy vorhin. Betty sagte: »Oh, guten Morgen, Mr Ainsworth.«

»Sie haben nicht zufällig meine Frau gesehen?« *Immer schön munter bleiben,* ermahnte er sich.

Es herrschte Schweigen. Dann sagte Constance: »Ich glaube, sie spricht mit dem Architekten, Sir. Über die Therme, die Mrs Ainsworth im Keller baut.«

»›Die Mrs Ainsworth baut?‹ Wenn ich mich nicht irre, gehört dieses Hotel auch mir. ›Die Sie beide bauen‹ wäre die richtige Formulierung gewesen.«

»Ja, Sir.«

Er wandte sich an Betty. »Es tut mir leid, dass ich aus England keine Vorräte mitgebracht habe. Ich weiß ja, wie sehr Sie Erdbeermarmelade und Gentleman's Relish mögen.«

»Keine Sorge, Sir. Sie sind sicher viel zu beschäftigt, um sich über solche Dinge Gedanken zu machen.« Schwang in ihrer Stimme ein Hauch Aufsässigkeit mit? Eine Prise Sarkasmus? Er wollte sie gerade rügen, als sie ihn abwürgte. »Wie auch immer, ich kann nicht den ganzen Tag rumstehen und mich unterhalten.« Sie wandte sich ab und kümmerte sich wieder um ihren Essensplan.

»Natürlich nicht.«

Er ging zurück ins Foyer und traf dort auf Lucian, der im Schrank unter der Treppe rumorte. Lucian bewahrte dort seine Farben und Leinwände und dergleichen auf. Cecil hatte angenommen, Lucian hätte sich endlich von dem Hirngespinst des Künstlerdaseins verabschiedet, seit er einer anständigen Arbeit nachging. Offenbar war das nicht der Fall. Er rief: »Manches ändert sich nie.«

Lucian drehte sich um. Falls er bestürzt war, Cecil zu sehen, ließ er es sich nicht anmerken. »Oh«, sagte er. »Du bist es. Ich hatte schon das Gefühl, dass du früher oder später auftauchst.«

»Besser kann mein Sohn mich nicht begrüßen?«

»Wenn du mich wegen der Malerei kritisieren willst, ich habe Urlaub. Was bedeutet, dass ich tun kann, was mir gefällt, und nicht, was alle anderen wollen.«

»Soweit ich gehört habe, machst du Urlaub von deiner Ehe.«

In Lucians Augen blitzte Wut auf, und selbst Cecil erkannte, dass etwas geschehen war, dass sich die Verteilung von Macht und Autorität zu seinen Ungunsten verschoben hatte.

»Schon gut«, ruderte Cecil zurück. »Ich meine ja nur, die ersten Monate, sogar Jahre, sind schwer, das ist ganz natürlich. Es kann eine Weile dauern, bis man lernt, gut miteinander auszukommen.«

»Du und Mutter müsst es offenbar immer noch lernen.«

»Nun ja …«

»Und vielleicht lernen auch wir, dass es das Beste für unsere Ehe ist, getrennt voneinander zu leben.«

Cecil ließ diese spitze Bemerkung stumm auf sich wirken. Er kam zu dem Schluss, dass dieser Moment Demut verlangte, und sagte: »Das habe ich verdient.«

Lucian ging zu Cecil, legte ihm eine Hand auf die Schulter und sagte: »Ja, hast du. Wenn du mich jetzt entschuldigen würdest, ich muss wirklich weitermachen.«

Als Bella ihn sah, wusste sie sofort, was geschehen war. Lucian war wütend. Sie war durch die Küchentür um das Gebäude herum zur Vorderseite des Hotels gelaufen, um Cecil nicht wieder zu begegnen, und traf stattdessen auf ihren Sohn. Lucian verließ das Foyer mit einer tragbaren Staffelei und einer Leinentasche über der Schulter. Als er Bellas Blick auffing, verzog er das Gesicht, so als wollte er fragen: *Was geht denn hier vor sich?*

Bella hob beschwichtigend die Hand. Je näher sie kam, desto deutlicher erkannte sie, wie aufgebracht er war. Es war egoistisch von ihr, das wusste sie, aber ihr erster Gedanke war: Das hilft mir nicht. Ich muss erst mal selbst damit fertigwerden. Und Lucians Ärger kann ich jetzt gerade nicht gebrauchen.

»Rate mal, wen ich gerade getroffen habe.«

»Ich weiß«, setzte Bella an. »Ich hätte es dir gesagt. Aber er ist erst gestern Abend angekommen.«

»Was zum Teufel ist los? Was macht er hier?«

»Er war in Genua. Ich hatte gerade Alice in den Zug gesetzt. Dann habe ich mich umgedreht, und … da war er.«

»Was sollen wir machen?«

Bella überlegte. »Wir werden ihn ignorieren«, sagte sie. »Das hassen Tyrannen mehr als alles andere. Wir lassen uns von ihm nicht aus der Ruhe bringen.« Mit einem Blick auf die Staffelei und die Tasche fragte sie sichtlich erfreut: »Du malst wieder?«

Lucian lächelte. »Es ist eine Weile her. Ich dachte, ich versuche es mal. Ich wollte rauf in die Hügel. Die Blumen sind zu dieser Jahreszeit unglaublich.«

»Nicht wahr?« Sie zeigte auf die beiden Fahrräder, die an der Hauswand lehnten. »Nimm doch ein Rad und mach einen Tagesausflug. Ich bitte Betty, dir alles für ein Picknick zusammenzustellen.«

»Das wäre sehr schön.«

Bella wollte gerade gehen, als sie aus den Augenwinkeln den *postino* auf der Zufahrt bemerkte. »Luigi!«, rief sie. Er sah sie und schwenkte in ihre Richtung ab. »*Cosa hai per noi oggi?*« Was haben Sie heute für uns?

Luigi lupfte seine Schirmmütze und zog die Nase hoch. »*Un telegramma.*« Er reichte ihr den Zettel.

»Es ist für dich«, sagte Bella zu Lucian und hielt es hoch.

»Wirklich?« Lucian nahm es an sich. »Das muss von Nish sein.« Gespannt entfaltete er das Telegramm.

»Kommt er zu Besuch?« Bella hatte Nish immer sehr gemocht und hätte sich gefreut, ihn wiederzusehen.

Aber es sollte wohl nicht sein. Lucians Miene wurde schlagartig ernst und trüb. Er sah sie an und biss sich auf die Unterlippe, wie früher als Kind, wenn er einen Rückschlag oder eine Enttäuschung erlitten hatte. »Leider nein«, sagte er. »Dieses Mal nicht.«

Constance stand unter einer solchen Anspannung, dass sie sie in jedem Nervenstrang spürte.

Sie wusste nicht mehr, wo ihr der Kopf stand. Vor allem wegen Lucian. Wie sollte sie sich ihm gegenüber verhalten, nachdem er so plötzlich aufgetaucht war? Außerdem war ihr eine Unmenge Arbeit aufgeladen worden. Nicht, dass sie etwas dagegen gehabt hätte. Natürlich nicht. Sie war vor Freude außer sich gewesen, als Bella sie zur stellvertretenden Hoteldirektorin ernannt und ihr eine kleine Gehaltserhöhung gegeben hatte. Jetzt musste sie allerdings zwei Stellen gleichzeitig ausfüllen. Bella konnte sie von ihren alten Aufgaben nicht entbinden, aus dem schlichten Grund, dass niemand anders da war, der sie hätte übernehmen können.

Als stellvertretende Direktorin hatte Constance viel mehr mit den Gästen zu tun denn als einfaches Mädchen für alles. Sie musste auf die Gäste eingehen, sie willkommen heißen, charmant sein, ihre Fragen beantworten, ihre Probleme lösen, ihnen ihre Sorgen nehmen, und vor allem musste sie den Aufenthalt der Gäste im Hotel Portofino zum besten Urlaub machen, den sie je gehabt hatten, egal, welche Unbill es für sie bedeutete.

Hatte sie den ganzen Vormittag damit verbracht, sich um die Dodsworth-Schwestern zu kümmern, oder kam es ihr nur so vor? Miss Janet und Miss Patricia, so wollten sie genannt werden. Sie waren ein eigenartiges Paar, beide konnten genauso gut dreißig wie sechzig Jahre alt sein. Miss Janet hatte ein schmales, besorgtes Gesicht und helle, streng nach hinten gebundene Haare. Miss Patricia war jünger, sie trug eine runde Brille und ein schwarzes Seidenkleid mit Spitzenkragen, verziert mit einer Mosaikbrosche.

Die Menge an Gepäck, das die beiden mitgebracht hatten – so etwas hatte Constance noch nie gesehen. Und trotzdem hatten sie Billy ein knauseriges Trinkgeld gegeben! Sie wollten alle glauben machen, sie hätten kein Geld, dabei gehörten sie zu der Art Frau, nach deren Tod man ein Vermögen in ihrer Matratze fand.

Und dann hatten sie einen Hund mitgebracht, den sie in Rouen aufgegabelt hatten. Einen Chihuahua, so hieß er wohl. Zumindest hieß die Rasse so. Den Hund nannten sie Bubbles, und Constance hatte keine Ahnung, ob er ein Junge oder ein Mädchen war. Was für ein ulkiges, lautes kleines Ding, eine Mischung aus hässlich und niedlich.

Sie hatte die Schwestern in ihrer Suite allein gelassen, und solange Constance bei ihnen war, hatten sie den Anschein erweckt, sie gefiele ihnen. Aber als sie später die Speisekammer einräumte, kam Billy zu ihr und berichtete, Miss Janet habe sich schon beschwert, weil sie mit ihrer Schwester in einem Doppelbett schlafen musste, statt wie bestellt Einzelbetten zu haben. Ach ja, und sie hatten ihn gebeten, der Küche etwas auszurichten …

»Was denn?«, wollte Constance wissen.

»Sie sind beide Veterinäre«, sagte Billy, stolz darauf, dass er sich das Wort gemerkt hatte.

Constance lachte laut auf, aber sie fing sich schnell wieder, um den armen Jungen nicht in Verlegenheit zu bringen. »Du meinst nicht Veterinäre. Das sind Tierärzte. Du meinst Vegetarier.«

»Und was soll das sein?«

»Jemand, der kein Fleisch isst.«

»Was?« Billy sah sie ungläubig an, als hätte er in seinem ganzen Leben noch nie etwas so Lächerliches gehört. »Warum sollte man kein Fleisch essen? Es schmeckt doch so gut.«

Mrs Ainsworth war in ihrem Büro und hatte ihr Gespräch wohl mitbekommen, denn sie steckte den Kopf durch die Tür. »Ich habe wirklich nicht gelauscht«, sagte sie, »aber ich konnte nicht umhin mitzuhören. Ich hatte vorhin selbst einen kleinen Zusammenstoß mit den Schwestern und, na ja, ich habe eine Theorie.«

»Welche denn, Mrs Ainsworth?« Billy war ganz Ohr.

»Möglicherweise sind die Dodsworth-Schwestern in Wahrheit die Tester von den *Grünen Reiseführern*. Und ihre Forderungen und Beschwerden sollen uns auf die Probe stellen, sie wollen sehen, wie wir damit umgehen. Wir müssen Vorsicht walten lassen.« Sie hielt kurz inne. »Constance, Sie wollen doch bald nach Genua fahren, nicht wahr? Um die Einnahmen einzuzahlen?«

»So war es geplant, Ma'am.«

»Sie könnten einen Abstecher zum britischen Konsulat machen. Vielleicht haben sie Informationen darüber, an wen die Visa ausgestellt wurden und zu welchem Zweck.«

Constance runzelte die Stirn. »Selbst wenn, würden sie es mir doch sicher nicht sagen.«

»Vielleicht nicht. Aber es wäre ein Anfang. Wir müssen wissen, mit wem wir es zu tun haben.«

Als Constance nach dem Abendessen mit Betty, Billy und Paola die Küche aufräumte, kam Mrs Ainsworth herein und dankte allen für ihre harte Arbeit. Die exzentrische Art der Schwestern hatte sich inzwischen herumgesprochen, und vor allem Betty war gar nicht angetan.

»Weigern sich, Fleisch zu essen, meine Güte«, wetterte sie. »Ich habe ja nichts dagegen, wenn es sein muss, aus religiösen Gründen oder so. Aber das freiwillig zu machen geht doch gegen die natürliche Ordnung.«

»Außerdem«, fügte Billy hinzu, »wollen sie auch nicht, dass Bubbles Fleisch bekommt.«

»Was bitte ist Bubbles?«, fragte Mrs Ainsworth.

Constance' Erklärung sorgte für Staunen und allgemeine Erheiterung.

Betty schüttelte den Kopf, langsam und schwer vor Kummer über den Eigensinn mancher Leute. »Weiß der Himmel, was ich machen soll«, sagte sie. »Ich habe keine ve-ge-ta-ri-schen Gerichte in meinem Re-per-toire« – beide Wörter sprach sie mit geziertem Akzent aus –, »und Spinat und Röstkartoffeln haben sie sicher bald über.«

»Da stellst du dein Licht aber unter den Scheffel«, sagte Constance. »Wenn man drüber nachdenkt, kennst du viele Rezepte ohne Fleisch oder bei denen das Fleisch nicht das Wichtigste ist. Jeder mag Pesto. Und dein Gericht mit Auberginen, Tomaten und Käse. Wie heißt es noch?« Stirnrunzelnd schnippte sie mit den Fingern. »*Parmigiana*, genau.«

»Das ist gut«, stimmte Mrs Ainsworth zu. »Dann gibt es noch diesen köstlichen Eintopf mit Linsen, Minze und Knoblauch. *Lenticchie in umido.*«

Paola korrigierte Mrs Ainsworths Aussprache und machte dann ein großzügiges Angebot. »Meine Großmutter, Nonna Maria«, sagte sie in ihrem mittlerweile fließenden Englisch, »hat seit vierzig Jahren kein Fleisch gegessen. Nicht mehr, seit mein Großvater gestorben ist. Es wäre ihr bestimmt eine Ehre, Betty beizubringen, wie man italienische Gerichte ohne Fleisch kocht.«

Constance konnte nie vorhersagen, wie Betty, eine der stolzesten Frauen, die sie kannte, auf ein Hilfsangebot reagieren würde. Betty nahm es nicht nur an, sie stürzte sich darauf – und auf Paola, die sie so fest an die üppige Brust drückte, dass sie kaum noch Luft bekam.

Als Bella zum Schlafen hinaufgehen wollte, musste sie immer noch über Paolas panischen Gesichtsausdruck lächeln. Jede Ablenkung war ihr willkommen. Sie hatte sich angewöhnt, nicht an Cecil zu denken. Doch als sie an der Tür des Salons vorbeikam, hörte sie ein altvertrautes Geräusch – Cecils herzhaftes, schallendes Lachen. Neugierig öffnete sie die Tür ein Stückchen weiter.

Durch das Fenster sah sie Cecil und Carlo, die auf der oberen Terrasse einen Drink nahmen und Zigarren rauchten. In der Hoffnung, unentdeckt zu bleiben, wich sie sofort zurück, aber offenbar hatte Cecil sie bereits gesehen. Er entschuldigte sich abrupt, er sei nach der anstrengenden Reise müde und wolle ins Bett gehen.

»Ich habe nicht oft erlebt, dass Sie sich eher von einer offenen Flasche verabschieden als ich«, bemerkte Carlo trocken.

»An manchen Tagen«, sagte Cecil, »breche ich unter dem Gewicht meines Heiligenscheins fast zusammen.«

Beide brachen in Gelächter aus.

Schnell wie der Blitz lief Bella die Treppe hinauf und huschte durch den Flur in ihr Schlafzimmer. Sie hatte gerade das Zimmer betreten und die Tür abgeschlossen, als heftig am Knauf gerüttelt wurde.

»Bella?« Cecils Stimme. Als wäre er besorgt, dass er sie verängstigt hatte, versuchte er es mit einem leisen Klopfen. Bella antwortete noch immer nicht. »Komm schon, Bellakins. Lass den Unsinn. Irgendwann musst du mit mir reden.«

Bella wartete angespannt – sie saß lange regungslos auf dem Bett, damit der Klang ihrer Schritte nicht verriet, wo im Zimmer sie sich aufhielt. In gewisser Weise war das töricht, natürlich wusste er, dass sie dort war. Aber sie wollte ihm selbst die kleinste Reaktion vorenthalten.

Sie hörte, wie er hinter der Tür atmete, wie seine Finger auf das Holz trommelten. Und dann – sie hätte nicht sagen können, wie lange es gedauert hatte – verstummten die Geräusche, und er ging, wahrscheinlich wieder nach unten. So früh legte er sich nie schlafen, und außerdem hatte Carlo recht gehabt, einem Drink hatte Cecil noch nie widerstehen können.

Vielleicht, dachte sie, *wird ihm der Alkohol irgendwann zum Verhängnis.*

Danioni war wie üblich ausgelaugt vor Müdigkeit, in kaum einer Nacht bekam er mehr als drei Stunden Schlaf. Und in der Küche ging es schon frühmorgens drunter und drüber. Irgendjemand sorgte immer für Unruhe, entweder eines oder gleich mehrere seiner sechs Kinder, oder Giulia, die sich ständig über etwas aufregte. Sie konnte sich zum Beispiel endlos über einen Tuchhändler auslassen, der ihr für einen Meter Stoff zu viel Geld abgeknöpft hatte. Konnte Danioni da nicht was machen? Den Kerl verhaften? Den Laden dichtmachen? Nein, weil er weder Rückgrat noch echte Macht hatte. Alles nur heiße Luft.

Auch jetzt schimpfte sie wieder, während sie kleine Tassen mit starkem schwarzen Kaffee verteilte. Giulias Vater lebte auch bei ihnen. Er war alt und nicht mehr klar im Kopf. Im Unterhemd saß er an dem kleinen Esstisch und machte ein wieherndes Geräusch in Richtung der kleinen Giorgia. Diese verzerrte das Gesicht zum Weinen und wedelte so heftig mit den Händchen, dass Stückchen ihres Marmeladenbrots durch die ganze Küche flogen.

Als die Schulglocke läutete, schnappten sich die Kinder, die alt genug waren – vier an der Zahl –, ihre Taschen und Bücher und drängten auf die Straße.

Seufzend nahm Danioni seinen Kaffee und ging hinaus. Er wohnte in einem beengten Häuschen, das von beiden Seiten von größeren Nachbarhäusern überragt wurde. Er setzte sich an den Brunnen, zündete eine Zigarre an und blickte hinauf in den Himmel, in den klaren blauen Morgen voller Verheißungen, so hoffte er zumindest. Eine Weile saß er still da, nippte an seinem Kaffee, dachte nach und versuchte, sich vom Lärm, der durch das Fenster drang, abzukapseln.

Sein Hals juckte. Er fuhr suchend mit dem Finger unter den Hemdkragen, zog daran und kratzte sich. Normalerweise trug er im Sommer jeden Tag ein frisches Hemd. In anderen Jahreszeiten versuchte er, zwei Tage mit einem auszukommen. Giulia war es so lieber. »Was denn, glaubst du, ich habe den ganzen Tag Zeit, deine Hemden zu waschen? Als hätte ich nicht genug um die Ohren.«

Er nahm seine Aktentasche und drückte seinen Hut fest auf die beginnende Glatze. Das Haus zu verlassen war immer eine Freude, vielleicht die größte Freude des Tags.

In das neu gebaute Haus in einer Seitenstraße der Via del Fondaco waren sie vor sechs Jahren gezogen, finanziert durch windige Geschäfte, über die Danioni mit niemandem außer seinen engsten Kontakten bei der Camorra sprach und ganz gewiss nicht mit Giulia. In seiner Welt setzte man mit Dingen, die man nicht wissen sollte, sein Leben aufs Spiel.

Zu seinem Büro brauchte er fünf Minuten zu Fuß. Hätte er gewusst, welche Überraschung ihn dort erwartete, hätte er seinen neuen, guten Anzug getragen, ganz zu schweigen von einem frischen Hemd. Denn vor seiner Tür saß kein Geringerer als Signor Cecil Ainsworth!

»Danioni, Sie alter Gauner!«, grüßte Cecil ihn herzlich.

Etwas in Danioni zuckte zusammen. Aus Cecils Ton hatte Respektlosigkeit geklungen. *Ich mag ja ein Gauner sein,* dachte Danioni, *aber ich möchte so nicht angesprochen werden, ganz sicher nicht von einem Engländer.*

»Signor Ainsworth.« Danioni unterdrückte seinen Ärger. »Nach unserem Gespräch habe ich natürlich mit Ihnen gerechnet. Aber *non così velocemente.* Sie sind wahrhaftig ein Mann der Tat.«

»Sagen wir einfach, ich packe den Stier gern bei den Hörnern.«

Danioni lächelte. »Wer nicht?«

»Außerdem kann ich so das Geschäftliche mit dem Vergnügen verbinden. Ich war zu lange von meiner Frau und meinen Kindern getrennt.«

»Ich hörte davon.«

Sie setzten sich einander gegenüber an Danionis Schreibtisch. Danioni bot Cecil eine Zigarre an, die dieser dankend annahm. Dann griff Cecil mit großer Geste in seine Jackentasche, zog einen Scheck hervor und hielt ihn hoch. »Für Sie, Signore. Ihr vierteljährlicher Gewinnanteil unseres gemeinsamen Unternehmens.«

Obwohl außer ihnen niemand im Zimmer war, sah Danioni sich nervös um, bevor er nach dem Scheck griff und ihn in seine eigene Tasche steckte.

»*Eccellente.* Jetzt muss ich Sie ins Bild setzen, wie Sie Engländer wohl sagen. Ich glaube, ich habe Ihnen schon von meinem Cousin Tommaso erzählt?«

Cecils Gesichtsausdruck zeigte deutlich, dass er keine Ahnung hatte, wer Tommaso war.

»Er hat Kontakte zur East Side Gang, die Ihren importierten Whisky nach Bermuda und weiter nach Kanada verschifft. Von da aus schmuggelt er ihn über den Detroit River und in die Vereinigten Staaten, wo die Herstellung und der Verkauf von Alkohol verboten sind, wie Sie wissen.«

»Soweit ich gehört habe, läuft der, ähm, Import-Export-Teil der Geschichte – sozusagen mein Part – reibungslos. Kann man dasselbe von der Schmuggeloperation behaupten?«

»Hundertprozentig«, behauptete Danioni fest. »Tommaso hat die Zollbeamten in der Tasche. Und was noch wichtiger ist, der Waffenstillstand mit den rivalisierenden Banden scheint zu halten.«

Cecil nickte. Er zündete seine Zigarre an und nahm einen Zug. »Worüber wollen sie dann unbedingt mit uns reden, wenn alles so gut läuft?«

»Das weiß ich nicht«, gab Danioni zu. »Aber mir wurde gesagt, ich soll jeden Tag mit einer Einladung ins Kasino rechnen. Und diese Einladung können wir nicht ausschlagen.«

»Nein«, stimmte Cecil nachdenklich zu. »Da stimme ich Ihnen zu, alter Knabe.«

Sie waren um zehn Uhr verabredet. Angezogen und gestärkt vom Frühstück, aber verfolgt von verwirrenden Träumen von Rose und Constance, ging Lucian in das Arbeitszimmer seiner Mutter, um sich dort mit ihr und Marco zu treffen. Sie wollte mit ihm die Baupläne für den Thermenbereich durchgehen und seine »sachkundige Meinung« hören, wie sie es nannte.

Lucian fühlte sich geschmeichelt, allerdings hatte er kaum Erfahrung mit Thermen. Das Thema erinnerte ihn an seinen Freund Miller, der eine Therme in Davos Platz besucht hatte, um sich von seinen Lungenbeschwerden zu erholen, einer Infektion aus den Schützengräben. Die beiden hatten nach dem Krieg eine Weile korrespondiert, und Lucian besaß noch die Briefe, in denen Miller seine Erlebnisse beschrieb. Zuerst nahm man eine Schmalspurbahn den kalten Berg hinauf, dann wurde man im offenen Wagen über einen Bach hinweg und eine sanft ansteigende Straße hinaufgefahren, bis man zu einem eigentümlichen lang gezogenen Hotel mit Hunderten von Fenstern kam. »Jedes Zimmer hat einen Balkon«, hatte Miller geschrieben, »damit man die Kiefernwälder, die schneebedeckten Berggipfel und die Gletscher besser sehen kann.« Es hatte Schlamm- und Jodbäder gegeben und ein Massagezimmer.

Wollte seine Mutter so etwas für das Hotel Portofino? Verlangten die Gäste heutzutage danach? Es wirkte doch recht … extrem.

Kaum hatte er sich gesetzt, kamen Marco und Bella lachend herein. Lucian hatte Marco schon einmal gesehen, aber sie waren sich noch nicht richtig vorgestellt worden. Der Italiener versprühte jugendlichen Elan, er hatte dunkelbraune Haare und einen natürlich dunklen Teint, den die Sonne in einen Bronzeton verwandelt hatte.

Sie gaben sich die Hand, und Marco sagte in klarem, flüssigem Englisch, es sei eine Freude, Lucian kennenzulernen, und er habe schon viel von ihm gehört. Bella räumte ihren Schreibtisch frei, Marco breitete seine Pläne aus und fixierte die Ecken mit kleinen Briefbeschwerern, die er extra für diesen Zweck gekauft hatte. Zusammen standen sie um den Schreibtisch und bewunderten die ordentlichen, detaillierten Zeichnungen, die, das musste Lucian zugeben, so gut wie seine besten waren, selbst so gut wie die besten, die er während seines Praktikums gesehen hatte.

In diesem Moment klopfte es forsch an der Tür. Sie blickten auf und sahen Cecil eintreten. Er schloss die Tür und blieb mit dem Rücken zu ihr stehen, als wollte er nicht zu ihrem Kreis gehören.

Marco sprach ausführlich über die Materialien, die er benutzen wollte. Er hatte bereits für mehrere andere Hotels in der Region an neuen Thermen mitgearbeitet, aber einige von ihnen waren billig gebaut, und das machte sich schon jetzt bemerkbar. Qualität war entscheidend. Und natürlich *l'estecia* – die Ästhetik –, die er und Bella ausgearbeitet hatten. »Die Wände werden mit glänzend weißem Emaillack gestrichen«, sagte er. »Es muss stilvoll sein und gleichzeitig wie eine heilsame Umgebung wirken. Anders als der Rest des Hotels. Die Gäste müssen das Gefühl haben, dass sie eine neue Welt betreten. Die Luft muss anders sein, das Licht auch.«

Lucian nickte zustimmend. »Diese Zeichnungen sind großartig«, sagte er und deutete darauf. »Sie haben das Auge und die Seele eines Künstlers.«

»Danke.« Marco strahlte. Ebenso Bella neben ihm. »Von einem Architektenkollegen ist das ein echtes Lob.«

»Na, na.« Mit tönender Stimme störte Cecil das schöne Einvernehmen. »Ich verderbe ja niemandem gern den Spaß, aber seien wir mal realistisch.«

Die Stimmung wurde angespannt. Bella hob den Kopf und sah ihn ohne ein Lächeln an. »Ich wüsste nicht, dass ich dich zu dieser Besprechung eingeladen habe.«

»Zu Besprechungen, die mein eigenes Hotel betreffen, muss ich nicht eingeladen werden. Ich kann daran teilnehmen oder nicht, wie es mir gefällt.«

»Sag, was du zu sagen hast«, forderte Bella ihn auf, »und dann geh. Bitte. Ohne Aufhebens.«

»Ich will dich nur daran erinnern, dass solch ein Umbau ein, nun ja, spekulatives Unterfangen ist. Und Spekulationen sind riskant. Daher wäre es doch sicher das Vernünftigste, die Kosten so gering wie möglich zu halten. Nichts gegen unseren Freund hier«, er sah Marco an, »aber brauchst du wirklich einen Architekten, um ein paar Kellerräume zu fliesen und zu streichen?«

Überraschenderweise war es Marco, der antwortete, und zwar in einem versöhnlichen Ton. »Ich verstehe Ihren Standpunkt, Signore. Und ich teile ihn. Zeit und Geld zu verschwenden ist mir ein Gräuel. Mein Ziel ist es, Ihnen auf lange Sicht Kosten zu ersparen. In Italien haben wir ein Sprichwort. *La vita è breve e l'arte è lunga.* Ihre Therme soll ein Kunstwerk werden. Sie soll erfolgreich, aber auch langlebig sein, damit sie in zwanzig Jahren noch genutzt wird. Sie sehen also, diese Gespräche über Gestaltung und Materialien haben ihren Grund.«

Cecil wirkte verwirrt. Mit dieser Antwort hatte er nicht gerechnet. Und Marcos ruhige, vernünftige Art hatte ihn auf dem falschen Fuß erwischt. Er hatte Cecils Einwände kleinlich und geizig wirken lassen. »Das ist ein gutes Argument«, gab er zu. Er räusperte sich und blickte in Bellas Richtung. »Ich gehe in die Stadt. Einen kleinen Spaziergang machen. Brauchst du etwas?«

»Es ist nett, dass du fragst«, antwortete sie, »aber Lucian fährt nach Genua, sobald wir hier fertig sind, und ich habe ihm schon eine Liste gegeben.«

»Ja, dann.« Cecil nickte Marco zu. »Hat mich gefreut, Sie kennenzulernen«, sagte er scheinbar höflich, aber Lucian wusste nur zu gut, was bei seinem Vater hinter der Fassade tadelloser Manieren lauern konnte.

Damit trat Cecil leise aus dem Raum und schloss sanft die Tür hinter sich.

Die Übrigen murmelten einige zustimmende Worte und lösten ihr Treffen auf. Lucian nahm seine Jacke und seine Brieftasche. Das Herz pochte ihm bis zum Hals, als er sich auf den Weg nach draußen machte, wo Constance darauf wartete, dass Billy die Kutsche vorfuhr.

Um nicht wahnsinnig zu werden, hatte Lucian versucht herunterzuspielen, wie sehr er in Constance vernarrt war. Nur hatte es nicht funktioniert. Er hatte sich geschworen, sie aus seinem Verstand zu vertreiben, aber kaum war dieser Entschluss gefasst, geisterte sie ihm schon wieder durch den Kopf. Er tat nichts, um diese Gedanken zu befeuern, aber sie drängten sich ihm immerzu auf. Constance war allgegenwärtig und prägte jede Minute des Tages. Nachts war es nicht besser. Es schmerzte ihn, aus seinen Träumen aufzuwachen – es tat weh, weil sie sich so von der Realität unterschieden und weil sich sein schlechtes Gewissen regte.

Rose frustrierte ihn, sicher, und er wünschte, er hätte sie nicht geheiratet. Aber er wollte sie auch nicht verletzen.

Oder doch? Denn die einzige Lösung für dieses Problem wäre, sie zu verlassen. Und in seinem Herzen wusste er, dass sie darüber nicht hinwegkäme.

Trotzdem schlug sein eigensinniges Herz schneller, als er das Foyer betrat und Constance mit ihrer Tasche und dem Sonnenschirm im Türrahmen stehen sah. Er spürte, wie er errötete, und sein Ton verriet seine Gefühle, als er sich dafür entschuldigte, dass seine Mutter darauf bestanden hatte, er solle sie begleiten.

»Wenn Sie lieber nicht mitkommen möchten«, sagte Constance, »fahre ich gern allein.« Sie sprach mit kühl-distanziertem Hochmut. Aber was sie tatsächlich empfand, ließ sich nicht überhören.

»Nein, nein«, widersprach Lucian. »Ich muss tun, was meine Mutter verlangt.« Er lachte nervös. »Und sie hat uns so viel aufgetragen, dass es reicht, uns beide den ganzen Tag zu beschäftigen.«

Sein Versuch, einen Scherz zu machen, brach das Eis, und Constance lächelte. Ihre wunderschönen Lippen teilten sich und enthüllten erstaunlich perfekte Zähne. Dann senkte sie den Blick und strich sich ein paar goldbraune Haarsträhnen hinters Ohr.

Diese Zurückhaltung – sie konnte einen zur Weißglut bringen und war gleichzeitig betörend. Es gab so vieles, was sie nicht aussprechen konnten. Lucian hatte die naive Vorstellung gehegt, sie würden sofort in den vertrauten Umgang miteinander zurückfinden, zu den zärtlichen Blicken und heimlichen Berührungen. Aber Constance schützte sich, natürlich, und er musste sensibel damit umgehen.

Auf der kurzen Fahrt zum Bahnhof Santa Margherita unterbrachen sie ihr Schweigen nur, um abzusprechen, wann sie wohin gehen mussten. Praktische Dinge. Lucian fragte sich, was Billy über die ganze Sache denken mochte. Hatte er etwas bemerkt? Sein Verhalten ließ nicht darauf schließen. Aber Lucian war äußerst wachsam, und das Schweigen konnte nur von Vorteil sein. Zum Glück brachte Billy sie nicht bis nach Genua. Die Kutsche wurde später noch beim Hotel gebraucht, um Gäste zum Strand von Paraggi zu fahren.

Das Schweigen dauerte noch an, als sie bereits den winzigen Bahnhof erreicht hatten und in den Zug stiegen. Es war ein wenig kindisch, als würden sie vorgeben, einander zu ignorieren, als wäre alles ein Spiel. Wenn sie aufzuschauen wagte, tat Lucian, als wäre er in sein mitgebrachtes Buch vertieft, einen schmalen Band über die Geschichte der präraffaelitischen Bewegung. Und Constance senkte ihrerseits schnell den Blick, wenn er im Begriff war aufzuschauen, und las demonstrativ in ihrem Buch, einer Gedichtsammlung von Emily Dickinson, der Lieblingsdichterin ihrer Mutter.

Zuerst besuchten sie die Bank, um die Einnahmen des Hotels einzuzahlen. Constance wickelte die Angelegenheit selbstsicher ab – sie sprach wirklich gut Italienisch –, und Lucian kam sich wie ein Anhängsel vor. Aber er spielte ja auch nur den Begleiter, nicht wahr?

Danach erkundigte sich Constance erfolglos im britischen Konsulat nach den Visaanträgen und holte anschließend einen Brief für seine Mutter vom Postamt.

Lucian runzelte verdutzt die Stirn. »Ich frage mich, warum der Brief nicht direkt ins Hotel geschickt wird.«

»Ich weiß es nicht«, sagte Constance, »und es geht mich auch nichts an.«

Die übrigen Besorgungen – eine neue Feder für Lucians Füllhalter und eine mittelgroße Rührschüssel für Betty, weil Paola die alte zerbrochen hatte – waren schneller erledigt als erwartet. So blieben ihnen ein paar Stunden zur freien Verfügung, bevor sie den Zug nach Hause nehmen mussten.

»Und jetzt?«, fragte Lucian sie. »Wir könnten uns eine Trattoria suchen und etwas essen.«

Constance zog die Nase kraus. »Ich würde mir lieber die Stadt ansehen. Ich bin zum ersten Mal hier. Sie ist wunderschön.«

Sie kauften einen billigen Stadtführer und lachten über seine schwülstige Ausdrucksweise – sie ließ Genua furchtbar langweilig klingen. »»Genua ist eine überaus alte Stadt, denn sie war bereits im Jahr 200 v. Chr. Rom untertan‹«, las Lucian mit ironischer Fistelstimme vor. Wie dort vorgeschlagen besuchten sie eine Handvoll Kirchen. Sie erhofften sich viel von der Kirche in Oregina gleich oberhalb des Bahnhofs, die angeblich dem Geburtshaus der Jungfrau Maria nachempfunden war.

»Das sollte einen Besuch wert sein«, sagte Constance.

Aber als sie dort ankamen, war die Kirche geschlossen, weil eine der Kapellen abgerissen werden sollte.

Als Nächstes stand der Palazzo Bianco in der Via Garibaldi auf ihrer Liste, der zehn Räume voller Kunstobjekte, Gemälde und Skulpturen versprach. Außerdem sollte es eine Urne mit einem Teil der Asche von Christoph Kolumbus geben, die 1877 aus Santo Domingo hergebracht worden war, aber sie konnten sie nirgends entdecken. Lucian nutzte dankbar die Gelegenheit, Constance einige seiner Lieblingsgemälde zu zeigen, vor allem van Dycks *Vertumnus und Pomona*.

»Das müssen Sie mir erklären«, sagte Constance vor dem Gemälde.

»Na ja, es ist stark von Titian beeinflusst«, begann Lucian. »Und es erzählt eine Geschichte aus Ovids *Metamorphosen* über eine schöne Nymphe namens Pomona, die nur ihre Obstgärten pflegt und alle Verehrer, die zu ihr kommen, ignoriert.«

»Verstehe.«

»Einer von ihnen ist Vertumno. Er ist für den Wechsel der Jahreszeiten verantwortlich und kann sein Aussehen nach Belieben verändern.«

»Praktisch«, merkte Constance an.

»Sehr. Und so erscheint er ihr in Gestalt eines Schnitters, der ihr einen Korb voller Ähren schenkt, dann als Fischer und als Soldat. Jedes Mal durchschaut Pomona die Verkleidung und weist ihn zurück. Am Ende greift er zu einer wirklich raffinierten List.«

Constance hörte gebannt zu. »Zu welcher?«

»Er erscheint ihr als greise Frau. Er schmeichelt Pomona, preist ihre Schönheit und mahnt, es sei unnatürlich, keusch zu leben. Dann sagt er, die meisten Männer, Götter und Halbgötter, die sie begehrten, seien unwürdig, aber es gebe einen Mann, der ihre Liebe verdienen würde …«

»Vertumnus!«

»Genau.«

»So ein gerissener alter Teufel! Was passiert dann?«

»Er legt seine Verkleidung ab, verwandelt sich wieder in Vertumnus und, nun ja, verführt sie.«

Constance wirkte schockiert. »Das ist furchtbar«, sagte sie. »Ein ganz schrecklicher Verrat. Ich verstehe nicht, warum Sie lächeln.«

Ihr Tonfall ließ Lucian stutzen. Es war, als hätte das Gemälde oder zumindest seine Erklärung etwas lang Unterdrücktes an die Oberfläche geholt – die Erinnerung an etwas Schreckliches. Er verfluchte sich, weil er so dumm und unsensibel gewesen war. »Ich wollte nicht lächeln«, sagte er. »Sie haben natürlich recht.«

»Aber Sie haben es gut erklärt. Ich wünschte, an meiner Schule hätte es Lehrer wie Sie gegeben. Dann hätte ich vielleicht etwas gelernt.«

»Vielleicht sollte ich die Architektur an den Nagel hängen und umschulen. Ich könnte Kunst unterrichten.«

»Ich weiß nie, wann Sie etwas ernst meinen.«

Lucian lachte humorlos. »Ich wäre ein besserer Lehrer, als ich ein Maler bin.« Er zögerte. »Ich habe Ihnen noch nicht von Paris erzählt. Was passiert ist, als ich dort Station gemacht habe.« Als er Constance' erschrockene, gespannte Miene sah, lachte er und sagte: »Nicht so etwas! Ich habe nur ein paar Künstler kennengelernt und einige Kunstwerke gesehen – moderne Kunst, wie auch ich sie erschaffen sollte. Und ich habe begriffen, dass ich überhaupt kein Künstler bin. Ich bin zu konventionell. Zu bürgerlich.«

»Zu selbstkritisch«, sagte Constance. Sie klatschte in die Hände. »Kommen Sie, gehen wir woandershin.«

Müde, aber glücklich landeten sie in der schmalen, belebten Via XX Settembre, ohne einen Hauch schlechten Gewissens, weil sie das vorgeschriebene Touristenprogramm aufgegeben hatten und sich einen angenehmen Bummel durch Geschäfte gönnten, die Tabak, edle Stoffe und Gebäck verkauften.

Bevor sie sich wieder zum Bahnhof aufmachten, setzten sie sich in ein Straßencafé. Lucian fragte sich, ob die Leute ihnen ihre Verliebtheit ansahen. Ein gewagter Gedanke, und er rief sich zur Ordnung; aber dann ließ er es dabei bewenden, denn was erhoffte er sich? Es war geschehen. Das war die Wahrheit. Und es gab kein Zurück.

Es war ja schön und gut, dass Constance mehr Verantwortung übertragen wurde, und Betty begriff die Notwendigkeit besser als jeder andere, aber seit das frühere Hausmädchen befördert worden war, hatte sie selbst noch mehr Arbeit. Und sie hatte weiß Gott schon genug zu tun.

Nachdem Constance mit Lucian nach Genua aufgebrochen war, hatte Bella sie gebeten, einzuspringen und mit Paola den Nachmittagstee im Garten zu servieren. Obwohl Betty schon die Kuchen und Scones backen musste!

Sie fügte sich widerwillig und verbarg ihre Unzufriedenheit vor den Gästen, so gut es ging. Es war die übliche Mischung aus Hotelbewohnern und Besuchern, die in anderen Unterkünften wohnten und das Hotel Portofino vielleicht für ihren nächsten Urlaub in Betracht ziehen würden.

Aber dann geschah etwas Reizendes, etwas, das nicht so häufig vorkam, wie man meinen sollte. Ein Gast, eine weißhaarige englische Dame mit glatter Haut, blauen Augen und durchdringendem Blick, lobte ihren Kuchen. Betty freute sich besonders über das Kompliment, weil sie sich seit einiger Zeit auf Neuland wagte und mehr italienische Kuchen backte. Mit Paolas Hilfe hatte sie einen flachen, mit Amaretto getränkten und mit Schokolade gefüllten Biskuitkuchen zustandegebracht. Er war sehr gut angekommen und hatte sie zu noch Größerem, Gewagterem inspiriert.

»Ein Vögelchen hat mir gezwitschert, dass Sie die Köchin sind«, sagte die Dame. »Sie kommen ja sicher kaum zu Atem, wenn Sie uns bedienen und noch dazu solche Kuchen backen.«

»Normalerweise mache ich das auch nicht«, gab Betty zu. »Aber wir sind heute unterbesetzt.«

»Ich bin Mrs Bertram.« Sie streckte die Hand aus, und Betty ergriff sie.

»Sehr erfreut, Ma'am.«

»Und das ist mein Sohn Jonathan.«

Betty versuchte, Mrs Bertrams stummen, aufmerksamen Begleiter nicht anzustarren. Jonathan war ein junger Mann Anfang zwanzig mit hellbraunen, ordentlich gescheitelten Haaren. Über eine Seite seines Gesichts zog sich eine bläulich-rote Narbe, so lang und breit, dass man seine Züge kaum wahrnahm. Neben ihm lagen zwei Stöcke auf dem Boden, die er offenbar zum Gehen brauchte.

Als Jonathan ihren kurzen Blick in seine Richtung bemerkte, war er so galant, ihrer Frage zuvorzukommen. »Ich fürchte, ich hatte im Krieg ein wenig Pech«, sagte er.

»Das hatte ich auch«, sagte Betty. »Ich habe meine beiden Söhne verloren.«

Das hatte sie lange niemandem mehr offenbart. Die Menschen, die ihr nahestanden, wussten es, aber sie sprach auch mit ihnen nicht darüber. Diese beiden hatten allerdings etwas an sich, das ihr Vertrauen einflößte.

»Es tut mir sehr leid.« Jonathan berührte ihren Arm in einer so freundlichen und unerwarteten Geste, dass Betty Tränen in die Augen stiegen.

»Ich kann mir nicht vorstellen, wie das sein muss«, sagte Mrs Bertram.

»Trotz allem, was mir passiert ist«, sagte Jonathan, »denke ich jeden Tag daran, dass ich mich glücklich schätzen kann, noch zu leben.«

Stille trat ein, aber sie war nicht unangenehm. Dann bat Betty: »Sagen Sie mir doch, wenn Sie irgendetwas Bestimmtes essen möchten. Etwas Besonderes.«

»Nein, nein.« Mrs Bertram winkte leichthin ab. »Machen Sie sich bitte keine Gedanken.«

»Es wäre mir eine Freude«, beharrte Betty. »Sie haben so viel geopfert. Es wäre das Mindeste, was ich tun kann.«

»Wir sind nach Europa gezogen, als Jonathan ein kleiner Junge war«, verriet Mrs Bertram. »Damals hat er sehr gern etwas gegessen, das sich Pfirsich Melba nannte. Aber seit dem Krieg scheint er den Appetit verloren zu haben.«

»Nun«, sagte Betty und wandte sich mit einem verschmitzten Lächeln an Jonathan, »dann müssen wir Ihnen wohl helfen, ihn wiederzufinden, nicht wahr?«

SECHS

Bella, Billy und Paola stiegen die Steintreppe hinunter zum Ufer. Die Stimmung war gelöst und heiter, was in Bellas Fall einige Entschlusskraft erforderte. Sie plauderten darüber, was gleich geschehen würde. Ein leichter Wind kräuselte die Oberfläche des silbrigen Meers. Als sich die Gruppe dem Wasser näherte, wurde das sanfte Rauschen der Brandung lauter, und salzige Luft erfüllte ihre Lungen. Links von der Treppe führte der private Anlegesteg des Hotels in die Bucht, die Holzplanken glatt poliert von den unablässig schwappenden Wellen.

»Unglaublich, dass Claudine jetzt so berühmt ist«, sagte Billy.

»Sie ist zumindest auf dem besten Wege …«, antwortete Bella.

»Eher schon da. Sie ist in Filmen und so.«

Ja, dachte Bella. *Aber wie lange noch? War es eine kluge Entscheidung, vom Set ihres bislang größten Films zu fliehen, selbst wenn Claudine das Gefühl hatte, ihr bliebe keine andere Wahl?* Bella verstand nichts von der Filmbranche, die ja noch ganz jung war. Vor zehn Jahren hatte sie kaum existiert. Bella stellte sich besorgt vor, wie chaotisch und unreguliert es bei einem Filmdreh zugehen mochte – so ganz anders als in den Fabriken ihres Vaters, in denen strenge Vorschriften und feste Abläufe herrschten.

Sie hörten das Schnellboot, bevor sie es sahen. Das Dröhnen des Motors wurde lauter und das rhythmische Tuckern eindringlicher, als es die Landspitze umrundete und sich dem Steg näherte. Es war ein Holzboot, elegant und modern, mit spitzem Bug und flachem Boden. Mit einem hellgrünen Schal um den Kopf und ihrer typischen runden Sonnenbrille von Persol saß Claudine im Heck und winkte königlich. Bella erwiderte die Geste.

Claudine sah wie immer beeindruckend aus in ihrem gestrickten Jantzen-Badeanzug. Bella rief: »Was für ein grandioser Auftritt!«

»Sie kennen mich doch«, rief Claudine zurück. »Ich enttäusche nicht gern.«

Das Boot hielt an und schaukelte sanft auf dem Wasser. Der Fahrer sprang heraus und vertäute es mit einem dicken Seil. Dann ging er zurück, um Claudine auf den Steg zu helfen. Mit einem Nicken bedeutete er Billy und Paola, die einsatzbereit näher gerückt waren, dass sie gefahrlos Claudines drei rosafarbene Lederkoffer von Louis Vuitton holen konnten.

»Sie sind ja ausnahmsweise mit leichtem Gepäck unterwegs«, bemerkte Bella und umarmte ihre Freundin herzlich.

»Ich muss unauffällig bleiben«, erklärte Claudine.

»Gute Kofferwahl dafür«, rief Billy, der das Gespräch mitbekommen hatte.

»Billy!« Bella warf ihm einen missbilligenden Blick zu.

Aber Claudine lächelte. »Er hat recht«, gab sie zu. »Ich könnte nicht unauffällig sein, selbst wenn ich wollte. Sind am Haupteingang Fotografen?«

»Soweit ich es gesehen habe, nein.«

»Morgen früh sind sie da, Sie werden schon sehen.«

Ein etwas seltsamer Kommentar, fand Bella, wenn nicht gar selbstgefällig. »Das verstehe ich nicht. Woher sollte jemand wissen, dass Sie hier sind?«

»So etwas spricht sich herum. Das habe ich mittlerweile gelernt. Es ist wie ein Dach im Regen. Ein winziges Loch reicht, damit die ganze Decke einstürzt.«

Es war ein wohlig-nostalgisches Gefühl, Claudine nach dieser langen Zeit wiederzusehen. Es rief viele schöne Erinnerungen wach und wirkte sogar tröstlich, wenn Bella ehrlich war. Sie konnte es kaum erwarten, sich mit Claudine auszutauschen, zu tratschen, in Erinnerungen zu schwelgen, und auch, sie wegen der schwierigen Situation, in der sie sich gerade befand, um Rat zu bitten. Das hieß, falls Claudine noch Zeit erübrigen konnte, nachdem sie ihre ebenso missliche Lage geklärt hatten.

Auf dem Weg zum Hotel hinauf schob Claudine tief seufzend ihre Sonnenbrille nach oben und enthüllte müde, leicht blutunterlaufene Augen. »Es ist wirklich schön, wieder hier zu sein. Wissen Sie, ich glaube, das ist der schönste Ort auf der Welt.«

»Ich habe die Newmarket Suite für Sie reserviert«, sagte Bella. »Sie ist großzügig geschnitten, und Sie sind dort ungestört. Durch einen Glücksfall ist sie heute Morgen frei geworden.«

»Das klingt perfekt. Vielen Dank, Bella. Sie sind eine echte Freundin.«

»Seien Sie nicht albern. Das ist das Mindeste, was ich tun kann.«

Der Diskretion halber führte sie Claudine die Hintertreppe hinauf, statt die große Haupttreppe zu nehmen. Dadurch kamen sie fast gegenüber der Tür zur Newmarket Suite heraus.

Als die Tür aufschwang, schnappte Claudine nach Luft. »Meine Güte«, sagte sie. »Dieses Mal haben Sie sich selbst übertroffen.«

»Danke.« Bella errötete. »Das weiß ich gerade von Ihnen sehr zu schätzen.«

Inneneinrichtung war eine von Bellas Leidenschaften. Ihr Kunstgriff bestand darin, antike oder abgenutzte Möbel mit ganz unterschiedlichen Dekorationsobjekten zu kombinieren. So schaffte sie eine gemütliche, heimelige und trotzdem elegante Atmosphäre. Dabei war Schlichtheit Bellas oberstes Prinzip, sie mochte vollgestellte Zimmer nicht und empfand sie als altmodisch und viktorianisch.

Sie schaute sich um und versuchte, die Suite mit Claudines Augen zu sehen. Das Himmelbett war neu und in Handarbeit von einem Schreiner in der Nähe von Portofino angefertigt worden, der sich seit vierzig Jahren auf Betten spezialisierte. Sie sah weiche Bettwäsche und Blumen in Vasen, einen Schreibtisch mit aufwendig geschnitzten Beinen, einen großen, gemusterten Teppich, den Bella in Turin gefunden hatte, ein blaues Samtsofa und einen hohen Spiegel mit verziertem Rahmen. Die Balkontüren standen weit offen und gaben einen herrlichen Blick aufs Meer frei.

Das Badezimmer konnte mit einer strahlenden Marmorwanne, indirekter Beleuchtung und Glasmosaikfliesen aufwarten. An einer verchromten Stange hingen flauschige weiße Handtücher.

»Junge.« Claudine ließ lächelnd den Blick umherschweifen. »Hier lasse ich es mir gutgehen.«

»Das Problem mit dem heißen Wasser konnten wir lösen. Wenn Sie ins Nebengebäude gehen, sehen Sie den besten Heizkessel in Portofino!«

Claudine lachte. »Ich hätte nichts anderes erwartet.«

»Wir haben uns so viel zu erzählen.«

»Das kann warten«, beruhigte Claudine sie. »Für Sie fängt gleich die geschäftigste Zeit des Tages an.« Sie ließ sich ins Sofa sinken, schlug ihre umwerfenden Beine übereinander und breitete die Arme aus. »Gehen Sie ruhig und kümmern Sie sich um das Abendessen. Ich bin hier zufrieden. Ehrlich gesagt muss ich mal ein bisschen allein sein. Dazu bin ich in letzter Zeit nicht oft gekommen.«

»Wie können Sie ein Filmstar sein und der einfachste Gast der Welt?« Bella ließ vor Erleichterung die Schultern sacken. »Billy bringt Ihnen sofort Ihr Gepäck hoch. Ich gebe ihm ein paar Erfrischungen mit. Prosecco?«

»Perfekt!«

»Und wir sehen uns später.«

»Auf jeden Fall.«

Durch die offenen Balkontüren sah Bella, wie die Sonne langsam versank und das Meer und die umgebenden Hügel in warmes goldenes Licht tauchte. Der Himmel verwandelte sich in ein Gemälde leuchtender Farben. Tiefes Orange und Rosa gingen nahtlos in Violett- und Blautöne über, und vom Garten wehte der Duft des Blauregens herauf.

Erst auf dem Weg nach unten fragte Bella sich, was mit Constance und Lucian passiert war. Sie müssten doch mittlerweile zurück sein. Und wie in aller Welt sollten sie mit dem Abendessen zurechtkommen, wenn Constance nicht da war?

Schon durch Alice' Abwesenheit hatten sie ihre Belastungsgrenze erreicht. Es sah Constance gar nicht ähnlich, sich zu verspäten oder anderen irgendwelche Unannehmlichkeiten zu verursachen.

Wie zu dieser Tageszeit üblich herrschte in der Küche Hochbetrieb, Betty und Paola bereiteten in einem abgestimmten *pas de deux* die Gerichte zu. Die Luft war erfüllt vom Brutzeln des Fleisches auf heißen Bratrosten, dem Zischen des Wasserdampfs und dem Klappern von Töpfen und Pfannen, in denen Zutaten verrührt und sautiert wurden. In dem kontrollierten Chaos waren Zielstrebigkeit und Stolz zu spüren.

Betty briet geschnittene Zucchini mit Knoblauch an und schob die kleinen Scheiben mit einem Pfannenwender hin und her. Als Bella ihr von Constance erzählte, wirkte sie kurz besorgt, dann zuckte sie leicht mit den Schultern. »Nicht schlimm. Wir schaffen es irgendwie. Ich bitte Billy zu helfen. Er kommt gleich zurück. Ich habe ihn losgeschickt, um Eiscreme zu holen.«

»Eiscreme?«

»Für den Pfirsich Melba.« Bella drehte sich um und bemerkte auf der Arbeitsplatte einen Teller mit geschnittenen gebratenen Pfirsichscheiben und ein Schälchen mit frischen Himbeeren. »Aus den

Himbeeren wird eine Sauce«, fuhr Betty fort. »Das beides serviert man mit einer großzügigen Kugel Vanilleeis. Es ist für diesen reizenden jungen Mann. Den mit der Narbe.«

»Ah, ja.« Bella erinnerte sich. »Jonathan. Er macht wirklich einen netten Eindruck.«

Eine halbe Stunde später war von Constance immer noch nichts zu sehen. So blieb Bella keine andere Wahl, als selbst bei den Essensvorbereitungen zu helfen. Sie verbarg ihren Ärger, so gut es ging, und stellte auf jeden Tisch ein Schälchen mit Oliven und einen Teller selbst gebackener Focaccia Genovese mit Olivenöl und Salz. Sie zündete die Kerzen an und füllte die Wasserflaschen – alles Aufgaben, die Alice oder Constance übernommen hätten, wären sie da gewesen.

Heute Abend konnte sie sich nicht im Salon unter die Gäste mischen, wie sie es normalerweise tat. Stattdessen begrüßte sie die Gäste ganz gezielt, als sie nach und nach in den Speisesaal oder auf die Terrasse traten, wo ebenfalls gedeckt war, und plauderte mit ihnen auf ihre ungezwungene Art. Gefiel ihnen ihr Aufenthalt? Was hatten sie heute unternommen? Was planten sie für morgen?

Heute Abend standen zwei Hauptgerichte zur Auswahl: *Faraona alla Ligure*, gebratenes Perlhuhn mit Knoblauch, Zitrone, Rosmarin und Olivenöl, und *Coniglio alla Ligure*, eine Kaninchenpfanne mit Oliven, Tomaten, Zwiebeln, Knoblauch und Weißwein.

Es war wirklich unglaublich, wie Betty das schaffte, fand Bella. Mit Hilfe der fantastischen Paola kochte sie, als hätte sie schon immer in Italien gelebt und nicht erst seit einem Jahr.

Wenig später brummte der Speisesaal vor Leben, er wurde erfüllt vom Klappern des Bestecks und munterem Geplauder. Stolz betrachtete Bella die Tische mit den frischen weißen Decken und die lächelnden Gesichter im warmen Kerzenschein. Es herrschte eine spürbar zufriedene Atmosphäre.

Als es Zeit wurde, das Dessert zu servieren, bestand Betty darauf, die beiden Portionen Pfirsich Melba höchstpersönlich aufzutragen. Bella beobachtete diskret aus einer Ecke heraus, wie Betty den Nachtisch vor Jonathan auf den Tisch stellte, als brächte sie eine Trophäe. Ein breites Lächeln legte sich auf sein versehrtes Gesicht. Seine Mutter, die ihm gegenübersaß, klatschte in die Hände und lachte. »Wunderbar!«, rief sie.

Jonathan sah sich um und bemerkte, dass er und seine Mutter ein anderes Dessert hatten als die restlichen Gäste. »Das verstehe ich nicht«, sagte er. »Das haben Sie doch nicht nur für mich gemacht?«

Betty zwinkerte ihm lächelnd zu. »Könnte schon sein«, sagte sie verschmitzt.

»Es ist mir furchtbar unangenehm, dass Sie sich solche Mühe gemacht haben«, sagte Jonathan, »obwohl Sie sichtlich alle Hände voll zu tun haben.«

»Wenn es darum geht, jemanden wie Sie zu bewirten, ist keine Mühe zu viel, Sir.«

»Das habe ich sicher nicht verdient.«

»O doch. Sie haben Ihre Gesundheit und Ihr Glück geopfert, um Menschen wie mich zu schützen.« Selbst von ihrer Position aus konnte Bella erkennen, dass Betty den Tränen nahe war. Der Anblick war so rührend, dass sie selbst feuchte Augen bekam.

Alle beobachteten, wie Jonathan seinen Löffel in das Eis mit Himbeersauce tauchte. Als der Löffel seinen Mund erreichte, brach der ganze Saal in Applaus aus. Jemand pfiff sogar.

Die Erinnerung daran ließ Bella immer noch lächeln, als sie Betty und Paola später beim Spülen und Wegräumen half. Der Speisesaal war voll belegt gewesen, und das »Trümmerfeld« zu beseitigen, wie Betty es nannte, dauerte seine Zeit. Sie versuchte, ihren Ärger darüber zu unterdrücken, dass Lucian und Constance noch immer nicht zurückgekehrt waren. Wo in aller Welt waren sie abgeblieben? Ihr Vorsatz half nichts, sie war jetzt richtig wütend.

Es sei denn, es war etwas passiert. Vielleicht ein Zugunglück? Oder hatten sie in Santa Margherita kein Taxi gefunden?

Hätte sie Billy mit der Kutsche losschicken sollen, um sie abzuholen? Nein, sie hatten ihn im Hotel gebraucht. Das wäre nicht praktikabel gewesen.

Besorgt half sie Paola und Billy, die Tische für das Frühstück zu decken. Aber sie war nicht bei der Sache und machte immer wieder dumme Fehler.

Erst auf dem Rückweg in die Küche, nachdem sie im Salon die Öllampen gelöscht hatte, hörte sie die beiden durch die Seitentür schleichen. Sie lachten und scherzten, machten »pst!« und genossen sichtlich die Gesellschaft des anderen.

Weil das Licht in der Küche ausgeschaltet war, hatten sie wohl den Eindruck, sie wären allein. Bella knipste es an. Mit verschränkten Armen und ernster Miene begrüßte sie die beiden schroff: »Ich habe mich schon gefragt, wo ihr abgeblieben seid. Ihr habt euch gewaltig verspätet.«

»Es tut mir leid«, sagte Lucian, allerdings klang es nicht so. »Wir haben die Zeit vergessen und den Zug verpasst.«

»Das ist eine schlechte Ausrede, und das weißt du auch.«

Constance stand kleinlaut neben ihm. Sie schaute verlegen zu Boden.

»Und von Ihnen«, wandte Bella sich an sie, »habe ich mehr erwartet. Ich bin überrascht. Und offen gestanden enttäuscht.«

»Es tut mir so leid, Mrs Ainsworth. Es wird nicht wieder vorkommen.« Constance kramte in ihrer Tasche. »Ich habe das für Sie abgeholt.« Sie gab Bella einen dicken cremefarbenen Umschlag.

Bella nahm ihn entgegen und erkannte sofort die Handschrift ihres früheren Geliebten Henry. »Danke«, sagte sie, dann wechselte sie das Thema. »Sind Sie dazu gekommen, das Konsulat zu besuchen?«

»Ja, Ma'am. Ich habe mit einem Mr Thompson gesprochen. Er hat gesagt, es täte ihm leid, aber er wüsste nichts von irgendwelchen Hoteltestern.« Sie nahm Lucian die Tasche mit den Lebensmitteln ab. »Ich räume das schnell für Betty weg.«

Als sie ging, sah Lucian ihr nach, als wäre er hypnotisiert.

Jetzt erkannte Bella, dass viel mehr vor sich ging, als sie geahnt hatte, wahrscheinlich schon seit Monaten, und Lucian wusste offensichtlich, dass sie es wusste. Eine aufkeimende Zuneigung. Oder war es mehr? War etwas zwischen ihnen vorgefallen, etwas Körperliches, das die Verbindung festigte?

Wie konnte ich so blind sein?, dachte Bella. *So dumm.*

Als sie gerade etwas sagen wollte, zog Lucian die Augenbrauen hoch und deutete auf den Umschlag, den Bella hinter ihrem Rücken versteckt hatte, damit er hoffentlich in Vergessenheit geriet.

»Von einem alten Freund«, erklärte Bella rasch. »Geh lieber schlafen. Sie auch, Constance. Sonst ist morgen nichts mit euch anzufangen.«

Die Freude über den Brief hatte Bellas Ärger überstrahlt, und als sie ihr Schlafzimmer erreichte, war sie atemlos vor Erwartung und konnte sich auf nichts anderes konzentrieren als auf das kleine Papierrechteck in ihrer Hand.

Sie schloss die Tür hinter sich ab, riss den Brief ungeduldig auf und überflog ihn. Er brachte ebenso unerwartete wie erfreuliche Neuigkeiten. Offenbar war Henry als Privatlehrer für den Sohn einer reichen Familie eingestellt worden und würde für sechs Wochen nach Italien kommen.

Ich habe so etwas noch nie gemacht, schrieb er, *aber ich weiß, was dazugehört. Meine Aufgabe wird es sein, den jungen*

Thomas in Mathematik, Naturwissenschaften, Geschichte und vielleicht auch Latein und Griechisch zu unterrichten, weil seine Mutter möchte, dass er in die Fußstapfen seines Vaters tritt und nach Oxford geht. Von mir wird erwartet, hohe Maßstäbe in Benehmen und Etikette zu wahren, aber ich werde angenehm in ihrer Villa in der Nähe von Genua untergebracht, wie mir versichert wurde.

Ich hoffe, du empfindest es nicht als vermessen, wenn ich sage, dass es wunderbar sein wird, dich nach dieser langen Zeit wiederzusehen. Du bist immer noch in meinen Gedanken, Bella. Tatsächlich hast du sie nie verlassen.

Bella ließ den letzten Satz und seine Bedeutung auf sich wirken und dachte über Henrys hölzernen Schreibstil nach, als sie ein Geräusch hörte. Es schien von draußen zu kommen, vom Balkon, obwohl die Türen geschlossen waren. Sie versteckte den Brief schnell unter ihrem Kissen. Dann schlich sie über die lackierten Dielen und öffnete die Balkontür.

Die leuchtende Glut einer Zigarette verriet den ungebetenen Gast.

Es war Cecil, der im Dunkeln auf einem Stuhl saß.

»Was machst du hier?« Nach dem ersten Schrecken brandete Ärger, sogar ausgewachsener Zorn in ihr auf. »Dein Zimmer hat einen eigenen Balkon.«

»Ja, aber dieser ist schöner.«

Bei seinem trägen, sorglosen Ton verlor sie fast die Beherrschung und fuhr ihn an: »Warum bist du hier, Cecil? Warum bist du zurückgekommen? Falls du es noch nicht bemerkt hast, niemand will dich hier. Ich ganz sicher nicht.«

Bella war von der Wucht ihrer Emotionen überwältigt. Es war, als wäre ein Damm in ihr gebrochen, die Gefühle waren aus ihr hervorgeschossen und ließen sie jetzt verwirrt und aufgewühlt zurück.

»Das war aber nicht besonders nett.« Cecil wandte sich ihr zu. »Im letzten Jahr hatte ich viel Zeit, über die Vergangenheit und über unsere Ehe nachzudenken. Und ich habe beschlossen, dass ich es noch einmal versuchen will.«

»Was versuchen?«

»Unsere Ehe zu retten.«

»Ich kann dir nie wieder vertrauen. Nicht nach deinem Verhalten. Nicht nach dem, was du mir angetan hast.«

Bella hatte seinen unerwarteten Schlag als gewaltsame Erschütterung ihres ganzen Wesens empfunden, die sie bis ins Innerste verunsichert hatte. Er hatte sie nicht nur physisch, sondern auch psychisch getroffen. Durch den Angriff auf ihre Würde und ihre Sicherheit hatte sie sich verletzlich und schutzlos gefühlt. Monatelang hallte der Schock wie ein dumpfer Schmerz in ihrem Körper und ihrer Seele nach. Manchmal drohten Angst, Unglaube und, ja, auch Wut sie zu erdrücken. Aber trotz allem war sie jetzt entschlossen, ihre Fassung wiederzuerlangen und sich äußerlich gelassen zu geben. Alles andere hätte Cecil den Sieg gewährt, auf den er so versessen war.

»Ich bin nicht stolz auf das, was ich getan habe«, räumte Cecil jetzt ein. »Aber du kannst nicht dastehen und mir einen Vortrag über Vertrauen halten. Du hast mit diesem Bowater korrespondiert und damit bewiesen, dass du nicht vertrauenswürdig bist, wenn nicht in der Tat, dann doch in Gedanken.«

Bella schwieg.

»Ich werde nie wieder versuchen, dich zu etwas zu bringen, was du nicht tun willst«, fuhr Cecil fort. »Aber wir sind Mann und Frau. Nicht nur das, dieses Hotel gehört uns beiden, und wir sind Lucians und Alice' Eltern. Wir sind unwiderruflich miteinander verbunden.«

»Unwiderruflich?« Sie lachte verbittert. »Das werden wir sehen.«

Cecils Stimme nahm einen bittenden Tonfall an. Er stand auf und trat näher. »Ich muss schon sagen, so viel Widerstand habe ich nicht erwartet. Nach allem, was ich gehört habe ...« Er unterbrach sich, als hätte er sich eines Besseren besonnen. »Gib mir wenigstens die Chance, dich zu umwerben und zurückzugewinnen.«

Bella wich zurück. »Du hattest deine Chancen, Cecil.«

»Ich weiß, ich weiß. Aber dieses Mal bin ich fest entschlossen, egal, wie lange es dauert oder was es kostet.«

Als sie Cecil in die Augen sah und versuchte, seine Gedanken zu erraten, verspürte Bella eine eigenartige Unruhe. Zwischen ihnen herrschte eine Ungewissheit, als wäre jedes Wort und jede Bewegung Teil eines komplizierten Spiels, in dem sie ebenso viel voreinander verbargen, wie sie enthüllten. Sie wünschte, sie wüsste die Wahrheit, sie könnte die Geheimnisse hinter Cecils ausdruckslosem Blick durchschauen. Aber sie fühlte sich verloren und allein – und ängstlich.

»Ich möchte, dass du jetzt gehst.« Bella trat rückwärts in ihr Zimmer und öffnete die Verbindungstür, die Cecil aufgeschlossen hatte.

Cecil hob die Hände. »Du musst mich nicht erst bitten.«

»Und wenn ich dich nicht ausdrücklich einlade, will ich dich in diesem Zimmer nicht mehr sehen.«

Voll demonstrativer Demut schlich Cecil in sein Zimmer. Nachdem Bella abgeschlossen hatte, ließ sie sich gegen die Tür sacken und blieb minutenlang dort, als wollte sie seiner Verbannung Nachdruck verleihen. Sie sah sich in dem Zimmer um, das sie geschaffen hatte – sie betrachtete die Blumen und Blätter auf der farbenprächtigen Tapete, die Tagesdecke aus cremefarbener Seide, die gemusterten, von sardischen Bauern handgewebten Teppiche.

Nichts davon gehörte Cecil. Und nichts würde ihm je gehören.

Lucian und Constance kamen sich wie unartige Schulkinder vor, als sie die zwei Etagen zum Dachgeschoss hinaufstiegen, in dem ihre Zimmer lagen.

»Ich habe ein schlechtes Gewissen«, sagte Constance blass. »Ihre Mutter hat so viel für mich getan.«

»Keine Sorge«, beruhigte Lucian sie. »Sie tun auch viel für sie. Das weiß sie.«

»Trotzdem, mich so zu verspäten … Das hat die anderen in Schwierigkeiten gebracht. Meine Kolleginnen. Ich hätte das nicht tun sollen. Was habe ich mir nur dabei gedacht? Ich habe wohl …«

»Die Zeit vergessen?«

Ihre blassen Wangen färbten sich vor Verlegenheit rot. »Ja.«

»Ich auch.« Er betrachtete ihr schmales, zartes, scharf geschnittenes Gesicht.

Sie schwiegen, und mit jedem Moment, der verstrich, wurde die Situation verfänglicher. Lucian wusste, dass er nichts sagen sollte, dass er das reinste Chaos entfesseln würde, wenn er offen sprach. Aber er konnte sich nicht zurückhalten. »Ich habe den Tag sehr genossen«, sagte er.

Constance nickte. »Ich auch.«

»Mehr als genossen.« Er räusperte sich. »Ich muss etwas sagen …«

»Lucian, bitte …«

»Ich muss gestehen, dass unsere gemeinsame Zeit heute wieder die Gefühle in mir geweckt hat, die letzten Sommer entstanden sind. Ich bemühe mich so, aber ich muss immer wieder daran denken, was sich zwischen uns vielleicht entwickelt hätte, wenn alles seinen natürlichen Lauf hätte nehmen dürfen.«

»Ich weiß nicht, was ich sagen soll.«

»Du musst gar nichts sagen.«

Als er sich vorbeugte, um sie zu küssen, wich sie zurück, aber dann gewannen ihre Gefühle die Oberhand, und sie erwiderte den

Kuss, heftig und leidenschaftlich. Ihre Zunge suchte Lucians, ihre Hände klammerten sich an seine Schultern und seinen Körper. Auch er legte seine ganze Kraft in diesen Kuss, bis er plötzlich spürte, dass sich etwas veränderte, dass sie innehielt. Sie ließ ihn los und trat zurück, als hätte sie sich verbrannt.

»Das ist nicht richtig«, sagte sie.

»Mir ist vollkommen egal, was richtig ist. Ich hätte dich letzten Sommer küssen sollen.«

Als er sprach, entwand sie sich seinem Griff. »Nein«, sagte sie. »Du bist verheiratet. Du bist seit nicht einmal sechs Monaten mit Rose verheiratet.«

»Meine Ehe ist eine Farce. Ein Schwindel.« Er hörte selbst, dass er wütend klang. »Ich muss meinem Herzen folgen.«

»Ich kann kaum glauben, dass dein Herz dich zu mir geführt hat – zum Dienstmädchen.«

»Das bist du doch nicht.«

»Doch, natürlich, Lucian.«

»Für mich nicht. Die Liebe lässt sich nicht von gesellschaftlichen Konventionen einschränken.«

Jetzt stieg Wut in ihr auf. »Du hast leicht reden.«

»Ich glaube das wirklich.«

»Na gut.« Sie hielt seinen Kopf fest, damit ihm nichts anderes übrigblieb, als sie anzusehen. »Sag mir eines. Kann Liebe über ein uneheliches Kind hinwegsehen?«

Am nächsten Morgen wurde Bella früh wach. Sie wollte direkt in ihr Büro gehen und vor dem Frühstück ihre Papiere durcharbeiten. Sie genoss diese ruhige Phase des Tages, wenn sonst kaum jemand auf und in der Nähe war. Die Welt erschien ihr dann besonders frisch und klar, und sie schöpfte Kraft aus der Vorstellung, in gewisser Weise Zeit zurückzustehlen.

Betty war natürlich auf den Beinen und backte die Brötchen fürs Frühstück. Später dachte Bella, sie hätte auf dem Weg durch die Küche – als ihr die köstlichen Düfte in die Nase stiegen und sie lächelnd die Berge frischer Pfirsiche und Feigen für den Obstsalat betrachtete –, am Gesichtsausdruck ihrer Köchin merken müssen, dass etwas nicht in Ordnung war.

Als sie ihr Büro erreichte, fand sie heraus, was es war: Cecil war schon da und nippte an einem Kaffee.

Er saß mit einem gewissen Besitzerstolz, wie sie fand, an ihrem Schreibtisch. Ausgebreitet vor ihm lagen Marcos Pläne für zwei der Kellerräume.

»Was machst du hier?« Sie trat instinktiv auf ihn zu und wollte die Pläne an sich nehmen. Kalte Wut stieg in ihr auf. »Geh. Sofort. Habe ich mich gestern Abend nicht klar genug ausgedrückt?«

Er hob die Hände, zeigte demonstrativ, dass er sie nicht aufhalten würde, und gab sich überrascht; eine alte Masche von ihm, die Bella schon immer verärgert hatte. »Beruhig dich, um Himmels willen.«

»Die haben nichts mit dir zu tun.«

Cecil blieb sitzen. »Wie wir beide wissen, stimmt das nicht ganz. Außerdem habe ich ein Auge darauf geworfen – ich war immer stolz auf mein gutes Auge – und möchte nur anmerken, dass sie nicht ehrgeizig genug sind.«

Bella war sofort misstrauisch. Diese Reaktion hatte sie nicht erwartet. »Was meinst du?«

Seufzend verschränkte Cecil die Hände hinter dem Kopf. »Ich muss ehrlich sein. Als wir uns auf dieses Projekt einließen, habe ich anfangs keine großen Hoffnungen gehegt. Mit so etwas hatten wir keinerlei Erfahrung. Wir haben uns sozusagen auf unbekanntes

Terrain begeben. Vor Ort mussten Probleme gelöst werden, die wir nie vorhergesehen hätten, auch nicht, wenn wir ein Jahr lang in der Bibliothek des Britischen Museums recherchiert hätten, wie man ein Hotel in Italien führt. Aber ich muss zugeben«, sagte er mit einem stolzen Lächeln, »dass du bei dem Hotel großartige Arbeit geleistet hast. Du hast bewiesen, dass es seinen Schnitt machen kann.« Das Lächeln verblasste. »Bei der derzeitigen Gewinnmarge wirst du allerdings noch Jahre brauchen, bis du deinem Vater sein investiertes Geld zurückzahlen kannst. Und ich bezweifle, dass die Therme das ändern wird.«

Bella kniff leicht die Augen zusammen. »Und was schlägst du vor?«

»Erweitere deine Pläne«, schlug Cecil munter vor. »Eröffne neue Gästesuiten. Bau vielleicht einen Wintergarten, damit das Hotel in den kalten Monaten reizvoller wird.«

»Einen Wintergarten.«

»Ja. Dieses neue Hotel in Rapallo hat einen. Vielleicht hast du ihn schon gesehen. Die Wände und das Dach sind aus Glas gebaut, damit natürliches Licht einfallen kann. Die Gäste könnten da lesen und sich unterhalten, sogar sonnenbaden, wenn sie wollen.«

»Ich weiß, was ein Wintergarten ist, danke, Cecil.«

»Ich meine nur, dass du ihn bestimmt sehr schön gestalten würdest. Hier eine exotische Pflanze, da eine Palme. In deinen Händen würde er tropisch grün und üppig und von erlesener Eleganz.«

Bella taute ein wenig auf. Cecil konnte sehr überzeugend sein. Sehr *persuasiv*, wie ihr Vater, der Fabrikant, gesagt hätte. Trotzdem beharrte sie auf ihrem Standpunkt. »Selbst wenn wir es wollten, könnten wir uns einen solchen Luxus nicht leisten. Ich kann mir von meinem Vater nicht noch mehr Geld leihen.«

»Das bräuchtest du auch nicht«, sagte Cecil. »Ich bezahle es.«

»Du machst was?« Bella konnte nicht glauben, was sie da hörte.

»Nenn es ein Friedensangebot.«

»So viel Geld hast du nicht. Hättest du es, wüsste ich es – oder sollte es wissen.«

»Erinnerst du dich an den Rubens? Ich habe das Geld von der Versicherung investiert. Es hat einen hübschen Batzen eingebracht, das gebe ich gern zu.«

Bella hatte sich schon gefragt, was mit dem Geld passiert war. Eines der zahlreichen turbulenten Ereignisse im letzten Sommer war der Diebstahl eines Gemäldes gewesen, das mit der Hilfe von Claudines damaligem Partner Jack, einem – selbst ernannten – Kunstexperten, als echter Rubens identifiziert worden war. »Mag sein«, sagte sie zögerlich. »Aber du kannst dir meine Zuneigung nicht erkaufen, Cecil.«

»Natürlich nicht. So etwas würde ich nie versuchen«, sagte er mit Nachdruck.

»Wenn es dir also nichts ausmacht ...«

»Was?«

Mit einem Blick bedeutete Bella ihm, er solle von ihrem Schreibtisch aufstehen.

»Keine Sorge. Ich gehe sofort. Mein Werk hier ist getan.« Cecil stand auf und trat vor sie. Bella musterte ihn mit distanziertem akademischen Interesse, so, wie man ein altes Gebäude betrachten mochte. Ein Teil seines guten Aussehens war ihm geblieben, auch wenn seine früher scharf geschnittenen Wangenknochen und das kantige Kinn weicher geworden waren. Seine Haare, wie eh und je mit Pomade zurückgekämmt, waren jetzt grau meliert und schütter. Aber aus seinen Augen blitzte immer noch der Schalk, und auch seine alte Energie, seine Lebendigkeit, hatte er nicht verloren. »Ich bin im Salon, falls du mich suchst«, sagte er.

»Falls ich dich suche ...«, wiederholte Bella die Worte. »Ich kann mir nicht vorstellen, dass es so weit kommt, aber vielleicht sind in Portofino schon seltsamere Dinge passiert.«

Cecil zwinkerte ihr zu, bevor er die Tür schloss. Und auf Bellas Lippen legte sich unwillkürlich ein leicht verzweifeltes Lächeln.

Die Wäscheleine war zwischen zwei Bäumen an einem abgelegenen Fleckchen hinter dem Hotel gespannt, wo sie nur die neugierigsten Gäste entdecken würden. Keuchend und mit schweißnassem Gesicht schleppte Constance zwei übereinandergestapelte Körbe mit nassen Laken den Hügel hinauf. Bei dem Gewicht der Wäsche wunderte Constance sich, dass sie sich noch nichts gezerrt oder, noch schlimmer, sich den Rücken ruiniert hatte. So war es dem Zimmermädchen aus dem Hotel Splendide ergangen, als es allein einen Tisch anheben wollte.

Trotz ihrer Beförderung gehörte immer noch reichlich Plackerei zu ihrer Arbeit. Aber man musste ihre Lage insgesamt betrachten. Sie war dem tristen, herben alten Menston mit seinem grauen Himmel entkommen, einem Himmel so schwer, dass man sich von ihm niedergedrückt fühlte. Den kleinen Tommy und ihre Mutter vermisste sie natürlich, aber es gab viel mehr, das sie nicht vermisste. Und das Geld, das sie nach Hause schickte, nun, das war eine entscheidende Unterstützung für die beiden. Mrs Ainsworth bezahlte sie großzügig, und abgesehen von ihrem Lapsus am Vortag gab Constance sich alle Mühe, verlässlich und tüchtig zu sein.

Sie hatte weder Betty bemerkt, die auf dem Hügel Rosmarin erntete, noch die Arbeiter Bruno und Salvatore, die im Schatten eines Olivenbaums Pause machten. Als Bruno sie sah, sprang er sofort auf und wollte Constance die Körbe abnehmen, aber sie konnte ihn davon abbringen. Es gefiel ihr nicht, dass italienische Männer einen solchen Wirbel um Frauen machten. Für sie sprach daraus eher weniger denn mehr Respekt; es war, als wären Frauen unfähig und bräuchten immerzu Hilfe. Und sie wusste, dass die Männer nicht halb so beflissen agiert hätten, wäre sie älter oder (wenn sie das so sagen durfte) weniger hübsch gewesen.

Wie sich zeigte, hatte Betty das kleine Ritual diskret aus der Ferne beobachtet. Als es vorüber war und Constance die Laken auf die Leine hängte, kam Betty zu ihr und stellte sich dicht neben sie. »Weißt du«, sagte Betty im lauten Flüsterton, »du könntest es deutlich schlechter treffen. Er sieht sehr gut aus, dieser Bruno, wenn man den rauen Typ mag.«

Constance warf Bruno einen kurzen Blick zu. Sein wettergegerbtes Gesicht zeugte von einem arbeitsreichen Leben, in dem er sein Land bestellte und in stiller Würde seine Weingärten und Olivenhaine pflegte. Und das war nicht einmal sein Beruf. Seit seiner Kindheit arbeitete er auf dem Bau, wie schon sein Vater. Manchmal beobachtete sie, wie präzise und erfahren er mit seinem Werkzeug umging, während die Sonne gnadenlos vom Himmel brannte, die Erde ausdörrte und die Luft schwer und drückend werden ließ.

»Ich weiß nicht, ob ich das tue«, antwortete sie. »Außerdem sagst du das nur, weil du ein Auge auf Salvatore geworfen hast.«

Betty tat, als wäre sie beleidigt. »Hüte deine Zunge, Fräulein. Er ist viel zu alt für mich.«

»Er ist erst vierzig!«

»Er ist nicht nur unhöflich, sondern hat auch lange Finger. Eines meiner besten Messer fehlt, und ich weiß nicht, wer es sonst genommen haben könnte.« Betty unterbrach sich, ihre leise Stimme nahm wieder einen beschwörenden Tonfall an. »Aber im Ernst. Du solltest dir überlegen, einen Italiener zu heiraten und dich hier niederzulassen. Es wäre kein schlechtes Leben.«

Constance lachte. »Komm schon, Betty. Selbst wenn ich den richtigen Mann kennenlernen würde, könnte ich ihn nicht heiraten.«

Aber Betty gab keine Ruhe, im Gegenteil, sie hielt seltsam beharrlich an dem Thema fest. »Was meinst du? Es wäre ideal für dich, einen Ausländer zu heiraten. Du könntest sagen, dass dein Mann im Krieg getötet wurde. Die Leute würden sich bestimmt nicht trauen, viele Fragen zu stellen.« Betty lächelte, als wäre ihr gerade ein weiterer Vorteil ihres Plans eingefallen. »Ein italienischer Ehemann wäre ein toller Vater für Tommy.«

»Glaubst du wirklich?« Sie dachte an Lucian, an ihren gemeinsamen Tag in Genua. Sie hatten so viel gelacht, waren so … glücklich gewesen. *Die Zeit steht still* – diesen Ausdruck hatte sie nie verstanden, das Gefühl nicht gekannt. Aber wenn sie mit Lucian zusammen war, wenn sie sich im Gespräch verlor und seine Gegenwart genoss, empfand sie es tatsächlich so. »Ich würde nicht ausschließen, dass ich heirate«, gab sie zu. »Aber wenn, dann eine ganz andere Art Mann.«

Noch während sie sprach, entdeckte sie Paola, die mit einem weiteren Wäschekorb den Hügel heraufkam. Wieder gab Bruno sich ausgesprochen höflich und zuvorkommend und sprang auf, um ihr den Korb abzunehmen. Paola schien sich darüber zu freuen und strahlte ihn an. »*Grazie*«, sagte sie. »*Grazie mille.*«

»Außerdem«, fügte Constance mit Blick auf das Schauspiel hinzu, »scheint jemand anders viel interessierter an Bruno zu sein als ich.«

Cecil spazierte davon, wahrscheinlich um zu frühstücken. Sicher glaubte er, Bella würde inzwischen über sein großzügiges Angebot nachgrübeln.

Ein Wintergarten – was für eine Idee. Bella lachte leise. Wie war er denn darauf gekommen?

Bella kannte ihren Mann zu gut, um seine Äußerungen für bare Münze zu nehmen. Cecil hatte etwas vor, das war offensichtlich. Die Frage war, was?

Mit diesem Gedanken verließ sie ihr Büro und stieg die Betonstufen in den Keller hinunter.

Das Ärgerliche war, dass Cecil nicht ganz unrecht hatte. Die Therme allein würde vielleicht nicht genügen, um dem Hotel spürbar größeren Erfolg zu bescheren. Und falls das Projekt tatsächlich neu überdacht werden müsste, wäre es sinnvoll, jetzt innezuhalten, statt aus Eile Fehler und Mängel zu riskieren. Es würde Marco schwer treffen, er hatte schon so viel Zeit und Energie investiert, aber Bella hatte eine Idee …

Selbst so unfertig erinnerte der Keller an eine Zaubergrotte, an den Lustgarten aus Spensers *Feenkönigin*. Wie in einer irrwitzigen Vision sah Bella plötzlich funkelnde Edelsteine und zartes, schimmerndes Moos an den Wänden und roch den süßen, berauschenden Duft verzauberter Blumen.

Sie hatte erwartet und sich darauf vorbereitet, dass Marco dort sein würde. Trotzdem machte ihr Herz einen kleinen Sprung. Er stand mit dem Rücken zu ihr am anderen Ende des Kellers, strich mit den Händen über die Wände und prüfte, ob der Putz glatt war.

Auch die Fliesenarbeiten, die er vor Kurzem vollendet hatte, waren hervorragend. Bella hatte sich für einen römischen Stil mit Mosaiken entschieden. Die kunstvollen Muster aus winzigen bunten Stein- und Glasfliesen schimmerten im flackernden Licht der Öllampen, mit denen Marco die schwache natürliche Beleuchtung ergänzte. Bei ihrer ersten Italienreise hatte Bella in einer Pension in Rom gewohnt, die Caracalla-Thermen besucht und fasziniert die aufwendigen Mosaike von Pflanzen, Tieren und mythologischen

Szenen bewundert. Selten hatte sie etwas so Kunstvolles gesehen – oder etwas so Schönes.

Marco kannte die Thermen gut, und als Bella vorgeschlagen hatte, hier etwas Ähnliches zu versuchen, hatte er nicht mit der Wimper gezuckt. Im Gegenteil, er hatte gesagt, das sei eine wunderbare Idee, und bei seinem nächsten Besuch Fliesenkataloge mitgebracht, in die sie sich vertiefen konnten.

Jetzt stand sie in der Tür und räusperte sich, weil er sie offenbar nicht gehört hatte.

Er drehte sich um und lächelte. »Signora Ainsworth!«

»Tut mir leid«, sagte sie. »Ich wollte mich nicht anschleichen.«

»Was kann ich für Sie tun?«

»Ich habe über unseren Zeitplan nachgedacht«, sagte sie und erklärte, dass sie die Bauarbeiten unterbrechen wolle.

Falls Marco enttäuscht war, ließ er es sich nicht anmerken. Er winkte ab. »Das ist kein Problem. Bitte.«

»Danke, Marco. Für all Ihren Rat und Ihre Hilfe.«

»Das gehört zu meiner Arbeit.« Er zögerte kurz. »Also soll ich sofort aufhören?« Ohne auf eine Antwort zu warten, fuhr er fort: »Wie schade, dass ich keine Ausrede mehr habe, jeden Tag herzukommen und Sie zu sehen. Ich werde Ihre anregende Gesellschaft und unsere Gespräche sehr vermissen.«

Bellas Herz schmerzte. »Ich werde Ihre Gesellschaft natürlich auch vermissen, Marco.« Aus Sorge, Cecil könnte hinter ihr lauern, schaute sie sich um.

Marco folgte ihrem Blick und schien den Grund ihrer Sorge zu begreifen. »Ihr Mann hat sich mir vorhin vorgestellt.«

»Das überrascht mich nicht.«

»Er hat eigene Ideen.«

»Ja.«

»Radikale Ideen.«

»Er macht sich gern wichtig. Aber wenn es um die Bauarbeiten geht, bin nach wie vor ich Ihre Ansprechpartnerin.«

Marco nickte. »Natürlich.«

Sie schwiegen verlegen. Dann fuhr Bella fort: »Ich könnte Ihre Talente bis zum Winter vielleicht anderweitig brauchen.«

»Ach?«, fragte Marco lächelnd.

»Ich erkläre es Ihnen …«

Das Klopfen an der Tür war knapp und kräftig. »Herein!«, rief Claudine. Auf dem Samtsofa liegend blickte sie auf, als sich die Tür der Suite öffnete und Paola und Bella eintraten. Paola holte rasch das Tablett mit dem Geschirr, auf dem sie vorhin das Abendessen hochgebracht hatte, und eilte mit einem höflichen Lächeln davon. Bella blieb mit fast mütterlich besorgter Miene zurück.

Claudine wusste, dass sie oberflächlich betrachtet nicht wie jemand wirkte, um den man sich sorgen müsste. In der rechten Hand hielt sie einen Negroni, während sie mit der linken in einer Filmzeitschrift blätterte, die auf ihren aufgestellten Knien lag. *Pour Vous*, hieß sie, *Le Plus Grand Hebdomadaire du Cinema*.

»Ihnen scheint es ja gut zu gehen«, sagte Bella.

»Es war schon schlechter.« Grinsend erhob Claudine ihr Glas. »Sie haben mir gar nicht erzählt, dass Sie fertig gemixten Negroni in Flaschen haben. Ich habe eine im Schrank gefunden. Viel besser als Prosecco, wenn Sie mich fragen.«

»Ich will Ihre Idylle nicht stören«, begann Bella zaghaft, »aber Billy sagt, dass am Tor drei Männer mit Kameras nach Ihnen fragen.«

»Die sind von Skandalblättern wie diesem«, sie hielt die *Pour Vous* hoch, »und schlimmeren.«

»Das verstehe ich nicht.« Bella ging zu ihr und setzte sich neben Claudine auf die Sofakante. »Warum verfolgen die Sie?«

»Ich habe Ihnen doch von dem Film erzählt, den ich drehe? In Südfrankreich?«

Bella nickte.

»Hubert, mein Filmpartner, ist zufällig mit einem anderen Star unseres Studios verheiratet. Jemand hat Gerüchte über uns verbreitet, wie ich schon erwähnt habe. Und seitdem werde ich von Fotografen verfolgt.« Sie zuckte mit den Schultern. »Das geht vorbei. Das kenne ich. Aber bis es so weit ist, muss ich mich verstecken. Abwarten, bis sich das Interesse legt.«

»Wie lange wird das dauern?«

»Zwei Wochen? Drei?«

»Sie können bleiben, so lange Sie wollen«, versicherte Bella ihr. »Die Saison fängt gerade erst an, deshalb haben wir genug freie Zimmer. Und ich gebe Ihnen einen Rabatt für besondere Gäste.«

»Das ist sehr lieb.«

Bella drückte Claudines Knie. »Es ist das Wenigste, was ich tun kann.« Sie warf einen Blick auf ihre Uhr. »Ich sollte Betty helfen. Von Alice habe ich noch nicht erzählt, oder? Sie macht Urlaub in Frankreich, deshalb fehlt uns eine Frau.«

»Wir haben wirklich viel aufzuholen.«

»Das stimmt.«

»Ich habe gehört, dass Cecil wieder da ist. Wie geht es Ihnen damit?«

Bella schüttelte langsam den Kopf. »Darüber können wir später sprechen. Genauer gesagt«, sie lachte, »müsste ich mehrere Negronis intus haben, bevor ich bereit bin, diese Geschichte zu erzählen.«

Claudine zog einladend die Augenbrauen hoch. »Ich habe reichlich Alkohol. Und Zeit.«

»Betty wird sich fragen, wo ich bleibe.«

»Nein, wird sie nicht.« In Claudines Lächeln lag ein Hauch Strenge. »Sie ist eine tüchtige Frau, die zwanzig Minuten allein zurechtkommt. Außerdem hat sie Paola und Billy da unten. Sie müssen sich den Gedanken abgewöhnen, dass im Hotel alles sofort zusammenbricht, wenn Sie sich mal eine Pause gönnen. Ich verspreche Ihnen, das wird es nicht.«

»Ich weiß«, gab Bella zu. »Sie haben recht.«

»Also bleiben Sie einfach da – genau da, wo Sie jetzt sitzen –, und ich mache Ihnen einen Drink …«

Bella muss sich nach einer Vertrauten gesehnt haben, dachte Claudine, denn ihre Zunge war im Handumdrehen gelöst. Sie erzählte Claudine, sie habe sich in Cecils Abwesenheit einfach treiben lassen und sei zufrieden damit gewesen, keine Entscheidung über ihre Ehe treffen zu müssen. Aber nachdem er wieder aufgetaucht war und ihr seinen Wunsch eröffnet hatte, sie zurückzugewinnen, nun, jetzt musste sie sich dem stellen, was sie wirklich wollte.

»Zu erkennen, was man wirklich will, und zu versuchen, es zu bekommen, ist befreiend.« Claudine beugte sich vor. »Aber wollen Sie mir sagen, dass es Cecil ist, was Sie wirklich wollen?«

Bella zuckte mit den Schultern. »Ich bin nicht so mutig wie Sie, Claudine. Ich mache mir noch zu viele Sorgen darum, was andere denken. Die Vorstellung, wieder so wie früher mit Cecil zusammenzuleben, ist … gelinde gesagt wenig reizvoll. Aber die Aussicht auf eine offizielle Trennung und Scheidung macht mir große Angst. Zu sagen, dass ich mit ihm oder seinem Geld nichts zu tun haben will, ist eine Sache, aber endgültig einen Schlussstrich zu ziehen ist etwas anderes. Ich muss daran denken, was eine richtige Trennung von Cecil für das Hotel bedeuten würde und für meine Möglichkeiten, in einem katholischen Land wie Italien zu leben und einen Betrieb zu führen. Finanziell wäre ich stärker auf meinen Vater angewiesen – und das will ich nicht.«

»Am Geld sollte es nicht liegen. Ich bin zum ersten Mal in meinem Leben in der ungewohnten Situation, reichlich davon zu haben. Wenn Sie also welches wollen, müssen Sie nur fragen.«

Bella lächelte dankbar. »Das ist unglaublich nett von Ihnen. Aber ich bin mir auch nicht sicher, wie gut ich das Alleinsein emotional verkraften würde. Werde ich in meinem Alter jemals wieder Liebe und Nähe finden?«

Claudine sah sie ungläubig an. »Wollen Sie behaupten, einer so schönen und liebenswerten Frau wie Ihnen würde es an Verehrern mangeln?«

Bella hielt inne, als müsste sie darüber nachdenken. Dann fragte sie: »Kann ich Ihnen ein Geheimnis anvertrauen?«

»Es kränkt mich, dass Sie überhaupt fragen müssen.«

»Ich tausche mit einem alten Freund Briefe aus, und jetzt will er sich mit mir treffen.« Bella erzählte ihr von Henry, der – Claudine sagte nichts, weil sie nicht unhöflich sein wollte – sterbenslangweilig klang, ganz verkniffen und zugeknöpft. Es war eine echte Erleichterung, als sie danach zugab: »Es gibt noch einen Mann, den ich mag. Einen anständigen Mann, einen Italiener.«

»Ah!«, stürzte Claudine sich darauf. »Jetzt wird's interessant ...«

»Aber er ist sehr schüchtern und zurückhaltend, und ich bezweifle sehr, dass ich den Mut aufbringen werde, ihm meine Gefühle zu gestehen.« Sie stockte. »Das würde ihn fast zu Tode erschrecken.«

Sie schwiegen nachdenklich. Dann fragte Claudine: »Wenn Sie mit Henry zusammen sind, ist ihr Herz dann glücklich? Fühlen Sie ... Leidenschaft? Lebenslust?«

Zögerlich erwiderte Bella ihren Blick. »Früher ja«, sagte sie. »Aber jetzt ... bin ich mir nicht mehr so sicher.«

Betty lag im Bett, aber sie konnte nicht schlafen. Ihre Muskeln schmerzten, und auch ihre Gedanken fanden keine Ruhe.

Der Abend war anstrengend gewesen, und sie überlegte, ob sie morgen das Gespräch suchen sollte. So konnte es nicht weitergehen.

Normalerweise hätte sie sich nicht darauf verlassen, dass Mrs Ainsworth half, das Abendessen zu servieren. Als Besitzerin war das nicht ihre Aufgabe, sie hatte andere Verpflichtungen. Aber wie die Dinge lagen, hatten Betty und die anderen sich daran gewöhnt. Heute Abend hatte Mrs Ainsworth sich nicht in der Küche blicken lassen, und alle wussten, wohin sie gegangen war.

»Sie ist oben bei Claudine«, bestätigte Billy. »Als ich an ihrem Zimmer vorbeigegangen bin, habe ich sie lachen hören. Morgen haben beide einen Brummschädel, ich sag's euch.«

»Einen Brummschädel?«, fragte Paola, die den Ausdruck nicht kannte.

»Einen Kater«, erklärte Billy. »Sie haben da oben genug Prosecco, um eine ganze Armee umzuhauen. Die Frage ist, ob sie erst den Prosecco leer machen, bevor sie zum Negroni übergehen, oder umgekehrt.«

Auch Constance hatte sich verdrückt. Nach dem Abendessen war sie mit ihrem Tuch um die Schultern in den Garten spaziert. Sie war im Moment so trübsinnig und gedankenverloren. Beim Abwasch hatte Betty sie gefragt, ob alles in Ordnung sei, aber sie hatte gemeint, es sei nichts, sie habe nur ein bisschen Heimweh. Es hatte Betty so leidgetan, das zu hören. Sie stand auf, lief barfuß leise zu ihrem Schreibtisch, nahm Fannys Brief aus der Schublade und las ihn noch einmal.

Sie musste eine Möglichkeit finden, mit Constance über Tommy zu sprechen. Aber wann?

Eine sanfte, warme Brise aus dem Süden strich über Nishs Gesicht. Es war voller Schweißperlen, er atmete schnell und röchelnd. Weil er zu schnell ging, obwohl es ihn verdächtig machte, das wusste er. Alle anderen Passanten auf Turins verschwenderisch breiten Straßen waren im Schneckentempo unterwegs, als würde etwas in der Luft oder der Architektur sie ausbremsen. Einen Moment lang blieb er stehen und lehnte sich an eine rosa Stuckfassade.

Schon komisch, dachte er, dass er in Italien nie das Gefühl hatte, wegen seiner Hautfarbe aufzufallen. Er ging als Italiener durch. Es hatte hier noch niemand vermutet, dass er Inder sei. Allerdings war er mehrmals gefragt worden, ob er aus Sizilien komme.

Er ging weiter und kam auf einem Platz an einem Kasperletheater vorbei. Die kleine Bühne erinnerte an einen hochkant stehenden Sarg. Davor hatten sich Kinder versammelt und schauten zu, wie sich die Puppen stritten und gegenseitig mit Stöcken schlugen. Je mehr die Figuren aufeinander einprügelten, desto lauter lachten die Kinder. Ein drahtiger Mann ging mit einer Mütze herum und bat um Spenden.

Turin war ein seltsamer Ort. Früher die prächtige Hauptstadt des neuen Königreichs Italien, war es jetzt für seine Industrie bekannt, als Geburtsort von Fiat, dem Automobilhersteller. Und in Fiats Fabriken arbeitete ein neues politisiertes Proletariat, angeführt von Gramsci, der jetzt im Gefängnis schmorte.

Die alte Welt liegt im Sterben, hatte er geschrieben, *und die neue Welt müht sich, geboren zu werden: Es ist die Zeit der Monster.*

Gianluca bewunderte Gramsci. Gramsci habe die Zukunft vorausgesagt, die Italien jetzt durchlebe, hatte er Nish stolz erzählt.

Nish fand diese Vorhersage tröstlich. Sie half ihm, sich nicht nur als einzelne Person zu sehen, als machtloses Individuum, sondern als Mitgestalter eines historischen Wandels. Um die Nerven zu behalten, musste man immer das Gesamtbild vor Augen haben. Trotzdem hatte er mit einem Zitat von Yeats geantwortet, als wollte er Gianluca davor warnen, vorschnell zu handeln:

Alles zerfällt; die Mitte hält es nicht.
Ein Chaos, losgelassen auf die Welt,
Die Flut, bluttrüb, ist los, und überall
Ertränkt der Unschuld feierlicher Brauch;
Die Besten zweifeln bloß, derweil das Pack
Voll leidenschaftlichem Erleben ist.

»Du glaubst, was wir tun, ist ›Chaos?‹«, hatte Gianluca verächtlich gefragt.

»Nein«, hatte Nish geantwortet. »Aber ›leidenschaftliches Erleben‹ allein wird nicht reichen.«

Die Werkstatt lag versteckt in einer von Bäumen gesäumten Sackgasse, die von einer ruhigen Nebenstraße abging. Nachdem Nish sich vergewissert hatte, dass die Luft rein war, schloss er die wacklige Holztür auf. Beim Öffnen gab sie ein lautes Quietschen von sich. Nish verzog das Gesicht und hoffte, dass die Nachbarn nichts gehört hatten; aber das war unwahrscheinlich, da das nächste bewohnte Haus erst am anderen Ende der Straße stand. Es roch durchdringend nach Staub und heißem Öl. Zwei lange Werkbänke waren übersät mit Flaschen, Schraubenschlüsseln, Schraubenziehern und Zangen. Auf einer stand ein großes schwarzes Gerät mit Skalen, ähnlich wie bei einem Radio – eine Art Multimeter, vermutete er.

Auf der hydraulischen Hebebühne in der Ecke stand ein verrostetes Matchless-Motorrad. Drei Motorräder von Moto Guzzi lehnten an einer Wand. Das Fahrzeug, das Nish nehmen sollte, hatte einen 500ccm-Motor, war rot und etwas zu auffallend schick.

Er schob es zur Tür und setzte sich darauf. Es sprang problemlos an.

Für die Fahrt zur Piazza Carlo Alberto brauchte er etwa zehn Minuten. Die Moto Guzzi ruckelte über die Pflastersteine. Pferdekutschen, Automobile und Fahrräder teilten sich die Straße, und der Verkehr wurde immer dichter, als Nish sich dem Platz näherte. Dort angekommen hielt er an einer schattigen Stelle an der Nordseite und richtete sich auf dem harten Ledersitz zum Warten ein.

An der Südseite ragte die Casa Littoria mit ihrer abweisenden Fassade auf, Sitz der Provinzverwaltung der Nationalen Faschistischen Partei.

Am Ende passierte alles sehr schnell. Man hätte nie vermutet, dass sie so viel Zeit darauf verwandt hatten, darüber zu sprechen, es zu planen und sich auszumalen.

Ein Automobil hielt vor dem Gebäude und wartete mit laufendem Motor. Nish blickte daraufhin nach rechts und konnte Gianluca auf der anderen Seite des Platzes ausmachen, unter einem Balkon an der Ecke der Via Carlo Alberto. Nish kratzte sich am Kopf – das vereinbarte Zeichen, dass man sich gesehen hatte – und war erleichtert, als Gianluca es ihm gleichtat.

Die schwere Holztür der Casa Littoria öffnete sich, und ein Mann in Militäruniform kam heraus. Nish warf Gianluca einen Blick zu, aber der Italiener schüttelte den Kopf. *Er nicht. Er ist nicht das Ziel.*

Nish fürchtete, er sei zu auffällig, und sah besorgt auf seine Uhr. Einen Moment später öffnete sich die Tür wieder, und ein zweiter Mann erschien, dieser in einem eleganten Anzug. Er blieb in der Tür stehen und zündete sich eine Zigarette an. Wieder sah Nish zu Gianluca. Dieses Mal nickte er – *das ist er* –, und Nish machte sich bereit, die Moto Guzzi zu starten.

Aber als der Mann auf das wartende Auto zuging, trat hinter ihm eine Frau durch die Tür. Sie hielt ein schlafendes Baby im Arm und – o Gott, nein – folgte der Zielperson zum Auto.

Was zum Teufel ging hier vor sich?

Mit hämmerndem Herzen blickte Nish die Straße hinauf und sah zu seinem Entsetzen, dass Raffaele zügig auf das Auto zumarschierte, die kleine, gedrungene Granate deutlich sichtbar in der linken Hand. Nish sprang vom Motorrad und rannte auf das Auto zu. Die linke hintere Tür stand offen, und die Frau bückte sich, um das Baby dem Mann – ihrem Ehemann? – in den Wagen zu reichen, damit sie selbst einsteigen konnte. Bevor sie in das Auto abtauchte, fiel Nishs Blick kurz auf ihre schwarzen Haare und den roten Lippenstift.

Als Raffaele den Arm hob, um die Granate zu werfen, rief Nish: »Nein!«, und dann: »Warte!« Raffaele sah ihn und verfiel in Panik. Verwirrt drehte er sich leicht in Nishs Richtung, und statt die Granate in den Innenraum des Autos zu werfen, traf er die Motorhaube, sie prallte ab und landete zwischen ihnen auf der Piazza.

Das Letzte, woran Nish sich erinnerte, bevor die Granate explodierte, war das Gesicht von Gianluca, der auf ihn zurannte.

SIEBEN

Woher kam dieser Lärm? Bella lag ausgestreckt auf dem Rücken, reckte sich stöhnend und drehte den Kopf, bis der Wecker in ihr Blickfeld kam. Es war Viertel vor sieben, der späteste Zeitpunkt, den sie noch als angemessen empfunden hatte. Wirklich erstaunlich, dass sie noch die Geistesgegenwart besessen hatte, ihren Wecker zu stellen.

Es pochte in ihrem Kopf, und sie hatte den Geschmack von Asche im Mund. Wie viele Gläser Negroni hatte sie gestern Abend geleert? Nach dem dritten hatte sie die Übersicht verloren ...

Und dann der Prosecco. Daran hatte es auch nicht gemangelt.

Sie und Claudine hatten getrunken, Jazzplatten gehört und dabei über Gott und die Welt geredet, ganz besonders über Männer – darüber, dass sie gleichzeitig zu nichts zu gebrauchen und doch unentbehrlich waren.

Teile des Abends waren verschwommen. Waren sie wirklich mitten in der Nacht hinunter in die Küche geschlichen, um sich einen kleinen Imbiss zu machen? Sie erinnerte sich dunkel daran, wie Claudine dicke Stücke Salami abgeschnitten und auf der Handfläche abgewogen hatte. Und dann?

Im hintersten Winkel von Bellas Gedächtnis rührte sich etwas. Unwillkürlich schlug sie die Hand vor den Mund, als sich die Bruchstücke zusammensetzten: sie und Claudine, die durch das Haus wankten und sich bedeuteten, still zu sein. Der Hund der Dodsworth-Schwestern – wie hieß er noch? Bubbles? Er schlief in einer Reisebox vor dem Ofen. Claudine trat versehentlich dagegen, das Tier wachte auf und begann zu bellen und zu winseln. Schnell nahm sie den Hund auf den Arm und schmuste mit ihm, um ihn zu beruhigen. Hatte Bella ihr zu diesem Zeitpunkt erzählt, wie leid ihr der Hund tat? Weil die Schwestern sich weigerten, dem armen Ding Fleisch zu geben?

»Was hast du gerade gesagt?« Claudine starrte Bella ungläubig an.

»Der Hund … Bubbles …« Bella war so beschwipst, dass sie kaum einen Satz zusammenbrachte. »Er frisst nur Gemüse. Und vielleicht Obst. Ich weiß nicht.«

»Der Hund ist Vegetarier?«

»Ja.«

»Ernsthaft?«

»Ja!«

Sie prusteten vor Lachen und konnten nicht mehr aufhören. Je öfter sie sich »vegetarischer Hund« auf der Zunge zergehen ließen, desto absurder klang es.

»Also, ich finde das nicht richtig«, sagte Claudine. Sie trug den wieder zufriedenen Bubbles durch die Küche in den Vorratsraum. »Ach, du meine Güte«, rief sie zurück. »Hier drin ist ein ganzer Schinken!«

»Das ist Bettys! Bettys Schinken. Fass ihn nicht an, sonst wird sie riiichtig böse.«

»Ich glaube, ich weiß, wer gern ein Stückchen Schinken hätte«, sagte Claudine. »Ein hübsches Stückchen schicken Schinken für den süßen Bubbles.«

Bella sank am Küchentisch zusammen, hörte aufgeregtes Schlecken und lächelte. »Das gefällt ihm.«

»Und wie.«

»Weißt du, was ihm noch besser gefallen würde?«

Claudine kam aus dem Vorratsraum. Bubbles leckte sich mit seiner komischen kleinen Zunge ums Maul. »Was?«, fragte sie.

»Freiheit!«, tönte Bella, schloss die Hintertür auf und öffnete sie schwungvoll.

Claudine grinste breit. »Was, *wirklich*?«

»Ja, wirklich. Na los, setz ihn runter.«

Claudine folgte der Aufforderung. Der kleine Hund sah sich kurz verwundert um, dann zuckte seine Nase, als er die Nachtluft roch und die Freiheit witterte. Auf seinen unmöglich kleinen Beinchen trippelte er durch die Tür und in den Garten hinaus.

»Lauf!«, rief Bella melodramatisch. »Lauf, Hundchen, und komm nie zurück!«

Die beiden Frauen lachten schrill. Etwas so Witziges war ihnen wahrlich noch nie passiert.

»Aus kleinen rebellischen Taten«, hatte Claudine intoniert, während Bella die Tür schloss, »entstehen mächtige Revolutionen.«

O Gott, dachte Bella jetzt. Dieser Morgen danach hatte es in sich.

Trotzdem, sie hatten viel Spaß gehabt, und sie war sehr erleichtert, Claudine wieder in Portofino zu haben. Sie war unverändert trotz allem, was sie erlebt hatte. Ein tiefes Verständnis, Empathie und gegenseitiger Respekt herrschte zwischen den Frauen, sodass sie sich einander ohne Angst vor Wertung oder Kritik anvertrauen konnten. Ihre jetzige Vertrautheit wurzelte in der Vergangenheit; was sie verband, waren gemeinsame Erfahrungen und Erinnerungen.

Als Bella im Spiegel ihre müden, blutunterlaufenen Augen betrachtete, musste sie sich trotz allem eingestehen, dass sie einen sehr schlechten Einfluss aufeinander ausübten …

Sie zog sich rasch etwas an und schleppte sich nach unten, um sich beim Frühstück nützlich zu machen. Aber beim Anblick des

Gebäcks und des frischen Obsts auf der Anrichte wurde ihr unwohl. Nicht einmal die Brunnenkresse und die Ringelblumen im Speisesaal konnten sie aufmuntern, wie sie es sonst taten.

Das Zimmer füllte sich mit Gästen, aber als Bella sich nach ihren Angestellten umsah, konnte sie niemanden entdecken. Doch dann fand sie Billy und Paola, versteckt an einem Ecktisch. Sie zankten sich, redeten laut aufeinander ein und gestikulierten wild. Normalerweise hätte Bella so etwas durchgehen lassen, aber dieser Streit wirkte ungewöhnlich heftig, und sie fürchtete, die Gäste könnten sich fragen, was da vor sich ging.

Sie schickte Paola los, um die Bestellungen aufzunehmen, setzte sich Billy gegenüber an den Tisch und fragte ihn ohne Umschweife, was der Grund für ihren Streit war.

»Es ging um die Dodsworth-Schwestern, Ma'am«, erklärte er. »Sie haben gefragt, wann Züge von Genua nach Turin und zu fünf anderen italienischen Städten fahren. Aber ich werde aus dem Fahrplan nicht schlau. Ich habe Paola gebeten, mir zu helfen, aber sie hat mich noch mehr verwirrt.«

Constance war von der Terrasse hereingekommen, wo unempfindlichere Gemüter frühstückten – es war noch immer recht frisch. Im Vorbeigehen schnappte sie das Gespräch auf. Ob sie wegen des Namens »Dodsworth« so abrupt stehen blieb oder wegen Bellas derangiertem Äußerem, war schwer zu sagen. Stirnrunzelnd blickte sie auf Bella und Billy hinab. »Ich hoffe, die Schwestern wollen nicht heute nach Turin fahren«, sagte sie.

»Warum?«, fragte Bella.

»Ich habe gerade zwei Gäste darüber sprechen hören, dass da eine Bombe hochgegangen ist. Sie haben es aus dem Radio. Die Polizei führt offenbar gerade eine große Razzia durch.«

Noch während sie sprach, sprang Bubbles auf einen der leeren Tische und machte sich über die Frühstücksreste her.

Billy erschrak, als er ihn sah. »Ich schwöre, ich habe diesen Hund im Weinkeller eingeschlossen …« Er eilte hinüber, um den Hund vom Essen wegzuziehen.

»Furchtbar«, sagte Bella zu Constance, »was für ein schlechtes Benehmen sich diese Hunde angewöhnen. Das liegt nur an den Besitzern.«

Constance sah sie verwundert an, dann ging sie mit ihrem Tablett hinüber, um das schmutzige Geschirr einzusammeln.

Später dachte Bella darüber nach, wie schnell die Nachricht über die Bombe in Turin aus ihrem Bewusstsein verschwunden war; aber immerhin hatte sie keinen Grund anzunehmen, die Explosion stünde in irgendeiner Verbindung zu jemandem, den sie kannte. Statt sich weiter damit zu beschäftigen, überzeugte sie sich, dass im Hotel alles seine Richtigkeit hatte, und ging dann in die Bibliothek, wo sie zu ihrer Überraschung Cecil vorfand. Er trank Kaffee, rauchte eine Zigarette und las dabei eine alte Ausgabe des *Daily Telegraph.*

Erstaunlich, dachte sie, wie schnell er sich wieder in den Hotelalltag eingeschlichen hatte. Er benahm sich, als wäre er nie fort gewesen, als wären die Ereignisse des letzten Sommers nie geschehen.

Als Bella sich ihm gegenübersetzte, nahm er keinerlei Notiz von ihr und tat, als sei er ganz auf seine Zeitung konzentriert. Also beschloss sie, seine Aufmerksamkeit deutlicher einzufordern.

»Ich habe über deinen Vorschlag nachgedacht. Wegen der Bauarbeiten.«

Er hob den Blick und schien überrascht über die ungewohnt unordentliche Frisur und die blutunterlaufenen Augen. »Ach ja?«

»Wenn es dir wirklich ernst damit ist, möchte ich, dass du Marco dafür bezahlst, Pläne für einen Wintergarten auf der Rückseite des Hotels zu zeichnen. Und wir könnten die Dienstbotenzimmer in zwei weitere Gästesuiten umbauen.«

Cecil ließ die Zeitung sinken. Er schlug die Beine übereinander und lehnte sich zurück. »Es ist mir ernst damit. Aber ich muss sagen, dass es mir Sorgen bereitet, welches Vertrauen du in die … hiesigen Handwerker setzt. Bei einem britischen Architekten würdest du weniger Gefahr laufen, dass er dich übervorteilt. Wie der Zufall es will, kenne ich genau den Richtigen. Er ist vor zwei Jahren hergezogen. Lebt in Sanremo.«

»Nein, nein.« Bella schüttelte den Kopf. »Es muss Marco sein.«

Er musterte sie vielsagend. »Wirklich?« Bella errötete unter seinem prüfenden Blick. »Wenn ich es nicht besser wüsste, würde ich sagen, du hast Gefallen an ihm gefunden.«

Bella entschied sich, auf diese Provokation nicht einzugehen. »Marco ist mit den aktuellen Bauvorschriften vertraut. Er kennt alle Bauarbeiter und Handwerker der Gegend und weiß, wo man die nötigen Genehmigungen bekommt.«

»Er klingt ja fabelhaft.« Cecils Stimme troff vor Sarkasmus.

Bella stand auf. Auf dem Weg zur Tür fiel ihr noch etwas ein; besser gesagt wollte sie es so aussehen lassen. »Ach ja. Ich fürchte, du musst morgen in aller Frühe aus deinem Zimmer ausziehen.«

»Muss ich das?«

»Ich muss dort die Gäste unterbringen, die durch Claudines Ankunft, sagen wir, vertrieben wurden.«

Cecil seufzte. »Die reizende Ms Pascal. Die Dramen folgen ihr auf dem Fuße, wie es aussieht. Wohin soll ich gehen?«

»Du wirst dich bei mir einquartieren müssen. Es geht nicht anders.«

Cecil wirkte ehrlich überrascht. »Meine Güte«, sagte er, »mit unserer Beziehung geht es ja schneller bergauf, als ich gehofft hatte.«

Bella starrte ihn an, der Anflug eines Lächelns umspielte ihre Lippen. »Mach dir keine Hoffnungen, Cecil. Ich tue das nur, um den Schein zu wahren.« Ihre Stimme wurde ungewohnt kalt. »Wenn du mich auch nur anrührst, findest du bald heraus, was nachts unter meinem Kopfkissen liegt. Und ich kann dir jetzt schon verraten, dass es kein Brief ist.«

Bevor Cecil antworten konnte, ertönte draußen laut eine Autohupe. Bella sprang auf. *Weitere Gäste,* dachte sie. Unerwartete Neuankömmlinge, denn soweit sie sich erinnerte, hatte sich für heute niemand mehr angekündigt.

Als sie auf den Vorplatz trat, um sie zu begrüßen, verblich ihr Lächeln.

Danioni stieg aus einem großen schwarzen Automobil, das neu zu sein schien. Es war lang und protzig – *wie die italienische Version eines Rolls-Royce,* dachte Bella –, und auf der Haube thronte die verchromte Figur einer geflügelten Göttin. »Ah«, rief er, als er sie sah. »Signora Ainsworth. Immer eine Freude.« Er bedachte sie mit einem schmierigen Lächeln.

»Ich wünschte, ich könnte dasselbe sagen.« Mit einem Nicken deutete sie auf das Automobil. »Wie ich sehe, sind Bestechung und Korruption derzeit recht einträglich.«

»Bitte, Signora.« Danioni spielte den Entrüsteten. »Ich arbeite schwer für meinen Lebensunterhalt.«

»Was bringt Sie hierher?«

»Ihr Mann.« Sein Blick zuckte hoch und an ihr vorbei.

Bella runzelte die Stirn. »Cecil?«

Hinter ihr kam Bewegung auf, und Cecil eilte heran. »Ich fürchte, er hat recht«, sagte er. »Ich habe einen Termin in der Stadt. Und Danioni hat freundlicherweise angeboten, mich mitzunehmen.«

»Was für einen Termin?«

Cecil zwinkerte ihr zu. »Nur ein paar Hände versilbern«, flüsterte er. »Erzähle ich dir später.«

Als Billy den *alimentari* in der Via Roma erreichte, gab es dort nur noch drei Eier. Er bezweifelte, dass seine Mutter damit auskommen würde, kaufte sie aber trotzdem und nahm auch Mehl für Pasta mit, weil er sich vage erinnerte, dass sie kaum noch welches hatte. Dabei fiel ihm auf, wie sehr die Preise seit Beginn der Touristensaison angestiegen waren.

Als junger Mensch stand Billy Veränderungen eigentlich sehr offen gegenüber, aber selbst ihm ging es im Moment zu schnell. Lief man durch die Straßen, drang nicht mehr wie früher italienische Volksmusik aus den Fenstern, stattdessen hörte man Geplapper in fremden Sprachen, meist Französisch, Deutsch und, ja, auch Englisch. In dieser Hinsicht war das Hotel Portofino Teil des Problems.

Auf dem Heimweg fiel ihm auf einem Tisch vor Luigis Café ein halb volles Glas Grappa auf und daneben ein großzügiges Trinkgeld. Er war kurz davor, das Trinkgeld einzustecken und den Grappa zu trinken – es wäre nicht das erste Mal gewesen –, als er auf der anderen Straßenseite einen von Danionis Schwarzhemden bemerkte. Der Mann hatte eine niedrige Stirn und kurz geschorene braune Haare, er lehnte mit verschränkten Armen an einer Hauswand und beobachtete Billy. Sein unverwandtes Starren verunsicherte Billy so, dass er sein Vorhaben aufgab.

Auf einem der Korbstühle des Cafés lag eine Zeitung. Billy hob sie auf und winkte dem Mann damit, dann schlenderte er so gelassen wie möglich die Straße entlang.

Im Gehen warf er einen Blick auf die Zeitung – und blieb wie angewurzelt stehen. Der Schock traf ihn, als hätte ihm jemand in den Bauch geschlagen.

Denn von dem körnigen Foto auf der Titelseite starrte ihn unverkennbar Gianluca entgegen.

Mrs Ainsworth wirkte abgelenkt, dachte Constance. Als wäre sie nicht ganz von dieser Welt. Zugegeben, in der eigenen Küche eine alte Italienerin mit einem Heiligenschein aus strahlend weißem Haar dabei vorzufinden, wie sie mit missbilligendem Blick die Kochtöpfe inspizierte, konnte einen schon verwirren. Andererseits musste sie doch gewusst haben, dass Paolas Großmutter kommen wollte, oder nicht? Betty hatte sie doch sicher um Erlaubnis gefragt, bevor sie die alte Dame einlud.

Vielleicht war sie noch ein wenig verkatert. Constance hatte Mrs Ainsworth nicht gefragt, wo sie am Abend zuvor geblieben war. Es war wirklich ärgerlich gewesen – als wäre es ohne Alice nicht schon schwer genug –, aber es ging Constance nichts an. Und wer weiß, vielleicht würde Constance' Nachsicht dazu führen, dass Mrs Ainsworth irgendwann auch gewillt sein würde, Constance gegenüber Nachsicht zu zeigen. Schließlich wusste man nie, wann man mal ein bisschen Freiraum brauchte.

Constance räusperte sich und grüßte freundlich: »Mrs Ainsworth!«

Bella blickte lächelnd auf, und Paola drehte sich rasch herum. Sie nahm die alte Dame beim Arm und führte sie zu Mrs Ainsworth. »Das ist meine Großmutter«, sagte sie stolz in akzentbehaftetem Englisch. Ein wenig abseits stand schüchtern eine weitere Frau – sie war jung und hübsch, ein gutes Stück größer als Paola und hatte die gleichen Augen, wenn auch dickere Brauen. »Und das ist meine Cousine Gabriella.« Paola beugte sich verschwörerisch vor. »Sie kocht und putzt sehr gut.«

Constance fürchtete, Paola könnte mit dieser direkten Fürsprache eine Grenze übertreten haben. Sie hatte das Gefühl, sie sollte ihr zur Seite springen. »Wir könnten die Hilfe gebrauchen, Mrs Ainsworth«, sagte sie. »Ohne Alice war es in den letzten Tagen schwierig.«

»Das ist mir bewusst«, sagte Bella. »Und es hat sicher nicht geholfen, dass ich gestern Abend … unpässlich war. Es tut mir leid.« Sie hielt kurz inne. »Ich denke darüber nach.«

Als die anderen sich wieder dem Kochen zuwandten, trat Constance an Bella heran. »Das ist Nonna Maria«, erklärte sie. »Sie bringt Betty ein paar neue regionale Gerichte bei. Betty erweitert ihr Repertoire, damit sie nicht mehr so auf Fleisch angewiesen ist.«

»Sie raten nie, was ich heute koche«, sagte Betty. »Es heißt Genokki.«

»Gnocchi«, korrigierte Paola.

»Wie auch immer«, sagte Betty. »Dazu gibt es eine grüne Sauce. Man verrührt Olivenöl, Basilikum, Hartkäse und diese winzigen Nüsse. Sie sehen aus wie Vogeldreck, schmecken aber köstlich, hat man mir wenigstens gesagt. Und haben Sie das schon gesehen?« Betty hielt die größte Aubergine hoch, die Constance je zu Gesicht bekommen hatte. »Das ist ein Geschenk dieser Dame aus ihrem eigenen Garten. Da bekommt man feuchte Augen, was?«

»Betty!«, sagte Constance errötend.

Aber Mrs Ainsworth lachte bloß.

»Ich kann nur sagen«, fuhr Betty fort, »dass diese Dodsworth-Schwestern hoffentlich zu schätzen wissen, wie viel Mühe ich mir gebe. Vor allem, weil sich jemand mit meinem besten Messer davongemacht hat.«

Constance beobachtete Nonna Maria. Sie war fasziniert von den Kochkünsten der alten Dame, die über Generationen hinweg weitergegeben worden waren. Sie bewegte sich mit routinierter Leichtigkeit, als wäre es ihre Küche, und sie würde jeden Abend hier kochen. Es wirkte auf Constance wie ein kleines Wunder, dass sie aus einfachen Zutaten wie Olivenöl, Knoblauch und frischen Kräutern Gerichte zubereiten konnte, bei denen einem das Wasser im Mund zusammenlief. Und all das scheinbar völlig mühelos und rein instinktiv.

Nonna Maria hatte gerade angefangen, ein großes Stück Pecorino zu reiben, als Billy mit dem Mehl und den Eiern hereinkam. Er stellte die Sachen auf den Tisch, und als er wieder ging, spürte Constance, wie er ihr unauffällig auf den Rücken tippte. Sie drehte sich um, und er signalisierte ihr, sie solle ihm folgen. Während die anderen Nonna Maria dabei zusahen, wie sie in der Pfanne rührte, gingen die beiden zusammen zur Hintertür.

Billy raunte: »Ich muss mit dir reden.«

»Na gut«, sagte Constance. »In einer halben Stunde in meinem Zimmer.«

Als die Kochstunde beendet war, entfernten sich Mrs Ainsworth und die anderen und ließen nur Constance und Betty in der Küche zurück.

»Das war großartig«, sagte Constance.

Betty nickte. »Ich gebe gern zu, dass sie mir ordentlich Konkurrenz macht.«

Constance zog ihre Schürze aus und hängte sie an ihren Haken. »Ich muss mal kurz nach oben huschen«, sagte sie. »Es dauert nicht lange.«

»In Ordnung, Liebes.«

Billy wartete schon vor ihrer Tür. Er hatte etwas unter seiner Jacke versteckt. Sobald sie sicher im Zimmer waren, zog er eine Ausgabe von *La Stampa* hervor, einer Zeitung aus Turin. Constance wusste, dass der Verlag bis Anfang des Jahres antifaschistisch geführt worden war, bis der Besitzer verkauft hatte, weil er der Schikanen und Einmischungen Mussolinis überdrüssig war. »Sieh nur«, sagte Billy.

Constance tat, was er verlangte, und betrachtete das Foto. »Was willst du mir zeigen?«

»Erkennst du nicht, wer das ist?«

Sie schüttelte den Kopf.

»Das ist Gianluca. Dieser Freund von Nish, der mir letzten Sommer die Flugblätter gegeben hat.«

Constance' Gesicht erstarrte vor Schreck. »Das kann nicht sein.«

»Doch. Da steht sein Name. Aber das ist so ziemlich alles, was ich verstehe. Du kannst doch Italienisch lesen, oder?«

»Nur ein paar Wörter.«

»Versuch es, Connie.«

Constance nahm ihm die Zeitung ab und starrte auf die kleine Schrift. »Ich glaube, das heißt ›versuchtes Attentat‹. Es hat einen Anschlag auf den Vorsitzenden der Faschistischen Partei in Turin gegeben.«

»Verdammter Mist.«

»Da steht, dass ein Terrorist von der Explosion getötet wurde. Und mindestens zwei weitere werden von der Polizei gejagt.«

Billy sah sie entsetzt an. »Und wenn einer von ihnen Nish ist?«

Mit einem sanften Schnurren hielt Danionis Isotta Fraschini vor dem Kasino. Die Renovierung war noch nicht beendet, weil die Arbeiten verspätet angefangen hatten, aber sie machte zweifellos Fortschritte. Der Garten war sachkundig, wenn auch einfallslos gestaltet worden. Eine Schande, dass das Gebäude selbst ein solches Ungetüm war, dachte Cecil – als hätte ein unterbelichtetes Kind ein Schloss gemalt.

Er wandte sich an Danioni. »Als ich das letzte Mal hier war«, sagte er, »bin ich um zwanzigtausend Lire ärmer gegangen. Heute hoffe ich auf ein besseres Ergebnis.«

Als sie aus dem Wagen stiegen – den Cecil mit Lob überhäuft hatte, weil er wusste, das würde Danioni gefallen; aber im Ernst, hatte die Vulgarität der Italiener gar keine Grenzen? –, wurden sie herzlich von einem kleinen Mann in einem Anzug begrüßt und dann am Kasino vorbei zu einer Terrasse mit Meeresblick geführt.

Ein dicker Mann mit buschigen Augenbrauen und schütterem, mit Pomade zurückgekämmtem Haar saß zurückgelehnt auf einem Friseurstuhl und ließ sich von einem Barbier im weißen Laborkittel nass rasieren.

Danioni wirkte ungewöhnlich nervös, als er Cecil vorstellte. »Darf ich Luigi Parrino vorstellen. Signor Parrino, Mr Cecil Ainsworth.«

»Meine Freunde! Willkommen! Besonders Signor Ainsworth. Sie sind weit gereist, um hier zu sein. Und ich fühle mich wirklich geehrt.« Signor Parrino blickte geradeaus, als er sie begrüßte, und ließ sich weiter rasieren. Als er ausgesprochen hatte, ritzte der Friseur versehentlich seinen Hals mit dem Rasiermesser an.

Blut quoll hervor.

Der Friseur wurde kreidebleich.

Einen Moment lang herrschte reglose Stille. Dann hob Parrino seine aufgedunsenen Finger an den Schnitt, hielt sie vor sich und betrachtete sie eingehend. Nachdem er sich davon überzeugt hatte, dass er tatsächlich blutete, wischte er die Finger an der Jacke des Friseurs ab. »Wenn du mich noch einmal so schlecht rasierst«, sagte er, »bin nächstes Mal nicht ich derjenige, der blutet. Vergiss das nicht.«

Als die Rasur beendet war, führte Parrino Cecil und Danioni über das Anwesen. Er stapfte eher, als dass er ging, und hatte die Angewohnheit, an den Fingern abzuzählen, wovon er gerade gesprochen hatte. Einige Arbeiter, zumeist mit freiem Oberkörper, bauten eine niedrige Mauer rund um eine Terrasse. Parrino blieb stehen und musterte sie. Dann drehte er sich zu Cecil um. »Ich vertrete die Interessen gewisser Geschäftsleute in Detroit«, sagte er.

»Ich dachte, unser Verbindungsmann wäre in Amerika«, begann Cecil. »Ich habe immer …«

Aber Parrino sprach weiter, als wäre Cecil gar nicht anwesend. »Wie Sie vielleicht gehört haben, haben diese Männer das Kasino nach dem bedauerlichen und, das muss gesagt werden, unerwarteten Ableben des früheren Besitzers gekauft. Er hat es wirklich verwahrlosen lassen. Diese Renovierung wird es in ein Juwel der italienischen Riviera verwandeln. Und mir viel Geld einbringen.«

»Das freut mich zu hören«, sagte Cecil.

Parrinos Blick wurde kalt und scharf wie ein Messer. Als könnte er Cecil in Fetzen schneiden. »Meine amerikanischen Freunde sind hocherfreut über die Verbindung zu Viscount Dalwhinnies Destillerie. Sogar so erfreut, dass sie mich gebeten haben, eine mögliche Ausweitung der Aktivitäten zu besprechen.«

»Eine Ausweitung?« Cecil sträubten sich die Nackenhärchen.

»Ganz recht. Wir sprechen von der zehnfachen oder sogar hundertfachen Menge. Meine Freunde glauben, dass es für dieses vorzügliche Produkt eine, nun, fast unbegrenzte Nachfrage gibt.«

Furcht und ein kribbelndes Gefühl von Gefahr überfielen Cecil. Ihm war klar, dass er behutsam vorgehen musste. »Ich fühle mich geschmeichelt und bin natürlich sehr froh, dass dieses Produkt ein solcher Erfolg ist. Ich möchte nur anmerken, dass die Whiskyproduktion beinahe eine Kunst ist. Ein besseres Hausgewerbe, könnte man sagen …«

»Worauf wollen Sie hinaus?«

Cecil zuckte mit den Schultern. »Dass die Produktion begrenzt ist.«

»Geradeheraus, bitte.«

»Ich bin nicht sicher, ob Dalwhinnies Destillerie neuntausend Liter im Monat liefern kann, geschweige denn neunzigtausend. Und selbst wenn, würde eine solche Menge an Whisky auf einer winzigen Insel wie Bermuda nicht die Behörden auf unser Unternehmen aufmerksam machen?«

Wieder trat Stille ein. Cecil war besorgt, er könnte zu viel gesagt oder gar einen respektlosen Eindruck hinterlassen haben.

Aber Parrino legte seine große, haarige Hand auf Cecils Schulter. »Machen Sie sich darüber keine Gedanken, mein Freund. Meine Geschäftspartner sind geübt darin, sich die Kooperation der Behörden zu sichern«, sagte er lächelnd. »Konzentrieren Sie sich darauf, die Ware zu beschaffen. Ich zahle Ihnen einen Dollar zusätzlich für jede Flasche, die wir erfolgreich ins Land bringen.«

»Einen Dollar, sagen Sie?« Cecil konnte sein Entzücken nicht verbergen. Ein gieriges Lächeln breitete sich auf seinem Gesicht aus und entblößte rosiges Zahnfleisch und unebene, fuchsartige Zähne.

Äußerst vorsichtig stieg Claudine im Badeanzug die Stufen von der oberen Terrasse hinunter. Sie hatte vor, sich einen der Liegestühle auf der unteren Terrasse zu sichern und sich nicht mehr wegzurühren. Nach mehr stand ihr nicht der Sinn. Mehr hätte sie nicht verkraftet. Ihr Schädel dröhnte wie ein Drucklufthammer, der sich in Beton gräbt. Was war eigentlich in diesen Negronis gewesen? Selbstgebrannter?

Bella sah recht munter aus. Sie beobachtete Marco dabei, wie er seine beiden Helfer überwachte – Salvatore und Bruno hießen sie wohl. Bella schien Marco gern im Auge zu behalten. Egal, wohin er sich wandte, sie starrte in seine Richtung. Verständlich – er war ein attraktiver Mann, wenn auch nicht Claudines Typ.

»Hallo«, rief sie, als sie in Bellas Nähe kam. »Wie ist dein Kater?«

»Brutal. Und deiner?«

»Sagen wir, er hat mich aus meinen Gedanken gerissen. Eine Zeit lang wusste ich nicht mal mehr, wer ich bin oder was ich hier mache.«

Bella lachte. »Ich habe mir wieder selbst ein Beinchen gestellt. Ich habe gerade eine Stunde lang Kataloge für die Einrichtung der Therme gewälzt, obwohl die Räume erst im Frühjahr fertig werden.«

»Es ist wunderbar zu sehen, dass du etwas so leidenschaftlich angehst.«

Bella wirkte plötzlich verlegen. »Soll ich dir meinen größten Traum verraten?«

»Raus damit.«

»Meine eigenen Schönheitsprodukte zu entwickeln. Meine eigene Kollektion von Cremes und Parfums, aus Kräutern und Blumen, die hier am Hotel wachsen.«

»Also«, meinte Claudine lächelnd, »ich muss schon sagen, du bist sehr vorausschauend. Neben Filmen sind Gesundheit und Schönheit die nächste große Mode.«

»Meinst du das ernst?«

»Todernst«, sagte Claudine bestimmt. »In Hollywood kaufe ich oft in einem Geschäft ein, gleich um die Ecke vom Paramount-Gelände. Ester's heißt es. Da kann man sich die Haare machen lassen, die Nägel, sich massieren lassen. Die Besitzerin ist Schauspielerin, aber mit ihrer Karriere ging es steil bergab, nachdem sie Louis Mayer abgewiesen hat. Ich kann dir versichern, dass sie mit ihrem Salon eine verdammte Menge mehr verdient als mit der Schauspielerei.«

»Das hört sich gut an. Die Frage lautet, wie kann ich so erfolgreich wie Esther werden …«

»– ohne dass sich gewisse andere Leute einmischen?«

Bella lachte. »Wie gut du meine Lage verstehst.«

Claudine zögerte. »Weißt du, ich habe das schon mal gesagt, und ich klinge wirklich nicht gern, als wollte ich angeben, aber ich bin mittlerweile tatsächlich vermögend. Ich weiß, dass du über solche Dinge nur äußerst ungern sprichst …«

»Claudine, wirklich …«

»Nein, nein.« Claudine hob die Hände. »Lass mich ausreden. Wenn du dir je Geld leihen musst, gebe ich es dir gern, ohne Zinsen. Alles, um dich aus deiner Abhängigkeit von Cecil und deinem Vater zu befreien.«

Den ganzen Tag schon hatte Constance das Gefühl, Lucian würde sich vor ihr verstecken. Nun, das musste aufhören. Es stand zu viel auf dem Spiel.

Der Abendhimmel hatte sich rosig gefärbt, die Luft war noch warm. Sie fand ihn auf einer Sonnenliege auf der unteren Terrasse, wo er ein Buch las. Unauffällig ging sie zu ihm und bückte sich, um den Teller und das Glas neben ihm einzusammeln.

Sie war überrascht, als Lucian das Wort ergriff.

»Constance«, begann er nervös, »ich möchte mich für mein Verhalten entschuldigen …«

»Das ist jetzt nicht wichtig.« Sie ließ den Blick über die Terrasse und die Fenster in den oberen Stockwerken gleiten, um sicherzugehen, dass sie nicht beobachtet wurden, dann zog sie Billys Zeitung unter ihrer Schürze hervor und gab sie Lucian.

Nachdem er den Text stumm gelesen hatte, blickte er auf. »Das kann nicht wahr sein.«

»Ist es aber.«

Er überflog den Artikel noch einmal. »Nish wird nicht erwähnt. Wir können nicht sicher sein, ob er beteiligt war oder ob er überhaupt noch Kontakt zu Gianluca hat. Ich weiß, dass er sich für Gianlucas politische Einstellungen interessiert, und natürlich lebt er in Turin, aber …«

»Ich würde das auch gern glauben, aber ich weiß nicht, ob ich es kann.« Constance beugte sich vor und fuhr mit dem Zeigefinger die Zeilen entlang. »Diese Stelle hier macht mir Sorgen. Da steht, dass die Polizei mehrere Terroristen jagt. Was, wenn Nish einer davon ist?«

Lucian wies das sofort zurück. »Auf so etwas würde er sich nie einlassen.«

»Bist du sicher?«

Sie sahen sich an.

Constance sagte: »Wir müssen mit Billy reden.«

Margaret Dodsworth war eine komische kleine Person.

Bella legte großen Wert auf Solidarität unter Frauen und hatte gerade bei den älteren immer das Bedürfnis, sie vor Unannehmlichkeiten zu schützen. Mit dieser Frau wurde sie allerdings nicht warm. Sie war spröde und humorlos und versuchte ständig, die Aufmerksamkeit auf sich zu ziehen, indem sie ihre Mitmenschen belästigte. Angeblich ging es ihr einzig darum, die Regeln aufrechtzuerhalten – vernünftige, wertvolle Regeln, wie sie fand.

»Von der unteren Terrasse dringt schrecklicher Lärm herauf«, klagte Miss Dodsworth mit ihrer dünnen, quengeligen Stimme. »Männer lachen und rufen. Und ihre Ausdrucksweise ist vollkommen unangemessen.«

Bella ahnte gleich, wer das war, und es gefiel ihr gar nicht, Cecil ermahnen zu müssen. »Das tut mir leid«, sagte sie. »Ich werde das sofort ansprechen und sehen, was ich tun kann, um es zu unterbinden.«

Und tatsächlich, da war ihr Mann, hingegossen auf einem der weißen Eisenstühle, einen Gin Tonic in der einen Hand und eine Zigarette in der anderen. Er unterhielt sich mit einem männlichen Gast, der am Vortag mit seiner Frau angekommen war. Seinen Namen hatte sie vergessen, aber sie erinnerte sich, dass sie ihn schon bei der Anmeldung wegen seines abfälligen Verhaltens seiner Frau gegenüber nicht gemocht hatte.

»Es tut mir leid«, sagte Bella in einem möglichst diplomatischen Tonfall. »Aber wir hatten eine Beschwerde wegen des Lärms. Würde es Ihnen sehr viel ausmachen, ins Haus zu gehen?«

»Keine Sorge«, sagte der Gast. »Ich wollte eh gerade gehen. Mein Eheweib fragt sich sicher schon, wo ich bin. Frauen, was?«

»Stimmt.« Cecil schaute mit schiefem Blick zu Bella auf.

Cecil beherrschte sich, bis der Mann sicher im Hotel war, dann explodierte er. »So eine verdammte Unverschämtheit! Wenn ein Mann nicht mal vor seinem eigenen Hotel einen Drink nehmen kann, ohne dass stinkende kleine Wichtigtuer ihre Nase in …«

»Cecil! Hör auf! Mach nicht so einen Aufruhr. Genau das wollte ich vermeiden.«

»Wer hat sich überhaupt beschwert?«

»Eine der Dodsworth-Schwestern.«

Er schnaubte. »›Die Dodsworth-Schwestern.‹ Schwestern, als ob.«

»Cecil! Was willst du da andeuten?«

»Das weißt du genau.«

»Da bin ich mir nicht sicher. Die Sache ist die«, Bella senkte die Stimme, »wir glauben, dass eine oder sogar beide insgeheim Testerinnen für die *Grünen Reiseführer* sind. Eine negative Kritik wäre für das Hotel eine Katastrophe. Sie würde möglicherweise so viel Schaden anrichten, dass wir gleich schließen können.«

Cecil legte die Stirn in Falten und überlegte. »Können wir nicht etwas unternehmen? Um es sicher herauszufinden?«

»Constance hat beim Konsulat nachgefragt, aber da wusste man von nichts. Carlo hat versucht, seinen Freund im Außenministerium zu erreichen. Über die Visaanträge könnte er ihre wahre Identität in Erfahrung bringen.«

»Gescheiter Kerl, dieser Carlo.« Cecil zögerte, als wäre er nicht sicher, wie er seinen Gedanken formulieren sollte. »Wir sind heute Nacht also im selben Zimmer? Wie in alten Zeiten.«

»Nicht ganz wie in alten Zeiten, nein. Ich glaube, das habe ich deutlich gemacht.«

Am Ende verlief die Nacht ohne Zwischenfall. Cecil benahm sich und war ausgesprochen höflich. Er fragte, wie viel vom Laken er für sich beanspruchen dürfe und ob er auf der Seite schlafen solle, damit sein Schnarchen sie nicht wachhielt.

Kritisch wurde die Situation nur, als Bella unter ihrem Kopfkissen Henrys Brief fand, den sie dort versteckt hatte, aber sie konnte ihn in die Schublade ihrer Frisierkommode schmuggeln, ohne dass Cecil es bemerkte.

Als sie im Bett lag und über diese eigenartige Situation nachdachte, verfasste sie in Gedanken ihr Telegramm an Henry. Tatsächlich erinnerte sie sich noch problemlos an das Wesentliche, als sie um sechs Uhr aufstand und sich, ohne Cecil zu wecken, unbemerkt aus dem Hotel stahl. Die Fotografen trafen meist erst vormittags ein, dann allerdings blieben sie, bis es dunkel wurde.

Sie plante, bereits beim Postamt zu sein, wenn es öffnete. Offiziell war es bis neun Uhr geschlossen, aber Alessandro, der das Amt letztes Jahr von seinem Vater übernommen hatte, war immer früher da und schien nichts dagegen zu haben, sie schon zu bedienen. Sie fragte sich, ob er wohl ein wenig in sie verschossen war.

An diesem kühlen, sonnigen Morgen folgte sie dem Küstenweg bis nach Portofino. Früher, überlegte sie, hätte sie einen Strohhut getragen, vielleicht ein Tuch umgelegt und einen Sonnenschirm mitgenommen. Es zeigte, wie sehr sie sich verändert hatte, wie wohl sie sich in Italien fühlte, dass sie diese Gegenstände jetzt als unnötige Accessoires betrachtete, die eher kulturellen als praktischen Wert hatten.

Alessandros zweiter Vorzug war, dass er nicht gut genug Englisch sprach, um ihre Telegramme zu übersetzen; außerdem interessierte ihn nicht, an wen sie gerichtet waren. Im Gegensatz zu seiner neugierigen Frau, der Bella möglichst aus dem Weg ging.

Aber als sie die Post verließ, traf sie auf Danioni. Warum war er um diese Uhrzeit schon unterwegs? Sie nickte ihm höflich zu, und er antwortete mit einer leichten Verbeugung. Sie wollte bereits weitergehen, als er rief: »Signora Ainsworth!«

Sie blieb stehen. Knapp und ungeduldig sagte sie: »Signor Danioni.«

»Was sagen Sie Engländer doch gleich? ›Der frühe Vogel fängt den Wurm.‹« Er kicherte leise. »Verzeihen Sie – das ist mein liebstes Sprichwort aus Ihrem Land.«

»Es ist schon drollig«, stimmte Bella zu und wandte sich ab.

Aber Danioni war hartnäckig. »Erst heute Morgen hatte ich Besuch von Ihrem Freund Signor Bonacini!«

»Marco?« Bella erstarrte, sie fragte sich, worauf Danioni hinauswollte – und was er wusste. Es gab nichts zu wissen, beruhigte sie sich. Sie hatte ihre Gefühle nicht preisgegeben, nicht einmal Marco gegenüber.

»Ganz recht. Er hat freundlicherweise einen Bauantrag angekündigt. Für das Hotel Portofino. Wie Sie wissen – oder vielleicht wissen Sie es nicht? –, werden alle Baugenehmigungen der Gegend von meinem Büro ausgestellt.«

»Das wusste ich nicht. Aber ich bin froh, dass ich es jetzt weiß.« Sie lächelte. »Sicher kann ich mich darauf verlassen, dass Sie meinem Antrag Ihre ganze Aufmerksamkeit widmen werden.«

»Aber natürlich.« Er deutete mit einem Nicken auf das Postamt. »Sie haben einen Brief aufgegeben, nicht wahr? Oder vielleicht eines Ihrer Telegramme verschickt? Wie Sie Engländer Telegramme lieben. Es hat etwas Poetisches, so ein Telegramm.«

»In gewisser Weise«, sagte Bella. »Darüber habe ich nie nachgedacht.« Dann wandte sie sich ab, ging über die Piazza und die Via Roma in Richtung des Hafens und spürte dabei den stechenden Blick seiner kleinen harten Augen im Rücken.

Cecil näherte sich dem Hintereingang von Danionis Büro durch den öffentlichen Park. Hier versammelten sich im Hochsommer die Billigurlauber aus Santa Margherita, picknickten unter den Palmen und bewunderten lautstark die Blumen, aber heute war es Gott sei Dank friedlich.

Am Morgen war er erstaunlich erregt aufgewacht – diese Wirkung hatte das italienische Klima oft auf ihn. Deshalb hatte es ihn enttäuscht, wenn auch nicht überrascht, Bellas Seite des Betts leer vorzufinden. Außerdem hatte sie ihm deutlich klargemacht, dass sie in dieser Hinsicht nichts dulden würde, und der »neue Cecil«, wie er von sich dachte, würde nicht im Traum daran denken, sie zu bedrängen, wie er es früher vielleicht getan hätte.

Er lag eine Weile nur da und lauschte dem Glockengeläut, bis ihm sein Treffen mit Danioni einfiel. Neun Uhr, oder? Die Uhr auf seinem Nachttisch zeigte Viertel vor acht an. Er hatte noch reichlich Zeit.

Nach dem Frühstück – Constance hatte ganz reizend ausgesehen, als sie sich vorgebeugt und seinen Kaffee eingeschenkt hatte – machte er sich auf den Weg nach Portofino. Als er den Hafen hinter sich gelassen hatte, rutschte er mit den glatten Sohlen seiner polierten braunen Oxfords leicht auf dem Kopfsteinpflaster aus. Aus den Augenwinkeln entdeckte er Billy am Rand der Piazza della Liberta.

Bei Danionis Büro angekommen fiel Cecil auf, dass der Italiener den Jungen vom Balkon aus ebenfalls beobachtete. »Der junge William Scanlan«, rief Danioni nach unten. »Er führt wieder nichts Gutes im Schilde, fürchte ich. Kommen Sie rauf, Signor Ainsworth, kommen Sie rauf. Die Tür ist offen.«

Cecil stieg die morsche Holztreppe hinauf zu Danioni, der schon zwei Gläser Whisky eingeschenkt hatte. Der Italiener saß mit ruhig gelassener Miene an seinem Schreibtisch. Cecil nahm eines der Gläser und setzte sich ihm gegenüber.

»Also gut«, sagte er und kam gleich zum Thema. »Was halten Sie von unserem Freund Parrino? Steht er zu seinem Wort?«

Danioni zuckte mit den Schultern.

»Was er von mir will … ist eine Menge Whisky. Ich frage mich«, überlegte Cecil laut, »welche Konsequenzen es hätte, wenn ich seine Bitte ignorieren würde.«

Danioni riss die Augen auf. »Soll ich es Ihnen sagen? Na schön.« Er fuhr sich mit einem Finger über den Hals. »Bitte, Signor Ainsworth. Denken Sie nicht einmal daran, ihn zu ignorieren.«

»Die Aussicht auf Geld reizt mich. Wen nicht? Aber ich fürchte, unser Geschäft würde zu viel Aufmerksamkeit auf sich ziehen. Und im Gegensatz zu unserem Freund von der Mafia besitze ich kein Kasino, mit dem ich das Geld waschen könnte.«

»Nein.« Danioni legte eine Kunstpause ein. »Aber Sie besitzen ein Hotel.«

»Ein halbes Hotel«, widersprach Cecil. »Außerdem ist es Bellas Projekt. Sie weiß von jedem Penny, der eingenommen und ausgegeben wird. Zwielichtige Geschäfte würde sie sofort durchschauen.«

»Dann fragen Sie sie.«

»Machen Sie Witze?« Als er sah, dass Danioni es ernst meinte, schlug Cecil einen sanfteren Ton an. »Das würde nicht funktionieren. So etwas lässt sie auf keinen Fall zu.«

»Tja. Dann müssen Sie ihr Vernunft einprügeln. So wird es in diesem Land erwartet.«

»Das habe ich letztes Jahr versucht«, sagte Cecil. »Dadurch wurde sie nur noch eigensinniger.«

Danioni trommelte mit den Fingern auf seinen Schreibtisch. »Ich habe sie vorhin gesehen, Ihre Frau.«

»Ach ja? Das wundert mich nicht. Sie ist gern früh unterwegs.«

»Ich war heute Morgen zufällig im Postamt. Ich habe mit meinem guten Freund Alessandro gesprochen, und er war so freundlich, mir das hier zu geben.«

Er beugte sich vor und gab Cecil ein zusammengefaltetes Blatt Papier. Cecil öffnete und betrachtete es. Es war ein Telegrammformular, ausgefüllt von Bella – das war eindeutig ihre Handschrift. »RUFE AM 27. UM 21 UHR AN. BELLA.«

»Wem hat sie das geschickt?«

»Ihrem Geliebten«, sagte Danioni mit einem triumphierenden Lächeln. »Mister Henry Bowater, Esquire.«

»Sie gerissener Mistkerl, Sie«, sagte Cecil, aber in seiner Stimme schwang leise Anerkennung mit.

Danioni erhob sich. »Haben Sie jetzt genug in der Hand, um Ihre eigensinnige Frau zur Räson zu bringen?«

Das Foto hatte einen Ehrenplatz auf dem Bücherregal. Den schlichten Holzrahmen hatte Constance direkt nach ihrer Auseinandersetzung mit Alice gekauft. Lucians Schwester hatte den unverzeihlichen Vertrauensbruch begangen, geheime Briefe aus Constance' Zimmer zu stehlen. Dadurch war sie einer Wahrheit auf die Spur gekommen, die Constance noch nicht hatte enthüllen wollen – falls sie es überhaupt je vorgehabt hatte. Vielleicht hätte sie Tommy für immer geheim gehalten, wenn Alice' Tat nicht zu einem Drama geführt hätte. Constance hatte ein Gespräch mit Bella führen müssen, aber zu Alice' Leidwesen war es ganz zu Constance' Gunsten ausgegangen.

Nun musste sie Tommys Existenz nicht mehr verbergen. Im Gegenteil, Constance sprach oft von ihm und erzählte Bella, Betty und Billy, aber natürlich nie Alice, was ihre Mutter in ihren Briefen über ihn schrieb.

Als sie jetzt an ihrem kleinen Schreibtisch saß, vor sich das aufgeschlagene Italienischlehrbuch, dachte sie an die Zeit zurück, als sie mit Tommy schwanger war. Ihre Mutter hatte Verständnis gehabt, vor allem, nachdem Constance ihr die Umstände geschildert hatte – ein Bauernsohn aus dem Ort war ihr gegenüber übergriffig geworden. Trotzdem fürchtete sich ihre Mutter vor der Schande, die diese Schwangerschaft über die Familie bringen würde. Der Versuch, die Familienehre zu retten, blieb letztlich erfolgslos; Klatsch lässt sich nicht eindämmen. Constance wurde in die Bilbrook Abbey geschickt, ein Nonnenkloster in einem nahe gelegenen Dorf, das Mädchen aufnahm, die »vom rechten Pfad abgekommen waren«.

Die Nonnen waren brutal und streng. Die Mädchen in ihrer Obhut, zum Teil erst vierzehn Jahre alt, mussten für das benachbarte Krankenhaus Bettwäsche in Lauge waschen. Nach Tommys Geburt drängten die Nonnen Constance, den Jungen ihnen zu überlassen. Sie hatten sie bedroht und traktiert – »Das Kind ist wertlos, außer für Gott« –, und am Ende war sie mitten in der Nacht mit Tommy unter ihrem dünnen Hemd durch ein unverschlossenes Fenster gestiegen und weggelaufen.

Jetzt blickte sie auf ihr Buch. Antonio Marinonis *Eine grundlegende Grammatik der italienischen Sprache.*

Trotz seiner Einschränkungen möge dieses Buch all denen zur Hilfe gereichen, die sich dem Studium des Italienischen unter der Anleitung eines Lehrers oder allein widmen wollen.

Woher kam dieser Drang, mehr aus sich zu machen? In ihrer Familie war so etwas bisher nicht vorgekommen. Die anderen waren vielleicht nicht glücklich mit ihrem Los, aber sie akzeptierten es.

Aber herrje, es war schwer, sich weiterzubilden. Hier saß sie und versuchte, sich Augmentative und Diminutive einzuprägen, aber es war sinnlos, sie konnte sich nicht konzentrieren.

Es ist ein Charakterfehler, dachte sie, *dass ich mein Schicksal nicht einfach annehmen kann.* Aber je stärker der Wunsch war, sich zu verändern, und je mehr man sich anstrengte, desto größer wurden die Hindernisse. So fühlte es sich zumindest manchmal an.

Es klopfte an der Tür. Sie stand auf, öffnete wachsam einen Spalt breit und atmete erleichtert auf, als sie Lucian und Billy sah.

»Dürfen wir?«, fragte Lucian, als kämen sie auf eine Tasse Tee und Scones vorbei.

Constance ließ sie herein, dann schloss und verriegelte sie die Tür. Plötzlich spürte sie unterschwellig Gefahr. Lucian und Billy wirkten unruhig, aufgewühlt durch neue Informationen.

»Na los«, forderte Lucian Billy auf. »Erzähl ihr dasselbe wie mir.«

Billy sah sie mit seinen grauen Augen traurig an. »Ich habe meine Freunde im Widerstand gefragt und mehr über den Bombenanschlag in Turin herausgefunden. Es klingt nicht gut. Nish war wirklich daran beteiligt. Er lebt, aber er wird aus der Stadt an einen geheimen Ort geschmuggelt.« Er senkte die Stimme. »Und ... ich weiß, wohin. In eine Scheune auf einem Stück Land, das Gianlucas Vater gehört. Ich war schon mal da, als ich mit den Jungs aus dem Dorf Kaninchen gejagt habe.«

»Großartig«, sagte Constance. »Aber der arme Nish. Ist er schwer verletzt?«

»Ich fürchte, ja«, sagte Lucian. »Wenn es stimmt, was Billys Kontakt sagt, muss er dringend medizinisch versorgt werden. Und dafür brauchen wir deine Hilfe.«

»Du hast das letztes Jahr so gut gemacht«, sagte Billy, »als du dich um diesen Jungen gekümmert hast, der zusammengeschlagen wurde. Erinnerst du dich noch?« Natürlich erinnerte Constance sich. »Wir müssen Nish finden. Und du musst mitkommen.«

Constance schwieg einen Moment. »Morgen würde es gehen«, sagte sie. »Da ist zufällig mein freier Tag im Monat.«

»Es ist ein großes Opfer, ich weiß«, sagte Lucian.

»Darum geht es nicht«, widersprach Constance. »Ich überlege nur, wie wir es anstellen sollen. Wie wir dorthin kommen, ohne gesehen zu werden.«

»Es ist Sonntag«, sagte Billy. »Da sind fast alle in der Kirche. Wir können uns rausschleichen, es wird niemand da sein, der uns bemerkt.«

Der Abend verging in hektischer Aufregung. Während Constance das Essen servierte, fühlte sie sich unwohl und spürte, wie ihr der Schweiß das Rückgrat hinabbrann. Sie fragte sich, ob sie krank wurde. Betty musste ihren Zustand bemerkt haben, denn sie erließ ihr das Spülen: »Geh heute mal früh zu Bett. Du willst an deinem freien Tag ja nicht krank sein.«

Als sie nach einer unruhigen Nacht aufwachte, fühlte sie sich besser als erwartet. Sie zog ein leichtes Baumwollkleid mit Blumenmuster an und ging nach unten, wo sich im Foyer eine Gruppe für den Kirchgang versammelte. Sie hörte, wie Carlo sich in der Bibliothek mit Lucian unterhielt.

»Können wir Sie nicht überreden, sich uns anzuschließen?«, fragte der Italiener. »Ihre Mutter würde sich sicher freuen.«

»Das ist freundlich von Ihnen«, entgegnete Lucian, »aber sie weiß, was ich von diesem ganzen Mumpitz mit Gott halte.«

»Selbst wenn Sie nicht gläubig sind, sollten Sie sich absichern, wie ein guter Italiener. Ich werde ein Gebet für Sie sprechen. Ein gutes Wort für Sie einlegen!«

Lucian lachte. »Das weiß ich zu schätzen.«

Constance ging hinaus in den Garten. Sie setzte sich auf die Bank neben ihrem liebsten Rosenbusch, drehte sich eine Zigarette und rauchte – eine Angewohnheit, die sie von Billy übernommen hatte und möglichst auf ihre freien Tage beschränkte. Sobald die Kirchengruppe über die Zufahrt losgezogen war, ging sie zu Lucian, der noch in der Bibliothek saß, und machte sich mit ihm auf die Suche nach Billy. Er war im Keller auf Tauchstation gegangen, damit ihm niemand eine Arbeit aufbrummte, die ihre Pläne durchkreuzen könnte.

Lucians Schritten waren Eile und Anspannung anzumerken, aber an der Wendeltreppe, die hinunter in den Keller führte, blieb er abrupt stehen. Er sah sich um, ob sie auch allein waren, und flüsterte: »Ist alles in Ordnung?«

»Natürlich.«

»Ich habe nur manchmal ein schlechtes Gewissen, weil ich dich so in Gefahr bringe. Ohne mich wärst du gar nicht in diese ganze Sache verwickelt.«

»Woher weißt du das?« Constance lächelte beruhigend und legte gewagt eine Hand auf seinen Arm. »Ich bin kein zartes Pflänzchen.«

Statt den Weg nach Portofino zu nehmen, gingen sie in die entgegengesetzte Richtung, bergauf durch terrassenförmig angelegte Olivenhaine und vorbei an vereinzelten Villen mit einem unglaublichen Ausblick auf die Bucht weiter unten. Bei jeder Wegkehre veränderte sich die Landschaft. Erst stieg vor ihnen die von einem Kiefernwald bedeckte Landzunge an, dann gab eine Biegung den Blick auf ein fruchtbares Tal voller Wildblumen frei – Enzian, Narzissen und Esparsetten.

Glockengeläut klang über die Hügel. An einer Stelle war der Weg so steil und voller Kies, dass man das Gefühl hatte, bei jedem Schritt vorwärts zwanzig Zentimeter zurückzurutschen. Constance taten die Füße weh – ihre Schnürschuhe waren für eine solche Wanderung nicht gemacht –, aber sie schöpfte Kraft aus dem Gedanken, dass Lucian ihr mit ein paar Schritten Abstand folgte und sie ansah, dass er den Schwung ihres Halses betrachtete und ihre goldenen Haare, die sie im Nacken locker zusammengebunden hatte.

Sie verhielten sich möglichst unauffällig. Das bedeutete, dass sie auf dem ganzen Weg kaum ein Wort wechselten, falls jemand in Hörweite sein sollte.

Billy trug einen Rucksack mit einfachem Proviant und medizinischem Bedarf – Verbandpäckchen und Jodampullen. Das Gepäck war schwer, und Billy wurde sichtlich müde, deshalb überquerten sie ein freies Feld zu einem Bach und legten dort eine Pause ein, um etwas zu trinken und ihre Gesichter zu benetzen.

Wenig später, nachdem sie sich durch ein zugewuchertes Wäldchen gekämpft hatten, entdeckten sie etwas, das einer Scheune ähnelte. Es hatte ein Strohdach und ein einzelnes Fenster, das in der Sonne funkelte wie ein Auge.

»Da sind wir«, flüsterte Billy.

Die rostigen Angeln der Scheunentür bereiteten ihnen Sorge – was, wenn sie quietschten? Aber als Billy den Griff packte und die Tür öffnete, gab sie keinen Ton von sich. Trotzdem gingen sie nur langsam und zögerlich hinein.

Abgesehen von einigen mit Flaschen gefüllten Regalen war die Scheune fast leer. Auf dem Boden war reichlich Stroh verstreut. Ein paar Jutesäcke und Seile lagen herum, und unter der niedrigen Decke verliefen mehrere dicke Balken.

Constance ging zu den Regalen. Sie nahm eine Flasche heraus, entkorkte sie, schnupperte und verzog das Gesicht – alter Wein, längst zu Essig gekippt.

»Hier ist nichts«, sagte Lucian hinter ihr. »Wir haben unsere Zeit vergeudet.«

Billy ließ sich gegen die Wand sacken. »Ich fasse es nicht. Ich fasse es verdammt noch mal nicht.«

»Wartet«, sagte Constance. »Hört mal.«

Unter der Scheune waren Geräusche zu hören – ein Klopfen und Rascheln.

Billy erstarrte vor Angst. »Herrje. Was zum Teufel ist das? Eine Ratte?«

Bevor Constance oder Lucian antworten konnten, bewegte sich etwas mitten im Boden.

Eine verborgene Falltür öffnete sich, und ein Mann stieg heraus. Nish.

Er sah furchtbar aus, dachte Lucian. Fast bis zur Unkenntlichkeit verändert. Unglaublich dünn, die lockigen schwarzen Haare lang und struppig, die untere Gesichtshälfte von einem vollen, aber ungepflegten Bart verdeckt.

Er hatte offensichtlich Fieber und sprach wie im Delirium. »Ihr habt mich gefunden«, sagte er immer wieder. »Ihr habt mich gefunden.« Dann zuckte und zitterte er, die Augen so weit verdreht, dass man nur noch das Weiße sah.

»Ganz ruhig«, sagte Lucian. »Alles wird wieder gut.«

Eilig wechselte Constance die blutdurchtränkten Verbände auf Nishs Wunden. Sie zog vorsichtig die Mullkompressen – alte Verbandspäckchen aus dem Krieg – von der eitrigen, verbrannten Haut darunter. Nish heulte vor Schmerzen. Lucian wollte ihn instinktiv auffordern, still zu sein – was, wenn jemand in der Nähe war? –, aber das erschien ihm unmenschlich. So etwas hatte er seit dem Krieg nicht mehr gesehen. Damals waren stinkende, brandige Wunden Alltag gewesen. Man hatte sie kaum noch wahrgenommen und aufgehört, Wirbel darum zu machen, wenn man selbst eine hatte. Aber in der verstrichenen Zeit hatte er eine andere Sichtweise gewonnen, und jetzt war er von Neuem entsetzt. Das musste man wohl als Fortschritt werten.

Constance brauchte alle Verbandpäckchen für die Wunden an Nishs Bein. Damit blieb seine verletzte Brust. Zum Glück hatte Billy ein altes Bettlaken aus dem Wäscheschrank gestohlen. Er machte sich daran, das Laken mit einem großen Messer, das Constance bekannt vorkam, in Streifen zu schneiden.

»Woher hast du das?«, fragte sie ernsthaft verwundert.

»Das gehört meiner Mum. Ich habe es mir aus der Küche geliehen.«

»Leg es lieber so schnell wie möglich zurück«, sagte sie. »Sie glaubt, Salvatore hätte es gestohlen.«

Als sie fertig war, ging sie mit Lucian hinaus und ließ Nish mit Billy allein.

»Gut gemacht«, sagte Lucian und legte ihr eine Hand auf die Schulter. Sein Herz war so voll, als wollte es platzen, vor Bewunderung für Constance und aus Sorge um Nish. »Wie steht es um ihn?«

»Nicht gut. Er hat eine Gehirnerschütterung und ein geplatztes Trommelfell, ein gebrochenes Bein, das gerichtet werden muss, und eine Granatsplitterwunde in der Brust, die erste Anzeichen einer Infektion zeigt, das muss gesäubert werden. Ich habe getan, was ich konnte, aber es reicht nicht. Ich bin Hausmädchen, keine Krankenschwester.«

Lucian rieb sich über die Augen. »Wir müssen ihn hier wegschaffen. Aber wohin? Ins Hotel können wir ihn nicht bringen.«

»Ich weiß nicht, ob wir ihn überhaupt irgendwohin bringen können«, sagte Constance, »zumindest, ohne gesehen zu werden. Wenn die Behörden hinter Gianluca und Nish her sind, werden sie in einem Gebäude, das Gianlucas Vater gehört, zuerst suchen.«

Lucian seufzte tief. »Ich rede mal mit ihm. Höre mir an, was er will.«

»Was er will, ist nicht allein entscheidend«, erinnerte Constance ihn.

Lucian löste Billy bei Nish ab, er schickte den Jungen mit der Ausrede zu Constance, sie wolle ihn etwas fragen. Sie hatten Stroh in Säcke gestopft und diese zu einer provisorischen Matratze zusammengelegt, aber Nish konnte nicht riskieren, hier oben zu bleiben. Bald würde er ebenso mühsam die Leiter in den Keller hinuntersteigen müssen, wie er sie heraufgekommen war.

»Ich kann gehen«, sagte Nish mit schwacher, dünner Stimme. »Es ist nur eine Tortur.« Wenigstens war das Fieber leicht zurückgegangen, weil Constance ihm Aspirin aus ihrem eigenen Vorrat gegeben hatte.

Zusammen gingen Lucian und Nish alles durch, was Constance und Billy aus der Hotelküche für ihn gestohlen hatten. Brot und Marmelade waren dabei, diverse Dosen samt einem Meißel, um sie zu öffnen, und frisches Wasser, das Nish durstig hinunterstürzte.

»Es ist so schön, dich zu sehen«, sagte Nish. Dann fing er an zu weinen – er schluchzte aus tiefster Seele wie ein Kind. »Es tut mir so leid«, sagte er beschämt.

»Dir muss nichts leidtun«, sagte Lucian leise. »Aber herrje, ich dachte, du wärst Pazifist. Wie zum Teufel bist du in so eine Sache hineingeraten?«

»Man könnte sagen, ich habe zugelassen, dass mich mein Herz leitet und nicht mein Verstand.«

»Deinem Herzen gebe ich nicht die Schuld«, sagte Lucian, »sondern Gianluca.«

»Gianluca gebietet über mein Herz.«

Wie er das sagte, ließ Lucian stutzen. »Ich bin nicht sicher, ob ich recht verstehe, alter Knabe.«

So nachdrücklich, als wollte er es einem naiven Kind klarmachen, sagte Nish: »Ich liebe Gianluca, und Gianluca liebt mich.«

»Ja, sicher. Natürlich. Ich meine, du und ich – wir lieben uns auch, oder? Wie Brüder. Trotzdem habe ich nie dein Leben so in Gefahr gebracht.«

»Die Liebe, von der ich spreche ... ist anders.«

Mit seinem Blick flehte er Lucian an, ihn zu verstehen.

Lucian fehlten die Worte. Aber natürlich begriff er jetzt, es war die ganze Zeit offensichtlich gewesen – die Liebe, die ihren Namen nicht zu nennen wagt. Sagte man nicht so? Oscar Wildes Art der Liebe. Er schluckte schwer. »Und seit wann empfindest du so?«

»Seit ich denken kann.«

»Warum hast du nie etwas gesagt?«

»Ich hatte Angst, es würde das Ende unserer Freundschaft bedeuten.«

Lucian schüttelte den Kopf, langsam und völlig ungläubig – der Situation und seiner eigenen dummen Blindheit wegen.

»Geh«, drängte Nish. »Geh und komm nicht zurück. Ich will nicht, dass du in diesen furchtbaren Schlamassel hineingezogen wirst.« Mit geschlossenen Augen ließ er sich auf die Säcke sinken. Er schien es zu bereuen, dass er sich Lucian offenbart hatte. All die Mühen umsonst.

Lucian war entsetzt, dass Nish ihn für so verständnislos halten konnte. »Auf keinen Fall. Ich lasse meinen besten Freund nicht im Stich. Du hast mich auch nicht im Stich gelassen, als ich verwundet auf dem Schlachtfeld lag.«

»Das war eine andere Zeit«, sagte Nish. »Ein anderer Ort.«

»Nein«, sagte Lucian. Er beugte sich vor und küsste Nish auf die Stirn. »Es kommt dir anders vor, aber es ist genau gleich.«

ACHT

Der frühe Nachmittag war Bellas Lieblingszeit. Das Mittagessen war vorbei, und vernünftige Menschen machten eine Siesta. So seltsam es klang, sie verbrachte ihre Siesta am liebsten draußen, machte es sich auf der unteren Terrasse mit einer Tasse Pfefferminztee bequem und sah dem Lichtspiel der Sonnenstrahlen zu, die durch die üppigen Baumkronen drangen und gesprenkelte Muster ins Gras malten. Diese Zeit gehörte ihr, diese Stunde, in der sie alle anderen vergessen und nur an sich denken konnte.

Allerdings hatte Cecils Rückkehr ihren Tagträumen die Leichtigkeit und Reinheit genommen. Jetzt empfand sie vor allem Misstrauen. Wenn Cecil in der Nähe war, hatte sie immer das Gefühl, dass gerade außerhalb ihrer Wahrnehmung irgendetwas vor sich ging. Es erinnerte sie an etwas, das ihre Tante einmal gesagt hatte, nachdem ihr Mann, Bellas Onkel, gestorben war – dass sie ihn immer noch spüren konnte, aber so, als hätte er gerade das Zimmer verlassen, wenn sie es betrat. Sie spürte seine Abwesenheit.

Als sie aufblickte, sah sie, wie Lucian über den Rasen schlenderte und das Hotel durch die Eingangstür betrat. Das war nicht ungewöhnlich. Er machte oft Spaziergänge, wenn alle anderen in der Kirche waren. Seine Ansichten über Gott waren natürlich bedauerlich, aber nicht verwunderlich, nach allem, was er durchgemacht hatte.

Schon eigenartig, dachte Bella, dass sich Lucians Trauma eher in seinen Ansichten manifestierte als in seinem Auftreten. Körperlich ging es ihm deutlich besser. Er konnte wieder normal gehen. Eine Kriegsneurose war ihm erspart geblieben. Solange man ihn nicht mit freiem Oberkörper sah, ahnte man nicht, wie schlimm er verwundet worden war.

Plötzlich kam ihr ein Gedanke: Wie hatte Rose sich gefühlt, als sie seine Narbe zum ersten Mal gesehen hatte? Wie hatte sie reagiert? War ihre Abscheu einer der Gründe für die Probleme in ihrer Ehe?

Sie senkte den Blick wieder auf ihr Buch, einen klugen, aber verwirrenden Roman über einen Leuchtturm, den ihr einer der intellektuelleren Gäste empfohlen hatte. Bella kam damit nur langsam voran.

Zwei Minuten später schaute sie wieder auf und sah Constance denselben Weg nehmen, wie Lucian es eben getan hatte.

Ausgesprochen seltsam.

Nachdem ihr Argwohn geweckt war, wartete sie – und tatsächlich, Billy folgte ihr wenig später.

Irgendetwas steckte dahinter. Aber was?

Sie sprang auf, eilte die Stufen hinunter und konnte Billy abfangen, bevor er das Haus erreicht hatte. Ein Anflug von Angst huschte über sein Gesicht, als sie auf ihn zulief und rief: »Wo warst du, Billy?«

»Nirgendwo, Ma'am.« Er wich ihrem Blick aus. »Bin nur ein bisschen rumgelaufen.«

»Ich habe dich den ganzen Vormittag gesucht«, sagte sie, was zum Teil sogar stimmte. »Die beiden Miss Dodsworths bestehen darauf, in ein Zimmer mit eigenem Bad verlegt zu werden. Die Bachmanns ziehen morgen aus der Epsom Suite aus, also musst du das Gepäck der Dodsworths nach dem Mittagessen rüberbringen, sobald die Betten gemacht sind.«

»Alles klar, Mrs Ainsworth.«

Sie hielt kurz inne. »Bist du sicher, dass du mir nichts zu sagen hast?«

Billy sah sich hektisch um, als würde er eine Fluchtmöglichkeit suchen. »Nein, Mrs Ainsworth.«

Sie ließ ihn noch ein wenig zappeln, bevor sie ihn erlöste. »Dann geh nur. Deine Mutter dürfte Hilfe in der Küche brauchen. Sie musste heute Nachmittag auf Constance und auf dich verzichten.«

Lucian stand auf der oberen Terrasse, schaute aufs Meer hinaus und grübelte darüber nach, was er gerade erfahren hatte. Oberflächlich betrachtet hatte sich alles verändert. Die Vertrautheit seiner Freundschaft mit Nish war auf den Kopf gestellt. Das Überraschende dabei war, dass es keine Rolle spielte, weil jeder verwirrende Gedanke von der Freude überstrahlt wurde, Nish wieder in seinem Leben zu haben. Nish hatte offenbar geglaubt, sein Geheimnis müsse unbegreiflich für ihn sein. Und das bestürzte Lucian, denn er fand, er sei offen und tolerant und habe nicht verdient, dass Nish sich vor ihm verschloss.

Es schmerzte Lucian, sich jetzt daran zu erinnern, wie Nish ihn manchmal angesehen hatte – mit einem reuigen, beschwörenden Ausdruck, der ihn anflehte, etwas zu verstehen, das er damals nicht einmal erahnt hatte.

Nichts an Nish hatte vermuten lassen, dass er Männer auf diese Art liebte. Aber hatte das Problem hier in Lucians Versagen gelegen, es zu bemerken, oder in Nishs Entschlossenheit, es zu verschweigen? Wahrscheinlich ein wenig von beidem.

All das änderte nichts an einer unbestreitbaren Tatsache: Es wäre immer noch außerordentlich gefährlich, wenn über einen Kreis engster Vertrauter hinaus bekannt würde, dass ein Mann einen Mann liebte.

Hinter ihm näherte sich das klatschende Geräusch fester, flacher Schuhe auf Terrakottafliesen. Lucian hätte sich mehr Zeit allein gewünscht, drehte sich verärgert um und sah Betty, die mit strahlendem Lächeln näher kam.

Er setzte sofort einen anderen Gesichtsausdruck auf. Betty war jemand, den er auf keinen Fall kränken wollte, auch wenn sie gelegentlich nicht wusste, wann es besser war, still zu sein.

»Oh, hallo«, sagte er fröhlich. »Schnappen Sie frische Luft an diesem schönen Abend?«

»Gewissermaßen. Ehrlich gesagt, Mr Lucian, wollte ich mit Ihnen reden. Wenn Sie nichts dagegen haben.« Sie zögerte. »Ich wollte Sie um einen Gefallen bitten.«

Lucian wurde leicht unruhig.

»Es geht um Mr Bertram«, fuhr Betty fort. »Ich habe mich gefragt, ob Sie sich dazu durchringen könnten, etwas Zeit mit ihm zu verbringen.«

Lucian runzelte die Stirn. »Ich bin nicht ganz sicher, ob ich weiß, wer das ist.«

»Er ist ein Gast hier. Reist mit seiner Mutter. Sie haben ihn sicher gesehen. Schreckliche …«, sie fuhr sich mit einer Hand über die Wange, »… Sie wissen schon, in seinem Gesicht.«

»Narben«, sagte Lucian leise.

»Genau.« Sie schien erleichtert, dass er ihr das Wort abnahm. »Der versehrte junge Mann.«

Warum wusste er nicht, was er sagen sollte? Warum war das so schwer? Natürlich tat der Mann einem leid, und man wollte helfen. Andererseits verlangte der Aufruhr in Lucians Leben seine ganze Aufmerksamkeit, aber das konnte Betty nicht ahnen. Den entscheidenden Ausschlag gab am Ende die Tatsache, dass er Betty die Lage nicht erklären konnte, ohne das Vertrauen mehrerer Menschen zu missbrauchen.

»Ich weiß nicht«, sagte er nach einer langen Pause. »Ich halte mich lieber von den Gästen fern. Und ich muss dringend etwas erledigen. Im Moment bin ich ziemlich beschäftigt.«

»Natürlich.« Betty schaute zu Boden. Man hörte ihr die Enttäuschung an, und Lucian zuckte innerlich zusammen. »Ich frage nur, na ja, weil es mir viel bedeuten würde.«

Sie wandte sich zum Gehen.

»Warten Sie!«, rief Lucian.

Sie drehte sich wieder um. »Sir?«

»Das heißt doch nicht, dass ich es nicht tun werde«, sagte er. »Es heißt nur … später.« Er bemühte sich um ein verbindliches Lächeln.

Betty lächelte zurück. »Danke, Sir«, sagte sie. »Vielen Dank.«

Wie schnell man sich an neue Gegebenheiten gewöhnte und sich das Gefühl, was Normalität bedeutete, fast unmerklich verschob.

Ein neuer Morgen dämmerte, und eine weitere Nacht im selben Bett mit Cecil ging zu Ende. Auch heute wollte Bella ihn nicht wecken, als sie aufstand, und schlich vorsichtig durchs dunkle Zimmer, damit die Dielen nicht knarrten.

Es war seltsam, dass er sich scheinbar so gut führte. Seit seiner Rückkehr war er abends nicht lange ausgegangen. Er war aufmerksamer bei Dingen, auf die sie Wert legte – er fragte, ob sie Hilfe brauche, hielt ihr die Tür auf –, und hielt sich im Übrigen zurück. Im Bett hatte er sie kein einziges Mal berührt oder sich verhalten, als hätte er es gern getan. Bella wusste nicht, was sie davon hielt. War es absurd, gekränkt zu sein, weil man von einem Menschen, den man mit gutem Grund und in aller Schärfe zurückgewiesen hatte, nun selbst zurückgewiesen wurde?

Menschen waren wirklich kompliziert!

Es schien alles reibungslos zu laufen. Beim Frühstück gab es keinerlei Vorfälle, wenn man über einen fallen gelassenen Milchkrug hinwegsah. Sie war oben und kontrollierte die Goodwood Suite, als Carlos gedämpfter Ruf aus dem Foyer heraufhallte. »Signora Ainsworth! Sie müssen sofort kommen.«

Sie streckte den Kopf über das Geländer. »Was gibt es, Carlo?«

»Wir haben Besuch.«

Bella lief die Treppe hinunter und sah durch die offene Eingangstür, wie Danioni mit zwei Kumpanen aus seinem lächerlichen Automobil stieg. Als sie sich der Tür näherten, hob Bella die Hand. »Bleiben Sie stehen«, sagte sie.

»Ah, Signora Ainsworth.« Danioni gab sich betrübt. »Warum so abweisend?«

»Aus welchem Grund sind Sie hier?«

»Wir werden alles – wie sagen Sie gleich? – zu gegebener Zeit offenbaren.«

Bella verschränkte die Arme. »Offenbaren Sie es jetzt, sonst muss ich daraus schließen, dass Sie wieder einmal hier sind, um mich grundlos zu schikanieren.«

»Nun gut.« Danioni räusperte sich. »Wir haben Informationen erhalten, dass zwei Verdächtige des Terroranschlags in Turin vor Kurzem in diese Gegend zurückgekehrt sind. Einer der beiden ist offenbar ein Freund von Ihnen und ein ehemaliger Gast dieses Hotels.«

»Was? Aber das ist nicht möglich.« Bella war ernsthaft schockiert.

»Leider doch, fürchte ich. Sie verstehen jetzt, warum wir mit Ihnen sprechen müssen.«

»Sie sprechen schon mit ihr«, unterbrach Carlo, der alles beobachtet hatte. »Sie können das Hotel nicht aufgrund solch fadenscheiniger Beweise mit einer terroristischen Gräueltat in Verbindung bringen. Mein guter Freund Senator Cavanna wird nicht erfreut sein, wenn ich ihm erzähle, was sich hier heute zugetragen hat.«

Letztes Jahr zu dieser Zeit hätte eine solche Drohung Danioni aufgehalten. Aber Bella spürte, dass sich die Machtverhältnisse verschoben hatten und er sich von Carlo und seinen Beziehungen nicht mehr beeindrucken ließ. »Ich glaube nicht, dass ein Mann wie Senator Cavanna einen Versuch gutheißen würde, die rechtmäßige Untersuchung einer terroristischen Verschwörung gegen den italienischen Staat zu vereiteln«, sagte er mit einem boshaften Funkeln in den Augen.

Carlo bedachte ihn mit einem frostigen Blick. »Sie wissen sehr gut, dass ich so etwas niemals versuchen würde.«

Hinter ihnen klackerten Absätze über die Fliesen. Bella drehte sich um und war erfreut, Claudine zu sehen, die für einen entspannten Nachmittag in der Sonne ihren modischsten Einteiler trug. »Nicht Sie schon wieder«, sagte sie mit spöttischem Lächeln zu Danioni. »Ich dachte, Sie hätte ich zum letzten Mal gesehen.« Sie stellte sich so dicht vor ihn, dass Danioni sich gezwungen sah, einen Schritt zurückzutreten. »Die Fotografen, an denen Sie unterwegs vorbeigekommen sind, sind meinetwegen hier. Aber wenn Sie oder Ihre Schläger auch nur einen Fuß über diese Schwelle setzen, dann verspreche ich Ihnen, dass sie Ihretwegen hier sein werden. Und Ihr Bild wird um die ganze Welt gehen.«

Jetzt wirkte Danioni doch nervös. Er schien zu schrumpfen, als er sagte: »Wirklich, Signora Pascal – darf ich zunächst sagen, wie erfreulich es ist, Sie wiederzusehen? Es gibt wirklich keinen Grund, in diesem Ton mit mir zu reden.«

»Das freut mich zu hören«, sagte Claudine. »Wenn die Herren sich jetzt wieder auf den Weg machen wollen, können wir anderen uns weiter unserem Tag widmen.«

Als das Trio ins Automobil stieg und davonfuhr, starrte Claudine ihnen mit dem durchdringenden Blick einer Hypnotiseurin nach.

Bella berührte ihren Arm. »Danke.«

»Jederzeit, Schätzchen«, sagte Claudine, ohne den Blick abzuwenden. »Er ist wirklich ein hartnäckiger Teufel.«

Es hätte Bella beruhigen sollen, dass die Männer wieder gefahren waren, aber das tat es nicht. Dafür kannte sie Danioni zu gut. Zudem gefiel ihr nicht, welcher Verdacht sich in ihr regte. Er beunruhigte sie und brachte sie dazu, sich selbst und anderen zu misstrauen. Es war wie ein Puzzle, bei dem ein Stück fehlte. »Wo ist Lucian?«, murmelte sie wie zu sich selbst.

»Zuletzt habe ich ihn in der Bibliothek gesehen«, sagte Claudine. »Warum?«

»Weil er bestimmt weiß, was vor sich geht.«

Lucian war tatsächlich in der Bibliothek, wo er Bellas geliebte Ausgabe der *Shropshire-Lad-Gedichte* las. Sie war eingetreten, ohne zu klopfen. Nachdem sie sich vergewissert hatte, dass sonst niemand im Raum war, schloss sie die Tür hinter sich.

»Auf ein Wort, bitte.«

Lucian blickte auf. »Natürlich.«

»Danioni war gerade hier. Er sucht nach Nish.«

Lucian klappte das Buch zu. Mit überrascht-besorgter Miene schaute er sich im Zimmer um. »Verstehe.«

Bella schlug einen schärferen Ton an. »Heraus mit der Sprache, Lucian. Ihr führt doch was im Schilde. Du und Billy und Constance.«

»Ich weiß nicht, was du meinst.« Er sah ihr direkt in die Augen.

Wütend riss Bella ihm das Buch aus der Hand und legte es auf den Tisch. »Lüg nicht«, sagte sie. »Lüg mich niemals an.«

Lucian wurde blass. Als er antwortete, klang seine Stimme so leise und kindlich, dass es Bellas Herz anrührte. »Du darfst nicht böse werden.«

»Das werde ich nicht. Natürlich nicht.«

»Na gut.« Er strich sich nervös durch die Haare. »Wir sind zu Nish gegangen.«

»Nish?« Vor Überraschung klang ihre Stimme schrill und ungläubig, und Lucian bedeutete ihr, leiser zu sein.

»Es geht ihm schlecht, und er muss dringend medizinisch versorgt werden.«

Als er das sagte, öffnete sich die Tür, und Constance platzte herein. Sie sah Bella, erschrak und wollte sich mit einer Entschuldigung zurückziehen, aber Bella hielt sie auf: »Nein, warten Sie.« Constance schloss die Tür und stellte sich mit dem Rücken davor.

»Meine Mutter hat herausgefunden, was passiert ist«, erklärte Lucian. »Was immer du mir sagen wolltest, kannst du auch vor ihr sagen.«

»Ist gut.« Constance klang erleichtert. »Ich bin gerade an ihnen vorbeigekommen, auf dem Rückweg aus der Stadt. An Danioni und seinen Leuten. Mittlerweile ist mein Italienisch ganz gut, und ich habe gehört, wie sie gesagt haben, sie sollten ›den Jungen‹ überwachen, weil er sie zu ›dem Flüchtigen‹ führen würde.«

»Mit dem Jungen könnte Lucian gemeint sein«, vermutete Bella.

»Das schmeichelt mir«, sagte Lucian grinsend. »Aber wahrscheinlich ist es Billy. Danioni hatte es schon letzten Sommer auf ihn abgesehen.«

»Du musst Billy da raushalten«, bat Bella ihn.

»Das sehe ich auch so.« Ohne nachzudenken, fügte Constance hinzu: »Nimm ihn heute Abend nicht mit.«

»Heute Abend?« Bella blickte von Constance zu Lucian. »Was passiert heute Abend?«

Lucian errötete. »Ich wollte ihn wieder besuchen. Ihm mehr Essen und Verbandszeug bringen.«

»Ich sollte zu ihm gehen«, sagte Constance. »Das wäre sicherer.«

»Glauben Sie, dass Lucian auch überwacht wird?«, Bella wurde mit jeder Sekunde besorgter.

»Es würde mich nicht überraschen«, gestand Constance.

Bella wägte ab, was sie wusste, dann schüttelte sie den Kopf. »Es hilft nichts. Ich kann nicht riskieren, Sie gehen zu lassen, Constance. Es ist zu gefährlich.« Als Lucian schon protestieren wollte, sagte sie: »Damit meine ich, dass ich dich begleite. Sie werden nicht erwarten, dass ich so unverfroren bin, einem Terrorverdächtigen zu helfen.«

Constance war überreizt und fahrig. Ihr Herz hämmerte, und sie lief in ihrem Zimmer auf und ab, das größer war als jedes ihrer früheren, und ihr doch plötzlich klein und beengt erschien.

Die Risiken waren ihr bewusst, und sie verstand auch, dass es für sie selbst und alle anderen besser war, wenn sie so wenig wie möglich mit der Sache zu tun hatte. Aber es war ein furchtbares Gefühl, ausgeschlossen zu werden, wenn sie so viel hätte helfen können. Sie hatte hervorragende Kenntnisse in Erster Hilfe, weil sie in Menston einen Kurs belegt hatte, als Tommy klein war.

Als sie unten im Speisesaal inmitten des vertrauten munteren Geplauders das Abendessen serviert hatte, war sie so gedankenverloren gewesen, dass ihr grundlegende Fehler unterliefen – sie hatte Bestellungen verwechselt und Geschirr nicht abgeräumt. Zum Glück hatte Betty ihr das Aufräumen erlassen, weil ihr aufgefallen war, wie abgelenkt Constance war: »Du und alle anderen. Weiß der Himmel, was los ist …«

In Wahrheit konnte sie ihre Sorge um Lucian nicht ablegen. Danionis Worte, er wolle den »Jungen überwachen«, hallten ihr immer noch durch den Kopf.

Was, wenn er tatsächlich von Lucian gesprochen hatte?

Bei dem Gedanken, ihm könnte etwas zustoßen, bekam sie eine Gänsehaut. Ihr schnürte sich die Kehle zu, und ihr Herz schlug schneller. Es war lächerlich, sich so von seinen Gefühlen beherrschen zu lassen, das wusste sie, aber sie kam nicht dagegen an. Constance hatte sich schon immer gefragt, wie es sich anfühlen würde, verliebt zu sein. Unzählige Gedichte und Romane erklärten es, aber bis man es selbst erlebte, wirkte es wie versponnener Unsinn – als hätte es mit echten Menschen in der echten Welt nichts zu tun. Also ja, sie konnte sich eingestehen, dass sie in Lucian verliebt war. Aber wieso fühlte sie sich dann so enttäuscht und besorgt? Sollte Liebe nicht wundervoll sein und einem das Herz ganz leicht machen? Konnte Liebe überhaupt unkompliziert sein, oder brachte sie immer Kummer und Schuldgefühle mit sich?

Als sie nach dem Abendessen neben Betty das Geschirr abtrocknete, war sie unter dem durchdringenden, aber mitfühlenden Blick der älteren Frau schwach geworden. »Was bedrückt dich, Kind? Du machst schon den ganzen Abend ein Gesicht wie sieben Tage Regenwetter.«

»Du ahnst nicht, wie gern ich es dir erzählen würde«, sagte Constance.

»Dann erzähl es mir. Ich will schon längst mal richtig mit dir reden. Wir haben einiges aufzuholen, du und ich.«

Bettys Stimme kippte leicht, als sie das sagte, und Constance wurde nervös. »Was denn?«

»Ach, nichts Besonderes. Ich meinte nur … es ist lange her, weil wir alle doch immer so viel zu tun haben.« Sie legte Constance die Hände auf die Schultern, dann entriss sie ihr das gestreifte Trockentuch, als wollte sie einen Zaubertrick vorführen. »Na los«, sagte sie. »Ab mit dir. Ich merke doch, wenn jemand dringend etwas tun muss.«

Vor Erleichterung wäre Constance fast in Tränen ausgebrochen.

Nur mit einem Schultertuch und einer Taschenlampe aus der Kramschublade der Küche bewaffnet huschte sie aus der Seitentür und folgte dem Weg, den die anderen genommen haben mussten: durch das Tor zum Meer, am Ufer entlang, dann den Pfad hinauf, der um die Landzunge und weiter in die Hügel führte.

Es war weder zu kühl noch feucht, sondern mild und angenehm. Sie bemühte sich, guter Stimmung zu bleiben, hielt nach Fledermäusen und Glühwürmchen Ausschau und atmete den Duft der Zitronenbäume ein, der zu dieser Tageszeit besonders stark in der Luft lag. Hin und wieder drehte sie sich um, um zu sehen, wie weit sie gekommen war, und die tröstlichen Lichter der winzigen Häuser entlang der Küste zu betrachten.

Eine ferne Uhr in der Stadt schlug zur halben Stunde. Danach wurde die Stille nur noch vom Knirschen ihrer Schritte durchbrochen. Obwohl sie den Weg kannte, musste sie im Dunkeln aufpassen, nicht von ihm abzukommen.

Das Licht der Taschenlampe war schwach und schwand mit jeder Minute weiter. Zum Glück schien der Mond, dachte sie; er ließ das Meer zu ihrer Linken glitzern und tauchte die Kieferngruppe am Waldrand in silbriges Licht.

Constance begann gerade, ihre Anspannung und Sorge um Nish und Lucian und alles andere ein wenig loslassen zu können, als sie etwas Ungewöhnliches hörte. Sie blieb wie angewurzelt stehen und schaltete die Taschenlampe aus. Männer sprachen mit leisen Stimmen Italienisch. Als sie genauer hinhörte, kam ihr eine düstere Erkenntnis – eine der Stimmen gehörte Danioni.

Das war ein Suchtrupp der Polizei.

Was sollte sie tun? Sie würde die Gruppe umgehen müssen. Ihr fiel ein, dass es noch eine andere Strecke gab. Sie konnte zum unteren Weg am Ufer zurückkehren und ein Stück weiter wieder auf den Waldweg abbiegen. Damit würde sie die Polizisten wohl überholen. Schnell und leise musste sie sein, und das in fast völliger Dunkelheit.

Constance tastete sich mehr auf dem neuen Weg voran, als dass sie ihn sah. Einmal kam sie den Männern gefährlich nahe. Aber sie verrieten ihre Position durch das flackernde Licht ihrer Taschenlampen, und irgendwie gelang es Constance, unentdeckt zu bleiben.

Endlich erreichte sie die Lichtung, auf der die Scheune stand. Für Formalitäten blieb keine Zeit. Sie öffnete die Tür und sah Bella, die sich über Nish beugte. Lucian stand neben ihnen. Als sie eintrat, schreckten die drei zusammen und schauten sich um.

»Meine Güte.« Bella legte sich eine Hand auf die Brust. »Sie haben mich erschreckt …«

»Sie wurden verfolgt«, stieß Constance atemlos hervor. »Danioni und seine Leute – sie sind nur Minuten entfernt. Ich habe mich an ihnen vorbeigeschlichen.«

»Der Keller«, sagte Nish und zog mit Mühe sein Hemd an.

»Schnell.« Bella klatschte in die Hände. »Ihr klettert sofort runter. Ich komme nach, sobald ich hier aufgeräumt habe.« Sie deutete auf den Wassereimer und die Verbände und Salben, die sie mitgebracht hatte.

»Nein«, sagte Constance. »Die Polizei muss gesehen haben, dass Sie und Lucian das Hotel verlassen haben. Wenn sie hier niemanden finden, werden sie misstrauisch.«

»Was schlagen Sie vor?«

»Lucian bleibt hier. Sie beide müssen sich verstecken.«

Während Bella und Nish der Anweisung folgten, breitete Constance ihr Schultertuch über der Strohmatratze aus, auf der Nish verarztet worden war. »Leg dich da hin«, befahl sie, dann fing sie an, ihr Kleid aufzuknöpfen. Als Lucian nicht reagierte, sondern nur mit offenem Mund dastand, wiederholte sie die Aufforderung barscher.

»Was habe ich gerade gesagt? Leg dich da hin. Oder willst du, dass Nish gefunden wird?«

Dieses Mal tat Lucian, was sie wollte. Constance legte sich neben ihn. Sie fing an, ihn zu küssen, aber seine Lippen waren starr zusammengepresst. »Na komm«, sagte sie mit einem matten Lächeln. »Streng dich ein bisschen an. Wer das sieht, würde ja meinen, du wolltest mich nicht küssen.«

Lucian schlang die Arme um sie und rutschte unbeholfen in die richtige Position. Normalerweise wäre es peinlich gewesen, aber Constance war nicht nur durch die Angst wie elektrisiert – die Art eiskalter Angst, die sie aus ihrer Kindheit kannte, wenn sie ungezogen war und auf ihre Strafe wartete –, sondern auch durch die echte Begierde, die sie beide empfanden. Sie strich mit der Hand über seinen Oberarm. Sein Atem ging schnell und flach. Sie knöpfte ihre Bluse auf und entblößte den Rand ihres Unterkleids. Mit geschlossenen Augen näherte Lucian seine Lippen ihren, bis sie sich flüchtig berührten. Ermutigt, weil sie ihn nicht zurückwies, versuchte er es noch einmal, er küsste sie zärtlich, bis sie endlich die Lippen öffnete und den Kuss erwiderte.

Wie lange die Polizei draußen gewartet hatte, hätte Constance nicht mal raten können. Sie wusste nur, dass die Männer ohne Vorwarnung durch die wacklige Holztür in die Scheune platzten und brüllend mit ihren Waffen herumwedelten. Im Dämmerlicht der Sturmlampe versuchte Constance, sie zu erkennen. Sie waren zu viert, darunter Danioni und eine Gestalt mit einem Gesicht wie eine Kartoffel, der Polizist Poretti.

Sie war überrascht, wie geschmeidig Lucian aufsprang. Als sie hochschaute, nestelte er an seinem Gürtel, den sie gar nicht geöffnet hatte. »Signor Danioni«, sagte er. »Verzeihen Sie mir. Ich kann das erklären.«

Danioni starrte Lucian kurz in die Augen, dann glitt sein Blick zu Constance. Sie schaute weg, weil sie fürchtete, aus ihrem Gesicht würde nicht Scham sprechen, sondern die falsche Art von Panik, die Art, die sie verraten würde. Jede verstreichende Sekunde war eine Qual. War dieses Theater auch nur halbwegs überzeugend? Hätte es sie selbst überzeugt, wenn sie darüber gestolpert wäre?

Als Danioni lächelte, fühlte sie sich seltsam erleichtert.

»Signor Lucian!«, sagte er. Er ließ die Pistole sinken und gab seinen Begleitern zu verstehen, sie sollten es ihm nachtun. »Eine Erklärung ist nicht nötig.« Seine Stimme nahm einen abschätzigen Ton an. »Wenn ich mich entschieden hätte, eine Affäre mit … einer Dienstbotin einzugehen, würde ich es auch fern der neugierigen Blicke meiner Familie und Freunde tun, wie Sie. Wie lange geht das schon?«

Constance wartete angespannt, wie Lucian auf diese distanzlose Frage antworten würde, aber sie beruhigte sich, als sie seine Strategie erkannte: Danionis voyeuristische Neugier zu befriedigen, um ihn von dem abzulenken, was woanders geschah.

»Seit letztem Sommer«, sagte Lucian und senkte den Blick.

»Ich verstehe. Und sie treffen sich immer noch.« Er sah auf Constance herab. »Sie ist sicher gut. Gefällig.«

Sie sah Lucian leicht zucken und dachte: *Lass dich nicht ködern. Was du auch tust, lass dich nicht ködern.*

Aber er reagierte bewundernswert. »Sie ist ein liebes Mädchen«, sagte er.

»Das kann ich mir denken. *Innocente.*«

Der Polizist Poretti wirkte nicht so überzeugt. Er sah sich weiter um, als suchte er nach Hinweisen – sein Scharfsinn nötigte Constance Bewunderung ab.

Aber Danioni hatte offenbar tatsächlich genug gehört. »Ich wünsche dem Liebespaar eine gute Nacht«, sagte er und tippte sich an den Hut. »Es ist nie meine Absicht, Leidenschaft zu stören.«

»Ich weiß Ihr Feingefühl zu schätzen«, sagte Lucian. Er hustete verlegen. »Und wie Sie als Mann von Welt sicher verstehen, wäre es besser für mich, wenn Sie alle für sich behalten könnten, was Sie gesehen haben.«

»Bitte!« Danioni spielte den Beleidigten. »Das versteht sich doch von selbst. Besuchen Sie mich in meinem Büro, und ich erörtere mit Ihnen nur zu gern die Bedingungen für mein Schweigen.«

»Sie Ratte«, sagte Constance, die das Gefühl hatte, sie sollte etwas beitragen.

»Ah, die ehrwürdige Signora spricht!« Danioni trat näher zu ihr. »Besser eine Ratte«, knurrte er und blickte auf sie herab, wie sie derangiert dalag, »als eine Hure.«

»Jetzt hören Sie mal …«, brauste Lucian auf.

Aber Constance brauchte niemanden, der ihre Ehre verteidigte. »Lass es, Lucian«, sagte sie. »Er ist es nicht wert.« Lucian beruhigte sich, er erkannte, dass sie das Ende ihres Drehbuchs erreicht hatten und jede weitere Improvisation mehr schaden als nutzen konnte.

Danach warteten Lucian und Constance eine Weile schweigend. Es war gut möglich, dass Danioni die Scheune weiter beobachtete. Soweit sie wussten, konnte er noch vor der Tür warten.

»Ich bin ziemlich sicher, dass es funktioniert hat«, flüsterte Lucian.

»Ich nicht. Er ist ein verschlagener Mistkerl. Und ich glaube, sein Kumpan war nicht überzeugt.«

Lucian warf einen Blick auf seine Uhr. »Warten wir eine halbe Stunde.«

Auf dem Rückweg – Constance ging voran, Bella und Lucian folgten dichtauf – waren sie angespannt und leise. Sie wagten nicht, die Taschenlampe zu benutzen, aber der Mond schien hell genug, dass sie zum Weg am Meeresufer fanden. Immerzu rechneten sie damit, von Danioni und seinen Schlägern aufgegriffen zu werden. Sie konnten nicht recht glauben, dass die Männer so leicht aufgegeben hatten.

Bella war voll des Lobes für Constance gewesen – mit ihrer Geistesgegenwart hatte sie höchstwahrscheinlich Nishs Leben gerettet (und, auch wenn es trivial erschien, das Hotel Portofino). Aber die junge Frau war tief in Gedanken versunken, und es wäre Bella grausam und unnötig erschienen, sie herauszureißen. Also ließ Bella sie in Ruhe und bestärkte Lucian darin, dasselbe zu tun.

Sie betraten das Hotel durch die neue Kellertür. Bella wünschte Lucian und Constance eine gute Nacht und hoffte, sie würde es ins Bett schaffen, ohne jemanden zu wecken. Aber als sie den Salon passierte, rief eine vertraute schroffe Stimme: »Bellakins?«

Cecil.

Er erhob sich aus seinem Sessel, dann standen sie sich an der Schwelle gegenüber.

»Du siehst erschöpft aus«, sagte er.

»Bin ich auch.«

»Ich wollte schon einen Suchtrupp losschicken. Wo in aller Welt warst du?«

»Das ist kompliziert«, sagte sie. »Wenn es dir nichts ausmacht, erkläre ich es dir morgen früh. Ich muss dringend ins Bett.« Sie wandte sich zum Gehen.

Aber Cecil hatte andere Pläne. »Immer langsam mit den jungen Pferden. Ich habe eine wunderbare Überraschung für dich.«

»Wirklich, Cecil. Nicht jetzt, bitte. Ich bin dafür zu müde.«

Eine andere Stimme meldete sich aus dem Salon. Alice. »Bist du zu müde, um mich zu begrüßen, Mummy?« Bella schaute zurück. Alice kam auf sie zu, und hinter ihr war noch jemand, ein elegant gekleideter junger Mann. »Ich möchte dir jemanden vorstellen.«

Der Mann hatte eine beinahe überwältigend extravagante Aura, von seinem eng geschnittenen weißen Anzug bis zu den Edelsteinen, die an seinen Fingern und Manschettenknöpfen funkelten. Die Haare trug er glatt zurückgekämmt, seine Haut war so ebenmäßig wie polierter Marmor. Abgerundet wurden diese Eigenschaften von seinem perfekten Schnurrbart, kurz geschnitten an der Oberlippe, die Spitzen mit Wachs nach oben gedreht.

Er marschierte schneidig zur Tür und streckte eine Hand aus, die Bella matt ergriff. »Und Sie sind?«

»Ich heiße Victor«, sagte der Mann.

Alice trat hinter ihn und schlang einen Arm um seine schmale Taille. »Mein Verlobter«, sagte sie.

In der Geborgenheit von Constance' Zimmer war die Nacht still. Obwohl sie erschöpft war, konnte sie nicht schlafen. Ihre Gedanken rasten, ihr Verstand war ein fragmentiertes Chaos.

Was hatte sie gerade getan? Woran hatte sie sich beteiligt? Im Laufe eines Abends war ihr Leben so viel komplizierter geworden, dass sie es kaum begreifen konnte.

Und jetzt klopfte jemand leise an.

Sie sprang auf, schlich zur Tür und drückte das Ohr dagegen. Es klopfte wieder, dieses Mal lauter.

Als sie öffnete, stand Lucian vor ihr, immer noch in der Kleidung, die er im Wald getragen hatte: eine dicke Wollhose und ein langärmliges weißes Unterhemd. Der Geruch von Schweiß und Stroh, den er verströmte, war berauschend und erinnerte sie an alles, was sie gerade zusammen durchgemacht hatten. Sie spürte einen scharfen Stich in der Magengegend. Als er etwas sagen wollte, unterbrach sie ihn. »Betty ist nebenan. Du weckst sie noch auf.«

Sie zog ihn ins Zimmer. Und dann vergaß sie sich – buchstäblich. All ihre Zweifel und Bedenken waren plötzlich wie weggewischt. Anders hätte sie es nicht beschreiben können. Sobald sie die Tür geschlossen hatte, küsste sie ihn, und er erwiderte ihren Kuss stürmisch.

Constance knöpfte ihr Kleid auf und ließ es zu Boden gleiten. Es war im Grunde eine Mutprobe – eine Herausforderung. Lächelnd zog auch Lucian sich aus, dann führte er sie mit zitternden Händen zu dem schmalen Eisenbett. Alles schien wie im Zeitraffer zu passieren, als Constance die Regie übernahm und Lucian auf die dünne, alte Matratze drückte. Sie war aufgedreht, wie betrunken; sie spürte, wie ihr Blut durch die Adern strömte, spürte Lucian vor Genuss beben, als ihre Lippen sich trafen. Was jetzt geschah – Constance hatte so oft davon geträumt, und als sie jetzt zusammen waren, konnten sie es nicht aufhalten. Sie mussten sich dieser Leidenschaft hingeben, dieser Begierde, wie beide sie noch nie erlebt hatten.

Danach lagen sie lange zusammen und redeten leise miteinander. Als sie mit dem Finger seine Narbe entlangfuhr, fragte Lucian sie indirekt nach ihrer Kindheit, nach ihrem »familiären Umfeld«, wie er es nannte, und sie hatte zum ersten Mal das Gefühl, es wäre tröstlich, ihm davon zu erzählen – es sich von der zu Seele reden.

»Fast alle im Dorf haben im West Riding Irrenhaus für Arme gearbeitet. Meine Mutter hat da geputzt. Als ich alt genug war, habe ich auch dort angefangen. Da muss ich so dreizehn gewesen sein. Es war, kurz bevor ich Dienstmädchen geworden bin. Ich musste mit sechs Patienten zusammen den Mosaikboden schrubben. Sie war riesig, diese Heilanstalt. Weitläufig, mit einer Bibliothek und einem Ballsaal, sogar mit einer eigenen Eisenbahn. Fast ein richtiges Dorf. Die Fenster konnte man nur zwei Fingerbreit öffnen, daran erinnere ich mich noch – und an den Geruch. Schweiß und Karbolseife. Viele Bewohner waren tatsächlich krank. Tatsächlich verrückt. Aber in Wahrheit wurden Menschen aus allen möglichen Gründen eingewiesen – wegen religiöser Ekstase oder weil sie zu viel Gedichte gelesen haben. Viele junge Mütter waren da, Frauen, die niedergeschlagen waren, nachdem sie ihre Babys bekommen hatten. Den Gerüchten nach sind die unverheirateten Mütter da gelandet.« Sie stockte. »Das ist bestimmt passiert, aber ich habe keine getroffen, als ich da war.«

»Diese ganze Zeit«, sagte Lucian, »als du mit Tommy schwanger warst. Das muss für dich sehr schwer gewesen sein.«

»Das kann ich nicht leugnen. Aber andere Leute machen Schlimmeres durch, oder? Ich habe einen wunderbaren, hübschen Sohn. Ich bin gesund, körperlich und geistig. Es ist komisch«, sagte Constance lachend, »aber in der Anstalt habe ich Tommys Vater getroffen. Na ja, da habe ich ihn kennengelernt, Jahre, bevor etwas passiert ist. Er hat im Garten gearbeitet. Da standen diese großen Eichen. Manchmal habe ich ihn beobachtet, im Herbst, wenn er unentwegt Laub geharkt hat.«

»Siehst du ihn noch?«

»Nein. Er wohnt noch im Ort, habe ich gehört, aber für Tommy ist es besser, wenn er ihn nicht kennt. Außerdem, wenn ich versuchen würde, Kontakt zu ihm aufzunehmen … das würde Mam mir nie verzeihen.«

»Deine Mutter klingt beeindruckend.«

Constance lächelte. »Das ist sie. Vielleicht lernst du sie irgendwann kennen.«

»Das würde ich sehr gern.«

Lucian schlief zuerst ein. Sie sah ihm beim Schlafen zu, betrachtete den Schwung seiner breiten Schultern und wie die Haare ihm ins Gesicht fielen. Er wirkte so friedlich, so entspannt.

Constance streckte die Hand aus, nahm ihren Block und einen Bleistift von dem Schränkchen neben ihrem Bett und begann, Lucian zu zeichnen. Mit feinen, weichen Strichen fing sie die Zartheit und Verletzlichkeit seines nackten Körpers ein, mitsamt der Narbe. Wie einfach, wie verblüffend getreu sie die Impression seiner Haare festhalten konnte, seiner eng an den Körper gezogenen Arme und Beine, als hätte er sich absichtlich zu einer schützenden Kugel zusammengerollt.

Am Morgen wachte sie früh auf, zu ihrer üblichen Zeit. Lucian schlief noch. Sie überlegte, ihn zu wecken, fand es dann aber sicherer, ihn zu lassen, wo er war. Ihre Zimmer lagen im gleichen Stockwerk. Der einzige Grund zur Sorge war Betty, und die war jetzt schon auf den Beinen.

Sie wusch sich schnell am Waschbecken, zog saubere Kleidung an und kämmte sich die Haare, ihre gewöhnliche morgendliche Routine an diesem ganz ungewöhnlichen Morgen.

Beim Kämmen fiel ihr die Zeichnung ein. Sie war stolz darauf, und sie wollte, dass Lucian das Bild sah. Bevor sie ging, riss sie das Blatt aus dem Block und legte es neben ihn aufs Bett.

Unten nahm das Leben seinen Lauf. Das neue italienische Dienstmädchen Gabriella hatte angefangen. Sie sah so jung und unschuldig aus mit ihrem gebräunten Teint und den dunklen, strahlenden Augen. Freundlich lächelnd zeigte Constance ihr, was sie tun sollte, wie man Eier auf die englische Art pochierte, und spürte dabei unentwegt ein Flattern in der Brust, als wäre ein Vogel hinter ihren Rippen gefangen; kribbelnde, anhaltende Aufregung über das, was geschehen war und vielleicht noch geschehen würde. Es war vieles, aber vor allem ein wunderbares Geheimnis – und mehr würde es nie sein können. Darüber machte sie sich keine Illusionen.

Doch egal, was sie beschäftigte, an diesem Morgen trug sie die Verantwortung, sie leitete Paola und Billy ebenso an wie Gabriella und stellte sicher, dass sie das Frühstück mit ihrer üblichen eingeübten Höflichkeit servierten. War ihnen eine Veränderung an Constance aufgefallen? Merkte man ihr an, dass ihre Welt auf dem Kopf stand?

Sie ging durch den Speisesaal auf die Terrasse und spürte die Frische des hellen, jungen Morgens auf der Haut, als sie Lucian sah. Er nahm gerade Platz und breitete seine Serviette über den Schoß. Als sie seinen Blick auffing, lächelte er. Sie antwortete mit einem leisen, bedeutungsvollen Lächeln.

Dann betrat Bella die Terrasse, ging zu ihm und streckte ihm etwas entgegen. Ein Telegramm, wie es aussah. Er nickte und dankte ihr.

Jetzt drehte Bella sich um und kam mit verschwörerischer Miene näher. »Guten Morgen, Constance. Ich hoffe, Sie haben nach dem anstrengenden Abend gut geschlafen?«

»Es hat eine Weile gedauert, bis ich einschlafen konnte, Ma'am.«

»Bei mir auch.«

»Aber am Ende hat es geklappt.«

Hinter Bella öffnete Lucian das Telegramm. Er las es. Und etwas veränderte sich. Sie konnte es ihm ansehen. Er war überrascht und … nahezu entsetzt. Anders konnte man es nicht deuten.

Ihr wurde schwindlig. Sie musste wissen, was in diesem Telegramm stand.

»Geht es Ihnen gut?«, fragte Bella. »Sie sind furchtbar blass geworden. Vielleicht sollten Sie sich etwas hinlegen. Gabriella kann sicher für Sie einspringen. Sie wirkt ausgesprochen tüchtig.«

»Mir fehlt nichts, Ma'am. Wirklich.«

Bella schien nicht überzeugt zu sein. »Nun gut. Wenn Sie es sagen. Wir sprechen uns später wieder, ja?«

Constance nickte. Sobald Bella außer Sichtweite war, schaute sie zurück zu Lucian. Er bemerkte ihren Blick und deutete mit einem Nicken – einer ganz leichten Geste – auf das Telegramm auf dem Tisch. Dann stand er rasch auf, ohne Frühstück bestellt oder auch nur den Kaffee getrunken zu haben, den Gabrielle ihm eingeschenkt hatte, und ging über die Terrasse in Richtung der Gartenanlage.

Constance lief schnell zu dem Tisch, um Paola zuvorzukommen, die auch in der Nähe war. Lucian hatte das Telegramm für sie auf den Tisch gelegt. Das war offensichtlich.

Es kam von Rose:

Habe beschlossen, dich zu überraschen. Sehen uns am 27. in Portofino.

Constance schnappte unwillkürlich nach Luft.

Der 27. war morgen.

NEUN

Alice saß an ihrem Frisiertisch und schminkte sich.

Schon das war erstaunlich, dachte Bella, die von der Tür aus zusah. Früher hatte Alice nie viel Wert auf ihr Äußeres gelegt – und schon gar nicht auf Make-up. Bella hatte das immer seltsam gefunden und wusste, dass sie über diese Veränderung froh sein sollte, darüber, dass Alice' manchmal hartes, schroffes Auftreten milder wurde.

Vor zwei Jahren wäre sie hocherfreut gewesen, Alice so zu sehen, strahlend in einem Kleid aus weichem, schimmerndem Chiffon mit einem gewagt tiefen Ausschnitt. Ihre früher stumpfen hellbraunen Haare glänzten und waren von goldenen Strähnen durchzogen. Sie wirkte enthusiastisch, voller Energie und roch deutlich nach Chanel No 5. Ihre Augen strahlten, als ihr Blick in Bellas Richtung huschte und sich dann wieder ihrem Spiegelbild zuwandte.

Bella war klar, dass sie behutsam vorgehen musste. »Schätzchen«, sagte sie. »Du bist etwas früher wieder hier als erwartet. Aber es ist sehr schön, dich zu sehen.«

»Wirklich? Gestern Abend war ich nicht ganz sicher. Ob du mich wieder hier haben wolltest, meine ich. Du warst ziemlich gleichgültig.« Alice richtete ihre Aufmerksamkeit auf ihre Augen und umrandete sie mit dunklem Kajal.

»Ich war müde.«

»Ja. Das hast du schon gesagt.« Sie war ganz darauf konzentriert, mit dem Kajal eine gerade Linie zu ziehen. »Du kannst reinkommen, weißt du. Du musst nicht da drüben stehen.«

Bella trat ins Zimmer. »Es ist schön, dich zu sehen. Ich will alles über Cannes hören.« Sie zögerte. »Aber ich will auch mit dir über Victor sprechen.«

Alice unterbrach, was sie tat. »Ach, Mummy«, seufzte sie. »Du klingst so förmlich.«

»Ich mache mir Sorgen, dass du die Dinge überstürzt. Du kennst ihn erst seit einer Woche.«

»Ich weiß. Ich das nicht wunderbar?«

»Wohl eher leichtsinnig.«

Als sie das Wort ausgesprochen hatte, bereute Bella es schon. Sie ermahnte Alice ständig, weil sie unnachsichtig war und ihre Mitmenschen kritisierte, und jetzt verhielt sie sich genauso.

Als Cecil gestern ins Bett gekommen war, hatte er sehr deutlich gemacht, dass er kein Problem mit der ganzen Angelegenheit hatte. »Dieser Victor wirkt doch wie ein anständiger Bursche. Worum in aller Welt sollte man sich Sorgen machen?« Als Bella geantwortet hatte, es gebe reichlich Grund zur Sorge, vor allem, wenn ein Mensch normalerweise nicht so impulsiv handelte, hatte Cecil ihr unterstellt, ihre Bedenken seien böswilliger Natur und würden Bellas aufkeimende Eifersucht auf Alice' Jugend widerspiegeln.

Stimmte das? War die Kritik gerechtfertigt? Bella glaubte es nicht. Seit Jahren war Alice kein Mädchen mehr. Bella hatte sich längst daran gewöhnt, Kinder zu haben, die die Zwanzig überschritten hatten, auch wenn ihre manchmal weniger reif und entwickelt zu sein schienen – weniger unabhängig – als die Kinder anderer Menschen.

»Weißt du was?« Die alte streitlustige Alice kam zum Vorschein. »Manchmal glaube ich, du willst nicht, dass ich glücklich bin. Du willst, dass ich mein restliches Leben lang die traurige, alte Witwe Alice bleibe.«

Bella war bestürzt. »Wie kannst du so etwas Furchtbares sagen?«

»Ich bin es leid, die Vernünftige zu sein. Alle anderen vergnügen sich. Seit George gestorben ist, habe ich mich abgeschottet. Ich habe mir nicht mal den Gedanken erlaubt, ein anderer Mann könnte mich wollen. Jemand könnte von mir so … hingerissen sein wie Victor.« Sie streckte ihre Hand aus. »Sieh dir diesen Ring an.«

Bella folgte der Aufforderung. Es war ein Weißgoldring mit einem großen zentralen Diamanten, der von kleinen, an Blütenblätter erinnernden Diamanten umgeben war.

»Er ist wunderschön«, sagte sie ehrlich. »Sicher war er teuer.«

Alice zuckte mit den Schultern. »Er ist ein wohlhabender Mann. Wie hätte ich Nein sagen können?«

Bella widerstand der Versuchung, darauf zu antworten. Stattdessen fragte sie: »Und was ist mit Lottie? Sie kann nicht ewig in England bleiben.«

»Was soll mit ihr sein?« Die Erwähnung ihrer Tochter schien Alice zu verärgern. »Ich habe Victor von ihr erzählt. Er freut sich schon darauf, sie kennenzulernen. Er liebt Kinder. Irgendwann will er eigene haben.«

Bellas Augen weiteten sich.

»Schau nicht so entsetzt. Ich weiß genau, was ich tue, das musst du mir glauben.« Alice zückte ihren Lippenstift und schminkte sich weiter. »Ich werde die Verlobungszeit in die Länge ziehen. Dann können wir uns in aller Ruhe besser kennenlernen.« Sie nahm ein Papiertuch und tupfte sich die Lippen ab. »Wer weiß? Vielleicht heirate ich ihn am Ende doch nicht. Aber in der Zwischenzeit werde ich mich auf jeden Fall amüsieren.«

Constance hatte Wäsche aufgehängt und war jetzt mit dem leeren Korb auf der Hüfte auf dem Rückweg zur Waschküche.

Als sie dort ankam, schwitzend und außer Atem, wartete Lucian neben dem riesigen Kupferkessel. Sie war ihm den ganzen Vormittag über aus dem Weg gegangen – seit der Ankunft des Telegramms. Wie sie es sah, war kein Telegramm jemals so wenig willkommen gewesen wie dieses. Nachdem sie es gelesen hatte, war sie sofort nach oben in ihr Zimmer gelaufen und in Tränen ausgebrochen; sie musste den Kummer rauslassen, wie sollte sie sonst den Tag überstehen?

»Wir müssen reden«, sagte Lucian. Er sah furchtbar aus, blass und erschöpft. Sie sehnte sich danach, ihn zu umarmen, ihn zu trösten. Aber das ging nicht.

»Nein«, sagte sie. »Müssen wir nicht.« Als er sie verdutzt ansah, fügte sie hinzu: »Du hast mir gesagt, Rose würde in London bleiben.«

»Wollte sie auch. Offenbar hat sie es sich anders überlegt.«

»Wie? Warum?«

»Das weiß ich nicht. Ich kann es nicht erklären. Sie hat ausdrücklich gesagt, dass sie dieses Jahr nicht nach Italien fahren will.«

»Sie versucht, dir eine Freude zu machen.«

Lucian zog die Augenbrauen hoch und nickte. »Möglich.«

»Sie will dich zurück.«

»Sie weiß nicht, dass ich eine Liaison habe.«

»›Eine Liaison.‹« Constance schnaubte sarkastisch.

»Nun, wie würdest du es nennen?«

Verlegen standen sie voreinander. Dann brach Constance das Schweigen. »Es ist schwer für mich, nach allem, was ich durchgemacht habe. Seit damals konnte ich Männern nicht mehr trauen. Bis jetzt nicht. Ich versuche, nicht darüber zu reden.« Sie schlug sich die Hände vors Gesicht. »Es tut mir leid. Ich weiß nicht, warum ich dich mit meinen Gefühlen belaste. Du hast selbst genug Probleme.«

Kurz gesagt hätte letzte Nacht nicht passieren dürfen. Wir müssen alles vergessen und dürfen nichts mehr miteinander zu tun haben.«

Lucian wirkte niedergeschmettert. »Sag das nicht.«

»Bitte, Lucian. So ist es weniger schmerzhaft.«

»Ich kann nicht einfach alles vergessen.«

Er trat näher und wollte sie berühren, aber sie wich zurück. »Ich weiß«, sagte sie. »Aber du wirst es versuchen müssen.«

Bella blickte von ihrem Schreibtisch auf und sah aus dem Fenster ihres Büros. Gerade kam Constance mit einem Korb in den Händen von der Waschküche zurückgeeilt. Sie schien aufgebracht zu sein, und ihr Gesicht war rot und glänzend, als hätte sie geweint. Einen Moment später folgte Lucian ihr steifbeinig, mit gesenktem Kopf und den Händen in den Taschen.

All das bestätigte ihre Vermutungen – da ging etwas vor sich. Belastete Constance das Schauspiel, das sie in der Scheune aufführen musste? Konnten sie und Lucian darüber gesprochen haben? Vielleicht hatte er sich für die körperliche Nähe entschuldigen wollen, zu der sie gezwungen gewesen waren.

Nur war es Constance' Idee gewesen, deshalb ergab das keinen Sinn; sie wusste, worauf sie sich einließ, und Lucian war kein Mann, der Grenzen überschritt.

War sie – waren sie beide – vielleicht nur besorgt wegen Nish? Das wäre natürlich verständlich gewesen. Es war eine schlimme Geschichte, für die es keine einfache Lösung gab.

Ein lautes Klopfen an der Tür nahm ihr die Gelegenheit für weitere Grübeleien. »Herein«, rief Bella.

Es war Claudine, ein hinreißender Anblick in ihrem zweiteiligen Badeanzug von Jean Patou – gestreift, mit einem Rautenmuster auf der Brust. Sie hatte ihn mit einem weißen Gürtel und Sandalen kombiniert, deren Riemchen sich wie Lakritzschnüre um ihre Knöchel wanden. Ein strahlendes Lächeln legte sich auf Bellas Gesicht. »Du siehst … fabelhaft aus«, sagte sie.

Claudine warf sich ironisch in Pose. »Ich wünschte, ich würde mich auch so fühlen. Ich habe gerade ein Telegramm erhalten, dass ich meinen Agenten anrufen soll. Offenbar ist er extra nach Nizza gereist, um mit mir zu sprechen, und musste feststellen, dass ich nicht da bin.«

»Brauchst du das Telefon?«

»Ja, genau.«

»Du kannst es gern benutzen. Aber ich muss dich warnen, bei Auslandsgesprächen gibt es oft Störungen in der Verbindung.«

Vielleicht lag ein Zittern in ihrer Stimme, oder sie wirkte abgelenkt, jedenfalls bemerkte Claudine sofort, dass etwas nicht stimmte. »Was ist los, Liebes?«, fragte sie.

Bella schüttelte den Kopf. »Es ist kompliziert. Und nichts, worüber ich jetzt reden könnte.« Sie stand von ihrem Schreibtisch auf. »Das klingt jetzt verlockend geheimnisvoll, ich weiß. Ich erzähle es dir, sobald ich kann, das weißt du, oder?«

»Du musst mir gar nichts erzählen. Ich bin deine Freundin, kein Priester. Gott sei Dank!« Sie lachten.

Bella überließ Claudine ihrem Telefongespräch und ging rasch in den Garten, wo sie Lucian zu finden hoffte. Durch Zufall erwischte sie ihn, bevor er mit seinen Malutensilien durch das Tor zum Meer verschwinden konnte.

»Schätzchen!«, rief sie, und er blieb stehen. »Ist zwischen dir und Constance alles in Ordnung? Ich konnte nicht übersehen, dass sie gerade recht aufgelöst war.«

»Es geht ihr gut«, sagte Lucian – ein wenig zu hastig, wie Bella fand. »Ich habe gerade nach ihr gesehen. Gestern Abend war es für uns alle schwierig, aber für sie besonders. Ich glaube, es war eine verzögerte Reaktion darauf.«

»Dieser Mann«, sagte Bella. »Danioni, meine ich. Er ist wirklich grässlich. Er löst in uns allen extreme Reaktionen aus.« Sie blickte kurz in die Ferne, dann konzentrierte sie sich wieder. »Hast du dafür gesorgt, dass Nish aus der Scheune geholt wird?«

»Billys Freunde aus dem Dorf übernehmen das heute Abend. Der nächste Schritt ist, ihn außer Landes zu schaffen, was schwieriger werden könnte.«

In der Ferne rief Claudine ihren Namen.

Lucian schreckte auf. »Ich muss gehen. Und du wirst gebraucht.«

Bella drückte seinen Arm. Es war schön, ein Geheimnis mit ihm zu teilen, sich mit ihm zu verschwören. Dadurch fühlte sie sich weniger allein.

Sie drehte sich um und rief: »Ich bin hier.«

Claudine kam ihr auf der Zufahrt entgegen, das Gesicht tränenüberströmt. »Es war ein kurzes Telefonat«, sagte sie. »Und kein sehr nettes.«

Bella war besorgt. »Warum? Was hat er gesagt?«

»Das Studio droht, mich wegen Vertragsbruchs zu verklagen. Ich muss zurück nach Frankreich. Oder hierbleiben und mir einen guten Anwalt suchen.«

»Bleib ein oder zwei Wochen hier. Du hast einen Urlaub verdient. Und was wäre bessere Werbung für den Film, als wenn sein Star während der Dreharbeiten verschwindet! Hast du die Geschichte mit Agatha Christie im letzten Dezember gelesen? Sie war wie vom Erdboden verschluckt! Am Ende ging es ihr gut – man hat sie in einem Hotel in Harrogate gefunden. Aber für ihre Buchverkäufe hat es Wunder gewirkt.«

»Hmm. Einen Urlaub könnte ich wirklich vertragen. Wie sieht es mit einem Anwalt aus?«

»Als Billy letzten Sommer in Schwierigkeiten geraten ist, haben wir einen Anwalt aus der Stadt beauftragt, Signor Bruzzone.«

»Ich erinnere mich an ihn!«

»Er hat wirklich gute Arbeit geleistet, allerdings spricht er nicht gerade fließend Englisch.« Bella überlegte. Dann kam ihr ein Gedanke. »Vielleicht könnte Carlo als Dolmetscher einspringen. Das heißt, wenn es dir nichts ausmacht, dass er von deinen Problemen erfährt.«

Claudine lachte laut auf. »Schätzchen, mein Leben ist ein offenes Buch!«

»Ich schaue mal, ob ich ihn finde.«

Carlo wirkte dieses Jahr älter und unternahm weniger. Er blieb meist in der Nähe des Hotels und war ein Gewohnheitstier mit einem festen Tagesablauf. Morgens frönte er seiner Lieblingsbeschäftigung und las in einem der Gemeinschaftsräume (üblicherweise der Bibliothek) oder auf der oberen Terrasse. Nach dem Mittagessen trank er im Salon Kaffee und plauderte mit den anderen Gästen – und zu Bellas Missfallen auch mit Cecil, dessen Gesellschaft Carlo erstaunlich gut ertragen konnte –, bevor er sich für eine zweistündige Siesta in sein Zimmer zurückzog.

Deshalb war es ungewöhnlich, ihn wie jetzt mit Hut und Stock im Foyer anzutreffen, bereit für einen Ausflug.

Bella wollte gerade zu ihm gehen, als aus dem Gang zur Bibliothek Cecils Stimme ertönte: »Also gut, Carlo. Sind wir bereit?«

Rasch drehte Bella sich um, fing Cecil ab, bevor er das Foyer erreichen konnte, und zog ihn zur Seite. Im Flüsterton fragte sie: »Ihr geht zusammen aus?«

»Tun wir«, bestätigte Cecil. Mit einem sarkastischen Grinsen fragte er: »Es ist doch wohl nicht verboten, dass zwei Burschen etwas trinken gehen, oder?«

»Natürlich nicht.«

»Drei Burschen, genauer gesagt. Wir treffen uns in der Stadt mit Victor.«

»Mit Victor?« Sie runzelte die Stirn. »Sollte man Carlo dem aussetzen? Nach der Geschichte mit Alice letztes Jahr?«

Cecil sah sie ratlos an.

»Sie hat seinen Antrag zurückgewiesen«, erinnerte Bella ihn.

»Ach! Die alte Geschichte!« Cecil winkte ab. »Das liegt doch ewig zurück. Und ehrlich gesagt vermute ich, dass Victors Englisch zu wünschen übrig lässt. Außerdem ist es immer gut, einen dritten Mann am Tisch zu haben, falls das Gespräch ins Stocken kommt.«

Lucian war in den neuen Aufenthaltsraum im oberen Stock gegangen, um mit seinen aufgewühlten Gedanken allein zu sein. Der Raum war der ganze Stolz seiner Mutter, blieb aber meist ungenutzt, weil junge Gäste in diesem Jahr bisher rar gesät waren. Doch zu seinem Ärger war heute schon jemand dort.

Der junge Mann mit der Narbe im Gesicht spielte allein eine Partie Billard. Er schaute auf, als sich die Tür öffnete, und Lucian sah in seinem Gesicht Panik aufblitzen, eine Panik, die er nur zu gut kannte.

»Entschuldigung«, sagte Lucian. »Mach bitte weiter. Ich wollte dich nicht stören.«

»Du störst mich nicht«, antwortete der Mann unsicher.

Sie standen einander zugewandt da. Dann sagte Lucian aus reiner Höflichkeit: »Wir könnten eine Partie spielen, wenn du willst.«

Der Mann nickte. »Sehr gern.« Er streckte die freie Hand aus. »Ich bin übrigens Jonathan.«

Lucian schüttelte sie kräftig. »Lucian.«

»Ich sollte dich warnen, ich kann eigentlich nicht spielen.«

Lucian lachte leise. »Das sagst du nur, weil du Angst hast zu verlieren.«

Jetzt musste Jonathan lachen. »Du hast mich durchschaut.«

»Zuerst etwas Zielwasser?«

Jonathan nickte. »Wenn du welches nimmst.«

Lucian ging zur Vitrine in der Ecke und schenkte zwei Gläser Single Malt ein. Eines reichte er Jonathan. »Wo warst du? Als du getroffen wurdest, meine ich.«

»Messines. Habe die nördliche Flanke gesichert.«

»Regiment?«

»Fünfundfünfzigstes, West Lancashire. Ich habe mich vom Internat aus freiwillig gemeldet. Habe dafür geschwänzt, ich dummer Trottel. Du?«

»Prince of Wales's Own. West Yorkshire. Du hattest eine schlimme Zeit.«

Jonathan zuckte mit den Schultern. »Ich bin noch hier.«

»Manchmal kann ich kaum glauben, dass es passiert ist. Weißt du, was ich meine? Alles, was wir durchgemacht haben. Und dann … dreht sich die Welt einfach weiter.«

»Für manche besser als für andere«, sagte Jonathan. »Ich muss gestehen, dass ich mir an manchen Tagen wünsche, sie würde es nicht tun.« Er stockte. »Dafür haben wir wohl gekämpft. Dass sich die Welt weiterdreht. Jedenfalls rede ich mir das ein.«

Lucian baute die Kugeln auf. Jonathan gewann das Ausspielen und fing an. Wie sich zeigte, war er ein versierter Spieler, und er schlug Lucian mit Leichtigkeit; der Schwung, mit dem er die schwarze Acht versenkte, machte Lucian sprachlos.

»Du bist gut«, sagte Lucian.

Jonathan winkte lächelnd ab. »Ich hatte Glück.«

Lucian kam eine Idee. »Kannst du mit den Verletzungen schwimmen?«

»Es ist komisch, aber im Wasser kann ich mich schneller bewegen als an Land. Schwimmen gehört zu den wenigen Dingen, die ich zuverlässig einigermaßen schmerzfrei tun kann.«

»Dann lass uns schwimmen gehen. Oder angeln! Wie wäre es mit angeln? Oder ist das noch etwas, das du ›eigentlich nicht kannst‹?«

Als Jonathan lachte, meinte Lucian plötzlich den freigeistigen, verschmitzten Menschen sehen zu können, der er sicher einmal gewesen war. Vielleicht war es sein Instinkt als Soldat – Lucian wollte den Denkprozess nicht zu genau analysieren –, jedenfalls empfand er insgeheim ein Hochgefühl. Er glaubte, hier nicht nur einen Verbündeten gefunden zu haben, sondern einen Freund.

Luigis Café an der Piazza am oberen Ende der Via Roma war Cecils Lieblingslokal in Portofino. Als einer der wenigen Orte, die sowohl die Touristen als auch die Einheimischen ansprachen, war es immer gut besucht. Gäste strömten an die robusten Fliesentische, die in diesem Jahr die berüchtigten Blechtische ersetzt hatten. Die wackligen Möbelstücke waren so leicht gewesen, dass sie vom kleinsten Windstoß über die Straße geweht wurden. Der bittere Kaffee war beinahe ungenießbar, aber Luigi war eine großzügige Seele mit einem Gespür dafür, wann es Zeit für einen Schnaps aufs Haus war.

Cecil fühlte sich rundum wohl und war ganz in seinem Element. Er spürte, wie die Leute ihn ansahen, seine elegante Kleidung – seit dem letzten Jahr hatte er mehrere neue Sommeranzüge gekauft – und seine kultivierte, selbstbewusste Art, Zigarren zu rauchen. Jetzt saß er hier mit Carlo, der immer aussah, als käme er gerade vom Herrenschneider in der Savile Row, und diesem Victor, einem recht geckenhaften Burschen in einem absonderlichen Anzug aus gestreiftem Seersucker.

Luigis bildhübsche Tochter mit den schwarzen Augen servierte jedem von ihnen einen Espresso und ein Glas Whisky, woraufhin sich Cecil und Carlo ein scherzhaftes Wortgefecht darüber lieferten, ob englisches Soda- oder Seltzerwasser besser war als die Variante, die üblicherweise auf dem Festland angeboten wurde.

Victor steuerte zu dem Gespräch nichts bei. Vermutlich fiel es ihm schwer zu folgen. Als die beiden anderen verstummten, wandte er sich in stockendem Englisch an Cecil. »Ich muss mich entschuldigen, dass ich nicht um Ihre Erlaubnis gebeten habe, Alice heiraten zu dürfen«, sagte er. »Aber ihre Schönheit, ihre Grazie … diese Eigenschaften haben mich überwältigt, und ich konnte nicht warten. Ich musste sofort handeln.«

Eine eigenartige Person, dachte Cecil. *Wie er unentwegt mit den Händen fuchtelt.* Cecil lachte herzhaft. »Sie müssen sich nicht entschuldigen, alter Knabe. Wir wissen alle, wie es ist, wenn man sich von den Gefühlen für eine Frau hinreißen lässt.«

Victor nickte ernst. »Aber das ist es ja. Ich empfinde für Alice mehr als für jede andere Frau, der ich je begegnet bin.«

»Nicht übertreiben«, sagte Cecil mit einem Blick auf Carlo.

Tatsächlich schien Carlo sich ein wenig unbehaglich zu fühlen. Er runzelte die Stirn und spielte mit einer der Streichholzschachteln, die Luigi für seine Gäste zum Mitnehmen auf die Tische legte. Mit unheilverkündender Stimme intonierte er: »*Ben poco ama colui che ancora puo esprimere, a parole, quanto ami.*«

Victor lachte und zuckte mit den Schultern, als hätte Carlo einen guten Einwand gemacht. »Das kenne ich. Es ist ein berühmtes Zitat. Von Dante. ›Es liebt wenig derjenige, der noch in Worte fassen kann, wie viel er liebt.‹ Sehr gut, Sir. Wirklich sehr gut.«

Carlo beugte sich vor. »Sagen Sie, wo haben Sie Italienisch gelernt?«

»Mein Vater war Italiener, meine Mutter Französin.«

»Faszinierend. Woher stammte Ihr Vater?«

Victor setzte sich auf, als wäre er bei einem Bewerbungsgespräch. »Er gehört zu einem entfernten Zweig einer berühmten römischen Familie«, sagte er stolz. »Aber jetzt ist er Schweizer. Er lebt in Monte Carlo.«

»Verstehe«, sagte Carlo zweifelnd.

Am Tisch entstand eine eigenartige Atmosphäre. Cecil versuchte, sie zu durchbrechen. »Als junger Mann habe ich einmal eine sehr ausgelassene Woche in Monte Carlo verbracht, in der ich mein ganzes Geld im Kasino verloren habe.« Die Erinnerung brachte ihn zum Lächeln.

Victor nickte. »Ich habe dort auch viele ausgelassene Tage verbracht, aber nur, weil ich öfter gewinne als verliere.«

In Cecil regte sich Missfallen. »Also spielen Sie gern?«

»Nennen Sie mir einen wahren Gentleman, der das nicht tut.«

»Wie ich höre, hat das hiesige Kasino einen neuen Besitzer. Es wird komplett renoviert. Es soll Weltklasse werden, sagt man. Wir sollten es uns ansehen, wenn es öffnet. Ein paar Runden zusammen spielen.«

Victor nickte enthusiastisch. »Das würde ich sehr gern.«

Was für ein wunderbarer Zufall, dass Danioni just in dem Moment auf dem Platz erschien, als sie über diese Dinge sprachen. In seinem übergroßen Anzug sah er noch schäbiger aus als sonst. Cecil rief nach ihm und winkte. Als Danioni ihn entdeckte, kam er über die Piazza zu ihnen.

Cecil verfiel in seinen angeblich unerträglichen »Gastgebermodus«, wie Bella es nannte. »Victor, das ist Signor Danioni. Beurteilen Sie ihn nicht nach seinen Schuhen – er verkörpert sozusagen das Gesetz in dieser Stadt.«

Es hatte ein Scherz sein sollen, aber er hatte die Worte kaum ausgesprochen, da begriff Cecil, dass er einen Fehler begangen hatte.

Danionis Lächeln erstarb, und er presste die Lippen fest aufeinander. Carlo wand sich beinahe vor Unbehagen auf seinem Stuhl. *Ja, ja,* dachte Cecil. *Ich weiß, dass du Danioni nicht magst. Aber musst du ständig allen demonstrieren, was für ein guter Mensch du bist? Das wird langsam ermüdend.*

Die überraschendste Reaktion kam von Viktor. Er schien über das Kennenlernen nicht so erfreut, wie Cecil vermutet hatte. Statt Danioni die Hand zu schütteln und eine geistreiche Bemerkung zu machen, wurde er still und drehte den Kopf weg, nachdem er den Neuankömmling kurz zur Kenntnis genommen hatte.

Verärgert richtete Danioni seine spröde Aufmerksamkeit auf Cecil. »Es freut mich, Sie zu sehen«, sagte der Italiener. »Würden Sie in meinem Büro vorbeischauen, wenn Sie Zeit erübrigen können? Ich habe Geschäftliches mit Ihnen zu besprechen.«

»Natürlich.«

Und damit verschwand er.

»Geschäftliches?« Carlo zog eine Augenbraue hoch.

»Es geht um die Therme«, log Cecil. »Regeln und Vorschriften. Das kennen Sie ja.«

»Das stimmt«, räumte Carlo ein. »Ich habe den Eindruck, dass es heutzutage unter Il Duce mehr Regeln und Vorschriften gibt als je zuvor. Finden Sie nicht auch, Victor?«

Victor nickte. »Ganz bestimmt.«

Obwohl er Victor angesprochen hatte, war es Cecil, den Carlo ansah, und einen scheußlichen Moment lang fürchtete Cecil, der Italiener habe geradewegs in die Sickergrube seines Herzens geblickt.

Das Abendessen war ein voller Erfolg, fand Bella. Fischravioli mit einer Sauce aus zuckersüßen Kirschtomaten gefolgt von einem abgewandelten *castagnaccio*, einem Kuchen mit gemahlenen Kastanien aus der Region. Wenn Betty etwas Neues ausprobierte, war es nicht immer von Erfolg gekrönt, aber an diesem Abend konnte man die Mühe und den Stolz spüren, die in den Nachtisch geflossen waren.

»Das Wichtigste ist, ihn im Auge zu behalten«, hatte Betty Constance erklärt, der die Aufgabe zufiel, den Ofen zu bewachen, während Betty sich um den Hauptgang kümmerte. »Du musst aufpassen, dass er nicht anbrennt. Am besten dreht man nach der Hälfte die Temperatur herunter, damit er gleichmäßig backt ...«

Aber als Bella nach dem Abendessen in die Küche ging, um ihr zu gratulieren, saß Betty in Tränen aufgelöst am Tisch. Constance und Paola standen neben ihr, versuchten, sie zu beruhigen, und streichelten ihre Schultern.

Als Bella fragte, was passiert sei, erzählte Constance ihr die ganze Geschichte.

Billy war in das Zimmer der Dodsworth-Schwestern gegangen, um ihr Gepäck in die Epsom Suite zu bringen. Dabei war ihm auf dem Bett etwas aufgefallen, das wie ein Tagebuch aussah, und er hatte es – er war nicht stolz darauf, aber jetzt ließ es sich nicht mehr ändern – aufgeschlagen und darin geblättert.

Nun, das hatte er gut gemacht, denn neben den täglichen Einträgen war alles aufgelistet, was die Schwestern an diesem Tag gegessen hatten, begleitet von Kommentaren. Neben »Gnocchi mit Pesto« hatte eine von ihnen geschrieben: »Schwer verdaulich und Sauce recht salzig, eher mittelmäßig.« Billy hatte weiterlesen wollen, aber er hatte draußen Stimmen gehört und das Buch rasch weggelegt, damit er nicht erwischt wurde.

»Als könnte man irgendetwas, das ich koche, als mittelmäßig bezeichnen.« Betty hatte ihr Weinen unterbrochen, um über die Ungerechtigkeit dieser Verleumdung zu klagen, doch dann ging es weiter, noch heftiger als zuvor.

»Das ist ganz unmöglich«, versicherte Bella ihr. »Sie sind eine wunderbare Köchin.« Besorgt warf sie Constance einen Blick zu. »Wo ist Billy jetzt?« Sie musste sich doch sehr über sein Verhalten wundern. Es erschien ihr grausam, Betty von dieser Kritik zu erzählen, aber vielleicht hatte sie es ihm auch aus der Nase gezogen.

»Ich glaube, er ist frische Luft schnappen. Soll ich ihn zu Ihnen raufschicken, wenn er zurückkommt?«

»Ja, bitte.« Bella verschränkte die Arme und seufzte. »Wie es aussieht, beweist das, was wir die ganze Zeit vermutet haben. Eine der Schwestern ist eine Testerin für die *Grünen Reiseführer*, vielleicht auch beide.« Sie überlegte. »Ich möchte etwas sagen. Ich bin von ganzem Herzen davon überzeugt, und ich hoffe, Sie sind es auch. Eigentlich weiß ich, dass Sie es sind. Deshalb sind Sie hier. Das Hotel Portofino ist ein wunderbares Hotel. Im letzten Jahr habe ich beobachtet, wie in dieser Region unzählige andere Hotels eröffnet haben. Mit mehr und weniger redlichen Methoden habe ich mir so viele wie möglich von ihnen angesehen und mit uns verglichen. Und wissen Sie was? Sie können nicht mithalten. Also bleibt uns nur eines. Wir müssen da rausgehen«, sie zeigte auf die Tür, die zum Speisesaal und zum Foyer führte, »und uns noch mehr Mühe geben, diese Frauen während ihres restlichen Aufenthalts davon zu überzeugen, dass das Hotel Portofino die einzig vernünftige Wahl für einen Urlaub an der italienischen Riviera ist.«

Sie sah sich um in der Hoffnung, ihre mitreißende Rede hätte der Belegschaft neues Leben eingehaucht. Aber aus den Gesichtern, die sie anstarrten, sprach Erschöpfung und Resignation.

In Wahrheit war Billy in sein Zimmer im alten Stallgebäude geschlichen und bereitete sich darauf vor, Nish bei seiner Flucht zu helfen.

Statt ihn von seiner Mitwirkung in der antifaschistischen Bewegung abzuhalten, hatte die Geschichte mit den Flugblättern im letzten Jahr Billy nur dazu inspiriert, sich stärker in der Sache zu engagieren – stärker als irgendjemand im Hotel wusste, abgesehen von Constance.

Nachdem im letzten Herbst die meisten Gäste abgereist waren, hatte er Bella und seine Mutter gefragt, ob sie etwas dagegen hätten, wenn er eine Woche mit seinem Freund Francesco wegfuhr. Natürlich nicht, hatten sie gesagt. Erweitere deinen Horizont. Festige deine Freundschaften mit den Einheimischen.

Dabei ahnten sie nicht, dass sein und Francescos Ziel im Apennin lag, genauer gesagt in Fonte Avellana. In dem ehemaligen Kloster hatte die Italienische Kommunistische Partei ein Lager errichtet, um antifaschistische Aktivisten im Guerillakampf, in Agitation, Propagandamaßnahmen und anderen Arten des Widerstands gegen das Regime des alten Musso zu schulen.

Es war die anstrengendste Woche seines Lebens gewesen. Morgens Leibesübungen, um sich aufzuwärmen, dann Schulungen im Zusammenbau von Waffen, Bombenbau, sogar in Erster Hilfe. Trotz der körperlichen Entbehrungen – geschlafen, oder besser, nicht geschlafen hatten sie in eiskalten Zelten, die nachlässig auf steinigem Boden aufgeschlagen worden waren – hatte er die Kameradschaft genossen und den prickelnden Geruch von Schnee im Wind.

Ausgehend von dem, was er dort gelernt hatte, packte Billy einen Rucksack mit Gegenständen, die für ihn und Nish nützlich sein könnten: feste Stiefel, Kleidung zum Wechseln, eine warme Jacke, ein Schlafsack. Er hatte diverse Konserven aus der Küche stibitzt, dazu ein Taschenmesser, um sie zu öffnen, und mehrere Tüten Nüsse und Trockenobst.

Er bemühte sich gerade, ein kleines Handtuch in den vollen Rucksack zu stopfen, als es an der Tür klopfte.

Billy erstarrte. Er mochte es nicht, wenn jemand klopfte. Die Ereignisse des letzten Sommers hatten ihn nervös und misstrauisch gemacht. Es hatte sich ein angenehmer Alltagstrott entwickelt, nachdem der alte Mr Ainsworth abgereist und von der Bildfläche verschwunden war. Seit seiner Rückkehr war Billy wieder ständig in Alarmbereitschaft. Doch er war dankbar für das, was er in der Zwischenzeit von den Antifaschisten gelernt hatte, weil er dadurch deutlich – deutlicher, als Mr Ainsworth es sich vorstellte – erkannte, was der sogenannte Herr des Hauses im Schilde führte.

Er wusste, dass Mr Ainsworth ihn hasste, und Billy hasste ihn ebenso. Aber Mr Ainsworth war ein dummer Mann und nachlässig noch dazu. Dachte er, niemandem in der Gegend würde auffallen, wie häufig er sich mit Danioni traf? Dass man in den Häusern, Bars, Bauernhöfen und Fabriken nicht über seine Machenschaften sprechen würde?

»Dein Chef ist ein schlechter Mensch«, hatte Francesco gesagt. »Das wissen wir alle. Aber er ist auch schwach und verzweifelt. Das kannst du nutzen.«

Billy holte tief Luft, öffnete die Tür und atmete erleichtert aus, als er sah, dass es Lucian war. Sein Besucher wirkte stark mitgenommen – war er betrunken oder bloß erschöpft? So oder so hatte Billy keine Zeit für eine lange Unterhaltung.

»Ich wollte dir nur viel Glück wünschen«, sagte Lucian undeutlich. »Ohne deine Verbindungen ins Dorf würden wir das nicht schaffen. Wahrscheinlich wäre Nish sogar schon tot.«

»Das ist sehr freundlich von Ihnen, Sir.«

»Du musst mich nicht Sir nennen, Billy.«

Billy zuckte mit den Schultern. »Alte Gewohnheiten wird man nur schwer los. Und Sie sind mein Arbeitgeber, wenn man drüber nachdenkt – nicht weniger als Ihre Mutter. Und deutlich mehr als Ihr Vater.«

Als Antwort kramte Lucian in seiner Tasche, zog einen Geldschein hervor und wollte ihn Billy geben.

Billy wich zurück. »Was ist das? Lassen Sie den Quatsch. Diese Schläger – wegen denen ist mein Freund blind.« Er sah Lucian in die Augen. »Ich will hier keinen Profit machen. Ich will Rache.«

In ihrem Büro sah Bella zu, wie Marco die Pläne für den Wintergarten auf dem Schreibtisch ausbreitete. Seinem Entwurf nach sollte es ein prachtvoller verzierter Anbau werden, ausgewogen und symmetrisch, aber passend zum Stil des Hotels; ein großer, luftiger Raum, in den durch das Dach und die Wände aus Glas natürliches Licht strömte. Elemente wie Säulen, Bögen und Nischen sollten den Eindruck von Tiefe vermitteln. Die Möbel würden sorgfältig arrangiert werden, damit Platz für bequeme Sitzgelegenheiten blieb, vielleicht Polstersessel oder Chaiselongues, so positioniert, dass man besten Ausblick auf die Umgebung hatte.

»Hier«, sagte Marco und fuhr mit dem Finger über die detaillierten Zeichnungen. »Wenn Sie möchten, könnten wir hier gebogenes Glas einsetzen. Und für den Boden dachte ich an Marmorfliesen. Das würde es – wie sagt man? – betonen, ist das richtig?«

Bella nickte.

»Der Marmor würde die Metallelemente betonen. Das bringt Stabilität rein. Und Stärke.«

Bella lehnte sich zurück. »Ich kann kaum glauben, dass Sie die Pläne so schnell gezeichnet haben.«

Marco lächelte zum Dank. »Ich habe mich wohl mitreißen lassen. Von meinem Wunsch, für Sie etwas Schönes zu schaffen.«

»Es muss Sie sehr viel Zeit gekostet haben.«

»Ja«, gab Marco zu, »aber das gehört zu meiner Arbeit.« Er zögerte. Etwas anderes schien ihm auf der Seele zu liegen. Er hustete verlegen. »Signora Ainsworth«, sprach er weiter, »wenn ich darf … Ich habe über die Therme nachgedacht. Sie haben Therapeuten gesucht, glaube ich?«

Bella nickte.

»Meine Nichte ist Krankenschwester. Sie hat in letzter Zeit Soldaten massiert, die im Krieg verwundet wurden. Ihr Mann ist Sportausbilder an einer Militärakademie. Ich dachte, vielleicht können sie den Gästen Probesitzungen anbieten? Um ihr Interesse an verschiedenen Dienstleistungen zu testen?«

Sofort sagte Bella: »Was für eine wunderbare Idee.«

Bevor sie weiter darüber sprechen konnten, trat Cecil ein, ohne anzuklopfen – eine neue Angewohnheit, die Bella verabscheute.

»Morgen miteinander«, sagte er fröhlich. Bella zuckte zusammen. Wie üblich war er elegant gekleidet, und sobald er sich gesetzt hatte, schlug er die Beine übereinander, um seine neuen braunglänzenden Brogues zu präsentieren. »Die Zeichnungen sind schon was«, sagte er. Jede Feindseligkeit, die er Marco gegenüber hegte, schien er beiseitezuschieben. Oder war sein eitles Gehabe Teil eines Gerangels unter Männern, das Bella nicht recht durchschaute? Als Marco zurücktrat, beugte Cecil sich vor, begutachtete die Pläne und schnalzte anerkennend mit der Zunge, obwohl unklar war, inwieweit er die Details zur Kenntnis nahm.

Vielleicht, dachte Bella, *ist das auch gar nicht wichtig. Vielleicht war es wichtiger, ihn an Bord zu haben.* »Also«, sagte sie und wandte ihre Aufmerksamkeit wieder Marco zu. »Wie sehen die nächsten Schritte aus?«

»Sie brauchen die nötigen Baugenehmigungen vom *comunale*«, antwortete er knapp.

Bella seufzte. »Diesen Teil hasse ich. Die bürokratische Seite des Lebens.«

Aber dann kam Cecil ihr zu Hilfe. »Niemand muss hier etwas hassen«, sagte er. »Es wäre mir nämlich eine Freude – nein, eine *Ehre* – zu helfen.«

Bella konnte kaum glauben, was sie da hörte. »Das würdest du tun?«

»Natürlich.« Er zeigte auf die Zeichnungen und wandte sich an Marco. »Kann ich die mitnehmen?«

Ebenfalls überrascht zuckte Marco mit den Schultern. »Wenn Sie sie brauchen. Das sind nur Kopien. Die Originale habe ich in meinem Büro.«

»Hervorragend! In diesem Fall« – bevor Bella wusste, was vor sich ging, hatte Cecil sich schon hochgestemmt, rollte die Pläne auf und schob sie in die Röhre, die an der Wand gelehnt hatte – »weiß ich genau, wohin ich mich damit wenden muss. Wenn ihr mich jetzt entschuldigen würdet ...«

Als er das Zimmer verließ, drehte Bella sich zu Marco um. »Meine Güte.«

Marco wirkte ebenso verdutzt wie sie. »Ihr Mann scheint gute Verbindungen zu haben.«

»Offenbar«, sagte Bella.

Aber wie üblich blieben Fragen offen – Verbindungen wozu? Und zu wem?

ZEHN

Noch vor einer Woche wäre es undenkbar gewesen, dass Rose allein nach Italien reiste. Aber dann hatte sie ein Buch gelesen, nun ja, einen Teil des Buchs, wenn sie ehrlich war, und alles hatte sich verändert.

Das Buch war von einer Frau namens Isabella Bird geschrieben. Rose hatte es in Lucians Arbeitszimmer gefunden. In seiner Abwesenheit hielt sie sich manchmal dort auf, stand auf dem grässlichen türkischen Teppich und betrachtete seine Bücher und Gemälde, bereit, sich in seine Welt zu begeben.

Aus irgendeinem Grund hatte er das Buch auf seinem Schreibtisch liegen lassen. Es war in roten Stoff gebunden, und auf dem Rücken stand in Goldlettern *Unbetretene Pfade in Japan*. Der Name der Autorin kam ihr aus der Zeitung bekannt vor oder vielleicht von einem Gespräch, das sie mitgehört hatte.

Sie nahm es zur Hand, schlug es auf und las das Vorwort.

Nachdem mir im April 1878 angeraten wurde, meine Heimat zu verlassen, um meine Gesundheit auf eine Weise wiederherzustellen, die sich schon früher als zweckdienlich erwiesen hatte, beschloss ich, Japan zu besuchen, wobei mich weniger das als vortrefflich geltende Klima lockte als vielmehr die Gewissheit, dass dieses Land in einem besonderen Maße das Interesse auf neue und anhaltende Art zu erregen weiß, was so wesentlich zur Freude und Erholung des einsamen Heilsuchenden beiträgt.

Also empfanden manche Menschen das Reisen als förderlich. Rose ging diesem Gedanken einen Moment nach, bevor sie weiterlas.

Als allein reisende Dame und als erste Europäerin, die in manchen Regionen gesehen wurde, durch die meine Reise mich führte, unterschieden sich meine Erfahrungen mehr oder weniger weitgehend von denen früherer Reisender.

Rose lachte leise. Da hatte diese Frau vor fast fünfzig Jahren den Mut besessen, die weite Reise nach Japan zu unternehmen, *und das allein!* Eine wahnwitzige Idee.

Sie verlor das Interesse, als sie weiterlas, und klappte das Buch zu. Aber die Saat war gesät, und sie keimte bereits am nächsten Tag im Reisebüro in der Bond Street; Lucians Reisebüro, wie Rose wusste. Sie fragte den blonden Mann mit dem freundlichen Gesicht, ob es stimmte, dass eine Frau allein nach Italien reisen konnte.

»Das ist sehr ungewöhnlich«, räumte er ein. »Aber theoretisch sollte es möglich sein.«

Er erläuterte ihr die Probleme und Hürden, auf die sie sich einstellen musste. Ausgrenzung von denjenigen, die ihr Vorhaben missbilligten. Das Risiko, Gewalt und Belästigung zu erfahren – das war bei Auslandsreisen immer gegeben, bei Frauen aufgrund ihrer Verletzlichkeit aber in höherem Maße. Die Sprachbarriere – Englisch war in Italien nicht verbreitet. Und schließlich die zahlreichen kulturellen Unterschiede verschiedenster Art. Ihnen zu begegnen war besonders schwer, weil man sie oft nicht als solche erkannte.

Dann würde sie einige Dinge mitnehmen müssen. Vor allem unentbehrliche Medikamente. Dazu gehörten – er zählte sie in seinem leichten Verkäufersingsang auf – »Laudanum, Lavendelöl, Riech-salz, Chinin, Kalomel und natürlich Seife. Wie ich höre, ist die in Italien nicht gerade im Überfluss verfügbar.«

Rose hatte dagesessen, zugehört und so viel in sich aufgenommen, wie sie konnte, obwohl sie in dem scheußlich stickigen Büro po-chende Kopfschmerzen bekommen hatte. Als der Mann ausgespro-chen hatte, hatte sie gesagt: »Ich glaube, ich werde das Risiko ein-gehen. Würden Sie einen Reiseplan für mich ausarbeiten?«

Und jetzt war sie hier. Vor Aufregung drehte sich ihr fast der Ma-gen um, als sie auf den unbekannten Bahnsteig blickte – Santa Margherita statt Mezzago wie im letzten Jahr. Wer wusste schon, warum? Italienische Fahrpläne waren ein Mysterium. Am Bahnsteig wuchsen Palmen, Clematis und violette Bougainvilleen, selbst an den Laternenpfählen hingen Blumenkörbe. Die Gepäckträger und Zugangestellten waren sehr freundlich gewesen; und hier kamen sie schon, öffneten ihr die Tür und fragten in schlichtem Italienisch, das Rose gerade eben verstand, ob sie *assistenza* brauche.

»*Grazie*«, sagte sie und lächelte schüchtern.

Letztes Jahr hatte Rose' Mutter bei ihrer gemeinsamen Reise auf formeller Kleidung bestanden. Es war brütend heiß gewesen. Die-ses Mal hatte Rose sich für ein mittellanges Baumwollkleid mit kur-zen Ärmeln und Rosendruck entschieden, über dem sie eine taillen-lange cremefarbene Strickjacke mit Perlenstickerei trug. Mit ihrem frisch geschnittenen Bubikopf kam sie sich stilvoll und ungezwun-gen vor – »sehr Riviera«, wie Marcel, ihr Friseur, beifällig bemerkt hatte.

Als der Gepäckträger ihr aus dem Wagen der Ersten Klasse half, atmete sie tief ein und stellte erleichtert fest, dass es nur ganz leicht nach Abwasser roch.

Sie hatte es geschafft. Sie hatte ihr Ziel ohne Hilfe erreicht, ohne ihre Mutter. Rose kicherte bei dem Gedanken an den Brief, den sie auf dem Weg zum Bahnhof Charing Cross eingeworfen hatte. *(Liebe Mama, es wird dich sehr überraschen …)*

Lucian würde sich köstlich amüsieren, wenn sie ihm erzählte, wie sie Edith ausgetrickst hatte. Er würde so stolz auf sie sein.

Und da! Er wartete am Fahrkartenverkauf, die Ärmel hochgekrempelt, der jungenhafte Haarschopf zerzaust, als hätte er sich gerade aus dem Bett gewälzt. Er war wirklich sehr attraktiv. Was die Probleme zwischen ihnen noch schlimmer machte.

Die Hitze war überwältigend, aber Rose war fest entschlossen, sie nicht zu erwähnen und nichts zu tun oder zu sagen, was ihn verärgern oder eine Missstimmung hervorrufen könnte. Sie merkte, dass sie an diesem Opfer Gefallen fand. Es war wie eine Hungerkur, und darin war sie gut; sie war darin geschult worden, seit sie ein Mädchen war.

Er lächelte, als er sie sah. »Rose!«

Sie umarmten sich ein wenig steif. »Hier bin ich«, sagte sie.

»Da bist du.«

Die Gepäckträger brachten Rose' Koffer, und während sie unter Lucians Anleitung den Wagen beluden, konnte sie nicht aufhören zu reden, sie musste alles über ihre Reise erzählen, obwohl Lucian offensichtlich nicht richtig zuhörte. »Ich kann es kaum glauben. Und das Beste ist, dass niemand davon wusste. Ich habe es Mama bewusst nicht gesagt, und deshalb konnte ich es auch Edith nicht sagen, sie hätte sofort Bericht erstattet. Du weißt ja, wie sie ist. Also habe ich Edith einen Tag freigegeben. Sie hat einen neuen Galan, und ich wusste, dass sie sich mit ihm treffen wollte und dass sie es Mama nicht sagen würde. Dann habe ich selbst meine Koffer gepackt und ein Taxi gerufen. Die Fahrkarten habe ich bei Humphrey's gekauft, dem Reisebüro, zu dem du auch gehst. Sie sind wunderbar, sie haben alles geregelt.«

»Meine Güte«, sagte Lucian ausdruckslos.

»Ich bin von Calais nach Paris gefahren, dann von Paris über Lyon nach Rom. Es war nicht unbedingt komfortabel, aber ich habe mich immer wieder gefragt: Was würde Isabella Bird tun?«

»Wer?«

»Die berühmte Reiseschriftstellerin, Isabella Bird. Ich habe eines ihrer Bücher auf deinem Schreibtisch gefunden.«

»Ach ja?« Lucian runzelte die Stirn. »Das muss meine Mutter dorthin gelegt haben. Ich fürchte, der Name sagt mir nichts. Solche Bücher lese ich nicht.«

Die Bemerkung traf Rose wie ein Schlag. Sie verstummte, weil sie merkte, dass sie zu viel geplappert hatte; zumindest hatte er ihr das Gefühl gegeben.

Lucian nahm ihre Hand und zog sie zu sich auf die Kutsche. Der Ledersitz war hart und unbequem. Rose hatte vergessen, wie unangenehm diese Art des Reisens war. Wenn sie doch nur ein Automobil gehabt hätten wie die meisten normalen Leute heutzutage.

»War es richtig, dass ich hergekommen bin?«, fragte sie, als sie mit einem Ruck anfuhren. »Ich möchte so gern spontaner sein, so wie du. Entspannter. Es fällt mir schwer, das gebe ich zu, aber wenn ich es übe … Mit Übung kann man alles werden, was man will, nicht wahr? Das habe ich irgendwo gelesen. Ich bemühe mich, mehr zu lesen. Um meinen Horizont zu erweitern.«

»Ich bin sehr froh, dass du hier bist«, sagte Lucian. Aber sein Blick war fest auf die Straße gerichtet, und die Fältchen neben seinen Mundwinkeln zeugten von Anspannung, von einem starken unterdrückten Gefühl. Missmut? Enttäuschung? Nervös legte sie eine kleine blasse Hand auf sein Knie. Sie war erleichtert, als er sie mit seiner Hand umschloss und sanft drückte. »Ich hoffe, du hast hier eine schöne Zeit.«

»Nun denn. Sie haben Ihre Frau wegen ihrer Telegramme zur Rede gestellt?«

Danioni hatte an seinem Schreibtisch gesessen, als Cecil hereingekommen war, und sich demonstrativ geweigert aufzustehen. Cecil gefiel dieses Machtspiel nicht, aber er war kaum in der Position, etwas dagegen zu unternehmen.

»Noch nicht«, gab er zu. »Ich warte auf den richtigen Augenblick. Die Situation zwischen uns ist heikel, und ich will nichts Übereiltes tun, bevor ich nicht alle Einzelheiten kenne.« Er griff in die Tasche neben sich und zog die Pappröhre mit Marcos Plänen heraus. »Wären Sie so freundlich, dafür die nötigen Genehmigungen zu erteilen, um Bella bei Laune zu halten?« Danioni zog den aufgerollten, schweren Bogen heraus, breitete ihn aus und fixierte ihn an den Seiten mit einem Aschenbecher und einem Briefbeschwerer. »Sie ist irgendwie auf die Idee gekommen, einen Wintergarten zu bauen«, fügte Cecil mit spöttischem Ton hinzu.

Er zog sein Portemonnaie aus der Jackentasche und fing an, Geldscheine abzuzählen.

»Stecken Sie Ihr Geld weg«, fuhr Danioni ihn an.

Lächelnd gehorchte Cecil. »Das ist ja wirklich anständig von Ihnen …«

»Ich habe nicht vor, Ihnen die Genehmigungen zu erteilen.«

»Was?« Cecils Stimme gewann neue Kraft. »Jetzt hören Sie mal, Danioni. Ich komme in gutem Glauben zu Ihnen …«

»Beruhigen Sie sich – bitte.« Danioni hob abwehrend die Hände. »Erlauben Sie mir, es zu erklären. Erst vor Kurzem hat Italien einige Gesetze aufgehoben, die Frauen bestimmte Dinge verboten haben – zum Beispiel ohne Erlaubnis ihres Mannes Immobilien zu kaufen oder zu verkaufen. Durch meine besonderen Verbindungen weiß ich, dass die faschistische Regierung diese Gesetze wieder einführen will, weil Frauen Ehefrauen und Mütter sein sollen.«

»Zu Recht«, stimmte Cecil zu.

»Es ist der perfekte Vorwand, die Pläne für das Hotel abzulehnen – das würde *Ihnen* einen Vorwand liefern vorzuschlagen, dass Signora Ainsworth ihren Anteil des Hotels Ihnen überschreibt.«

Cecil hatte ihm schweigend zugehört. Er strich sich mit dem Daumen übers Kinn. »Das würden Sie nicht nur für mich tun. Was würden Sie dabei gewinnen?«

»Wir würden alle gewinnen«, sagte Danioni, als gäbe es keine denkbare Alternative. »Wenn Sie der alleinige Eigentümer sind, können wir das Geld unserer Schmuggelgeschäfte über die Bücher des Hotels Portofino waschen. Sie müssen Bella vorspielen, dass Sie die Genehmigung für eine reine Formalität halten, und ihr sagen, dass ich Sie beide aus Höflichkeit zu einem Treffen herbitte, um die Pläne zu unterzeichnen.«

»In Ordnung«, sagte Cecil. »Und dann?«

»Dann überrasche ich sie mit dieser unangenehmen Neuigkeit. Und Sie, Signor Ainsworth – Sie werden wütend sein!« Lächelnd klatschte Danioni in die Hände. »So wütend, dass Sie an Ort und Stelle *una conversazione* über die Überschreibung führen müssen …«

Cecil verschränkte die Arme und seufzte. Nicht zum ersten Mal war er davon beeindruckt, mit welchem Feuereifer Danioni seine Machenschaften betrieb. »Sie gewiefter alter Hund.«

Danioni heuchelte bescheidene Verlegenheit. »Ach bitte, Signore.«

»Es ist eine kluge Idee«, räumte Cecil ein. Er fühlte sich gedrängt, sich eine ebenso kluge Idee einfallen zu lassen. »Kommen Sie doch zum Mittagessen mit ins Hotel. Um zu feiern, gewissermaßen.«

Auf der Fahrt vom Bahnhof nach Portofino herrschte Stille. Die einzigen Geräusche waren das monotone Getrappel der Hufe und die Rufe der Bauern tief in den Olivenhainen und Kiefernwäldern, die hier und da aufragten und den hübscheren Blick, wie Rose fand, auf die prächtigen Villen und gepflegten Gärten versperrten.

Je unsicherer Rose wurde, desto mehr neigte sie dazu, jeden erstbesten Gedanken auszusprechen, der ihr durch den Kopf ging. Was nur dazu führte, dass Lucian ungeduldiger und verschlossener wurde.

In Wahrheit waren sie sich so gut wie fremd. Was sie auch sagte, nichts hinterließ einen Eindruck bei Lucian. Es war, als wäre sie gar nicht da. Von Zeit zu Zeit spürte sie, wie Panik in ihrer Brust aufstieg, aber sie unterdrückte sie und zwang sich, ihre Atemzüge zu vertiefen, wie ihr Arzt es empfohlen hatte.

Was für eine Erleichterung es war, als sie das Hotel erreichten. Es war wunderschön, wenn auch kleiner als in ihrer Erinnerung. Häuser im Ausland waren wirklich drollig. Manchmal schien es, als hätten sie englischen Häusern nacheifern wollen, es aber nicht geschafft.

Die erste Person, die sie sahen, war Alice. Sie stand neben der Eingangstür und war kaum wiederzuerkennen. Nicht nur wegen ihrer Kleidung und ihres Make-ups. Sie war nicht mehr so verkrampft, sondern entspannt und freundlich und begrüßte Rose wie eine alte Freundin. Und dort war Constance, dieses reizende kleine Hausmädchen. Sie hatte sich – gottlob – ebenfalls neue Kleider gekauft. Constance wirkte ein wenig knapp und distanziert, wenn sie mit Rose sprach. Aber sie hatten sich auch lange nicht gesehen und sich nie ausführlich unterhalten, da war keine Verbindung zu erwarten.

Lucian schlug vor, sich für einen Drink auf die Terrasse zu setzen, und versicherte ihr, Billy würde ihr Gepäck nach oben bringen. Aber Rose war plötzlich unglaublich müde. Die Kopfschmerzen, die im Zug begonnen hatten, nahmen nach kurzer Besserung wieder zu. »Das ist eine schöne Idee«, sagte sie, »aber ich habe einen sehr langen Tag hinter mir. Ich glaube, ich lege mich ein wenig hin.«

»Wie du möchtest«, sagte Lucian nicht unfreundlich.

Mit fast höfischer Pflichttreue – er hätte ein mittelalterlicher Ritter sein können – geleitete Lucian sie zur Aintree Suite, einem eher kleinen Zimmer mit nur einem Balkon und eingeschränktem Meerblick. Als Rose protestierte, es sei unpersönlich eingerichtet und seine Habseligkeiten seien nirgends zu sehen, erklärte er, er habe oben in Nishs altem Zimmer geschlafen, diese Suite sei gerade erst frei geworden. Rose erschien die ganze Situation recht eigenartig, aber sie war zu müde, um weiter darüber zu sprechen.

Als sie aufwachte, hatte sie keine Ahnung, wie lange sie geschlafen hatte. Ein paar Stunden vielleicht.

Sie blieb eine Weile im Bett liegen und versuchte, den Mut aufzubringen, auch die Übrigen zu begrüßen. Dann wusch sie sich das Gesicht, frisierte sich und zog ein Abendkleid an, eine Robe de Style von Jeanne Lanvin aus blauer Seide. Als sie den Flur entlang und die Treppe hinunterging, wurde ihr schwindlig, als liefe sie an Deck eines Schiffs mit Schlagseite. Aus dem Speisesaal – oder kam es von draußen? – drang das leise Klappern von Besteck auf Tellern und Geplauder, das die Luft erfüllte wie feiner Rauch. Das Abendessen wurde gerade serviert, aber sie war nicht hungrig.

Constance und Paola eilten hin und her und trugen große, dampfende Schüsseln mit Pasta in den Speisesaal. Es war sicher ein wunderbares Gefühl, so beschäftigt zu sein. Constance lächelte ihr im Vorbeigehen verlegen zu, sagte aber nichts.

Die Bibliothek war seit dem letzten Jahr unverändert geblieben. Im Salon hingen ein paar neue Bilder. Sie erinnerte sich an den Abend, an dem sie betrunken auf dem Tisch getanzt hatte. Jetzt wäre sie zu so etwas nicht mehr in der Lage. Der Vorfall schien in eine andere Welt zu gehören.

Erst jetzt bemerkte Rose, dass Bella in einer Ecke des Salons stand und Blumen in einer Vase arrangierte. Sie sah anders aus. Ihre Haare waren länger und ihre Kleidung irgendwie … künstlerischer, zwangloser, als würde sie weniger Wert darauf legen.

Sie überlegte zu flüchten, bevor Bella sie sehen konnte. Aber nein, sie musste stark sein. Zaghaft räusperte sie sich. Bella drehte sich um, und auf ihr Gesicht legte sich ein strahlendes Lächeln, das Rose nicht erwartet hatte. Es machte ihr beinahe Angst.

»Rose! Wie schön, dich zu sehen!« Sie kam herüber und gab ihr einen Kuss, eine Geste, die Rose über sich ergehen ließ; sie mochte das Gefühl feuchter Lippen auf ihrer Wange nicht, nicht einmal bei Lucian. »Es tut mir sehr leid, dass ich vorhin nicht da war, um dich zu begrüßen. Ich musste mich um ein paar besonders anspruchsvolle Gäste kümmern.«

»Das ist doch nicht schlimm.«

»Hat Lucian dir geholfen, dich zurechtzufinden? Wobei du das Hotel ja kennst …«

»Er war eine große Hilfe. Übrigens suche ich ihn gerade.« Als Bella sie verblüfft ansah, erklärte sie: »Ich habe geschlafen.«

»Ah, apropos. Das Zimmer. Es tut mir leid, dass ich dich nicht in einer der besseren Suiten unterbringen kann. Wir sind im Moment sehr gut besucht. Wahrscheinlich hat Lucian erklärt …«

»Mach dir bitte keine Sorgen. Das Zimmer ist reizend.«

»Ich erinnere mich noch an die Anfangszeit meiner Ehe, als wir allerlei Ungemach und Entbehrungen auf uns nehmen mussten.«

Rose errötete. Solche Vertraulichkeiten waren ihr zu viel. Dafür war sie nicht bereit, bei Weitem nicht. Sie schienen sie einzuladen, sich Bella anzuvertrauen, aber das wollte sie nicht. Das konnte sie auf keinen Fall tun.

Bella musste aufgefallen sein, dass etwas nicht stimmte, denn sie fragte: »Geht es dir gut?«

»Ja, bestens, danke.« Rose streckte eine Hand nach der Wand aus und stützte sich ab. »Würdest du mich einen Moment entschuldigen?«

Cecil hatte mit Danioni das untere Ende der Via Roma erreicht, als ein Auto ganz in der Nähe aggressiv hupte. Er drehte sich um und erblickte einen prachtvollen Wagen, einen Alfa Romeo G1, hinter dessen Steuer kein Geringerer saß als Parrino, der zwielichtige Kasinobesitzer.

Er hielt neben ihnen und kurbelte das Fenster herunter.

»Signor Ainsworth!«, rief er. »Haben Sie Neuigkeiten für mich?«

»Neuigkeiten?« Es war immer sicherer, sich unwissend zu stellen.

»Zu der Bestellung, über die wir gesprochen haben. Im Kasino.«

»Ach ja.« Cecil senkte die Stimme. »Ich habe Dalwhinnie geschrieben«, log er, »aber ich rechne nicht damit, dass bald eine Antwort kommt. Und eine Erhöhung des Liefervolumens werde ich erst bestätigen können, wenn ich wieder in London bin.«

»Wirklich? Warum?« Parrino hatte die Angewohnheit, die Worte regelrecht auszuspucken.

»Ich fürchte, es ist einfach so.«

»›Es ist einfach so.‹« Parrino ließ sich die Antwort auf der Zunge zergehen. Ganz offensichtlich gefiel ihm nicht, wie sie schmeckte. »Wenn ich Sie wäre«, sagte er, »wenn ich Sie wäre, würde ich die Dinge beschleunigen. Meine Auftraggeber – jetzt auch Ihre Auftraggeber – sind nicht für ihre Geduld bekannt. Ich würde vorschlagen, dass Sie mit allen Ihnen zur Verfügung stehenden Mitteln versuchen, Ihren Viscount Dalwhinnie zu erreichen, und sich die größere Bestellmenge bestätigen lassen.« Parrino griff in die Tasche seiner weiten Seidenjacke und zog eine Karte hervor. »Außerdem wollte ich Ihnen das hier geben.« Er reichte sie Cecil.

Cecil betrachtete die Karte mit zusammengekniffenen Augen. »Was ist das?«

»Eine Einladung. Zu einem Galaabend zur Feier der offiziellen Wiedereröffnung des Kasinos. Es wohnen doch sicher einige reiche und glamouröse Ausländer in Ihrem Hotel. Ich möchte, dass Sie sie mitbringen.«

»Ich weiß zufällig«, warf Danioni ein, der verdächtig still gewesen war, »dass eine berühmte Sängerin, die auch Stummfilmstar ist, im Moment im Hotel Portofino wohnt. Sie haben bestimmt schon von Claudine Pascal gehört.«

Parrino nickte. »Das habe ich allerdings.«

»Sie hat eine wunderbare Stimme«, sagte Danioni.

»Dann sollte sie für mich singen. Bei der Gala.«

»Ich weiß nicht«, sagte Cecil. »Ich bin nicht sicher, ob sie …«

Parrino schlug mit der Hand so heftig aufs Lenkrad, dass beide Männer erschraken. »Ein Nein lasse ich nicht gelten. Ich will, dass sie singt. Sorgen Sie dafür. Und wir sehen uns dort. Ich werde Ihnen erfreuliche Neuigkeiten über die andere Sache mitzuteilen haben, über die wir sprachen.«

Als er losfuhr, wandte Cecil sich an Danioni. »Was für eine Frechheit. Ich kann dem Mann ebenso wenig einen Auftritt von Claudine Pascal versprechen, wie ich ihm eine schnelle Zusage von Dalwhinnie versprechen kann.« Er steckte sich eine Zigarette zwischen die Lippen. »Wenn es so weitergeht, schlafe ich bei den Fischen, bevor das Jahr um ist.«

Auf Danionis blassem Gesicht zeichnete sich Angst ab. »So etwas sollten Sie nicht sagen. Das ist kein Thema, über das man Witze macht.«

»Gut. Es war nämlich kein Witz.«

Danioni schien zu überlegen. »Wenn ich Ihnen etwas raten darf, dann konzentrieren Sie sich darauf, Signora Pascal für den Abend zu gewinnen. Was die Whiskybestellung betrifft, habe ich eine Idee.«

Im Hotel fand Constance auf der unteren Terrasse für sie einen Tisch. Danioni war Schönheit gegenüber nicht immun, und Cecil war durchaus stolz darauf, wie trefflich Bella auch den Außenbereich gestaltet hatte. Es gab Bäumchen in Kübeln und Marmorkästen, aus denen Blumen quollen. In der Mitte der alten Steinbalustrade gewährte ein Tor Zugang zum Rasen und der Gartenanlage. Saß man dort, fühlte man sich gleichzeitig geschützt und frei. Sehr geschickt.

Sie bestellten eine Flasche Sangiovese – etwas säuerlich, fand Cecil, als er ihn im Mund hin- und herbewegte –, und Danioni lobte Bettys *Ravioli alla genovese*. »Da hat sie sich viel Mühe gegeben«, sagte er kauend. »Wobei es noch besser wird, wenn man das Euter und das Gehirn mitkocht. Meine Frau – Sie sollten sie sehen. Sie nutzt alles! In unserem Haus wird nichts verschwendet!«

»Das klingt widerlich«, sagte Cecil.

»Weil Sie *la povertà* nicht verstehen. Sie haben nie erlebt, wie es ist, nichts zu haben, und wie verzweifelt man dadurch wird. Das gereicht Ihnen zum Nachteil, mein Freund.«

Cecil ignorierte diesen Angriff. »Erzählen Sie mir von Ihrer Idee.«

»Ah«, sagte Danioni lachend. »Lassen Sie uns Geschäft von Vergnügen trennen. Es wird sich alles zeigen.«

Danioni zog gegen drei Uhr von dannen, woraufhin Cecil sich in den Salon begab und prompt einschlief.

Ehe er wusste, wie ihm geschah, wurde er von Bella wach gerüttelt. Er schlug die Augen auf und blickte in ihr finsteres Gesicht. »Es ist furchtbar unhöflich, hier zu schlafen. Was in aller Welt sollen die Gäste denken? Geh nach oben, wenn du müde bist.«

»Entschuldige. Ich weiß nicht, was in mich gefahren ist.«

»Alkohol, deinem Schnarchen zufolge. Ich habe gehört, dass du Danioni zum Mittagessen mitgebracht hast.«

»Das hast du richtig gehört. Und?«

»Ich habe ihn nicht gern im Hotel.«

Cecil schloss die Augen wieder. »Reg dich nicht auf. Er ist ein harmloser Paragrafenreiter. Und es ist nützlich, sich solche Leute warmzuhalten.«

Verärgert wechselte Bella das Thema. »Vielleicht interessiert dich, dass Rose angekommen ist.«

»Donnerwetter.«

»Du wirst ihr das Gefühl geben, dass sie willkommen ist, nicht wahr?«

»Natürlich.«

»Ich reiße dich nur ungern aus deinem wohlverdienten Schlummer, aber ich brauche deine Hilfe. Hast du französischen Wein?«

»Wahrscheinlich. Wer fragt?«

»Die Dodsworth-Schwestern. Sie sagen, sie trinken nur französischen Wein, weil ihnen der italienische auf den Magen schlägt.«

»Um Himmels willen.« Cecil erhob sich träge vom Sofa und verzog das Gesicht, als seine Knie knackten. »Du könntest ihnen mit Rote-Bete-Saft gefärbten Grappa geben, und sie würden den Unterschied nicht merken.« Er grinste verschlagen. »Das ist gar keine schlechte Idee …«

Schmunzelnd ging Bella zum Tisch der Schwestern, um ihnen mitzuteilen, dass genießbarer Wein unterwegs war. Cecil konnte einen zur Weißglut treiben, er mochte grausam und gemein und alles mögliche sein, aber manchmal brachte er sie zum Lachen. Das entschuldigte sein schlechtes Benehmen natürlich nicht, aber es erklärte, warum Bella nicht noch heftiger auf seine Rückkehr reagiert hatte.

Carlo war gerade mit dem Essen fertig, er hatte die letzten von Bettys hervorragenden Ravioli auf seine Gabel gespießt und fuhr damit über den Rand des Tellers, um die restliche Sauce aufzunehmen. Er hatte auf der unteren Terrasse sitzen wollen, war aber so spät gekommen, dass es keinen Platz mehr gab – den letzten Tisch hatte Bella für Lucian und Rose reserviert, zu Ehren von Rose' Ankunft.

»Es tut mir sehr leid«, hatte sie gesagt. »Sie wissen ja, dass ich immer versuche, alle Wünsche zu berücksichtigen.«

Carlo nahm es gelassen auf, nur eines schien ihn zu stören. »Wie könnte ich es Ihnen übelnehmen? Ich genieße Bettys Essen, wo auch immer es serviert wird. Allerdings konnte ich nicht umhin zu bemerken, dass Signor Danioni da war …«

»Ja«, sagte Bella. »Ich habe mit Cecil darüber gesprochen.«

»Es ist unklug, einen Vampir über die Schwelle zu bitten.«

Bellas Blick wanderte zu Alice und Victor, die auf der anderen Seite des Speisesaals saßen. Sie machten einen glücklichen Eindruck, sie lachten und flirteten, und Bella hätte sich sehr gern mit ihnen gefreut. Aber etwas hielt sie davon ab. Sie sagte zu Carlo: »Ich hoffe, der Ausflug mit Victor, zu dem Cecil Sie genötigt hat, war nicht zu unangenehm.«

Carlo zuckte mit den Schultern. »Ich bin ein alter Mann. Unsereins lässt sich nicht so leicht beeindrucken.«

Bella lächelte. »Was halten Sie von Victor?«

Er antwortete zurückhaltend. »Ich beurteile Menschen nicht gern nach dem ersten Eindruck. Ich werde versuchen, mehr über ihn in Erfahrung zu bringen, bevor ich mein Urteil fälle.« Nach einem Moment sprach er weiter. »Übrigens tut es mir leid, dass ich nicht herausfinden konnte, wer die Visa beantragt hat. Mein Freund im Ministerium ist in letzter Zeit schwer zu erreichen.«

»Das ist nicht schlimm«, sagte Bella munter. »Mittlerweile habe ich Beweise, dass die beiden Damen da drüben für die *Grünen Reiseführer* hier sind …«

Lucian und Rose saßen schweigend auf der unteren Terrasse.

Ihre wenigen Gesprächsthemen hatten sie abgehandelt. Es gab nichts von ihrer Reise, das Rose ihm nicht schon erzählt hätte. Im Gegenzug hatte er versucht, sie für seine Malerei zu interessieren, hatte ihr von seinem Zwischenstopp in Paris erzählt, wo er, wie er sagte, mit einigen aufregenden aufstrebenden Künstlern die neuesten Kunsttheorien diskutiert hatte. Rose gab sich größte Mühe, aber es war alles so langweilig, und sie konnte ihr Unbehagen nicht verbergen.

Alles in allem entwickelte sich der Besuch so, wie sie es befürchtet hatte.

Ein dumpfes Geräusch hinter ihr ließ Rose zusammenschrecken. Sie drehte sich um und sah, dass von einem der eingetopften Bäume eine Zitrone gefallen war. In ihrem Kopf hallte die Stimme ihrer Mutter wider. *Also wirklich, Rose. Du fürchtest dich vor deinem eigenen Schatten.*

Alice kam über die Terrasse auf sie zu. Ihre Gesellschaft war nicht immer angenehm, aber jetzt war Rose froh darüber.

»Hallo, ihr zwei!« Alice zog einen Stuhl zurück und setzte sich. »Darf ich euch für einen Kaffee Gesellschaft leisten?« Sie sah wirklich mondän aus. Rose hatte sie noch nie so selbstbewusst und entspannt erlebt – oder mit so viel Make-up. Ihr fiel auf, dass es nicht besonders geschickt aufgetragen war, aber diese Feststellung schien unter diesen Umständen ein wenig gemein.

Lucian lächelte. »Natürlich.« Aber dann nutzte er ihre Ankunft allzu offensichtlich als Ausrede, um sich zu verabschieden. »Allerdings wollte ich mich gerade kurz mit den Bertrams unterhalten.«

»Den Bertrams? Die Mutter mit ihrem Sohn da drüben? Na, so was, du kommst ja wirklich auf komische Ideen«, sagte Alice.

»Ist das der Junge mit der Narbe?«, erkundigte sich Rose. Als sie das fragte – möglicherweise zu laut, aber hier draußen musste man die Stimme etwas erheben –, verzog Lucian das Gesicht und legte einen Finger an die Lippen.

»Ich glaube, ja«, flüsterte Alice.

Nachdem Lucian gegangen war, beugte sie sich näher und begann die Fragerunde. »Also, wie geht es dir?«

»Sehr gut, danke.«

»Ich dachte, du wolltest dieses Jahr nicht herkommen.«

»Ich habe es mir anders überlegt.«

»Wie wunderbar. Ich wünschte, ich wäre mehr wie du. Würde mehr im Moment leben.« Ihr kam ein Gedanke, der ihre Augen strahlen ließ. »Ich kann es kaum erwarten, dir Victor vorzustellen.«

»Ich freue mich darauf.«

»Carlo hat ihm im Salon aufgelauert. Er ist bestimmt jeden Moment hier.«

»Glückwunsch übrigens. Zu deiner Verlobung.«

»Danke, Liebes.« Alice senkte wieder verschwörerisch die Stimme. »Bevor Victor kommt, wollte ich sagen … oder besser *fragen* … Ich bin ziemlich aus der Übung, was das Eheleben angeht. Wenn du verstehst, was ich meine.« Sie errötete, und Rose spürte, dass es ihr ebenso ging; diese Wendung des Gesprächs ließ Panik in ihr aufsteigen. »Ich würde mich sehr freuen, wenn du mir vor der Hochzeit ein paar Ratschläge geben könntest. Über … die Liebe. Den körperlichen Teil.«

Rose war derart verlegen, dass sie das Thema wechseln musste: »Wirst du nach der Hochzeit in Portofino bleiben?«

»Hoffentlich nicht. Obwohl ich ehrlicherweise besorgt bin, was meine Mutter aus dem Hotel macht, wenn ich nicht mehr hier bin. Hast du das gesehen?« Aus einer kleinen, mit Perlen bestickten Clutch zog sie ein Faltblatt, wie es Rose schon in der Bibliothek aufgefallen war. Bella hatte sie in Umlauf gebracht und lud damit zur gemeinsamen Gymnastik frühmorgens auf dem Rasen ein. Alice verdrehte die Augen. »Ich meine, also wirklich …«

»Für mich wäre das nichts«, gestand Rose.

»Eben! Für mich auch nicht. Für niemanden außer vielleicht Claudine.« Sie sprach den Namen mit einem sarkastischen amerikanischen Akzent aus, der Rose unangenehm aufstieß. Sie wollte sich nicht in fremde Dramen und Konflikte hineinziehen lassen. Während Alice weitersprach, bemerkte Rose, wie sich ein gut gekleideter, wenn auch etwas zwielichtig wirkender Mann ihrem Tisch näherte – vermutlich Victor.

»Ich glaube …«, setzte sie an.

Aber Alice hatte seine Nähe schon gespürt und drehte sich um. »Liebling!«, rief sie. »Komm und lass mich dir Rose vorstellen, Lucians Frau.«

Rose lächelte. Innerlich aber bebte sie. Wohin war Lucian verschwunden? Sie schaute sich um und entdeckte ihn am anderen Ende der Terrasse, wo er sich von den Bertrams verabschiedete und dann in den dunklen Garten schlenderte.

Was sagte es über den Zustand ihrer Beziehung aus, dass er nicht einmal einen Blick in ihre Richtung geworfen hatte?

Cecil schleppte sich die Kellertreppe hoch, in den Fäusten zwei Flaschen anständigen Pauillacs, die er nur ungern an zwei närrische alte Frauen verschwendete.

Mit den Schwestern zu reden wollte er sich gar nicht erst antun – das war Bellas Aufgabe. In ihrer Beschreibung hatten die beiden geradezu bösartig geklungen. Da waren sie, saßen stumm ganz hinten an einem Tisch und starrten vor sich hin. Viktorianische alte Jungfern.

Constance stand adrett mit ihrer Schürze an der Anrichte und sprach mit einer neuen, nicht unattraktiven Kellnerin, offensichtlich einer Einheimischen. Cecil pirschte sich an sie heran. »Eine Ahnung, wo Mrs Ainsworth ist?«

»Nein, Sir. Ich habe sie seit einer Weile nicht gesehen. Ich glaube, sie hat gesagt, dass sie telefonieren muss.«

»Ah, stimmt. Das hatte ich ganz vergessen. Kann ich die einfach Ihnen geben?«

»Natürlich.« Constance nahm die Flaschen.

»Sie sind für Zwiddeldum und Zwiddeldei da drüben. Geben Sie jeder eine Flasche. Sie sehen aus, als könnten sie es brauchen.«

»Danke, Sir.«

Er wieselte hinaus auf die Terrasse und versuchte dabei auszusehen, als habe er eine wichtige Aufgabe, damit ihn niemand aufhielt. Er nahm den hinteren Weg durch den Garten und verbarg sich hinter dem Stamm der großen Zypresse, dem Blickfang der weitläufigen Rasenfläche. Von hier aus konnte er Rose beobachten, wie sie herumstreifte, als würde sie jemanden suchen. Lucian? Offenbar hatte sie keinen Erfolg. Was für eine mürrische Miene sie machte, wie ein schmollendes Kind. Er musste immer wieder daran denken, was Julia über ihre Ehe gesagt hatte. Ein wahres Debakel. Wobei man es hätte vorhersehen können.

Als er sicher sein konnte, dass die Luft rein war, trat er hinter dem Baum hervor und schlenderte zum offenen Fenster von Bellas Büro. Er hockte sich ins Gebüsch. Es war niemand in der Nähe. Durch das offene Fenster konnte er sie reden hören. Sie sagte oft »ja« und

»ich weiß«. Aber ihr letzter Satz ließ keinen Zweifel daran, mit wem sie sprach:

Henry Bowater, Esquire.

»Dann ist es ausgemacht«, sagte sie mit hoher, mädchenhafter Stimme. »Wir sehen uns am Dreißigsten um Mittag in der Kunstgalerie in Genua. Ich kann es auch kaum erwarten.«

Lucian hatte am hinteren Ende der Gartenanlage auf einer kleinen Bank gesessen und geraucht, versteckt hinter Spalieren und Wacholderbüschen. Das Knirschen von Kies ließ ihn aufschrecken.

Er hob den Blick und spähte durch das Spalier. Es war Rose, sie stand etwa hundert Meter entfernt.

Rasch drückte er seine Zigarette aus und eilte durch das Gartentor, das auf den Uferweg führte. Er hatte erst ein kurzes Stück zurückgelegt, als ihm auffiel, dass jemand ihm folgte – vielleicht hatte ihm jemand aufgelauert.

Als Lucian schneller ging, wurden auch die Schritte hinter ihm schneller. Als er anfing zu rennen, tat sein Verfolger es ihm gleich, bis Lucian von hinten grob gepackt und mit Wucht gegen die Steinmauer geworfen wurde. Instinktiv wehrte er sich. Als seine ersten Tritte und Schläge ihr Ziel verfehlten, packte er den Hals seines Angreifers und drückte zu.

Der Mann stieß Lucian ein Knie in den Bauch. Atemlos sank er zu Boden, presste die Hände gegen seinen Körper und rang nach Luft. Als er aufblickte, schob sein Angreifer die schwarze Kapuze zurück, die sein Gesicht verdeckt hatte, und gab sich zu erkennen … es war Gianluca.

Lucians Schreck schlug in Wut um. »Was soll das? Was in Gottes Namen fällt dir eigentlich ein?«

Aber sein Zorn verblasste gegen Gianlucas. »Was *mir* einfällt? Wie kannst du es wagen, dich einzumischen? Wie kannst du Nish einfach in ein neues Versteck bringen, ohne es mit jemandem abzusprechen? Begreifst du nicht, in welche Gefahr du ihn gebracht hast?«

»Er ist jetzt weniger gefährdet, als er es mit dir war.«

»Das verstehst du nicht.«

Lucian kämpfte sich hoch, er musste sich an der Wand abstützen. »Nein? Ich muss schon sagen, das ist eine komische Art, jemanden zu behandeln, den man angeblich liebt – du hast ihn in Lebensgefahr gebracht.«

»Du hast keine Ahnung, was zwischen uns ist.«

»Ich weiß mehr, als du glaubst.«

In Gianluca gab etwas nach. Lucian spürte, wie seine Wut abkühlte, als er flehte: »Sag mir, wo er ist. Bitte. Ohne Hilfe vom Widerstand kannst du ihn nicht beschützen.«

»Wir haben Hilfe«, sagte Lucian. »Billys Kontakte sind unbezahlbar.«

Aber Gianluca schüttelte den Kopf. »Sie werden nicht ausreichen. Und du weißt nicht, ob du ihnen trauen kannst.«

Das stimmte zwar, aber wie sie über Nish sprachen, hatte etwas Bevormundendes, als würden sie ihm die Fähigkeit absprechen, eigene Entscheidungen zu treffen. »Sollte Nish nicht selbst über seine Zukunft bestimmen?«, fragte er. »Ich werde dir nicht verraten, wo er ist, bevor ich ihn fragen konnte, ob er mit dir und deinen Plänen noch etwas zu tun haben will.«

Gianluca starrte ihn an. Aus seiner Wut wurde Enttäuschung und schließlich Resignation, als begriffe er erst jetzt, dass Lucian und er auf derselben Seite standen. »Dann frag ihn«, sagte er schulterzuckend. »Ich weiß, wie seine Antwort lautet.«

Constance entging nicht, dass Lucian sein Frühstück bereits beendet hatte, als Rose herunterkam. Ein vollgekrümelter Teller stand neben einer leeren Kaffeetasse. Er saß da, fuhr mit einem Finger träge über den Rand der Tasse und schaute immer wieder auf die zusammengefaltete Zeitung auf seinen Knien, bevor er den Blick hob, um die anderen Gäste zu beobachten – ungläubig, als könnte er sich nicht recht vorstellen, was für ein Leben sie führten.

Als Rose schließlich eintraf – in einem eleganten Kleid, das besser zu einem förmlichen Dinner gepasst hätte –, rang sich Lucian ein entnervtes Lächeln ab, bevor er ihr den Stuhl zurechtrückte und das Frühstücksmenü erklärte.

All das beobachtete Constance von der Anrichte im Speisesaal aus, wo ein kaltes Buffet mit Gebäck, Obstsalat und Aufschnitt für alle bereitstand, die kein warmes Essen bestellen wollten. Sie war gerade mit einem anderen Tisch fertig – ein Paar aus Torquay, das zwei »Omelette Arnold Bennett« bestellt hatte, was immer das war – und hätte Zeit gehabt, Rose' Bestellung aufzunehmen. Aber alles in ihr sträubte sich dagegen.

Wo waren Paola und Gabriella, wenn Constance sie brauchte? Nirgends zu sehen.

Damit blieb ihr keine andere Wahl. Sie wappnete sich innerlich, näherte sich Lucians Tisch und hörte noch, wie Rose ihn bat, ihr Schwimmunterricht zu geben.

»Ich fürchte, ich kann nicht«, sagte er. »Ich habe mich mit Jonathan zum Angeln verabredet.«

»Jonathan? Erinnere mich, Liebster …«

»Jonathan Bertram. Ich habe ihn dir schon mehrmals gezeigt.« Lucian bemühte sich nicht, seinen Ärger zu verbergen, und Constance empfand unwillkürlich Mitleid mit Rose. Sie trug an der ganzen Sache keine Schuld.

»Ja, du hast recht«, gestand Rose kleinlaut ein. »Ich erinnere mich.«

Als Lucian aufblickte und Constance in der Nähe sah, verließ er den Tisch abrupt und ohne sie weiter zu beachten.

Rose war sichtlich verunsichert. Constance fiel auf, dass ihre Hände zitterten. »Möchten Sie Frühstück bestellen?«, fragte sie in dem leisen Singsang, mit dem sie normalerweise nur sehr betagte Gäste ansprach.

»Nur eine Tasse Tee«, antwortete Rose. »Danke.«

»Sehr wohl, Mrs Ainsworth.«

Als Constance sich zum Gehen wandte, rief Rose sie zurück. »Constance …«

»Ja, Ma'am?«

»Sie können nicht zufällig schwimmen, oder?«

»Doch, Ma'am, das kann ich.«

»Und würden Sie in Erwägung ziehen, es mir beizubringen?«

Unter diesen Umständen war diese Bitte so seltsam, dass Constance fast laut gelacht hätte. »Ich habe noch nie jemandem das Schwimmen beigebracht«, wandte sie ein. »Ich bin keine Expertin. Ich meine, ich weiß, was ich tun muss, auf meine Art. Aber ich bin nicht sicher, ob ich es jemandem erklären könnte.«

»Bestimmt könnten Sie das«, sagte Rose mit einem verzweifelten Lächeln. »Sie wirken wie ein Mensch, der so etwas gut kann. Der alles gut kann.«

»Sehr freundlich, dass Sie das sagen. Aber ich glaube nicht …«

»Keine Sorge.« Rose biss sich auf die Lippe. »Es macht nichts. Vergessen Sie, dass ich gefragt habe.« Sie senkte den Blick auf ihren Schoß.

Constance fühlte sich hin- und hergerissen. Schließlich sagte sie: »Ich frage die andere Mrs Ainsworth, ob ich nach dem Mittagessen eine Stunde freibekomme.«

Rose' Miene erhellte sich; es war, als würde die Sonne aufgehen, so sehr veränderte sich ihr Gesicht. »Würden Sie das wirklich tun?

Oh, Constance. Sie können sich nicht vorstellen, wie wunderbar das wäre.«

»Es ist nichts«, sagte Constance. Dann fügte sie aus Gründen, die sie nie verstehen würde, hinzu: »Ich würde mich freuen.«

Claudine hatte es sich in ihrer Suite wirklich gemütlich gemacht, dachte Bella lächelnd. Mit Billys Hilfe hatte sie das Grammophon von unten »geborgt« und eine Reihe von Jazzplatten aufgetrieben. Obwohl sie angeblich mit leichtem Gepäck reiste, schien sie genug Kleider für die gesamte weibliche Bevölkerung von Portofino dabei zu haben. Nachdem sie den Kleiderschrank bis zum Bersten gefüllt hatte, war sie dazu übergegangen, sie auf Drahtbügeln an Knäufe, Griffe, Bilder und Spiegel zu hängen.

Paola servierte Claudine und Signor Bruzzone Kaffee. Das Treffen war vereinbart worden, um Claudines missliche Lage zu besprechen. Carlo nahm als Dolmetscher teil. Bella hatte mehrmals versucht, sich zurückzuziehen – offen gesagt hatte sie anderes zu tun –, aber Claudine hatte darauf bestanden, dass sie blieb.

»Du kannst die Dinge so gut erklären«, hatte sie gesagt. »Es ist, als würdest du mich besser kennen als ich mich selbst.«

Sobald Paola das Zimmer verlassen hatte, begann die Besprechung. Als dramatischen Auftakt beschrieb Claudine, wie sie ihren Filmpartner verführt hatte, und sprach dabei so offen, dass Signor Bruzzone rote Ohren bekam. Danach ging es um die Feinheiten des Vertragsrechts, wobei es Bella nicht nur schwerfiel zu folgen, sondern überhaupt wachzubleiben.

Nach etwa zwanzig Minuten wandte Claudine sich schließlich an Bella: »Das war's also. Signor Bruzzone glaubt, dass ich gegen meinen Vertrag verstoßen habe. Darin wird mir für die Dauer der

Dreharbeiten explizit jede Form der romantischen Beziehung zu einem meiner Schauspielerkollegen verboten. Und jetzt brauche ich deine Hilfe.«

»Gern«, sagte Bella. »Aber wobei genau?«

»Wir brauchen eine andere, aber einleuchtende Erklärung dafür, warum ich den Dreh in Frankreich verlassen habe und hergekommen bin.«

»Ich war noch nie angeln«, gestand Jonathan, als er, Billy und Lucian die Ausrüstung vom Boot auf einen der flachen steinigen Strände etwas abseits vom belebten Touristenstrand in Paraggi brachten.

»Ich auch nicht, bevor meine Eltern das Hotel eröffnet haben«, sagte Lucian. »Mein Freund Nish hat vorgeschlagen, wir sollten es mal versuchen. Er war überzeugt, dass wir selbst mit einfachen Angelruten Seebarsche und vielleicht sogar einen Barrakuda fangen könnten.«

»Habt ihr es geschafft?«, fragte Jonathan spürbar aufgeregt.

»O ja.« Lucian lächelte über die Erinnerung. »Nish hat einen Blaufisch geangelt, soweit ich mich erinnere. Die sind ziemlich wild.«

»Ich dachte, er reißt ihm die Hand ab«, sagte Billy lachend.

»Vielleicht halte ich mich lieber an den Seebarsch«, meinte Jonathan. »Vorerst habe ich keine Lust, weitere Teile meines Körpers zu riskieren.«

Lucian lachte laut; schwarzer Humor hatte zu den wenigen Dingen gehört, mit denen sie sich als Soldaten in den Schützengräben etwas hatten aufheitern können. Doch dann fürchtete er, er hätte sich zu viel herausgenommen. »Es tut mir leid«, sagte er. »Ich hätte nicht lachen sollen.«

»Doch, natürlich.« Jonathan sah ihn an, als sei er verrückt geworden. »Es war ein Witz, also kannst du darüber lachen. Ich gebe dir meine Erlaubnis.«

»Dankend angenommen«, sagte Lucian.

Auf dem Weg zum Steinstrand war das Meer unruhig gewesen. Lucian hatte Jonathan eine Rettungsweste angeboten, aber der hatte abgelehnt und gesagt, er würde lieber ertrinken, als sich in so etwas sehen zu lassen. Diese Haltung verstand Lucian gut, nach allem, was auch er durchgemacht hatte; zum ersten Mal seit Tagen konnte er sich entspannen.

Aber entspann dich nicht zu sehr, ermahnte er sich. *Du bist nicht nur zum Angeln hier.*

Es war Billys Idee gewesen, den Ausflug mit einem Besuch in Nishs neuem Versteck zu verbinden. Eine Stunde später – Billy half Jonathan gerade, die Leine auszuwerfen – verkündete Lucian, wenn niemand etwas dagegen hätte, würde er das Boot nehmen und ein wenig die Umgebung erkunden.

»Von mir aus«, sagte Jonathan. »Ich mache weiter, bis ich irgendwas fange.«

»Ich auch«, sagte Billy und zwinkerte Lucian zu.

Lucian steuerte mit der Umsicht der Erfahrung. In einem Boot zu sitzen hatte ihn schon immer glücklich gemacht. Das Gefühl, auf dem offenen Wasser zu sein, umgeben von schwappenden Wellen, war gleichzeitig beruhigend und aufregend.

Am Eingang der Höhle ging er vor Anker. Er hievte die Lebensmittel und anderen Vorräte aus dem Boot und trug sie über die Felsen zum Strand der angrenzenden Bucht. Hier, dicht an den Felsen und unter einigen Tamarisken, hatten er und Billy ein Lager für Nish hergerichtet.

Als er Lucian entdeckte, kam Nish gerade so weit hervor, dass er zu sehen war – ein hageres Exemplar von Mensch mit ungepflegten Haaren und zerrissener Kleidung, unter der allerlei Mullbinden und Bandagen hervorschauten.

»Danke«, sagte er schwach. »Danke, dass du gekommen bist. Ich habe langsam daran gezweifelt.«

Er fiel hungrig über das Essen her und verschlang fast das gesamte Brot auf einmal. Als er fertig war, untersuchte Lucian die Wunde an seiner Brust und war sich mit Nish einig, dass es so aussah, als würde sie heilen.

»Um das Bein mache ich mir mehr Sorgen«, sagte Nish. »Es ist nicht anständig gerichtet. Und ich glaube, es ist unten brandig.« Lucian sah nach und entdeckte die verräterische schwarze Verfärbung, für sie beide ein vertrauter Anblick.

»Ich weiß einfach nicht, wie wir es anstellen sollen, dich in Sicherheit zu bringen und einen Arzt für dich zu finden«, gab Lucian zu. »Ich werde mein Bestes versuchen. Aber zuerst musst du etwas für mich tun.«

»Was?« Nishs Gesichtsausdruck zeigte, dass er wusste, was Lucian von ihm verlangen würde.

»Überleg dir, dich von Gianluca abzuwenden. Von der ganzen antifaschistischen Bewegung. Sie hat weiß Gott ein hehres Ziel, aber nach allem, was passiert ist …«

»Ich kann mich nicht von ihm abwenden. Ich bin in ihn verliebt.«

»Und er in dich.«

»Glaubst du?«

»Ich weiß es. Ich habe ihn neulich Abend gesehen. Er hat mich auf dem Uferweg angegriffen.«

Nish seufzte, als er das hörte, aber es schien ihn nicht zu überraschen. Er sah Lucian an. »Ändert seine Liebe für mich etwas daran, wie du unsere Freundschaft siehst?«

»Natürlich nicht«, sagte Lucian mit Nachdruck. »Es gibt im Leben nichts Wichtigeres als die Liebe. Ich merke selbst gerade, wie wichtig es ist, seinem Herzen zu folgen und nicht gesellschaftlichen Konventionen.«

»O je«, sagte Nish. »Geht es um die, von der ich es vermute?«
Lucian nickte.

»Meinen Segen hast du«, sagte Nish und zerzauste seinem Freund die Haare.

Es begann wenig vielversprechend. Da Billy fort war, erklärte sich der neue Gärtner bereit, Constance und Rose in der Kutsche nach Paraggi zu fahren. Er setzte sie an der Straße neben einem unbefestigten Weg ab, der hinunter zum wahrscheinlich beliebtesten Strand der ganzen Region führte.

»Ich kann auf keinen Fall hier hinuntergehen«, sagte Rose. »Es ist so steil. Ich könnte mir den Knöchel verstauchen.«

Constance bemühte sich, nicht ungehalten zu reagieren. Sie bedauerte schon, dass sie eingewilligt hatte. (Was in aller Welt hatte sie sich dabei gedacht, der Frau ihres Geliebten das Schwimmen beizubringen?) Das Beste wäre es, sie würden diese Situation ohne unnötige Spannungen hinter sich bringen. Also sagte sie: »Nehmen Sie meinen Arm, Ma'am«, und Rose tat, wie ihr geheißen.

Sie schafften es hinunter zum Stand, im Wasser allerdings erschien Rose anfangs wie ein hoffnungsloser Fall, ständig in Angst, sie könnte auf einen Seeigel treten. Aber mit viel Hilfe und Ermutigung gelang es ihr schließlich, ein wenig zu paddeln; sie wagte sich sogar kurz ins tiefere Wasser. Constance war gerührt, wie glücklich sie dieser kleine Erfolg zu machen schien.

Als sie sich nach dem Schwimmen abgetrocknet hatten, legte Constance sich auf ein Handtuch und las in ihrem Italienischlehrbuch. Rose wirkte enttäuscht darüber, dass Constance sich so abrupt in ihre eigene Welt zurückgezogen hatte.

»Sie sind ja sehr drauf bedacht, sich fortzubilden«, sagte sie mit leicht missbilligendem Unterton.

»Ja, das kann schon sein«, entgegnete Constance.

»Ich habe mich gefragt«, begann Rose zaghaft, »ob wir morgen wieder herkommen könnten. Um den Unterricht fortzusetzen. Ich möchte Lucian überraschen, wissen Sie. Er beklagt ständig, dass ich nicht schwimmen kann. Ich will ihm zeigen, dass ich mich verändern kann. Dass ich Dinge tun kann, die er nicht von mir erwartet.«

Constance schwieg.

»Ihre Lesezeichen gefallen mir. Das sind Fotos, oder?«, fragte Rose.

Constance nickte.

»Darf ich sie sehen?«

Widerstrebend reichte Constance ihr die Fotos.

»Ist das Ihre Mutter?«

»Ja.«

»Und wer ist das? Ihr Bruder?«

»Nein«, sagte Constance verlegen, aber trotzig. »Das ist mein Sohn.«

»Oh.« Rose errötete.

Betretenes Schweigen machte sich breit. Statt weiterzulesen, sammelte Constance ihre Sachen ein. »Wir sollten uns auf den Rückweg machen«, sagte sie. »Die andere Mrs Ainsworth bezahlt mich nicht dafür, meine Zeit am Strand zu verbummeln.«

»Bellakins!«

Bella schaute vom Büscheschneiden auf und sah Cecil durch den Garten näher kommen. Sie hasste diesen Spitznamen mittlerweile. Früher war er ein Kosewort gewesen, aber jetzt nutzte Cecil ihn, wenn er sich einschmeicheln wollte. »Was gibt es, Cecil?«

Etwas außer Atem von der aufkommenden Hitze blieb er stehen. »Ich fürchte, Danioni macht wieder Ärger.«

»Das ist nichts Neues. Worum geht es dieses Mal?«

»Er hat dem Besitzer eines Kasinos im Ort – niemand, den ich kenne – verraten, dass Claudine bei uns wohnt.«

»Oh.« Bella überlegte. »Das sollte nicht allzu schlimm sein. Jedermann weiß von den Fotografen am Tor.«

»Stimmt«, pflichtete Cecil ihr bei. »Nur setzt mich jetzt dieser Kasinobesitzer – ein ziemlich forscher Bursche – unter Druck, damit ich sie bitte, dort zu singen. Sie geben einen Galaabend, um die Renovierung des Kasinos zu feiern.«

»Wie nett. Sind wir alle eingeladen?«

»Ja, ich glaube schon.«

»Warum setzt er dich unter Druck? Er kennt dich doch gar nicht, oder?«

»Nein«, antwortete Cecil rasch. »Nein, gar nicht. Nur indirekt. Über Danioni.«

»Ah. Tja dann.«

»Was, tja dann?«

»Dann frag sie doch. Claudine.«

»Ob sie singt?«

»Ja.«

»Glaubst du, sie würde einwilligen?«

»Schon möglich. Aber das wirst du erst wissen, wenn du sie fragst.«

Cecil kratzte sich am Kinn. »Ich weiß nicht, ob Claudine mich besonders mag. Könntest du sie nicht fragen?« Ihm schien ein aufregender Gedanke zu kommen. »Weißt du, Bellakins, das könnte auch für dich Vorteile haben. Wenn sie wirklich singt, wird Danioni es als Gefallen verbuchen. Ich hatte den Eindruck, dass er den

Bauantrag genehmigen will, aber er hat uns – uns beide – zu einem Treffen gebeten, um ein paar Einzelheiten zu besprechen.«

Bella runzelte die Stirn. »Zum Beispiel?«

»Na ja, er will die Dokumente sehen. Die Besitzurkunde und so weiter.«

»Oh.«

Cecil zog eine dicke Rolle Geldscheine aus der Tasche. »Ich stelle gern die Mittel zur Verfügung, um dich und Claudine zur Mithilfe zu überzeugen.« Er zählte viereinhalbtausend Lire – etwa einhundert Pfund – ab und streckte sie Bella entgegen.

»Früher einmal«, sagte sie, »hätte ich abgelehnt. Ich hätte gesagt, dass ich von dir kein Geld nehmen müsste, weil alles, was dein ist, ohnehin auch mein ist – und umgekehrt. Aber in diesem Fall nehme ich es an.« Sie steckte die Scheine in die Tasche ihrer Gartenschürze. »Danke, Cecil.«

Was führte er im Schilde? Die Frage bereitete Bella Sorgen, als sie sich auf die Suche nach Claudine machte. Mit seiner Bitte, dachte sie lächelnd, hatte Cecil allerdings, auch ohne es zu wollen, eines von Claudines größten Problemen gelöst …

Bella fand sie bei den »Felsen«, wie die kleine Bucht genannt wurde, die man durch das Gartentor erreichte. Allein saß sie auf einem der größeren, flacheren Felsen, genoss die Sonne des späten Nachmittags und las *Die Schönen und Verdammten*.

»Du siehst zufrieden aus«, rief Bella ihr zu.

Claudine breitete so dramatisch die Arme aus, dass ihr fast das Buch aus der Hand flog. »Heute ist das Meer mein Publikum!« Sie lachte schallend. Als sie Bellas Gesicht sah, merkte sie an: »Na, du siehst aber auch zufrieden aus. Verrätst du mir warum?«

Bella setzte sich neben sie auf den Felsen. »Es hat sich etwas ergeben. Etwas, das deine Anwesenheit in Portofino erklären würde …« Sie erzählte ihr von Cecils Plan.

»Na, Donnerwetter«, sagte Claudine, als Bella fertig war. »Dann sage ich dem Studio einfach, dass ich schon für einen Auftritt gebucht war und mein Agent nur vergessen hat, es zu erwähnen?«

»Genau. Es gibt allerdings einen Haken. Cecil heckt mit Danioni etwas aus. Ich merke das. Und ich traue ihm nicht. Irgendwas ist da im Busche, aber ich kann nicht genau sagen, was.«

Claudine nickte verständig. »Du kannst die Einladung in meinem Namen annehmen«, sagte sie. »Aber halten wir die Augen offen. Wir beide. Wenn Cecil glaubt, er könnte uns austricksen, hat er sich geschnitten.«

»Ich habe ihm schon dafür Geld abgeknöpft, dass ich dich an seiner Stelle frage.« Sie zog die Scheine hervor und wollte Claudine die Hälfte geben. »Betrachte das als Anzahlung.«

Aber Claudine schüttelte den Kopf. »Nein, nein. Ich bekomme bald meine Gage. Das gehört dir. Du hast es verdient. Behalte es für schlechte Zeiten.«

Die restlichen Stunden des Nachmittags waren arbeitsreich. Bella ging in die Küche, um nach dem Rechten zu sehen. Betty wirkte unruhig. Sie sagte, es gebe Neuigkeiten, und sie müsse dringend zu Hause anrufen. Könnte sie das Hoteltelefon benutzen, wenn Bella ihr die Kosten vom Lohn abzog? Bella sagte ihr, sie solle sich keine Sorgen machen, das Haushaltsgeld von Mr Ainsworth würde die Rechnung mehr als decken. Sie zeigte die Rolle Geldscheine vor und hoffte auf ein verschwörerisches Lächeln von Betty, aber was sie bekam, war matt und bemüht.

Sie setzte sich an den Tisch und forderte Betty auf, ebenfalls Platz zu nehmen. »Gibt es etwas, worüber Sie mit mir sprechen möchten?«

»O nein, Ma'am. Das ist nur eine Familienangelegenheit. Damit würde ich Sie nicht belästigen wollen.«

»Sie würden mich nicht belästigen«, beharrte Bella. »Es gehört zu meinen Aufgaben als Ihre Arbeitgeberin, darauf zu achten, dass es Ihnen gut geht.«

Betty sah sie an, und einen Moment lang dachte Bella, sie würde offenbaren, was ihr durch den Kopf ging. Aber nein.

»Arbeit«, sagte Betty, stand auf und ging zurück an den Herd. »Das ist die beste Medizin.«

Die Gymnastikstunde sollte nach dem Frühstück stattfinden. Nicht unbedingt die beste Zeit, wie Bella zugeben musste – eigentlich sollte man mit vollem Magen keinen Sport machen –, aber sie musste die Leute abpassen, bevor sie zu ihren Aktivitäten aufbrachen. An diesem Morgen waren auf dem Rasen neben der unteren Terrasse keine unbekannten Gesichter zu sehen, aber das störte Bella nicht. Die ganze Veranstaltung erhielt dadurch die Atmosphäre geselligen Beisammenseins. Außerdem hatte sie einen Plan, den sie in die Tat umsetzen wollte, und sie und Claudine waren sich einig gewesen, dass es am besten funktionieren würde, wenn alle zu beschäftigt und abgelenkt waren, um etwas zu bemerken.

Wer war also erschienen? Claudine natürlich, aber auch Jonathan, Lucian (wie schön, dass sie sich angefreundet hatten), Billy, Constance, Alice und sogar Rose. Claudine war natürlich perfekt ausgestattet. Sie trug einen einteiligen kirschroten Gymnastikanzug aus leichter Baumwolle. Er war hochgeschlossen, hatte kurze Ärmel und Hosenbeine, die knapp über dem Knie endeten. Sie hatte ihn sicher extra für diesen Anlass gekauft, dachte Bella. Die anderen hatten ihre leichtesten Sommersachen angezogen, weil sie damit rechneten, ordentlich zu schwitzen.

Cecil, Carlo und Mrs Bertram saßen auf der Terrasse, nippten an den Resten ihres Frühstückskaffees und sahen skeptisch zu. Das tragbare Grammophon war von Claudines Zimmer herunterholt worden und stand auf einem Tisch, den Trichter auf den Rasen gerichtet.

Bella konnte hören, wie Constance und Billy sich unterhielten: »Der Mann von Giovannis Nichte leitet den Kurs. Er ist wohl Sportlehrer beim Militär.«

»Dann hoffe ich, er nimmt uns nicht zu hart ran«, sagte Billy lachend.

Weil ihr klar war, dass außer ihr und Claudine kaum jemand eine Ahnung hatte, was sie erwartete, hatte Bella eine Ansprache vorbereitet. Sie klatschte in die Hände und wartete, bis die Gruppe still geworden war, bevor sie sprach.

»Ein paar Worte zu unserem Programm. Sie machen gleich eine neue Art von Übungen, die rhythmische Bewegungen mit Musik kombiniert. Das soll den Herzschlag beschleunigen, die Ausdauer stärken und die Leistungsfähigkeit verbessern. Am Anfang der Stunde werden Sie sich aufwärmen, um den Körper auf die folgenden Übungen vorzubereiten, etwa durch Laufen auf der Stelle oder seitliche Schrittbewegungen. Zuletzt folgen sanfte Dehnübungen, damit der Körper sich entspannt und in seinen Ruhezustand zurückkehrt. Oto hier wird die Leitung übernehmen und Sie motivieren – nicht wahr, Oto?«

Oto trat vor. Er war ein großer, bulliger Mann mit pechschwarzen Haaren und einem strengen Schnurrbart. In seinem figurbetonten ärmellosen Unterhemd und der engen, kurzen Hose sah er aus, als käme er direkt aus dem Zirkus. »*Signore e signori*«, dröhnte er. »*Presta attenzione e guardami!*«

Er nickte Cecil zu, der schon bereitstand, um die Nadel auf die sich drehende Schallplatte zu senken. Die Klänge von Ted Lewis und seiner Band, die »The Sheik of Araby« spielten, schallten durch den Garten.

Verwirrung machte sich breit. Bella wedelte mit der Hand, um Cecils Aufmerksamkeit zu erregen, und schüttelte den Kopf. »Nein, nein«, formte sie stumm mit den Lippen. »Etwas anderes.«

»Legen Sie ›Alexander's Ragtime Band‹ auf!«, rief Claudine. »Die Platte ist von meiner alten Freundin Bessie Smith.«

Dieser Vorschlag traf auf allgemeine Zustimmung. Bella musste lachen, als Cecil den Stapel Schallplatten durchstöberte. Als er die richtige gefunden hatte, hielt er sie hoch, damit Claudine sie in Augenschein nehmen konnte. »Die hier?«

Sie nickte. »Sieht gut aus.«

Als der Kurs unter reichlichem Schnaufen und Keuchen Fahrt aufgenommen hatte, stahl Bella sich fort und lief über die Zufahrt zum Haupttor. Unter den wartenden Fotografen brach Tumult aus, als sie Bella kommen sahen. Sie brüllten und klatschten. Einige schossen sogar Fotos.

»Aspettare! Aspettare!«, rief sie. »Siete come animali!« Als sie das Tor öffnete, drängte die Meute hindurch. Bella hob die Hände. »Seguimi!«, befahl sie. »Molto lentamente.«

Sie bedeutete den Fotografen, leise zu sein, dann führte Bella sie die Zufahrt hinunter und über einen Umweg durchs Gebüsch zu einer geschützten Stelle, von der sie möglichst deutliche Aufnahmen von Claudine machen konnten.

Als sie begriffen, dass ihnen exklusiver Zugang gewährt wurde, schnatterten die Fotografen aufgeregt los. Sie konnten ihr Glück kaum fassen. Begeistert sprachen sie über das Geld, das sie mit diesen Bildern verdienen würden – vorausgesetzt die Zeitschriften würden es wagen, sie abzudrucken.

Während die Kameras – manche mit Stativen, manche ohne – vor sich hinklickten, schaute Claudine herüber und fing Bellas Blick auf. Aber sie war zu professionell, um zu zwinkern und damit zu verraten, dass sie unter einer Decke steckten.

Allein ganz hinten in der Gruppe hatte Rose Schwierigkeiten, den Bewegungen zu folgen, die dieser Oto so aggressiv vorturnte. Sie verabscheute Gruppenaktivitäten. Immer war sie die Schlechteste. Jetzt wurde ihr immer heißer und unwohler, und ihre stechenden Kopfschmerzen kehrten zurück.

Als sie es nicht länger ertragen konnte, setzte sie sich auf der Terrasse in den Schatten und sah Lucian dabei zu, wie er auf und ab hüpfte, lachte und mit Jonathan Witze machte, als würden die beiden sich seit Jahren kennen und nicht erst seit wenigen Tagen.

Rose fiel auf, dass Lucian immer wieder zu Constance hinüberschaute, die sich weigerte, seinen Blick zu erwidern. Zumindest machte es den Eindruck.

Es mochte stimmen oder nicht, von Rose jedenfalls nahm er keinerlei Notiz. Also konnte sie genauso gut verschwinden.

Das leere Hotel erschien ihr einladend und sicher. Sie begegnete keiner Menschenseele, als sie die Stufen hinaufstieg und langsam zu ihrer Suite ging. Nicht, dass sie die Suite tatsächlich als »ihre« empfunden hätte – weder als ihre eigene noch als Lucians und ihre. Nichts hier gehörte ihr.

Wenigstens war die Suite gemütlich und geschmackvoll eingerichtet. Bellas Handschrift war überall zu erkennen: in den frischen Blumen, der gemusterten Tapete in prächtigen Farben und in den Möbelstücken, die aufgrund ihrer eleganten Schlichtheit ausgesucht und so im Zimmer aufgestellt waren, dass sie die einzelnen Bereiche deutlich voneinander trennten. Rose beneidete sie um ihr Talent. Um diese gestalterische Gabe, die Lucian natürlich ebenfalls besaß.

Als ihr dieser Gedanke kam, fiel ihr Blick auf eines von Lucians Skizzenbüchern. Er hatte es auf dem Schreibtisch liegen lassen, oder wahrscheinlicher hatte es jemand anders dorthin gelegt, denn Lucian war befangen, was unfertige Arbeiten betraf, und mochte es nicht, wenn jemand seine Skizzen und Entwürfe sah.

Trotzdem hob sie das Buch auf – es würde ihn doch sicher nicht stören, wenn *sie* einen Blick hineinwarf – und blätterte darin. Sie suchte nach nichts Bestimmtem. Zwischen Skizzen von Blumen, von Felsen, vom Meer fanden sich Zeichnungen von Gesichtern und menschlichen Körpern. Doch keine der abgebildeten Personen kam ihr bekannt vor. Alles in allem war es ein Fenster zu seiner Seele, einem Ort, zu dem ihr der Zutritt immer wieder verwehrt wurde.

Sie wollte das Buch gerade zuklappen und zurücklegen, als ein zusammengefaltetes Blatt Papier herausfiel. Sie hob es vom Boden auf und faltete es auseinander.

Es war eine Zeichnung von Lucian im Bett, auf seinem entblößten Oberkörper war seine Narbe zu erkennen. Offensichtlich hatte jemand anders sie angefertigt. (Das war nicht sein Zeichenstil.) Aber wer?

Natürlich.

Rose' Augen weiteten sich, Grauen durchströmte sie, als wäre das Blut in ihren Adern zu Eiswasser gefroren.

Alles drehte sich, und als sie den Mund öffnete, konnte sie ihren eigenen Schrei nicht hören.

ELF

Lachend nippte Claudine an einem Glas Wasser. Sie war noch nicht wieder zu Atem gekommen, und ihr modischer Sportanzug war schweißgetränkt. »Das war wirklich anstrengend. So habe ich schon lange nicht mehr trainiert.«

»Da bedaure ich fast, dass ich nicht mitgemacht habe«, sagte Bella. »Fast.« Sie saßen auf der Terrasse im Schatten eines riesigen Sonnenschirms. Nach vollendeter Vorstellung hatten die Fotografen ihren Posten vor dem Tor aufgegeben. Bella hatte sie wie eine Herde Ochsen hinausgescheucht, hinter ihnen das Tor verschlossen und war nach dem erfolgreichen Coup stolzerfüllt ins Hotel zurückgekehrt. »Es hat wunderbar funktioniert, oder? Die perfekte Fotogelegenheit. Damit solltest du doch wohl ein paar Tage Ruhe vor ihnen haben.«

Claudine erhob ihr Wasserglas. »Darauf *salute*.«

Bella stand auf und ging zu Lucian, der auf dem Rasen lag, um sich abzukühlen. »Wie war eigentlich dein Angelausflug?«, fragte sie.

Er hatte gerade zu einer Antwort angesetzt, als Jonathan auftauchte. Der junge Mann blieb ein Stück abseits stehen und wartete sichtlich ungeduldig auf die Gelegenheit, mit Lucian zu sprechen. Bella fiel auf, wie unbefangen und, nun, *fröhlich* er jetzt wirkte, ganz anders als bei seiner Ankunft im Hotel. Mit einem Lächeln bedeutete sie ihm, dass er ruhig stören durfte. »Entschuldigung«, sagte er zu

Bella. »Ich wollte nur fragen, ob Lucian Lust auf einen Spaziergang am Ufer hat.«

»Eine großartige Idee«, antwortete Lucian. »Ich komme gleich.«

Nachdem Jonathan sie allein gelassen hatte, wandte Lucian sich wieder an Bella. »Der Ausflug war ganz reizend«, sagte er. »Über meinen Fang können wir später reden.« Er deutete auf Jonathan. »Aber ich sollte jetzt wohl gehen. Er ist in keinem guten Zustand, und ich glaube, ich kann ihm wirklich helfen.«

»Bestimmt kannst du das«, sagte Bella. »Und das ist wunderbar. Aber meinst du nicht, du solltest erst nach Rose sehen? Ich mache mir Sorgen, dass du sie ein wenig vernachlässigt hast.«

»Ach, ihr geht es gut«, sagte Lucian geistesabwesend.

»Weißt du überhaupt, wo sie ist?«

»Draußen, oder nicht? Ich bin sicher, vor zwei Minuten war sie noch hier.«

»Du solltest nach ihr sehen.«

Lucian seufzte tief. »Wenn du es sagst.«

Er rappelte sich hoch und zog missmutig von dannen.

In tränenreicher Panik durchsuchte Rose Lucians restliche Skizzenbücher. Einige hatte sie auf dem unteren Brett des Bücherregals gefunden, andere in seiner Schreibtischschublade. Keines war anständig versteckt, woraus sie nur schließen konnte, dass es ihm egal war, ob sie jemand fand. Das machte es nur noch schlimmer.

Sie hielt inne und sah sich um. Dieses Zimmer. Diese düstere Dachkammer. Lucian hatte noch all seine Sachen hier, obwohl sie sich eigentlich die Suite hatten teilen sollen. Sie war heraufgekommen, um zu sehen, ob die Wahrheit hier verborgen lag – eine tiefere Wahrheit als diejenige, die sie schon entdeckt hatte. In diesem

Zimmer hatte früher Nish gewohnt, erinnerte sie sich. Sie hatte es zu dieser Zeit nie betreten, aber Lucian hatte erzählt, wie unordentlich es gewesen war – wie eine Studentenbude, mit wackeligen Bücherstapeln und benutztem Geschirr. Vielleicht widerstrebte es ihm deshalb so sehr, es aufzugeben. Es verband ihn mit dieser Welt, diesem Teil seiner Vergangenheit und seiner »künstlerischen« Identität, nach der er sich so sehnte. Was sollte dieser ganze Unsinn mit seinem Zwischenstopp in Paris auf dem Weg hierher? Für wen hielt er sich? Und was hatte er da überhaupt gemacht?

Wenn er in der Lage war, so rücksichtslos und leichtfertig mit Constance ins Bett zu gehen, wozu war er dann noch fähig?

Mit dem Handrücken wischte Rose ihre Tränen fort. Das Abbild des schlafenden Lucian war ein Zeichen für etwas Bedeutsameres. Ganz sicher.

Die Skizzenbücher, die sie durchgesehen hatte, warf sie beiseite. Größtenteils waren sie furchtbar stumpfsinnig, voll langweiliger Zeichnungen von Klippen, Stränden und Bäumen, dazu ein paar ältere von jemandem in Uniform, vielleicht Nish. Frustriert nahm sie das nächste – dieses war in rotes Pergament gebunden – und schlug es auf. Die erste Zeichnung zeigte eine Frau. Rose wollte sie gerade näher betrachten, wollte sehen, ob sie die Frau erkannte, als Lucian ihren Namen rief – mechanisch, ohne echte Zuneigung. Er kam die Treppe herauf, seine Stimme wurde lauter, als er wieder rief: »Rose? Bist du hier oben?«

Ihr Herz raste. Sie schob die Bücher schnell unter das Bett und sprang dahinter in Deckung, damit man sie von der Tür aus nicht sehen würde. Sekunden später kam Lucian herein. Hinter dem Bett liegend sah sie seine Schuhe. Er schaute sich um, ohne sie zu entdecken oder zu bemerken, dass etwas offensichtlich nicht an seinem Platz lag. In der Annahme, das Zimmer sei leer, verschwand er so schnell, wie er aufgetaucht war.

Rose wartete, bis seine Schritte verklungen waren, bevor sie die Bücher wieder hervorholte. Sie schlug das rote Buch auf der Seite auf, die sie zuletzt betrachtet hatte, bei der Zeichnung der Frau. Bei näherem Hinsehen war klar zu erkennen, dass die Abgebildete ein Sonnenbad nahm. Sie trug einen Badeanzug, und der Künstler, Lucian, hatte seine Energie vor allem den entblößten Teilen ihres Körpers gewidmet, ihren Beinen und Füßen und Armen.

Je länger Rose das Bild anstarrte, desto offensichtlicher wurde, wer die Frau war. Wie ihre Haare fielen. Wie ihre Unterschenkel mit den kräftigen Wadenmuskeln, geformt durch jahrelanges Wandern durchs Moor, sich zu ungewöhnlich, sogar eigentümlich schmalen Knöcheln verjüngten.

Es war Constance.

Der Schock hielt vielleicht fünf Minuten an. Das Zimmer verschwamm, in ihren Ohren klingelte es. Dann senkte sich eine seltsame Ruhe über den Raum wie zarter Schneefall. Rose saß auf dem Bett und versuchte, diese neuen Informationen zu begreifen und einen Sinn darin zu erkennen – denn vielleicht gab es für all das eine Erklärung.

Aber sie musste sich den Tatsachen stellen. Es war ihr nicht gelungen, Lucian glücklich zu machen. Ihn zu umsorgen. Und zudem war ihretwegen der heiligste Teil der Ehe, wie Rose es sah, in unerreichbarer Ferne. Doch vielleicht konnte sie trotz allem noch etwas tun, um Lucian zurückzugewinnen, um ihn an die Frau zu erinnern, die ihm auf den ersten Blick den Atem verschlagen hatte, als sie im letzten Sommer aus dem Zug gestiegen war …

»Vergiss nicht«, sagte Betty nachdrücklich, »wenn ein Biskuitboden zu fest wird, liegt es daran, dass du nicht genug gerührt hast.

Das Rühren« – sie ahmte die Bewegung mit den Händen nach – »bringt Luft in den Teig, damit der Biskuit leicht und locker wird. Oder du hast nicht genug Backsoda dazugegeben.«

Paola schien langsam die Nerven zu verlieren. »Backsoda?«, fragte sie und sprach das Wort aus, als hätte sie noch nie etwas so Lächerliches gehört.

»Natron, Liebes. Dadurch geht der Kuchen besser auf. Aber ich weiß ja, dass ihr Italiener kein großes Problem mit pampigem Essen habt.«

Paola drehte sich zu Constance um, die noch erschöpft von der Gymnastikstunde still zugehört hatte. Sie und Billy hatten sich mit geröteten Gesichtern hereingeschleppt und sich theatralisch auf die Stühle am Küchentisch fallen lassen, auf dem reichlich Mehl, Eier und andere Backzutaten standen. »Was meint sie mit pampig?«

Constance lächelte. »Sie meint dick. Schwer.«

»Sie will dich aufziehen«, fügte Billy hinzu. »Beachte sie gar nicht.«

»Das ist ja reizend.« Betty tat, als wäre sie beleidigt. »›Beachte sie gar nicht.‹ Die alte Frau in der Ecke schwätzt nur vor sich hin …«

»Sie bringt mir das Backen bei«, erklärte Paola und deutete auf Betty.

»So gut es geht. Sie hat ja vielleicht ein Händchen für Fischsuppe, aber bis jetzt – *bis jetzt* – gewinnt sie mit ihren Backkünsten noch keinen Preis.« Ein Glöckchen bimmelte. »Das ist die Eieruhr. Dann holen Sie ihn mal raus, Mrs Beeton.«

Paola bückte sich und zog die Früchte ihrer Arbeit aus dem glänzenden schwarzen Ofen. Constance reckte den Hals, um besser sehen zu können. Sie verzog das Gesicht. Was eindeutig ein klassischer Biskuitboden werden sollte, war eine kletschige Masse mit einem Krater in der Mitte geworden.

Paola knallte den Kuchen auf die Arbeitsplatte. »*Aspetto! E un disastro!*« Vor Enttäuschung liefen ihr Tränen über die Wangen. »Wieso kann ich nicht backen? Kein Mann wird mich wollen. Ich werde allein und ohne Liebe sterben.«

»Ganz ruhig, Liebes«, sagte Betty. »Wo ich herkomme, zählen nur die Pasteten, nicht die Kuchen.«

Billy stupste Constance an. Sie tauschten einen nervösen Blick – ihnen war klar, dass das nicht stimmte. »So schlecht sieht er gar nicht aus«, versuchte Constance, ihr Mut zuzusprechen.

Aber Betty winkte ab. »Das lässt sich nicht schönreden. Der Biskuit ist hinüber. Aber das ist nicht schlimm. Wir versuchen es noch mal. Na los, ihr zwei.« Sie eilte geschäftig herüber und scheuchte Constance und Billy von ihren Stühlen. »Wir haben hier alles, was wir brauchen. Wir machen jetzt den nächsten Versuch – und dieses Mal gelingt er bestimmt.«

Bella saß in ihrem Büro und ging die Konten durch, als Lucian klopfte und eintrat.

Er schien beunruhigt. »Ich habe überall nach Rose gesucht, aber ich finde sie nicht.«

»Sorg dich nicht«, sagte Bella. »Vielleicht macht sie einen Spaziergang.«

»Allein?«

»Man weiß nie. Ich habe den Eindruck, sie will dir beweisen, wie unabhängig sie ist. Du sollst darauf vertrauen, dass sie auch ohne dich zurechtkommt. Da würde ein Spaziergang auf eigene Faust genau das richtige Signal senden, oder?

»Hmm.« Lucian war sichtlich skeptisch.

»Wie auch immer.« Bella klappte das Rechnungsbuch zu. »Der Angelausflug.« In vertraulichem Flüsterton fragte sie: »Wie geht es Nish?«

»Nicht allzu schlecht.« Lucian wirkte erleichtert über den Themenwechsel. »Sein Zustand ist stabil, nur sein Bein macht mir Sorgen. Aber für richtige ärztliche Hilfe können wir nur sorgen, wenn wir ihn zurück zu den Antifaschisten bringen.«

»Dann sollten wir das vielleicht tun.«

»Ich bezweifle, dass Gianluca wirklich weiß, was das Beste für Nish ist.«

»Wenn man darüber nachdenkt«, sagte Bella, »bleibt uns keine andere Wahl, als Gianluca zu vertrauen.«

»Wie sollen wir ihn denn erreichen?«

Bella überlegte. »Wir könnten ihm eine Nachricht über seinen Vater schicken, über Signor Bruzzone.«

»Weiß er überhaupt, wo sein Sohn ist? Und können wir ihm trauen?«

»Ich glaube, ja. Aber lass mich das regeln. Wahrscheinlich haben Danioni und die Polizei dich unter Beobachtung gestellt. Dann sollte lieber ich mit Bruzzone reden. Am besten sofort.«

Jemand klopfte an die Tür. Als sie sich umdrehten, schaute Betty zu ihnen herein.

Sie betrat das Zimmer so nervös, als wagte sie sich auf fremdes Gebiet und wüsste nicht, wie sie sich verhalten sollte.

»Was gibt es?«, fragte Bella.

»Es tut mir leid, Ma'am. Sie haben mir erlaubt, das Telefon zu benutzen?«

»Das stimmt, Betty. Ich wollte gerade in die Stadt aufbrechen. Dann lasse ich Sie damit allein, wenn es Ihnen nichts ausmacht. Sie wissen, wie es funktioniert, oder?«

Lucian begleitete Bella in den Garten, wo Jonathan auf ihn wartete. Als Jonathan ihn sah, winkte er, und Lucian winkte zurück. Bella war gerührt, dass die beiden sich nähergekommen waren. »Wie ich sehe, hast du einen neuen Freund.«

Lucian blickte verlegen zu Boden. »Du sagst das, als wäre ich sechs Jahre alt.«

»Es sollte nicht herablassend klingen. Ich freue mich sehr, um ehrlich zu sein. Es ist schwer zu sagen, wie oder wann jemand zu einem Freund wird. Manchmal passiert es einfach. Ich glaube, das ist bei Männern nicht anders als bei Frauen. Sieh mich und Claudine an. Wir sind zwar ein ungleiches Paar. Aus vollkommen unterschiedlichen Verhältnissen. Aber wenn wir zusammen sind, passt es einfach.«

»Genau.« Lucian nickte. »So geht es mir mit Jonathan auch. Und mit Nish. Obwohl das jetzt kompliziert ist.«

»Ja, sicher«, sagte Bella, die nicht die ganze Wahrheit kannte. »Weißt du«, fuhr sie fort, »ich plane, auf dem Erfolg unserer offenen Gymnastikstunde aufzubauen und den Gästen Massagen anzubieten. Ob Jonathan wohl Interesse an Krankengymnastik hätte?«

Lucian schüttelte den Kopf. »Er hasst es, als Invalide behandelt zu werden. Und ich weiß nicht, ob er seine Verletzungen auf diese Weise zeigen will. Sie sind ziemlich schlimm, weißt du. Schlimmer als meine.«

»Das habe ich schon vermutet.«

»Ich werde mal sehen, ob ich das Thema ansprechen kann.«

»Das wäre nett von dir.«

Als er über den Rasen davonlief, fragte sich Bella, warum es Lucian nur bei Rose so schwerzufallen schien, rücksichtsvoll zu sein.

Die Saison war in Schwung gekommen und hatte die Straßen Portofinos gefüllt. Gut gekleidete Touristen wichen den Hunden aus, die sich auf den warmen Gehwegen rekelten. Bella war auf ihre Mission konzentriert, ließ es sich aber nicht nehmen, das Tageslicht und die Düfte, die aus Restaurants und der Bäckerei wehten, zu genießen: warmes Olivenöl, Rosmarin und Holzkohle.

Bruzzones Büro lag in einer schmalen Gasse, die von der Via Roma abging. Als Bella sich der Straße näherte, fiel ihr schaudernd etwas auf; in der Menge standen nicht nur Polizisten, die an ihren Mützen und den Uniformjacken mit den Messingknöpfen leicht zu erkennen waren, sondern auch Schwarzhemden. Nach dem Bombenanschlag suchten sie immer noch nach Nish und Gianluca.

Sie wollte gerade von der Via Roma abbiegen, als sie ihren Namen hörte. »Signora Ainsworth. Haben Sie einen Termin?«

»Ah«, sagte sie lächelnd. »Signor Danioni. Wie geht es Ihnen heute?«

Der drahtige kleine Mann hatte das Café besucht, in seinem Schnurrbart hingen noch ein paar Krümel. Bella widerstand der Versuchung, sie herauszuzupfen, als sie ihm ihre vorbereitete Geschichte mit einem Körnchen Wahrheit darin auftischte: zur Vorbereitung für ihr Treffen wegen der Baugenehmigung wollte sie Signor Bruzzone konsultieren, einen der angesehensten Anwälte der Gegend. »Morgen früh«, erinnerte sie Danioni. »Vergessen Sie es nicht! Ich freue mich darauf.«

»Ich auch«, sagte Danioni. »Aber Sie sollten Ihre Zeit und Ihr Geld nicht an Signor Bruzzone verschwenden. Der Antrag wird angesichts der tiefen Freundschaft, die ich für Sie und Cecil empfinde, doch fraglos genehmigt. Und unter Freunden muss ich Sie warnen, Signor Bruzzone hat bekanntermaßen Verbindungen zu antisozialen Elementen, zudem ist er der Vater eines Flüchtigen. Sein Büro wird polizeilich überwacht. Wenn Sie wirklich einen Anwalt konsultieren wollen, finde ich für Sie gern einen … angemesseneren Rechtsbeistand.«

»Ich danke Ihnen für Ihren Rat«, sagte Bella ruhig, »aber Signor Bruzzone wurde mir von meinem anderen guten Freund Graf Albani empfohlen, und ich würde ihn auf keinen Fall beleidigen wollen.«

In diesem Moment trat Bruzzone aus seinem Büro und sah sich um; vielleicht fragte er sich, wo Bella blieb. Er sah älter aus, als er war – gebeugt, mit kurz geschnittenen grauen Haaren und runden Brillengläsern. Als er sich nach rechts drehte und Danionis Blick auffing, starrten die beiden sich mit kaum verhohlener Feindseligkeit an. Dann verabschiedete Danioni sich demonstrativ nur von Bella, und ging seiner Wege.

Bruzzone wartete, bis Danioni außer Hörweite war, bevor er langsam über das Kopfsteinpflaster näher kam. »Signora Ainsworth. Schön, dass wir uns schon wiedersehen.« Er beobachtete, wie sie Danioni nachschaute. »Vor ihm müssen Sie sich vorsehen«, sagte er finster.

»Er ist eine Schlange«, stimmte Bella zu. »Tatsächlich wollte ich auch seinetwegen mit Ihnen sprechen. Um mich beraten zu lassen, wie ich mit ihm umgehen soll.«

»Da helfe ich Ihnen«, versicherte Bruzzone ihr stockend, aber mit Nachdruck. »Nach dem Risorgimento, in den ersten Jahrzehnten gab es viele wie ihn. Ich habe Machiavelli gelesen, deshalb verstehe ich diese Art Mensch. Sie sollten das auch tun.« Er hielt inne. »Warum sind Sie außerdem hier? Ich spüre … *ansia.*«

Ohne nachzudenken, legte Bella ihm eine Hand auf die Schulter. »Es ist etwas Ernstes geschehen, Signore. Ich muss unbedingt Ihrem Sohn eine Nachricht zukommen lassen.«

»Gianluca?« Ein entsetzter Ausdruck huschte über Bruzzones Gesicht. »Was wissen Sie von Gianluca?«

Manchmal schaffte man einfach nicht mehr, als seine Aufgaben notdürftig zu erledigen. So kam es Betty an diesem Abend vor, als sie das Essen vorbereiten wollte. Es half auch nicht, dass es Tintenfisch geben sollte, in einem Salat mit Miesmuscheln und Fenchel. Sie hatte diesen Salat schon oft zubereitet – Bella mochte ihn, weil Tintentisch so billig war, und die Gäste mochten ihn, weil er ihnen unglaublich exotisch erschien. Innereien konnten Betty nicht schrecken, aber Tintentische und wie man ihnen die Haut und Saugnäpfe abzog und das braune Fleisch aus dem Kopf holte, hatten etwas an sich, das sie schaudern ließ. Immerhin wurde ihr dabei nicht mehr schlecht.

Heute allerdings hatte die Kombination aus Tintentisch und Telefonat Betty fast außer Gefecht gesetzt.

Sie hatte sich darauf eingestellt, mit Constance' Mum Fanny zu sprechen, wie im letzten Brief vereinbart. Stattdessen hatte sie Fannys Cousine Joan am Apparat gehabt. Joan hatte Betty erzählt, dass Fanny einen, wie die Ärzte es nannten, kleinen Schlaganfall erlitten hatte. Man hatte sie mit einem Taubheitsgefühl und Lähmungserscheinungen in der linken Seite in das große Krankenhaus in Leeds gebracht.

Fanny beharrte darauf, hatte Joan gesagt, dass sie es Constance verschwiegen. Sie hoffte auf Besserung, und sie wollte ihre Tochter nicht beunruhigen. Aber Joan hatte Betty anvertraut, dass Fanny sich wahrscheinlich nicht mehr um ein Kleinkind kümmern konnte, selbst wenn sie sich erholte. Und auch das war längst nicht gesagt.

In Fannys Abwesenheit fiel Joan die Aufgabe zu, Tommy zu versorgen. Aber mit fünf eigenen kleinen Kindern und einem Mann, der vor Kurzem seine Arbeit verloren hatte, war sie nicht in der Lage, den Jungen zu behalten, so sehr sie es auch gewollt hätte.

»Wir müssen also eine wichtige Entscheidung treffen«, hatte Joan gesagt. »Entweder kommt Connie nach Hause, oder uns bleibt keine andere Wahl, als den kleinen Tommy ins Waisenhaus zu bringen.«

»Du liebe Güte« hatte Betty geantwortet. »Es muss doch noch eine andere Möglichkeit geben.«

Aber offensichtlich hatte Joan schon überall nach einer Alternative gesucht und sogar bei den Nachbarn vorgefühlt. Das grundlegende Problem, wie Betty sehr wohl wusste, war Tommys uneheliche Geburt, die ihn in den Augen der Gemeindemitglieder mehr oder weniger zum Geächteten machte, egal, wie christlich und wohltätig sich die Leute gaben.

Durch die ganze Geschichte fühlte Betty sich furchtbar. Das Schlimmste war, dass sie bald mit Constance darüber reden musste – sehr bald. Nur kam ständig etwas anderes dazwischen. Jetzt war das Mädchen nicht mal hier, um Betty und Paola beim Kochen zu helfen, weil Bella sie für diese Uhrzeit im Rahmen ihrer neuen Position für den Empfang eingeteilt hatte.

So springt das Leben mit einem um, dachte sie, als sie den Tintenfisch verarbeitete. *Es erfüllt einen mit Sorgen, bis man den Zugang zu allem Schönen und Guten in der Welt verliert.*

Sie musste mit Constance reden. Daran führte kein Weg vorbei. Aber wann?

Constance hatte gerade neue Gäste willkommen geheißen – man stelle sich vor, ein schwedisches Paar auf Hochzeitsreise –, als sie aufblickte und Rose in einem ihrer luftigen Sommerkleider die Treppe herunterkommen sah.

»Mrs Ainsworth«, rief sie, denn schließlich musste man die Form wahren, »ich habe gute Neuigkeiten. Die andere Mrs Ainsworth« – das war mittlerweile ein kleiner Scherz zwischen ihnen, deshalb sagte Constance es mit einem ironischen Unterton – »hat mir erlaubt, nach dem Mittagessen eine Stunde freizunehmen. Wenn es

Ihnen passt, könnten wir Ihren Schwimmunterricht doch fortsetzen.«

Constance war verblüfft, als Rose sie nahezu ignorierte. Ohne sie anzusehen, ohne auch nur den Kopf in Constance' Richtung zu drehen, sagte sie frostig: »Ich habe mich umentschieden, was das Schwimmenlernen betrifft.« Dann ging sie, ohne ein Lächeln oder ein Danke.

Tja! Es war ziemlich offensichtlich, wo diese Reaktion herrührte. Mit heißen Wangen und brennenden Tränen in den Augen fühlte Constance sich schlagartig in die Zeit vor drei Jahren in Menston zurückversetzt. Zu diesem furchtbaren Gespräch mit ihrer Mutter. Als feststand, dass sich ihre Periode nicht auf die alltägliche Art verspätete, von der andere Mädchen berichtet hatten, hatte sie gewartet, bis ihr Vater und ihre Geschwister aus dem Haus waren, und ihrer Mutter alles erzählt. Was sollte es bringen, ihr irgendetwas zu verschweigen? Constance brauchte dringend Hilfe, und die einzige Art, sie zu bekommen und das Vertrauen ihrer Mutter zu gewinnen, war absolute Ehrlichkeit. Die Möglichkeit, dass ihre Mutter sie zurückweisen, vielleicht sogar aus dem Haus vertreiben würde, hatte Constance so lange in ihren Träumen heimgesucht, dass sie nicht darauf vorbereitet war, wie ihre Mutter tatsächlich reagierte: mit einer liebevollen, wenn auch tränenreichen Umarmung und – nach dem ersten Schock, denn ein Schock war es allerdings – mit Verständnis.

»Ich habe nicht begriffen, was er da macht«, schluchzte Constance. »Und ich wollte es nicht. Ich habe ihn nicht ermutigt. Er hat … es einfach getan, bevor ich es richtig mitbekommen habe. Bevor ich Nein sagen konnte …«

»Ich weiß. Ich glaube dir.« Mam fasste sie bei den Armen und sah ihr tief in die Augen. »Das Problem ist, dass es darauf nicht ankommt.«

»Wie meinst du das?«

»Ich werde dir immer glauben und dich immer lieb haben, was du im Leben auch tust. Aber andere werden das nicht tun. Die Leute hier sind nicht nett. Tratschen und machen Ärger. Es wird böse Worte geben. Vielleicht sogar böse Taten. Deshalb müssen wir sehr genau überlegen, was wir tun.«

Wie tröstlich dieses »wir« war. Allerdings nicht tröstlich genug, um die Wucht ihrer nächsten Worte zu lindern.

»Du musst es natürlich weggeben.«

Mit trotzigem Blick schüttelte Constance den Kopf. »Nein.«

Ihre Mutter versuchte mit Engelsgeduld, ihr zu erklären, wie schwierig es sein würde. »Für die Niederkunft finden wir eine Lösung. Dafür gibt es Orte. Nonnenklöster. Aber wenn das Kind geboren ist …« Sie stützte den Kopf in die Hände. »Du kannst nicht mit einem Kind hierher zurückkommen. Was sollten wir tun? Uns eine Geschichte ausdenken?«

»Das sollte nicht nötig sein. Ich werde ehrlich sagen, wie es war. Es ist einfach so passiert.«

»Von seiner Seite nicht«, sagte Mam finster. »Er wusste, was er tut. Er hat dich *missbraucht*.«

»Nein.« Constance war sehr verwirrt. »Vielleicht. Ich weiß nicht.«

»Jedenfalls wird es niemanden kümmern, was du sagst. Die Leute werden sehen, was sie sehen, und entsprechend ihr Urteil über dich fällen. Und ich kann dir sagen, dass es kein nachsichtiges Urteil sein wird.«

Aber nach Tommys Geburt und ihrer Flucht vor den Nonnen hatte Constance einen so starken Willen bewiesen, dass sie ihre Mutter und sogar ihren Vater überzeugt hatte, Schimpf und Schande zu riskieren und sie mit ihrem Sohn nach Hause kommen zu lassen.

Im Laufe der Zeit hatte sie sich an die kalten Schultern und Beleidigungen gewöhnt, wobei das interessanterweise abgenommen hatte, als die Leute Tommy erst einmal kennengelernt hatten.

Dasselbe jetzt wieder zu erfahren, und das von der jämmerlichen, hochnäsigen Rose, die unter einer Notlage verstand, dass ihr der Lippenstift ausging … Constance spürte, wie ihre Wangen vor Wut brannten.

Ihr erster Impuls war es, in ihr Zimmer zu flüchten, aber ein kurzes Nachdenken riet ihr, ihre Gefühle zu überwinden und sich zu verhalten, als hätte sie die Kränkung nicht gespürt. Also blieb sie am Empfang, und als Claudine auftauchte – das genaue Gegenteil von Rose, sonnig, freundlich und noch mondäner als sonst – und sie fragte, ob alles in Ordnung sei, zögerte Constance keine Sekunde, bevor sie mit strahlendem Lächeln sagte: »Ja, Ma'am.«

Als Cecil an seinem Platz in der Bibliothek vom *Daily Telegraph* aufschaute und sah, dass Parrinos Automobil die Zufahrt heraufkam und auf dem Vorplatz hielt, drehte sich ihm vor Sorge fast der Magen um. Damit war eine Grenze überschritten – einfach so unangekündigt aufzutauchen.

Aber Moment mal. Was ging da vor sich?

Auf dem Fahrersitz saß nicht Parrino, sondern ein Chauffeur mit Anzug und Schirmmütze. Er stieg aus, ging um den Wagen herum und öffnete die Beifahrertür für … Claudine. Guter Gott, was trug sie da? Ein smaragdgrünes Abendkleid, das aussah, als bestünde es aus Fischschuppen.

Er sprang auf und erreichte den Vorplatz, als sie gerade einen Fuß aufs Trittbrett setzte. »Miss Pascal!«, rief er. »Wohin geht es, so elegant gekleidet?« Sie drehte sich um.

»Ins Kasino, wenn Sie es unbedingt wissen wollen. Um mit den hiesigen Musikern für den Auftritt zu proben, den ich für den Galaabend zugesagt habe.«

Cecil konnte seine Freude nicht verbergen. »Ich kann Ihnen gar nicht genug danken, dass Sie mir helfen«, plapperte er. Er war wohl zu überschwänglich gewesen, denn Claudine wies ihn in die Schranken.

»Oh, das tue ich nicht für Sie. Es ist ein Gefallen für Ihre Frau – und für mich selbst. Die Gage, die Ihr ... Geschäftspartner mir versprochen hat, sollte meine Anwaltskosten decken.«

»Das ist fabelhaft«, sagte er. »Wissen Sie was, wenn Sie zurückkommen, sollten wir das mit einem ...«

Bevor er den Satz beenden konnte, hatte Claudine den Kopf weggedreht und dem Fahrer bedeutet, er solle den Wagen starten. So blieben die Worte »Glas Champagner feiern« ungehört, als der Motor knatternd anlief und dann mit prachtvollem Röhren zum Leben erwachte.

Ein solch dekadentes Glück hatte Alice noch nie erlebt, diese Freude, die sie empfand, weil sie ihr altes Leben abgestreift hatte. Sie wusste, dass sie ein schlechtes Gewissen haben sollte, aber ihr früheres Dasein erschien ihr wie ein schwerer Fehler, die Gebote, nach denen sie gelebt hatte, wie ein falscher Glaube. Sie waren ihr zuerst in der Schule eingeflößt worden war und später in der Kirche, an die sie sich in der ersten chaotischen, leidvollen Zeit als Witwe gewandt hatte.

Diesem Glück kam nur ein einziger Moment nahe, ein Erlebnis aus ihrer Kindheit. Sie und Lucian hatten mit ihren Eltern Freunde in Berkshire besucht und waren dabei einen Hügel hinaufgewandert. Alice musste fünf oder sechs gewesen sein. Es war ein anstrengender Marsch gewesen – Alice erinnerte sich an Tränen und Wutausbrüche –, aber oben angekommen war sie nicht nur von der spektakulären Aussicht überwältigt gewesen, sondern auch von der Freude auf den Rückweg. Was beim Aufstieg so schwierig gewesen war, würde jetzt lachhaft leicht sein. Als sie das begriffen hatte, war sie (ohne auf die Aufforderung zu warten) so schnell sie nur konnte den Hügel hinabgelaufen und über unebene und steinige Stellen hinweggehüpft.

Dieses Gefühl grenzenloser Freiheit war so berauschend gewesen, dass sie laut geschrien und damit ihre Mutter erschreckt hatte, die solche Gefühlsausbrüche von Alice nicht gewohnt war.

Und jetzt war sie hier, ausgestreckt auf einer Sonnenliege, mit Victor an ihrer Seite. Sie gierte nach seiner Aufmerksamkeit, sie aalte sich darin, und er gab ihr nur zu gern, was sie brauchte. Sie lagen nah genug beieinander, um Händchen zu halten, aber immer wieder zog er seine Hand zurück und fand etwas anderes, das er damit tun konnte. Er streichelte ihre Haare und lief mit zwei Fingern über ihren Hals und hinunter zu ihrem Sommerkleid. Früher hätte sie sich nicht träumen lassen, dass sie mal etwas so Gewagtes tragen würde, aber jetzt erschien es ihr vollkommen natürlich. Wie alle Männer überspannte Victor manchmal den Bogen. Dieses Mal waren seine Hände ein wenig *zu* frei umhergewandert. Es war nicht schlimm, aber Alice hatte sie entschieden zurück auf seinen Schoß geschoben.

Daraufhin wurde er mürrisch und unruhig. Seufzend wandte er den Blick ab und sah zur anderen Seite der Terrasse hinüber, wo diese junge Schwedin – eine hübsche blonde Frau – ein Buch las.

Vielleicht reiche ich ihm nicht, dachte Alice. *Vielleicht bin ich zu verklemmt und komme ihm zu wenig entgegen.*

»Schätzchen?«, flüsterte sie.

»Hmm?« Victor wandte sich ihr wieder zu.

Alice zog ihn näher und küsste ihn leidenschaftlich auf den Mund. »Lass uns ins Haus gehen. Ich werde mal sehen, ob ich dich nach oben in mein Zimmer schmuggeln kann.« Sie hielt inne, weil ihr bewusst wurde, dass das schwierig werden konnte. »Da fällt mir noch ein Ort ein, wo wir ungestört wären.«

Interessiert beobachtete Victor, wie sie ihre Sachen einsammelte. »Ach ja?«

Alice ging ins Hotel, um den Schlüssel für das Gartentor zum Meer vom Empfangstresen zu holen. Als sie zurückkam, war Victor gespannt und ungeduldig wie ein Spaniel, der auf seinen Spaziergang wartete. »Komm mit«, befahl sie, und er gehorchte.

Als sie am Schloss herumhantierte, das wie so oft klemmte, fragte Victor: »Also willst du mit mir zum Strand gehen?« Er klang ein wenig enttäuscht.

»Das ist nicht nur ein Strand«, sagte Alice. »Es ist eine versteckte Oase.« Lachend sah sie sich nach einem Stein um, mit dem sie ihren Hut vor dem Wegfliegen bewahren konnte. Die Sonne schien heiß vom Himmel, aber es wehte ein spürbarer Wind.

Victor trat von einem Fuß auf den anderen und sah sich unsicher an dem leeren Stand um. »Gehen wir schwimmen?«

»Unter anderem.« Alice zog schon ihre Strümpfe aus.

»Aber ich habe keinen Badeanzug. Und du auch nicht.«

»Ich weiß«, sagte Alice. »Darum geht es ja.« Sie war es nicht gewohnt, Victor so entgeistert zu sehen. Es war richtig rührend, auch wenn sie sich mehr Enthusiasmus erhofft hatte – vielleicht ein stilles Lächeln, als Zeichen, dass sie sich gemeinsam auf dieses Abenteuer einließen.

Zu sehen, wie sie sich auszog, schien ihm Zuversicht zu geben. Kurz nachdem sie ins unberührte Wasser gelaufen war, hörte sie ihn rufen: »Warte auf mich!« Sie drehte sich um und sah seine blasse, hagere Gestalt näher kommen. Sie bespritzte ihn mit Wasser, die Tropfen klatschten gegen seine Brust. Er tat es ihr gleich, und bald jagten sie einander lachend wie die Kinder durchs Wasser. Alice wurde langsamer, damit Victor sie fangen konnte; er umfasste ihre Taille und zog sie an sich, küsste ihren Hals und legte eine Hand auf ihre rechte Brust.

Lust durchströmte Alice. »Ich dachte, du wärst schüchtern.«

»Nicht, wenn ich dir so nahe bin.«

Sanft zog sie seine Hand weg. Es freute, aber erschreckte sie auch, dass ihr Plan so plötzlich Erfolg hatte. Männer waren wirklich zu berechenbar. »Du musst dich noch ein klein wenig länger beherrschen.«

»Nenn mir einen guten Grund dafür.«

Das wollte Alice gerade tun, als eine tiefe Stimme zu ihnen herüberdröhnte. »Hallo da drüben!«

Erschrocken drehten sie sich zum Strand um, wo ein Mann und eine Frau standen und sie beobachteten. Alice erkannte sie sofort mit einem Schauder als zwei der anspruchsvolleren Gäste des Hotels, Herr Hoffmann und seine seltsam träge Frau. Herr Hoffmann trug eine kurze Hose, robuste Wanderschuhe und dazu braune Kniestrümpfe. Alice fragte sich, wie in aller Welt sie ohne den Schlüssel durch das Tor in die Bucht gekommen waren, als er es von sich aus erklärte. »Verzeihen Sie mir. Wir wollten einen Spaziergang machen, und das Tor war offen.«

»Ah«, sagte Alice. »Das war ein Versehen.« Aus Sittsamkeit waren sie und Victor tiefer ins Wasser getaucht. Sie spürte einen scharfen Stich an ihrem Bein, als ein Fisch daran knabberte.

Herr Hoffmann lachte herzhaft. »Das sehe ich.« Er schaute seine Frau an, die ihn geistlos angrinste. »Oh ja, das sehe ich jetzt. Keine Sorge, meine Freunde. Frau Hoffmann und ich, wir verstehen die Verlockung des Meeres, den Ruf der Freiheit. Im Sommer legen wir uns gern nackt an den Strand im Grunewald.« Er winkte beiläufig ab. »Wir finden eine andere Bucht. Entschuldigen Sie vielmals, dass wir Sie gestört haben.«

Als sie sich zum Gehen wandten, schien Herrn Hoffmann etwas einzufallen, und er sah stirnrunzelnd zu ihnen zurück. »Es ist komisch, aber Sie kommen mir so bekannt vor. Nicht Sie, Fräulein Ainsworth. Ich hatte nicht die Freude, Sie schon früher kennenzulernen. Aber Ihr Begleiter. Sagen Sie, Sir, waren Sie im Februar in Österreich? In einer Wiener Therme?«

»Nein«, sagte Victor. »Ich war noch nie in Österreich.«

»Wirklich? Ach, na ja. Vielleicht haben Sie einen Zwilling. Einen Doppelgänger.«

Alice und Victor warteten im Meer, bis die Deutschen gegangen waren. Bildete Alice es sich nur ein, oder waren Wind und Wasser kälter geworden? Gänsehaut überzog ihre Arme. Diese lästige Unterbrechung hatte den Tag verdorben, ihn in eine andere Richtung gedrängt. War es ihr vorher schon schwergefallen, Victors Aufmerksamkeit zu binden, schien Alice sie jetzt vollends verloren zu haben. Seine Stimmung war in Zorn umgeschlagen. »Was für eine Impertinenz«, sagte er. »Warum sollte ich eine Wiener Therme besuchen?«

»Ich habe keine Ahnung.«

»Es ist furchtbar da. Lauter alte Leute.«

»Er hat dich sicher nur mit jemandem verwechselt«, überlegte Alice, die sich vom Schreck erholte. »Nichts, worüber man sich aufregen müsste. Na komm, wir legen uns auf die Felsen, bis wir trocken sind.«

Noch als sie die Telefonistin bat, die Verbindung herzustellen, fragte Bella sich, ob sie das Richtige tat.

Sie hatte es zuvor mit Cecil abgesprochen und ihm von Lucians Schwierigkeiten erzählt. Er hatte nicht überrascht gewirkt und ihrem Vorhaben zugestimmt. Julia habe er seit Monaten nicht gesehen, er könne nicht sagen, wo sie sich aufhielt, aber aller Voraussicht nach würde sie in ihrem Londoner Haus sein. Ob er ihre Telefonnummer hatte? Seufzend holte er sein kleines Adressbuch hervor und blätterte darin herum, als wäre er nicht sicher, was er finden würde. »Du hast Glück«, sagte er schließlich, schrieb die Nummer auf ein leeres Blatt, riss es heraus und reichte es Bella.

Bellas Beziehung zu Julia war angespannt. Sie mochte die Frau nicht und wusste genau, dass Julia sie ebenso wenig mochte. Für Julia war sie eine Neureiche, deren Geld beschmutzt war, weil es durch harte Arbeit verdient statt über Generationen hinweg ererbt wurde. Jemand wie Julia hätte es vorgezogen, arm zu sein, als einen Fabrikbesitzer zum Vater zu haben.

Bella versuchte, äußerlich ruhig zu bleiben, aber als sie mit dem Hörer am Ohr wartete, schlug ihr Herz schnell. Und sie ließ sich von ihrem Herzen leiten, als nach endlosen Minuten Julias Stimme durch das zischende Unterseekabel drang: »Belgravia vier-null-vier-acht? Wer spricht da bitte?«

»Hier ist Bella.«

»Ah, Bella. Immer eine Freude.«

»Hast du einen Moment Zeit? Es geht um Rose.«

»Rose.« Julias Stimme bekam einen panischen Unterton. »Ist sie verletzt?«

»Nein, nein. Nichts dergleichen.«

»Ich muss sagen, ich hatte keine Ahnung, dass sie euch in Portofino besuchen wollte. Ein solches Vorhaben hätte ich nicht gebilligt.«

»Du wusstest nicht, dass sie hier ist?«

»Nicht, ehe ich einen Brief von ihr bekam, in dem sie mich informierte, nein.«

»Wie eigenartig«, sagte Bella, obwohl sie Rose insgeheim bejubelte. »Ich wollte mit dir über ihre Ehe sprechen. Über einen gewissen Aspekt der Ehe.«

»Oh.« Ihr Grinsen war durchs Telefon zu hören. *»Das.«*

»Ich mache mir Sorgen darüber, dass sie … keine Verbindung aufbauen können.«

»In der Tat.«

»Hat Rose etwas zu dir gesagt? Ich habe mit Lucian und Rose ein wenig darüber gesprochen. Genug, um zu wissen, wie unglücklich dieses Problem sie macht.«

»Um Himmels willen.« Julia erhob die Stimme. »Ich will nicht hartherzig klingen, aber um ihr Glück geht es nicht.« Sie hielt inne. »Wir sind in vielerlei Hinsicht unterschiedlich, du und ich. Aber ich glaube, in einer Sache verbindet uns das Glück: Die ehelichen Schwierigkeiten, auf die du anspielst, hat keine von uns erlebt. Was erfreulich für uns ist, aber wir sind damit in einer kleinen Minderheit.«

»Was willst du damit sagen?«

»Wenn man diesen Teil der Ehe genießt, ist es ein angenehmer Bonus. Den meisten Frauen geht es nicht so. Und wenn das der Fall ist, entschließen sie sich, es über sich ergehen zu lassen, damit die Ehe überleben kann, oder sie finden andere Möglichkeiten der Befriedigung.«

»Was für trübsinnige Aussichten«, sagte Bella. »Es muss doch noch eine andere Lösung geben.«

»Wenn du sie findest«, sagte Julia, »gib mir Bescheid. Und jetzt entschuldige mich bitte, ich mache mich gerade fertig, um auszugehen.«

Rose hatte vor dem Abend gegraut, seit sie am Morgen ihre Entdeckung gemacht hatte. Paranoia hatte sich in ihre Seele gegraben wie eine Glasscherbe. Ihr schien ganz offensichtlich, dass alle, selbst die anderen Gäste, über sie Bescheid wussten – über den Zustand ihrer Ehe, ihre sehr privaten Schwierigkeiten; darüber, was für eine phlegmatische und verwöhnte Frau sie war.

Früher hätte sie sich versteckt, hätte sich in ihrem Bett verkrochen. Aber sie war fest entschlossen, am Abendessen teilzunehmen und Lucian zu beweisen, dass sie die Ehefrau sein konnte, die er sich wünschte.

Nach einem Drink auf der Terrasse, einem Bellini in ihrem Fall, waren sie hineingegangen. Und es war komisch, weil der Speisesaal ihr Lieblingsraum war, wenigstens war er das gewesen: der sanfte Kerzenschein, die gestärkten Stoffservietten, die Tische geschmückt mit zarten Gläsern und Blumen und die Türen zur Terrasse weit geöffnet, damit die frische Abendluft hereinströmen konnte.

Als sie Lucian jetzt gegenübersaß, kam es ihr vor, als hätte sie keinerlei Macht über ihre Handlungen. Die Vorspeise – offenbar Tintenfisch, ausgerechnet – wurde serviert, und sie aß ein paar Häppchen, ohne etwas zu schmecken. Die Kerzen flackerten, und ein Teil von ihr erkannte die Szene, die sie umgab, als idyllisch, wunderschön, wie ein aufwendiges Bühnenbild. Aber sie war genauso unecht. Die kunstvoll getünchten Wände hätten auch Sperrholzplatten sein können, die anderen Gäste angeheuerte Schauspieler.

In manchen Situationen erschien Rose ihre Verbindung zur Welt als dürftig und beeinträchtigt – und diese gehörte dazu. In solchen Augenblicken wünschte sie sich plötzlich sehnlichst, sie wäre nur irgendjemand, eine Fremde, nicht wiederzuerkennen, sodass sie gar nicht mehr im herkömmlichen Sinne existieren müsste.

»Geht es dir gut?«, fragte Lucian und nippte an seinem Wein. Es waren die ersten Worte, die er an diesem Abend an sie richtete.

Nein, weil du mit Constance im Bett warst. Weil du mit ihr getan hast, was du mit mir nicht tun kannst.

»Ja, natürlich. Warum sollte es nicht?«

»Ich weiß nicht. Du wirkst so … weit weg. Als wärst du gar nicht hier.«

Rose antwortete nicht. Sie starrte Constance an, die eine Servierplatte mit Lammbraten hereintrug. Er duftete überwältigend nach Rosmarin und Knoblauch, aber Rose hatte keinen Hunger. Constance spürte ihren Blick, aber statt ihn zu erwidern, errötete sie und schaute weg.

Sie hatte vermieden, am Tisch der beiden zu servieren. An ihrer Stelle hatten sie Paola bekommen. Die ungeschickte, einfältige Paola. Hatte Lucian es mit ihr auch getan? Fand er ihre struppigen, fettigen Haare und ihre dicken Augenbrauen, die sich in der Mitte trafen, erregend?

Als Constance hinausging, kam Alice herein. Sie war aufgeblüht und strahlte Selbstbewusstsein und Souveränität aus – man erkannte die verdrießliche, unnachsichtige Person von letztem Jahr kaum wieder. Einen solchen Unterschied konnte die Liebe bewirken, dachte Rose. Man erkannte ihn deutlich im Gesicht eines Menschen und in seinem Auftreten.

Oder vielleicht war es nicht Liebe, sondern Sex. Sie konnte die Vorstellung nicht ertragen, dieses Geheimnis vielleicht niemals zu ergründen. Als Alice an Cecils Tisch vorüberging, sagte er, sie würde »vor Lebensfreude strahlen«. Wer würde das je über Rose sagen? Ihr Vater redete nicht mit ihr, nicht mehr seit dem Vorfall vor ein paar Jahren, als sie diesen besonderen Arzt holen mussten. Ihre Mutter sprach nur mit ihr, um sie runterzuputzen oder um ihr zu sagen, was sie tun sollte.

Cecil sprach weiter. »Und wo ist Victor, der Mann, der diese Freude geweckt hat?«

»Oh, er isst heute Abend in seinem Hotel.« Alice machte einen enttäuschten Schmollmund.

»Wie schade.«

»Hm.« Sie zögerte und sammelte sich. »Ich will ehrlich sein, Daddy. Victor fühlt sich in dieser Familie nicht besonders willkommen. Du solltest dir mit ihm mehr Mühe geben.«

»Meine Güte.« Unterstützung heischend sah Cecil zu Graf Albani, der ihm gegenübersaß. »Jetzt hat sie's mir aber gegeben.«

Rose stellte sich vor, sie würde so mit ihrer Mutter reden. Auf keinen Fall könnte Rose ihr so offen sagen, wie sie sich zu verhalten hatte. Das würde Mama nicht hinnehmen.

Aber sie durfte nicht aufgeben. Sie konnte diese Situation unter Kontrolle bringen. Und das bedeutete, Lucian nicht zu konfrontieren, ehe der richtige Zeitpunkt gekommen war. Wissen ist Macht, hatte jemand mal gesagt. Je besser sie dieses Wissen hütete, desto mächtiger war sie.

Sie brachten das Mahl schweigend hinter sich, abgesehen von Lucians banalen Schwärmereien über das Essen, besonders über ein widerliches Milchdessert namens *panna cotta*. Als er sie schicksalsergeben fragte, was sie als Nächstes tun wolle, nahm Rose ihren ganzen Mut zusammen und sagte: »Ich würde den Abend gern beenden. Vielleicht könnten wir uns in unser Zimmer zurückziehen?«

Lucian wirkte nicht angetan. »Ich hätte nichts dagegen, ein wenig hier unten zu bleiben. Aber geh ruhig vor, wenn du müde bist.«

»Eigentlich fände ich es schön, wenn du mitkommen würdest.«

Lucian zuckte mit den Schultern. »Wenn du meinst.«

Oben angekommen setzte sie den Plan, den sie sich tagsüber zurechtgelegt hatte, in die Tat um. Während Lucian sich einen Drink einschenkte und auf dem Balkon in die Sterne schaute, schloss Rose sich im Badezimmer ein und zog sich aus.

Sie schlüpfte rasch in ihr Negligé, das sie im Schrank unter dem Waschbecken versteckt hatte, und zog ihren seidenen Morgenmantel über. Dann betrachtete sie sich im Spiegel. Zum ersten Mal seit über einem Jahr war sie von Stolz erfüllt. Denn selbst sie konnte sehen, dass sie eine schöne Frau war. Ein wenig blass vielleicht. Ein wenig hager. Aber alles Wichtige war da, wo es sein sollte. Sie kniff sich in die Wangen, damit sie sich röteten, trug dezent Lippenstift auf und sprühte sich Parfum auf den Hals und die Handgelenke.

Offenbar hatte sie länger gebraucht als beabsichtigt, denn als sie das Schlafzimmer betrat, lag Lucian auf dem Bett und las die *Country Life*. Er blickte nicht auf, er schien sie nicht einmal zu bemerken. Sie zog ihren Morgenmantel aus, ließ ihn zu Boden fallen und stand in ihrem Negligé vor ihm. Immer noch keine Reaktion.

Rose räusperte sich. Das ließ Lucian aufschauen. Aber statt Verlangen sah sie Schrecken und Entsetzen auf seinem Gesicht. Er legte die Zeitschrift weg. »Oh, Rose«, sagte er, wie zu einem Kind. »Du musst das nicht tun.«

»Ich weiß«, sagte sie.

Weine nicht. Egal, was du tust, du darfst nicht weinen.

Sie stieg aufs Bett, krabbelte zu Lucian, und schwang ein Bein über seine Hüfte. Sie fühlte sich unbeholfen. Lächerlich. Rose empfand nichts. Wenn sie lang genug so weitermachte, würde sie dann vielleicht etwas empfinden? Wie fühlte sich Begierde an? Falls sie das Gefühl je gekannt hatte, so hatte sie es vergessen. Sie beugte sich vor, küsste Lucian auf die Stirn und arbeitete sich bis zu seinen Lippen vor. Da war keine Wärme, kein Erwidern.

»Was ist los?«, fragte sie.

»Ich kann nicht.«

»Was kannst du nicht?«

»Das hier. Ich will das nicht. Jedenfalls nicht jetzt.«

Rose schnürte sich die Kehle zu. Aus Kummer, dachte sie, aber als die Tränen flossen, erkannte sie, dass es Scham war.

Sie stieg von Lucian herunter und verdrehte sich in ihrer Eile, das Bett zu verlassen, ungelenk das Bein. Dann lief sie ins Badezimmer und schloss die Tür hinter sich ab.

ZWÖLF

Es war lange her, dass Cecil und Bella in der Öffentlichkeit eine geeinte Front gebildet hatten. Schade war dabei nur, dass der Anlass dieses ehrenhaften Auftritts nicht würdig war.

Bella nahm natürlich an, es sei ein ehrliches Treffen, dessen Ausgang auf ehrliche Weise entschieden würde. Cecil dagegen war sich der Scharade nur zu bewusst. Bella hatte sich extra in Schale geworfen, sich geschminkt (was in letzter Zeit selten vorkam) und sichergestellt, dass sie alle Details genau kannte, indem sie bis in die Nacht über den Plänen und Dokumenten gebrütet hatte. Alles sinnlos, wie Cecil wusste.

Jetzt saßen sie also in Danionis Büro. Groß, holzgetäfelt und recht angenehm durch den laufenden Ventilator, strahlte es einen gewissen Lokalglanz aus. Cecil fühlte sich an die Büros des Kolonialamts erinnert, die er in Kenia besucht hatte. Aus den Möbeln sprach dieselbe Eleganz und Überheblichkeit, an den Wänden hing die gleiche Art von Gemälden und Holzschnitten. Aber die Aschenbecher waren nicht geleert worden, und auf den Bilderrahmen und dem verchromten Tischkalender lag eine dünne Staubschicht.

Auf Danionis großem Schreibtisch waren Marcos Pläne ausgebreitet. Cecil und Bella saßen, Danioni stand am Tisch, musterte mit leicht zusammengekniffenen Augen die detaillierten Zeichnungen und bemühte sich, Autorität auszustrahlen. Er war ein besserer Schauspieler, als Cecil erwartet hätte. Nickend strich er sich über das Kinn und machte ganz den Eindruck, er wäre von den Entwürfen entzückt. Aber dann bat er darum, die rechtlichen Dokumente zu sehen, wie er und Cecil es abgesprochen hatten – »eine reine Formalität, Sie verstehen«. Cecil reichte ihm die Dokumente in einer Ledermappe, Danioni sah sie durch. Plötzlich schlug seine Stimmung um, als hätte jemand einen Schalter umgelegt. Sein Lächeln verblasste, die Falte in seiner Stirn vertiefte sich.

»Was ist?«, fragte Bella erschrocken.

Danioni pfiff durch die Vorderzähne. »Die Besitzurkunde – *è un problema.*«

»Was?« Jetzt musste Cecil schauspielern. Mit dick aufgetragener Entrüstung verlangte er zu wissen: »Warum?«

»Ich nahm an, sie würde auf Ihren Namen lauten, Signor Ainsworth.«

»Das tut sie auch.«

»Ich meine, nur auf Ihren Namen.«

Bella runzelte die Stirn. »Das verstehe ich nicht.«

Danioni setzte sich. »Dann will ich es erklären. Il Duces Regierung missbilligt geschäftliche Aktivitäten von Frauen. Sie sieht es lieber, wenn Frauen sich auf ihre gottgegebenen Rollen als Ehefrauen und Mütter konzentrieren. Es würde einen gefährlichen Präzedenzfall schaffen, wenn publik würde, dass ich implizit einen Betrieb unterstütze, der zum Teil einer Frau gehört.«

Cecil schlug heftig mit der flachen Hand auf seine Armlehne. »So etwas Lächerliches habe ich ja noch nie gehört«, rief er. »Ich habe Ihnen ein nettes Sümmchen Schmiergeld gezahlt, damit die Pläne genehmigt werden …«

»Ich weiß, aber mir sind die Hände gebunden.«

»Komm mit.« Cecil stand auf und scheuchte Bella hoch, bevor sie antworten konnte. »Wir gehen.«

Bella blickte auf. »Wirklich?« Leise Panik schlich sich in ihre

Stimme. »Wir müssen doch irgendetwas tun können. Das ist doch absurd. Wenn Frauen wählen können, warum können sie dann nicht Miteigentümerinnen sein?«

Cecil verließ den Raum zuerst. Er marschierte mit einer finsteren Miene hinaus, die sich in ein Lächeln verwandelte, sobald er sicher war, dass niemand ihn sah. Am Fuß der Treppe hörte er, wie Bella Danioni um Hilfe anflehte: »Bitte, Signore. Marco hat sich mit diesen Plänen solche Mühe gegeben.«

»Oh, er ist ein talentierter Mann«, sagte Danioni. »Da sind sich alle Damen einig.«

Aufgelöst und entmutigt trat Bella in das helle Sonnenlicht der Piazza. Cecil schimpfte weiter, aber Bella bat ihn aufzuhören. »Wut bringt uns nicht weiter. Wir müssen mit einem Anwalt sprechen.«

Cecil lehnte sich an die bröckelnde Stuckwand. »Wen schlägst du vor?«

»Bruzzone.«

»Ach, komm. Er ist ein kleiner Provinzanwalt. Wir brauchen stärkere Geschütze.« Er hielt inne und tat, als würde in seinem Kopf eine schlaue Idee Gestalt annehmen. »Weißt du, was ich tun werde? Ich telegrafiere dem Britischen Konsulat in Genua. Vielleicht können sie jemanden mit ordentlicher Schlagkraft empfehlen.«

»Meine Güte.« Bella starrte ihn durchdringend an, und einen Moment lang fragte er sich, ob sie seinen Plan durchschaut hatte. »Du entwickelst ja richtigen Feuereifer.«

Während Bella loszog, um Kerzen und Honig zu kaufen, ging Cecil zum Postamt. Aber statt das Britische Konsulat zu kontaktieren, holte er nur ein Telegramm ab. Nachdem er sich vergewissert hatte, dass die Luft rein war, marschierte er damit schnurstracks zum Hintereingang von Danionis Büro.

Danioni saß an seinem Schreibtisch und rauchte. »Glückwunsch«, sagte er lächelnd. »Einen Moment lang hätte ich Ihnen fast geglaubt.«

»Tja …« Cecil klatschte das Telegramm auf den Schreibtisch. »Das ist von Dalwhinnie. Er sagt, er kann die Lieferung auf viereinhalbtausend Liter im Monat erhöhen. Und falls wir mehr brauchen, kann er mir einen anderen Lieferanten vermitteln.«

Danioni nickte. »Es freut mich, das zu hören«, sagte er, obwohl es nicht danach klang.

»Ich sehe lieber zu, dass ich ins Hotel zurückkomme. Dann bringe ich die Sache mit Bella unter Dach und Fach und sichere mir die Besitzurkunde. Noch Zeit für einen kleinen Cognac? Wir haben eine Menge zu feiern.«

Danioni war sichtlich versucht, aber er zögerte. »Ehrlich gesagt«, antwortete er, »kann ich nicht so feiern, wie Sie es vorschlagen.«

»Ach nein? Warum nicht?«

»Ich stehe unter Druck. *Molta pressione.* Bisher ist es mir nicht gelungen, die beiden Turiner Terroristen aufzuspüren. Ich muss meinem Regionalleiter einen Bericht schicken.«

»So was«, sagte Cecil, »das ist ja ausgesprochen lästig.«

Als er allein ins Hotel zurückkehrte, betreute Alice den Empfang, wie in alten Zeiten. Es war unnatürlich still im Haus. »Wo sind alle? Verstecken sich in ihren Zimmern?«

»Mummy hat sich mit Carlo und einem Anwalt in ihrem Büro verschanzt.« Als sie seine Miene bemerkte, fügte sie hinzu: »Du hast wohl was ziemlich Schlimmes angestellt.«

Cecil lachte herzhaft, aber insgeheim kam leise Sorge in ihm auf. Seinem Eindruck nach war er Bella einen Schritt voraus gewesen, hatte das Tempo vorgegeben, wie auch immer man es bezeichnen wollte. Aber eine Besprechung hatte Bella nicht erwähnt, nicht jetzt, nicht hier und ganz sicher nicht mit einem Anwalt. Was ging da vor sich?

Mit raschen Schritten erreichte er Bellas Büro, wo dieser alte Knurrhahn Bruzzone gerade Unterlagen aus einer Aktentasche zog, die offen auf seinem Schoß lag. Carlo saß neben ihm, vermutlich um zu dolmetschen. Sie blickten auf, als er eintrat, wirkten aber nicht überrascht, ihn zu sehen.

»Wusste ich von diesem Treffen?«, fragte er. Er war so alarmiert, dass seine Stimme zitterte. »Du hast nach Danionis Entscheidung wirklich keine Zeit verloren.«

»Das mag sein.« Bella wandte sich ab. »Aber ich lasse mich nicht von einem Ganoven drangsalieren.«

Als Cecil sich einen Stuhl heranzog, erklärte Carlo den Zweck des Treffens. »Italiens Gesetz zur Ehegattenzustimmung, das von einer Frau verlangt, die Erlaubnis ihres Ehemannes einzuholen, bevor sie Geschäfte finanzieller oder anderer Art abschließt, wurde 1919 aufgehoben. Signor Bruzzone hat erklärt, dass man Danionis Entscheidung anfechten könnte, aber er kann nicht garantieren, dass das Gericht den Fall mit Wohlwollen betrachtet, wenn die faschistische Regierung darauf hinarbeitet, Frauen aus geschäftlichen Bereichen fernzuhalten.«

»Verstehe«, sagte Cecil. Es beunruhigte ihn, dass er nicht absehen konnte, worauf das hinauslief. »Und was machen wir jetzt?«

»Signor Bruzzone glaubt, dass Sie in einer viel besseren Position wären, sich gegen Danioni zu wehren, wenn in der Besitzurkunde des Hotels nur Ihr Name stünde.«

Erleichterung durchströmte Cecil. Er hatte befürchtet, sie würden einen Plan aushecken, der ihm Steine in den Weg legen würde. Aber jetzt bekam er genau, was er wollte, auf dem Silbertablett serviert! Bella blieb derweil stumm. Sicher verabscheute sie die Idee, aber man hatte ihr versichert, dass es keinen anderen Ausweg aus diesem Dilemma gab.

Cecil bemühte sich um einen ungläubigen Unterton. »Das kann doch nicht sein. Es muss eine andere Möglichkeit geben.«

»Leider nein«, sagte Carlo. An Bella gewandt fügte er hinzu: »Das könnte sogar die einzige Möglichkeit sein sicherzustellen, dass Danioni Sie nicht besiegt.«

Jemand klopfte an die Tür. Bella nickte demjenigen zu – Cecil konnte nicht sehen, wer es war –, und Claudine betrat aufgeregt das Zimmer. »Ach ja«, sagte Bella. »Du musst auch mit Signor Bruzzone sprechen.« Sie wandte sich an Cecil. »Würdest du uns kurz allein lassen? Claudine muss mit Bruzzone über ihre Vertragsprobleme reden. Sie hat Carlo und mich gebeten, sie zu unterstützen und zu dolmetschen. Über Bruzzones Rat können wir später sprechen. Vielleicht beim Abendessen?«

»Das wäre wunderbar«, sagte Cecil, überrascht über die Einladung. »Aber ich gehe heute Abend mit Victor essen, Alice hat darum gebeten.«

»Ah.« Bella wirkte nachdenklich. »Schon gut. Bestimmt ergibt sich eine andere Gelegenheit.« Sie war im Begriff, sich umzudrehen, als ihr noch etwas einfiel. »Wenn du spät zurückkommst, versuchst du bitte, mich nicht zu wecken? Ich muss morgen früh aufstehen, um den Zug nach Genua zu erwischen.«

Cecil suchte in ihrem Gesicht nach Anzeichen eines schlechten Gewissens, aber er konnte nichts entdecken. »Natürlich«, sagte er. »Ich werde mir alle Mühe geben.«

Neben dem Hotel luden Billy und Paola frisches Obst und Gemüse von einem Karren. Die Zucchinizeit begann gerade. Schmunzelnd dachte Billy daran, wie die Vorfreude seiner Mutter immer größer geworden war. Von allen italienischen Gerichten, die sie im letzten Jahr in ihr Repertoire aufgenommen hatte, waren frittierte Zucchiniblüten sicher ihr Lieblingsessen.

In der Speisekammer stapelte Billy seine Holzkiste auf die andere, die Paola gerade abgestellt hatte. Er wischte sich den Schweiß von der Stirn und holte die nächste Kiste. Als der Fahrer sie ihm reichte, bemerkte er einen kleinen Zettel, den der Mann unter der Kiste zwischen den Fingern hielt. Als Billy den Zettel nahm, nickte der Fahrer fast unmerklich und lächelte.

Nachdem er die Kiste sicher verstaut und sich vergewissert hatte, dass niemand ihn beobachtete, nahm Billy sich einen Moment Zeit, um den Zettel zu lesen.

Er war auf Englisch geschrieben, von Gianluca an Lucian.

Darauf stand, dass Lucian ihn an diesem Abend um neun Uhr an der Uferpromenade treffen sollte.

Billy hatte mitbekommen, dass Lucian mit diesem Soldaten nach oben verschwunden war, diesem Typen mit der Narbe. Sie schienen die Einzigen zu sein, die den neuen Aufenthaltsraum nutzten, an dem Mrs Ainsworth so lange gearbeitet hatte. Was Billy nur recht war, weil er selbst oft dort vorbeischaute und allein eine Partie Billard spielte.

»Ich springe mal kurz nach oben«, sagte er zu Paola. »*Richiamo della natura.*«

Das war ein kleiner gemeinsamer Witz, und sie schlug ihm spielerisch auf den Arm, bevor sie in die Küche ging und anfing, das Gemüse vorzubereiten.

Wie Billy vermutet hatte, spielten Lucian und Jonathan tatsächlich Billard. Dabei sprachen sie über ihre Narben. »Ich bin noch nicht bereit, der Welt meine Beine zu zeigen«, sagte Jonathan gerade. »Deshalb war ich noch nicht schwimmen. Wenn du glaubst, mein Gesicht wäre schlimm …«

»Betrachte es als Ehrenabzeichen«, antwortete Lucian. »So versuche ich es.« Als er Billy bemerkte, rief er ihn dazu. »Da haben wir jemanden, der wirklich spielen kann. Lust auf eine schnelle Runde? Deine Mutter hätte sicher nichts dagegen.«

»Jetzt gerade nicht«, sagte Billy bedauernd. »Aber ich möchte Sie um einen Rat bitten. Wenn Sie kurz Zeit haben.«

Lucian schien sofort zu verstehen, worum es ging. »Natürlich«, sagte er und trat zu Billy an die Tür.

Jonathan war so sehr damit beschäftigt, die nächste Kugel anzuvisieren, dass er nicht bemerkte, wie Billy Lucian mit einem Zwinkern den Zettel zusteckte.

Cecil war mit Victor in das neue Fischrestaurant am Hafen gegangen, nicht weil er Gutes über das Essen gehört hätte, sondern weil es dort von Schweizern, Deutschen und gelegentlich Engländern wimmelte und es von den Einheimischen gemieden wurde. Schon im Hotel konnte man beim Essen nicht offen reden, weil man ständig Gefahr lief, belauscht zu werden. Dieses Problem war aber noch hundertmal schlimmer, wenn man in einem der Lokale um die Via Roma saß.

»Zu dieser Jahreszeit sollte man die Sardellen nehmen. Die Italiener bekommen nicht genug davon. Sie marinieren sie, sie füllen sie, sie zerstampfen sie …«

Er gab sich mit seinem Auftritt als gleichmütiger Brite mit Expertenwissen über sein Gastland alle Mühe, und trotzdem wirkte Victor nicht besonders interessiert. Er machte sogar einen ziemlich unruhigen und abgelenkten Eindruck. Sein cremefarbenes Hemd unterstrich seine Blässe, und sein bleistiftdünner Schnurrbart ließ ihn jünger statt älter wirken. Alles in allem ein sonderbarer Bursche.

Victor bestellte das Gleiche wie Cecil, lustlos sprach er ihm jedes Wort nach. Anschließend beschloss Cecil, Victor eine Kostprobe seiner Großzügigkeit zu geben.

»Alice ist Ihnen sehr zugetan, wie Sie sicher wissen. Sie verschenkt ihre Zuneigung nicht leichtfertig, was bedeutet, dass Sie ein anständiger Kerl sein müssen. Die Art Bursche, die wir gern auf längere Sicht um uns hätten, wenn Sie verstehen, was ich meine.«

»Sie sind sehr freundlich, Signor Ainsworth. Alice ist … nun, was kann ich sagen?« Er lächelte. »Sie ist eine Naturgewalt.«

»Allerdings. Sie hätten sie kennenlernen sollen, als sie jünger war. Die kleine Hexe wollte immer ihren Kopf durchsetzen. Meistens hat sie es auch geschafft – ha!«

»Kann ich mir vorstellen.« Victor trank seinen Wein.

»Als Zeichen meiner … Dankbarkeit dafür, dass Sie mein Mädchen wieder zum Lächeln gebracht haben, möchte ich eine Einladung aussprechen.« Er legte eine Pause ein, lehnte sich zurück und ließ die Spannung steigen. »Zur großen Eröffnung des Kasinos Santa Margherita.«

Victor sagte nichts. Dann lachte er nervös und senkte den Blick. »Ach, das. Ja, davon habe ich gehört. Der Besitzer hat mich schon eingeladen.«

Cecil schluckte schwer und versuchte, seine Überraschung zu überspielen. »Sie kennen Parrino?«

»Ja, ja.« Victor winkte leichthin ab. »Ich bin neulich Abend am Kasino vorbeigekommen. Parrino und ich haben uns unterhalten. Wir haben uns gut verstanden.«

»Aha.«

Victor wurde munterer, als hätten sie endlich ein Thema angeschnitten, das ihn interessierte. »Sie und ich – wir sollten ein, zwei Runden Poker spielen. Vielleicht würden Carlo und Danioni gern mitmachen?«

Cecil wurde still. Dann sagte er: »Carlo ist ein Gentleman. Ihm wird es egal sein, ob er gewinnt oder verliert. Danioni dagegen … ich bin nicht ganz sicher, ob das etwas für ihn ist.«

»Neulich Abend war er sehr interessiert am Spielen. Als er mich herumgeführt hat. Parrino und Danioni, sie schienen – wie sagt man? – dicke Freunde zu sein.«

»Ach, wirklich?«

Der Kellner, ein etwa vierzehnjähriger blonder Junge, nahm zwei weiße Teller von einem großen Tablett, knallte sie auf den Tisch und stellte einen Korb mit Brot dazu. Die Sardellen rochen nach Thymian, Olivenöl und Essig, aber als Cecil zur Gabel griff, war ihm aus irgendeinem Grund der Appetit vergangen.

Lucian erreichte die Promenade vor der verabredeten Zeit, trotzdem wartete Gianluca schon auf ihn. Der Italiener hatte sich mit der groben, zerrissenen Kleidung eines Fischers getarnt, sein Gesicht schaute unter einer roten Wollmütze hervor und sah im Mondlicht hager und bleich aus.

Sie umarmten sich zaghaft, dann sagte Gianluca: »Ich muss dir danken, dass du mir vertraut und gesagt hast, wo Nish ist. Deine Mutter hat mir die Botschaft über meinen Vater zukommen lassen. Ich bin hier, um dir zu sagen, dass wir Nish aus der Höhle wegbringen werden. Wir warten nur darauf, dass die Polizei ihre Aktivitäten in der Stadt zurückfährt.«

»Ich habe eine Idee«, sagte Lucian. »In zwei Tagen eröffnet das Kasino. Das bedeutet, dass Danioni und seine Schläger abgelenkt sind.«

»Daran haben wir auch schon gedacht. Es ist ein guter Zeitpunkt, um ihn wegzuschaffen. Ich schicke dir eine Nachricht, wenn es erledigt ist.«

»Danke.« Als sie voreinander standen, bereit, sich zu verabschieden, war Lucian unerwartet gerührt. Ein Schluchzen stieg seine

Kehle hinauf, als er sagte: »Pass gut auf Nish auf. Ich verdanke ihm mein Leben. Er ist mir wichtiger als fast jeder andere Mensch, den ich kenne.«

Gianluca drückte seinen Arm. »Bitte, Lucian, mach dir keine Sorgen. Mir ist er wichtiger als mein eigenes Leben.«

Am nächsten Morgen stand Bella um halb sechs auf. Während Cecil tief und fest schlief, wusch sie sich, zog sich an und ließ sich vom Duft des Kaffees und frisch gebackener Brötchen nach unten locken.

Jeden Morgen füllte Betty den Korb auf der Anrichte im Speisesaal mit ihren Brötchen. Bella nahm eines und schenkte sich aus der silbernen Kanne Kaffee ein. Als sie sich setzte, brachte Betty eine weitere frisch gebackene Fuhre herein.

»Mrs Ainsworth!«, rief sie. »Sie sind heute Morgen früh auf.«

»Ich fahre gleich nach Genua, Betty.«

»Wem's gefällt.«

»Ich wollte Sie daran erinnern«, sagte Bella zwischen zwei Bissen, »dass die Dodsworth-Schwestern heute Morgen abreisen. Das ist also die letzte Mahlzeit, die Sie für die beiden zubereiten müssen.«

»Als kleines Abschiedsgeschenk schütte ich ihnen saure Milch in den Haferbrei.« Beide Frauen lachten. Bella hatte erwartet, dass Betty in die Küche zurückkehren würde, aber die Köchin blieb neben ihr stehen. Ihr schien etwas auf dem Herzen zu liegen. »Ich habe mich etwas gefragt, Ma'am.«

»Ja, Betty?«

»Ich müsste mit Ihnen sprechen. Über etwas, das mir Sorgen macht.«

»Ja, natürlich«, sagte Bella. »Aber nicht jetzt, wenn es Ihnen nichts ausmacht. Ich muss unbedingt den ersten Zug nach Genua nehmen, sonst verpasse ich meinen Termin.«

Billy wartete mit der Kutsche auf dem Vorplatz, um sie zum Bahnhof Santa Margherita zu bringen. Unterwegs bereitete ihm eines der Pferde Probleme – er hatte ein schlecht sitzendes Hufeisen im Verdacht –, weshalb die Fahrt recht angespannt verlief und sie den Bahnhof erst erreichten, als der Zug schon einfuhr. Bella musste sich beeilen, mit einer Hand raffte sie ihren Rock zusammen, damit sie nicht stolperte. Aber sie schaffte es noch, alles war gut – und der Frühzug war nie voll besetzt, zumindest nicht in der Ersten Klasse.

Sie lehnte sich entspannt in ihrem Sitz zurück, der seine geringe Breite mit einer bequemen Polsterung wettmachte. Was Henry anging, musste sie eine Entscheidung treffen, eine furchtbar schwere. Scheußliche Ungewissheit quälte sie seit Monaten, schon lange vor ihrem Telefonat. Nach dem Telefonat hatte sie eine Leere und Reizbarkeit empfunden, die nichts mit Cecils Wiederauftauchen zu tun hatte. Im Gegenteil, durch seine Taten hatte sich ihr Mann in die Kategorie Mensch eingeordnet, die man tolerierte, um ein bestimmtes Ziel zu erreichen. Der Mann, mit dem diese Gefühle zu tun hatten, war Marco.

Ihr Trübsinn hielt nicht lange an. Kaum in Genua angekommen, dieser lebendigen und prachtvollen Stadt, fühlte Bella sich wie jedes Mal beschwingt. In einer Stadt allein zu sein ließ sich nicht mit dem Alleinsein irgendwo anders vergleichen. Man fühlte sich losgelöst, fand Bella, als wäre man eines und die übrige Welt etwas anderes.

Niemand außer ihr und Henry kannte den echten Grund ihres Besuchs, die wahre Natur ihres »Termins«. Davor hatte sie noch zwei Stunden Zeit, die sie verbringen konnte, wie es ihr gefiel. Sie schob sich vorsichtig durch die staunende Menge vor Kolumbus' Statue, überquerte die Piazza Aquaverde und fand mithilfe ihres

Baedekers den Weg zur unglaublich schmalen Via di Pre mit ihren winzigen Geschäften, die Obst, Bücher und Pelze verkauften. Ladenbesitzer nickten ihr an den Türen zu. Besonders faszinierend fand Bella die Goldschmiede, die fast ausschließlich kleine Gegenstände und Schmuckstücke aus feinem Draht anboten, oft vergoldet und zu zarten, schönen Formen geflochten.

Bella genoss, dass Genua aus allen Nähten zu platzen schien. So vieles drängte sich hier auf so kleinem Raum, und der verwinkelte, verwirrende Grundriss der Stadt erinnerte an einen Bienenstock. Wie ironisch, dass eine Stadt, in der man sich so leicht verlieren konnte, ein Ort war, an dem sie sich zu finden hoffte.

Ein- oder zweimal hatte Bella das eigenartige Gefühl, jemand würde ihr folgen. Sie blieb stehen und drehte sich um, aber da war niemand, und so vertrieb sie diesen Gedanken. Sicher war es nur die Aussicht, Henry nach so langer Zeit wiederzusehen, die sie so nervös und paranoid machte.

Bella war unzählige Male durch die Via Garibaldi gegangen, aber bei jedem Besuch beeindruckten sie die majestätischen Fassaden der Palazzi, die vom Alter fleckig und verblasst waren, aufs Neue. Wie sie einmal gestrahlt haben mussten, die aufragenden Pfeiler und Balustraden und die reich verzierten Gesimse, die am Himmel zu kratzen schienen.

Sie besuchte Marisas berühmte Boutique, um ein Kleid anzuprobieren, aber es saß nicht gut und bauschte sich unschön an der Taille. So traf sie am Ende kurz vor der verabredeten Zeit von zwölf Uhr am Palazzo Bianco ein.

Durch den imposanten Eingang betrat man eine reich geschmückte Halle mit bemalter Gewölbedecke. Dahinter lag ein quadratischer Innenhof umgeben von einem Säulengang. Eine Treppe führte von hier zu den langen Zimmerfluchten, die eine großzügige Seele zu erlesenen Kunstgalerien umfunktioniert hatte.

Als Bella sich auf die Bank mitten in der Halle setzte und sich umschaute, wurde ihr klar, dass sie ihren Platz glücklich gewählt hatte. Ihr war entfallen, dass die Galerie Gemälde von Caravaggio besaß. Und hier, ohne auch nur danach zu suchen, hatte sie *Ecce Homo* gefunden, seine Darstellung Jesu, der von Pontius Pilatus der grölenden Menge präsentiert wird. Sie war so bewegt von dem Gemälde, so gebannt von der leuchtenden Blässe und Verletzlichkeit des dargestellten Körpers, von der Spannung zwischen dem Leiden Jesu und der Unbekümmertheit des Pontius Pilatus, dass sie die vertraute Stimme zuerst nicht erkannte. Sie flüsterte ihr ins Ohr: »Caravaggio – unbestreitbar der Vater der modernen Malerei.«

Lächelnd drehte sie sich um, obwohl sie verstimmt darüber war, dass er den Zauber gebrochen hatte. »Henry!« Sie deutete auf das Gemälde. »Ist es nicht beeindruckend?«

»Ja, ist es. Fast so beeindruckend wie du.«

Sie lachte leise, aber die Bemerkung war deplatziert. Es wäre ihr lieber gewesen, er hätte sie unterlassen. Sie schaute ihn an. Er sah deutlich älter aus. Immer noch ein attraktiver, distinguierter Mann, aber dünner und ernster als in ihrer Erinnerung. Besonders stark fiel ihr eine gewisse Verschlossenheit an ihm auf. Er gab ihr, sicher unbeabsichtigt, das Gefühl, nichts über sich preisgeben zu wollen. Die jungenhafte, unbeschwerte Fröhlichkeit, an die sie sich erinnerte, war vollkommen verschwunden. Das machte ihr den Gedanken daran, was sie gleich tun musste, deutlich erträglicher.

Seite an Seite auf der Bank sprachen sie über allerlei Dinge, nur nicht über sich selbst – über das Wetter, die Lebenswege der Kinder. Bella wäre gern länger in der Galerie geblieben, aber Henry schützte Kopfschmerzen vor und wollte an die frische Luft, und so spazierten sie zum etwa zehn Minuten entfernten Park Villetta di Negro.

In der Galerie hatte Bella sich sicher gefühlt, aber draußen befiel sie wieder der Eindruck, jemand würde sie beobachten, so stark, dass sie es Henry gegenüber fast erwähnt hätte. Aber er hätte sie nur für verrückt gehalten.

Bald hatten sie eine Bank gefunden. Henry legte eine Hand auf ihre und schluckte schwer, bevor er zu einer Rede ansetzte. Sie war sicher ganz anders verlaufen, als er es in Gedanken monatelang geübt hatte, dachte Bella später. »Es ist ganz seltsam«, fing er an, »aber ich habe so lange davon geträumt, wieder mit dir vereint zu sein, dass ich jetzt, da der Augenblick gekommen ist, überwältigt bin. Ich weiß kaum, was ich sagen soll.«

»Ich weiß genau, was du meinst«, sagte Bella in der Hoffnung, sein Geständnis würde bedeuten, dass er zum selben Schluss gekommen war wie sie.

»Du bist ebenso schön wie in meiner Erinnerung. Noch schöner, wenn überhaupt.«

»Es mag ungewöhnlich klingen«, sagte Bella, »aber ich will nicht, dass man mir sagt, ich sei schön.« Sie unterbrach sich, es fiel ihr schwer, die richtigen Worte zu finden. »Darf ich etwas sagen, Henry?«

»Natürlich.«

»Als wir uns kennenlernten, fühlte ich mich zu dir hingezogen. Ich war jung und, ich muss es gestehen, verzweifelt über den Verlust meines Kindes und die Enttäuschungen meiner Ehe. Rückblickend glaube ich, dass ich mir eine große, tragische Liebesgeschichte zwischen uns zusammengeträumt habe. Briefe zu schreiben hat die Vorstellung verfestigt. Briefen … kann man nicht vertrauen, meiner Erfahrung nach. Die Wahrheit ist etwas anderes als die Fantasie. In Wahrheit bin ich eine verheiratete Frau eines gewissen Alters mit gewissen Pflichten. Und deshalb muss ich dir mit Bedauern sagen, dass wir unsere Korrespondenz ab sofort einstellen müssen.«

Beim Sprechen hatte Bella zu Boden gestarrt, weil sie fürchtete, sein Anblick könnte es ihr noch schwerer machen. Als sie aufschaute, sah sie zu ihrem Entsetzen, dass Henry weinte. »Henry …«

»Nein!« Er verdeckte sein Gesicht mit der Hand. »Sieh mich nicht an. Bitte.«

»Ich wollte dir nicht wehtun.«

»Natürlich nicht. Und das hast du nicht, auch wenn es einen anderen Eindruck macht. Ehrlich gesagt hatte ich ganz ähnliche Gedanken. Was du sagst, überrascht mich nicht.«

Bella beugte sich vor und gab ihm eine liebevolle, aber keusche Umarmung. Dann stand sie auf, ging am Wasserfall vorbei und durch das Tor hinaus.

Henry war aus allen Wolken gefallen. Er hatte gelogen, als er Bella beigepflichtet hatte. Als der Tag ihrer Verabredung näher gerückt war, hatte er sogar den Gedanken zugelassen, Bella wolle Cecil endgültig verlassen – sie würde ihre Ehe aufgeben, welche gesellschaftlichen und finanziellen Konsequenzen es auch haben mochte, und sie habe das Treffen vereinbart, um es ihm mitzuteilen und die Umsetzung zu besprechen.

Aber der Traum war vorbei. Jetzt musste er zur Familie seines Schülers zurückkehren, bei der er im Moment wohnte, und so tun, als sei nichts geschehen. Das Leben würde normal weitergehen müssen.

Er hatte vielleicht fünf Minuten auf der Bank gesessen, als sich ein Mann von rechts zielstrebig näherte. Er war Anfang fünfzig, vermutete Henry, trug einen Sommeranzug, hatte die grau melierten Haare ordentlich gescheitelt und hätte attraktiv gewirkt, wäre sein Gesicht nicht vor Wut verzerrt gewesen.

Der Mann blieb vor der Bank stehen. Er war außer Atem, angespannt und verkrampft. »Henry Bowater?«, fragte er.

Henry erwiderte seinen Blick. »So heiße ich.«

»Ich bin Cecil Ainsworth.«

Henry zögerte und dachte nach, obwohl es schon unruhig in seinem Nacken kribbelte. »Ich glaube nicht, dass wir uns kennen«, sagte er.

»Nein«, stimmte der Mann zu. »Aber ich glaube, Sie kennen meine Frau.«

Henry schüttelte den Kopf. »Sie irren sich«, sagte er. »Sie verwechseln mich mit jemand anderem.«

»Wohl kaum.« Cecil beugte sich vor, sodass Henry den Whisky in seinem Atem riechen konnte. »Sie waren gerade mit ihr zusammen. Und wenn ich Sie noch einmal mit ihr sehe oder davon höre, dass Sie mit ihr Kontakt aufnehmen wollten, bringe ich Sie um.«

Henry starrte Cecil in die blutunterlaufenen Augen und lachte. »Sparen Sie sich Ihre Drohungen«, sagte er. »Meine Vertrautheit mit Ihrer Frau hat nur auf dem Papier stattgefunden. Und gerade haben Sie gesehen, wie sie mir mitgeteilt hat, dass sie mir nicht mehr schreiben wird. Dass wir uns nie wiedersehen.«

Als Cecil das hörte, verzog er die Lippen zu einem verkniffenen Lächeln. »Ist das so?« Er tippte sich an den Hut. »In diesem Fall wünsche ich Ihnen einen angenehmen Tag.«

Kurz nach ihrer Verabredung mit Henry nahm Bella den nächsten Zug zurück und war zum Abendessen wieder in Portofino. Billy half seiner Mutter und hatte sie nicht abholen können, deshalb hatte sie in Santa Margherita ein Taxi genommen. Als sie die gewundene Straße entlangrumpelten, kam Bella der Gedanke, dass die Verfügbarkeit der Taxis zu den größten Vorteilen des Wandels zu einer Ferienregion gehörte.

Nachdem sie nun das Henry-Problem, wie sie es insgeheim nannte, gelöst hatte, musste sie ihre Aufmerksamkeit dem neuesten Cecil-Problem zuwenden.

Nur war er nirgends zu finden, als sie im Hotel ankam.

»Hast du deinen Vater gesehen?«, fragte sie Alice, die mit Victor auf der Terrasse Prosecco schlürfte, statt in der Küche zu helfen, wie sie es früher getan hätte.

»Ich bin nicht seine Aufpasserin«, sagte Alice. Victor lächelte, aber Bella fiel eine gewisse Distanziertheit auf.

Sie stieg die Treppe zu den Schlafzimmern hinauf, um sich umzuziehen, und lief Claudine in die Arme. »Sind wir bereit?«, fragte Claudine kryptisch. »Sag mir einfach, wann und wo, und ich bin da.«

»Im Büro«, antwortete Bella. »Sagen wir, in einer halben Stunde. Ich weiß nicht, wo Cecil ist, aber ich habe das Gefühl, dass er bald zurückkommt.«

Zu ihrem Plan gehörte auch, sich für ihn mit einem schwarzen Chanel-Kleid in Schale zu werfen. Sie trug es nur noch selten, weil sich ihr Stil geändert hatte, aber sie wusste, dass es Cecil gefiel. Sie tupfte sich gerade etwas Parfum auf den Hals – ein neues namens Coty L'Amour, das nach Rose, Jasmin und Vanille duftete –, als draußen eine Kutsche über den Kies knirschte.

Cecil war zurück.

Claudine las in der Bibliothek eine Zeitschrift. »Bleib hier«, rief Bella ihr von der Tür aus zu, »ich hole dich, wenn ich dich brauche.«

Sie wartete im Foyer. Als Cecil durch die Tür trat, eilte sie zu ihm. »Liebling!«

Sein verärgerter Gesichtsausdruck schmolz dahin. »Hallo, Bella.«

»Wo warst du? Ich habe mir fast Sorgen gemacht.«

»In Genua.«

Bella lachte ernsthaft überrascht. »Wer hätte das gedacht! Ich war auch in Genua! Das hättest du mir sagen sollen. Wir hätten uns zum Mittagessen treffen können.«

»Du warst doch beschäftigt, oder nicht?« Seine Stimme hatte einen scharfen Unterton, den Bella beschloss zu ignorieren; sie hatte einen Verdacht, warum er tatsächlich in Genua gewesen war, und wollte sich auf keinen Fall von ihrem aktuellen Vorhaben abhalten lassen.

»Ach, eigentlich nicht. Alles in allem war die Fahrt vertane Zeit. Egal! Ich habe eine Überraschung für dich. Wenn du einmal mitkommen möchtest ...« Bella hakte sich bei Cecil unter und führte ihn zu ihrem Büro. Sie schloss die Tür hinter ihnen, öffnete die Flasche Prosecco, die auf ihrem Schreibtisch stand, und schenkte zwei Gläser ein. Eines gab sie Cecil, das andere nahm sie selbst. »Auf einen Neuanfang.«

Cecil wirkte verdutzt. Überrumpelt. Aber auch erfreut, dass er so freundlich willkommen geheißen wurde. Zaghaft ließ er sich auf den Moment ein und hob ebenfalls das Glas. »Auf einen Neuanfang«, sagte er und leerte es zur Hälfte. »Würdest du mir jetzt verraten, worum es geht?«

Bella öffnete ihre Schreibtischschublade und holte einen Stoß Unterlagen hervor, den sie Cecil überreichte. »Das ist eine vertragliche Vereinbarung, die Bruzzone nach meiner Anweisung verfasst hat. Ich übertrage dir meinen Besitzanteil am Hotel.«

»Das ging ja schnell. Ich habe dich nicht darum gebeten, und du musst es nicht tun ...«

»Ich will es aber«, unterbrach Bella ihn. Sie nahm die Flasche und schenkte ihnen beiden nach. »Ich hatte Zeit zum Nachdenken, und mir ist klar geworden, dass ich keine andere Wahl habe, als an dieser Ehe zu arbeiten. Das bedeutet, dass ich dir das Geschehene vergeben und darauf vertrauen muss, dass du das Richtige tust, damit wir unser gemeinsames Ziel verfolgen können – das Hotel zu erweitern und zu noch größerem Erfolg zu führen.« Cecil wollte etwas entgegnen, aber Bella trat näher und legte ihm einen Finger an die Lippen. »Ich habe viel Zeit und Energie damit verschwendet, mir zu wünschen, die Dinge wären anders. Aber jetzt, na ja … Ich bin fest entschlossen, zwischen uns alles zum Besten zu wenden.«

Schweigend ließ Cecil das alles auf sich wirken. Er trank seinen Prosecco aus, was Bella vorhergesehen hatte und als Anlass nahm, ihm nachzuschenken. Dann fragte er: »Und was mache ich jetzt?«

»Du liest diese Dokumente durch – es sind zwei an der Zahl – und unterschreibst sie. Dafür brauchen wir allerdings einen Zeugen.« Bella tat so, als wäre es ihr gerade erst eingefallen. »Schau sie dir an, ich gehe jemanden suchen. Claudine müsste in der Bibliothek sein.«

Wenige Minuten später kehrte sie mit Claudine zurück und bemerkte amüsiert, dass Cecils Glas wieder leer war.

»Nun?«, fragte Bella ihn. »Was denkst du?«

Er blickte auf. »Wirkt alles einwandfrei.« Bella hörte den Alkohol aus seinem undeutlichen Nuscheln. »Idealerweise würde ich meinen Anwalt das durchsehen lassen …«

»Bruzzone *ist* dein Anwalt. Er ist *unser* Anwalt. Und wir sind auf derselben Seite, weißt du noch?«

Das schien Cecil zu beruhigen. »Ja, dann«, sagte er, als Bella die Kappe ihres Mont-Blanc-Füllhalters abschraubte. »Wo muss ich unterschreiben?«

DREIZEHN

Claudine stand vor ihrem Badezimmerspiegel und musterte sich kritisch. Das weiche Licht der Wandlampen zu beiden Seiten des runden, facettierten Spiegels war wunderbar schmeichelhaft, anders als das brutale Licht der Kohlebogenlampen, die beim Filmdreh benutzt wurden. Die Kliegl-Leuchten, wie sie genannt wurden, waren so hell, dass Regisseure Tagszenen bei Nacht drehen konnten, aber dadurch auch so stark, dass man von ihnen rote Augen oder Schlimmeres bekam – manche Schauspieler behaupteten, sie seien dadurch erblindet.

Sie lachte leise. Alles wirkte so glamourös! Wenn die Leute nur wüssten, wie schäbig es in der Branche in Wahrheit zuging.

Ihr Make-up aufzutragen war ein langsamer, befriedigender Prozess. Er beruhigte Claudine und machte sie für alles bereit, was da kommen mochte, Triumph oder Tragödie. Sie neigte sich dem Spiegel zu und zog ihre hauchdünnen Augenbrauen nach. Dann war es Zeit für den Hauptteil ihres Werks. Sie trug ihre Lieblingskombination an Lidschattenfarben auf – Rauch- und Rotbraun auf den Lidern, kupferfarben in den Augenwinkeln – und verblendete sie sorgfältig. Dann wiederholte sie dasselbe mit Grundierung in verschiedenen Farbtönen, fixierte sie mit Kreidepuder und legte dunkelroten Lippenstift auf, durch den sie sich stärker fühlte, größer, gefasster. Um ihre Locken zu bändigen und richtig zu legen, benutzte sie die Brillantine ihrer Freundin Josephine Baker, Bakerfix.

Claudine betrachtete sich von allen Seiten und überzeugte sich davon, dass sie so gut wie nur möglich aussah. Aber wie klang sie? Es war eine Weile her, seit sie zuletzt für eine Gage gesungen hatte, und insgeheim war sie besorgt, ihre Stimme könnte an Klarheit und Brillanz verloren haben. Sie nahm einen Schluck Salzwasser und gurgelte geräuschvoll, was immer half, wenn ihre Kehle rau war. Das Rauchen war daran schuld, das wusste sie, deshalb versuchte sie in letzter Zeit, darauf zu verzichten.

Der Auftritt im Kasino war für Claudines Verhältnisse keine große Angelegenheit, und sie erwartete auch nicht, dass er einer ihrer besten würde. Parrino hatte in der Gegend nur sieben anständige Jazzmusiker auftreiben können, und einen hatte Claudine rausgeworfen, weil ihm der Schwung fehlte. Aber auf seine Art war der Auftritt wichtig, und sie wollte niemanden enttäuschen, schon gar nicht Bella.

Mit achtundzwanzig fühlte Claudine sich auf der Bühne wohler als je zuvor. Was nicht bedeutete, dass sie gegen Lampenfieber immun war. Als Kind hatte sie immer sehr gern zu Hause für Verwandte und Freunde der Familie gesungen, aber eines Sonntags hatte ihre Mutter sie nach der Kirche zu einem Café in St Louis mitgenommen. Es gehörte zum Chitlin' Circuit und bot talentierten Kindern die Möglichkeit vorzusingen. Wie alt musste sie gewesen sein? Neun? Sie erinnerte sich an die erwartungsvollen Gesichter, die durch den Tabakqualm, umweht von Essig- und Chiliduft, zu ihr aufblickten. Von den anderen Kindern war eine bedrohliche Atmosphäre ausgegangen.

Obwohl sie nichts besessen hatte, hatte Claudines Mutter nur das Beste für sie gewollt und sie vor der »echten Armut«, wie sie es nannte, beschützt – vor den Straßenkindern in den Elendsvierteln, die die kleine Louella-Mae, wenn sie in die Stadt ging, wegen ihrer schicken Schuhe und der Schleifen in ihren Haaren aufzogen.

Wenn Louella-Mae weinte, tröstete ihre Mutter sie, die anderen Kinder seien nur neidisch. Neidisch, weil niemand so singen und tanzen konnte wie Louella-Mae, niemand konnte ein Publikum mit so schwindelerregender Leichtigkeit mitreißen.

Ein Klopfen an der Tür riss Claudine aus ihren Gedanken. »Herein!«, rief sie. »Die Tür ist offen.«

Es war Bella, ganz bezaubernd in einem eleganten blassgelben Satinkleid im Diagonalschnitt.

»Meine Güte«, sagte Claudine mit großen Augen. »Das nenne ich mal ein Kleid.«

Bella machte einen ironischen Knicks. »»Wenn eine Frau lächelt, muss ihr Kleid mit ihr lächeln.‹«

»Das gefällt mir. Wer hat das gesagt?«

»Madeleine Vionnet, sie hat das Kleid entworfen.«

»Na, mich bringt es auf jeden Fall zum Lächeln, Schätzchen.«

»Und was dein Kleid angeht«, Bella musterte ihre Freundin von oben bis unten, »kann ich nur sagen, du siehst umwerfend aus.«

»Oh, vielen Dank.« Claudine hatte sich für ein besticktes Charlestonkleid aus grauer Seide entschieden. »Das ist Chanel«, erklärte sie. »Sehr bequem, darin kann ich freier atmen.«

Vorsichtig stiegen sie zusammen die Treppe zum Foyer hinunter, wo sich die übrigen geladenen Gäste versammelten, rauchten und aufgeregt plauderten. Cecil nickte Bella zu, und sie erwiderte die Geste. Claudine lächelte verhalten. Wenn Cecil nur wüsste, was Bella für ihn geplant hatte … Alice half Victor, der mittlerweile ein frei gewordenes Zimmer im Hotel Portofino bezogen hatte, seine Fliege zu binden. Claudine erschien das seltsam, auch wenn sie nicht genau hätte sagen können, warum.

Um seine Gäste zu beeindrucken, hatte Parrino eine kleine Flotte schwarzer Fiat 503 Torpedos geschickt, die sie alle zum Kasino am anderen Ende von Santa Margherita bringen sollten. Im schicken

Smoking geleitete Carlo seine Gruppe – zu der außer ihm Bella, Claudine, Alice und Victor gehörten – zu dem ihnen zugewiesenen Wagen. Er half Bella auf ihren Platz, und Claudine hörte, wie er ihr zuflüsterte: »Ich habe Neuigkeiten.«

Sie schaute sich um. »Ja?«

»Ich habe endlich eine Antwort von meinem Freund im Außenministerium bekommen. Er hat die Namen der Tester für die *Grünen Reiseführer* herausgefunden, die Arbeitsvisa bekommen haben, um Hotels in Ligurien zu besuchen.« Carlo drückte ihr einen Zettel mit den Namen in die Hand.

Neben ihr auf dem Rücksitz kniff Victor leicht die Augen zusammen und versuchte, im dämmrigen Licht die Namen zu erspähen. »Es ist sicher praktisch«, sagte er, »hochgestellte Freunde zu haben.«

»Allerdings«, antwortete Carlo in einem scharfen Ton, wie Claudine fand. »Durch meine Kontakte in der Welt der Politik und des Polizeiwesens bekomme ich Zugang zu allerlei vertraulichen Informationen.« Er warf Victor einen durchdringenden Blick zu.

Der wandte sich ab, lächelte Alice an und raunte ihr Zärtlichkeiten zu.

Bella las die letzten Namen auf Carlos Liste, dann hob sie den Blick. »Das verstehe ich nicht«, sagte sie. »Die Dodsworth-Schwestern sind nicht dabei.«

»Nein.« Carlo hob die Augenbrauen.

Alice fing an zu lachen, Bella stimmte mit ein, dann auch Claudine, bis der ganze Wagen vor unbändiger Heiterkeit wackelte.

»Diese furchtbaren Nervensägen!«, sagte Alice. »Die ganze Mühe umsonst!«

»Jetzt wissen wir also, dass sie nicht die Tester waren«, sagte Bella. »Aber wir müssen weiter die Augen offen halten, vielleicht finden wir noch heraus, wer es ist.«

»Vielleicht war es auch der Hund?«, schlug Claudine vor.

Bella lachte so heftig, dass Claudine fürchtete, ihr Kleid könnte platzen.

Bella hatte das Kasino noch nie besucht. Sie hatte natürlich davon gehört, aber nichts Gutes. Die Leute sagten, es sei ein zwielichtiger Laden, ein Hort des Frevels, den anständige Menschen besser mieden.

Als sie aus dem Fiat stieg, verschlug ihr der Prunk des großen Jugendstilgebäudes den Atem. Es war eher Faszination als Bewunderung, weil diese Ästhetik ihr nicht zusagte. Das Kasino besaß eine elegant geschwungene Fassade, aber die vielen rein dekorativen Details wirkten wie eine vergängliche Mode. Die hervortretenden Balkone warfen Schatten auf das von großen Scheinwerfern angestrahlte Gebäude. Bella hatte Skrupel, Dinge als vulgär zu bezeichnen, aber dafür gab es wirklich kein anderes Wort.

Ein roter Teppich führte die Treppe hinauf zur Eingangstür. Sie wollte ihn gerade betreten, als der Wagen vorfuhr, in dem Cecil, Rose und Lucian saßen. Um den Schein zu wahren, überlegte sie, auf Cecil zu warten, aber er wurde schon von einem lauten, übergewichtigen Italiener begrüßt, der mit ausladenden Bewegungen seine Hand schüttelte. Vermutlich der neue Besitzer des Kasinos. Bella fragte sich, woher sie sich so gut kannten.

Rose stand ausdruckslos ein wenig abseits von Lucian. Obwohl ihr eng anliegendes glitzerndes Abendkleid ausgesprochen schick war und sie sich die Haare aufwändig zurückfrisiert hatte, wirkte sie verloren und unbeteiligt, als wäre sie lieber woanders. Sie tat Bella von Herzen leid, aber bevor sie Rose ansprechen konnte, wurde sie von der aufgekratzten Claudine die Treppe hinaufgezogen. Ihre Ankunft hatte eine Horde Fotografen angelockt, und ganz offensichtlich genoss sie die Aufmerksamkeit.

Im Ballsaal hing ein riesiger Kronleuchter mit Hunderten Glühlampen, und es war drückend heiß. Alice und Victor schienen sich zu streiten. Bella hörte ihre Tochter sagen: »Aber du hast nachher noch jede Menge Zeit für Roulette …« Als sie sah, dass Danioni auf sie zuhielt, machte Bella einen Bogen um ihn. Lucian und Carlo standen stocksteif beieinander und unterhielten sich leise.

Wo war Rose? Bella hielt nach ihr Ausschau, als sie Claudine in Richtung der Umkleideräume folgte. Da war sie, auf der anderen Seite des Raums, nahm einem vorbeikommenden Kellner ein Glas Prosecco ab und trank es in drei Schlucken leer. Niemand sprach mit ihr. Seltsam, wo sie doch so hübsch war. Sie strahlte eine negative Energie aus, die andere Menschen fernhielt. Bella spürte diese Wirkung selbst. Sie sollte sich Rose einfach schnappen, sie einbeziehen. Vielleicht würde es ihr Freude machen, Claudine bei den Vorbereitungen für ihren Auftritt zuzusehen. Aber Rose war so niedergeschlagen; ihr Unbehagen war ansteckend, und Bella wollte auf keinen Fall, dass es sich auf Claudine übertrug.

Vor der Tür ihrer Umkleide tätschelte Claudine Bellas Arm. »Darf ich dich hier stehen lassen? Vor Auftritten werde ich etwas nervös, und, na ja … ich muss allein sein.«

»Natürlich.« Bella umarmte sie. »Viel Glück, meine Liebste. Du wirst fabelhaft sein.«

Sie drehte sich um und stieß prompt auf Carlo, der sich von Lucian getrennt hatte und durch die Tür eines kleineren Saals zusah, wie Victor und Alice Craps spielten. Victors Gesichtsausdruck war nicht zu deuten, aber Alice wirkte euphorisch, als hätte sie sich seit Jahren nicht so gut amüsiert.

»Wenigstens ein Mensch ist glücklich«, bemerkte Bella.

Carlo nickte, aber in seinem Blick lag Traurigkeit. »Nichts würde mich mehr freuen, als Alice weiterhin so zu sehen. Aber ich fürchte, ihr steht ein gebrochenes Herz bevor.«

Bella runzelte die Stirn. »Warum sagen Sie das?«

»Ich habe meine Verbindungen genutzt, um Victors familiären Hintergrund zu durchleuchten. Ich fürchte, er ist nicht der, für den er sich ausgibt.«

Cecil kämpfte sich inmitten von Rauchschwaden, Gläserklirren und Geschwätz zum Crapstisch vor, wo Victor und Alice sich auf die samtene Armlehne stützten und den missbilligenden Blick des Spielleiters ignorierten.

»Victor hat gerade eine Sieben gewürfelt!«, berichtete Alice mit glänzenden Augen. »Das ist gut, oder? Das heißt, dass er seine Wette auf Pass gewonnen hat …«

»Ein vielversprechender Anfang«, sagte Cecil, der Craps nicht mochte und nicht richtig begriff.

Victor senkte den Blick und sah in Cecils Hand ein Kästchen mit Jetons. »Sie sind gut gerüstet, wie ich sehe.«

»Man muss immer vorbereitet sein.«

»Vielleicht vertreiben wir uns die Zeit mit ein, zwei Runden Poker?«, sagte Victor und zog tief an seiner Zigarette.

»Du willst gegen Daddy spielen?« Alice lachte laut auf. »Wirklich, Victor. Du weißt nicht, worauf du dich da einlässt.«

Victor reagierte gereizt. »Ich werde sicher meinen Mann stehen.«

»Die Sache hat nur einen Haken«, sagte Cecil, »ich spiele nicht gern mit dem Pöbel an den öffentlichen Tischen.«

»Dann bitte ich Parrino um einen Privatraum.« Victor zog los, um genau das zu tun.

»Woher hast du die?«, fragte Alice mit einer Geste auf die Jetons.

»Ich habe einen Sonderpreis bekommen«, erklärte Cecil. »Ich bin mit Parrino, dem Besitzer, befreundet.«

Aber insgeheim fragte er sich, ob das stimmte. Kurz nach ihrer Ankunft im Kasino waren er, Danioni und Parrino mit dem Aufzug in Parrinos Privatbüro im obersten Stock gefahren. Es war ein verschwenderisch eingerichteter Raum. Eine komplette Seite wurde von einer Bar eingenommen, die Liköre und andere edle Spirituosen bereithielt, darunter mehr als zwanzig verschiedene Sorten Whisky. Ein riesiges Fenster gewährte einen Blick aufs Meer. Als Parrino einen Schalter betätigte, strömte kühle Luft aus einer Öffnung oben an der Wand. »Eine Klimaanlage«, erklärte er. »Der neueste Schrei. Das hier ist das erste Gebäude in Ligurien, das eine hat.«

Parrino schenkte jedem ein Glas Whisky ein, dann ließen sich die Männer in die tiefen Ledersessel sinken, die sich um einen niedrigen Mahagonitisch gruppierten.

»Also gut«, sagte Parrino und sah Cecil an. »Haben Sie Neuigkeiten für mich?«

»Große sogar.« Cecil holte das Telegramm aus der Tasche, in dem Dalwhinnie die Erhöhung der Whiskylieferung von neunhundert auf viereinhalbtausend Liter bestätigte. Parrino nahm es und las. Aber er sagte nichts. Cecil spürte, wie Kälte um sich griff – und das war nicht nur die Klimaanlage. »Stimmt etwas nicht?«, fragte er.

»»Stimmt etwas nicht?«« Parrino spielte mit der Frage wie ein Kätzchen mit einem Wollknäuel. »Ich glaube schon. Ich glaube, da stimmt etwas nicht. Und zwar, dass viereinhalbtausend Liter im Monat ein Tropfen auf den heißen Stein sind.«

»Ein was?«

»Ich glaube, Sie haben mich verstanden.« Er hielt inne. »Wir brauchen mehr. Und offen gesagt, Mr Ainsworth, wenn Sie nicht in der Lage sind, eine weitere Erhöhung der Lieferung zu vereinbaren, dann … werde ich den Whisky woanders finden müssen.«

»Jetzt warten Sie mal«, sagte Cecil aufbrausend. »Wir reden hier nicht von Limonade. Whisky gehört zu den edelsten Getränken, die

die Menschheit kennt. Das kann man nicht einfach in beliebiger Menge herstellen. Nicht, ohne es zu panschen. Je größer die Menge, desto schlechter die Qualität.«

»Na, na«, sagte Parrino, als würde er mit einem Kind sprechen. »Amerikaner und besonders Italo-Amerikaner sind bei ihrem Alkohol nicht so wählerisch wie Sie Briten.« Bildete Cecil es sich ein, oder hatten Parrino und Danioni sich zugegrinst? Parrino stand auf und ging zu seinem Schreibtisch. Er kam mit einem Kästchen voller Kasinojetons zurück, das er Cecil gab. »Gehen Sie und amüsieren Sie sich, Mr Ainsworth«, sagte er. »Auf Kosten des Hauses selbstverständlich.«

Cecils Freude über das großzügige Geschenk war erheblich durch die Erkenntnis getrübt, dass er auf eine entscheidende, aber ungewisse Art die Kontrolle verloren hatte. Zudem war ihm klar, dass er das Gespräch, das Parrino und Danioni gerade hinter seinem Rücken führten, lieber nicht hören wollte.

Aus dem Ballsaal drang plötzlich laute Musik. Sie holte Cecil zurück in die Gegenwart und brachte Bewegung in die Menge. Die Gäste strömten aus den Spielräumen und suchten nach der Quelle.

Alice ergriff Cecils Arm. »Daddy, das ist Claudines Auftritt!«, schrie sie ihm ins Ohr. »Komm, den sehen wir uns an.«

Nish saß allein in der feuchten Höhle, lauschte dem rhythmischen Schwappen der Wellen und versuchte, sich und seine sich überschlagenden Gedanken davon beruhigen zu lassen. Bei dem spärlichen Mondlicht umhüllte ihn die Dunkelheit wie ein dicker Mantel, dämpfte seine Sinne und ließ ihn die trügerische Stille umso deutlicher wahrnehmen.

Ein Lichtschimmer sprang ihm ins Auge. Anfangs war er nur ein winziger Punkt in der Ferne, kaum erkennbar in der schwarzen Nacht, aber während Nish ihn aufmerksam beobachtete, wurde er immer heller, bis er wie ein Leuchtfeuer strahlte.

Da war auch ein Geräusch zu hören – das leise Klatschen von Rudern ins Wasser.

Mit schmerzverzerrtem Gesicht stand Nish auf und humpelte zum Eingang der Höhle. Jetzt bewegte sich das Licht, es schwankte in der Ferne auf und ab. Langsam, aber sicher kam es näher, bis sein Schein flackernde Schatten auf die felsigen Höhlenwände warf.

Eine lautstarke Begrüßung brandete durch den Ballsaal, als Claudine die Bühne betrat. Ohne es jemandem zu sagen, hatte sie ihr Chanel-Kleid gegen ein Kostüm aus aneinandergenähten Muscheln ausgetauscht – ein Tribut an das Bananenkleid, das Josephine Baker im Vorjahr bei ihrem »Danse Sauvage« getragen hatte.

Sie sang »Bye Bye Blackbird« und »Someone to Watch Over Me«. Sie tanzte den Charleston und machte lebhaft Scherze mit den Musikern, die wie besessen spielten, viel besser, als Claudine je erwartet hätte. Bevor sie ihre eigene Version von Bessie Smiths »'Tain't Nobody's Bizness If I Do« zum Besten gab, hielt sie eine mitreißende Rede über Unabhängigkeit, sexuelle Freiheit und die Ungerechtigkeit der Rassentrennung.

Wie immer bei ihren besten Auftritten vergaß sie, wo sie war, was zu einer Art Befreiungsschlag führte, einer wilden Hingabe an die Musik und die Begierde des Publikums. Die ungezügelte, fieberhafte Atmosphäre hier war ebenso berauschend wie in den von der Mafia geführten Pariser *guinguettes*, in denen sie ihre Kunst perfektioniert hatte. Es dauerte nur Minuten, bis Claudine über die Bühne stolzierte, sich in Pose warf, tanzte – das tat, was sie am besten konnte, all die Kunststücke vorführte, die sie im Laufe der Jahre von den alten Profis gelernt hatte. In ihrer schmerzlich emotionalen Altstimme lag die Trauer verzweifelter Liebender. (Täuschte sie sich, oder stand dort hinten Rose und beobachtete sie besonders eindringlich?)

Zum Schluss ließ sie sich mit ausgestreckten Armen auf die Knie sinken, als würde sie das Publikum anbeten.

Nach einem Moment setzte stürmischer Applaus ein.

»Danke.« Claudine verbeugte sich tief. »Vielen Dank. Sie waren wunderbar.«

Als sie aufblickte, fiel ihr in der ersten Reihe ein bekanntes Gesicht auf. Der Mann strahlte, pfiff und klatschte, als würde es bald verboten werden.

Hubert.

Ihr Herz schlug höher. War er es wirklich?

War er den weiten Weg von Cannes hergekommen, um sie zu sehen? Woher wusste er überhaupt, dass sie hier sein würde?

Nach kurzem Überlegen begriff sie, dass er die Fotos von ihr beim Sport gesehen haben musste; Bella hatte ihr erzählt, dass Zeitungen in der ganzen Welt sie gedruckt hatten …

Der Applaus dröhnte noch in ihren Ohren, als sie von der Bühne abging. Hubert war zur Bühnenseite geeilt und wartete neben Bella auf sie.

Überwältigt fiel Claudine ihm um den Hals, bevor sie ihn leidenschaftlich auf den Mund küsste. »Du bist es wirklich. Ich habe es gehofft, aber ich habe nicht gewagt, es zu glauben.« Strahlend wandte sie sich an Bella. »Ich möchte dir meinen Filmpartner vorstellen.« Als er und Bella sich die Hand gaben, lachte Claudine über ihre europäische Förmlichkeit.

»Es freut mich, Sie kennenzulernen«, sagte Bella. »Aber riskieren

Sie durch Ihren Besuch hier nicht die gleichen juristischen Probleme wie Claudine?«

»Ganz und gar nicht.« Hubert verschränkte die Arme. Sein selbstbewusstes Auftreten war unwiderstehlich, genau wie man es bei seinem Aussehen erwartete. Er war der geborene Filmstar – kräftiges Kinn, hohe Wangenknochen. »Ich habe meine Frau verlassen. Und jetzt hat das Studio mich geschickt, um unsere Freundin hier«, er nickte Claudine zu, »zur Rückkehr zu bewegen. Falls sie zusagt, haben sie versprochen, alle rechtlichen Schritte einzustellen.«

Weiter hinten im Ballsaal sah Lucian auf seine Uhr und wartete darauf, dass das Licht eingeschaltet wurde. Claudine hatte einen wunderbaren Auftritt hingelegt, aber Lucian war zu sehr in Gedanken gewesen, um ihn zu genießen, zu besorgt darüber, ob das Vorhaben gelingen würde, Nish aus der Höhle zu holen. Ihrem Plan nach sollten zwei von Gianlucas antifaschistischen Kameraden ihn mit einem Boot abholen. Hatten sie Erfolg gehabt? Oder hatten die *carabinieri* sie abgefangen?

Er konnte es nicht wissen.

Als am anderen Ende des Raums Unruhe aufkam, setzte sein Herz einen Schlag aus. Danioni sprach mit einem Mann mit schwarzem Hut und einem Polizisten. Er sah ebenfalls auf seine Uhr, dann nickte er eilig und folgte den Männern hinaus.

Ich muss gehen, dachte Lucian. *Ich muss sofort gehen.*

Er drehte sich um – und wäre fast mit Rose zusammengestoßen. Sein erster Eindruck war, dass ihr blasses, ausdrucksloses Gesicht nur zu gut zur puppenhaften, makellosen Eleganz ihres Äußeren passte. Ihr Blick war glasig, und sie schwankte auf ihren winzigen Füßen hin und her. Seine Gedanken waren ungnädig, das wusste er selbst.

»Ich will, dass du mit mir tanzt«, sagte sie.

Lucian schüttelte den Kopf. »Ich fürchte, das kann ich nicht. Ich muss mich vorher um etwas sehr Wichtiges kümmern.«

Rose verzog das Gesicht, als wollte sie in Tränen ausbrechen. »Immer machst du Ausflüchte«, sagte sie. »Nie willst du mit mir zusammen sein. Du redest nicht mal mehr mit mir.«

»Du bist betrunken«, sagte Lucian leise. »Wenn wir dieses Gespräch führen müssen, dann lass uns warten, bis du nüchtern bist.«

Er wollte sich an ihr vorbeidrängeln, aber sie schlang die Arme um ihn und klammerte sich fest. »Nein«, sagte sie. »Du gehst jetzt nicht. Das tust du mir nicht an. Nicht schon wieder.«

Ärger und Resignation kämpften in Lucian um die Vorherrschaft. Sanft, aber bestimmt löste er Rose' dünne Arme von seiner Brust. »Hör auf«, sagte er. »Bitte. Du blamierst dich.«

Als er das sagte, ließ Rose ihn los. Sie starrte Lucian fassungslos an. Jeder Funken Widerstandswille in ihr erlosch, mit Tränen in den Augen schüttelte sie den Kopf. »Du hasst mich«, sagte sie. »Du hasst mich tatsächlich. Warum ist mir das nicht früher klar geworden?«

»Rose …«

Aber bevor Lucian weitersprechen konnte, schlug sie eine Hand vor den Mund und lief davon.

Hubert erzählte Bella von einer neuen Methode der Farbaufnahmen, mit der das Studio experimentierte, als ihr eine dramatische Szene ins Auge stach: Rose, die vor Lucian davonlief, aus dem Ballsaal in die Eingangshalle.

Sie legte Hubert eine Hand auf den Arm und bat: »Würden Sie mich entschuldigen? Ich glaube, meiner Schwiegertochter geht es nicht gut.«

Erleichtert sah Bella, dass Rose nicht weit gelaufen war. Sie lehnte aufgelöst gleich vor dem Ballsaal an einer Wand, stumme Tränen rannen über ihr Gesicht.

»Rose.« Bella fasste ihren Arm. »Was hast du? Was ist passiert?«

Rose sagte nichts.

Bella ließ das Schweigen nicht andauern. »Es tut mir so leid, dass ich nicht früher auf dich zugegangen bin. Ich war so beschäftigt mit dem Testbesuch und allen anderen Problemen, die ein Hotel mit sich bringt.« Es war eine dürftige Entschuldigung, das merkte sie selbst, es klang wie eine schwache Ausrede. »Ich weiß, dass du und Lucian Probleme durchmacht. Aber ich bin überzeugt, dass ihr sie mit etwas Hilfe und Rat von jemandem wie, nun ja, wie mir bewältigen könnt. Jemandem, der in solchen Dingen erfahrener ist.«

Rose schaute sie an. Als Bella das Entsetzen auf ihrem Gesicht sah, fragte sie sich, ob sie etwas Falsches gesagt hatte.

»Welche ›Probleme‹? Was meinst du? Wovon redest du?«

»Ich meine wohl … körperliche Probleme.« Sie senkte die Stimme zu einem Flüstern. »Sex.«

Rose zuckte zusammen, als sei sie geschlagen worden. »Lucian hat dir davon erzählt?«

»Nun, ja. Er ist mein Sohn. Er erzählt mir alles.«

Rose wurde leichenblass, ein wirrer Ausdruck trat in ihre Augen. Der Kampf von Scham, Kummer und Wut, der sich in ihr abspielte, kam in ihren Kopfbewegungen so deutlich, so rührend zum Ausdruck, dass es Bella einen Stich ins Herz versetzte. Sie beugte sich vor, um noch etwas zu sagen, aber bevor ihr auch nur die Worte einfielen, war Rose schon davongelaufen, zurück in den verqualmten, überfüllten Ballsaal.

Nish lag still unter der Abdeckplane und lauschte den Geräuschen der Ruder, die das kleine Boot auf dem Meer vorantrieben. Er und seine beiden Retter – er hatte nicht nach ihren Namen gefragt, und sie hatten sich nicht vorgestellt – hatten kein Wort gewechselt, seit sie vor der Höhle abgelegt hatten. Das Risiko, von jemandem gehört zu werden, war zu groß. Sie benutzten auch keine Taschenlampen oder Laternen. Sobald Nish sicher an Bord war, hatten sie alle Lichter gelöscht, jetzt wollten sie sich am Mond orientieren, bis sie die versteckte Bucht erreichten, in der sie Nish absetzen sollten.

Nach etwa einer Stunde hörte Nish einen der Männer aufgeregt flüstern und vermutete, dass sie ihr Ziel bald erreicht hatten.

Mit einem heftigen Ruck landete das Boot an. Schmerzen durchfuhren Nishs Körper. Als die Plane zurückgezogen wurde, spürte Nish die kühle Nachtluft auf seiner fiebrigen Haut und sah drei besorgte Gesichter auf sich hinabblicken. Sie zogen Nish mühsam hoch, halfen ihm aus dem Boot und auf den Kiesstrand. Etwa fünfzig Meter entfernt hatte jemand in einer Gruppe Tamarisken einen Holzkarren versteckt. Nish fragte sich, ob es wohl derselbe war, in dem diese Schar von Brüdern letztes Jahr Billys jungen, von den Faschisten halbtot geprügelten Freund transportiert hatte. Sie brauchten eine Weile, um den Karren zu erreichen, und Nish biss sich die ganze Zeit auf die Lippe, um nicht vor Schmerzen zu schreien. Als er wieder lag, verspürte er eine so tiefe Erleichterung, dass sie sich kaum beschreiben ließ.

Ein Scharren und Knacken, als würde jemand einen dicht bewachsenen steilen Hang hinunterklettern, ließ sie erstarren. Als es aufhörte, rief der Mann neben Nish: »*Chi è la?*« Wer ist da?

Jemand hatte einen Knüppel in den Karren gelegt, den Nish als Waffe nutzen konnte. Jetzt packte Nish ihn, fest entschlossen, ihn einzusetzen. Aber dann rief eine vertraute Stimme: »Ein Freund.«

Lucian.

Er trat zwischen den Bäumen hervor, wobei er in seinem Smoking einen surrealen Anblick bot, und lief zum Karren. »Ich kann nicht lange bleiben«, sagte er. »Ich hatte mit Billy ausgemacht, dass er mich mit der Kutsche vom Kasino abholt und herbringt. Ich muss zurück, bevor ich vermisst werde.«

»Die große Neueröffnung.« Nish ließ sich auf sein Lager aus alten Säcken zurücksinken. »Ich hatte vergessen, dass sie heute Abend stattfindet.«

Sie verfielen in Schweigen, weil beiden Männern klar war, was nun gesagt werden musste, aber keiner den Willen dazu aufbrachte.

»Dann müssen wir uns jetzt wohl verabschieden«, sagte Lucian schließlich. »Wenigstens für den Moment.«

Nish drückte den Arm seines Freundes. »Du warst so gut zu mir. Besser, als ich es verdient habe.«

»Ich will nur, dass du glücklich bist.« Lucian spürte den Kloß in seiner Kehle, hörte das Zittern in seiner Stimme. »Egal, was es mit sich bringt. Und mit wem du zusammen bist.«

»Danke. Ich wünsche dir dasselbe, das weißt du.«

Lucian lachte rau. »Ja. Tja. Daran arbeite ich noch. Das wird noch eine Weile dauern, fürchte ich.« Er stockte. »Schreib mir, ja? Sobald du außer Landes bist. Lass mich wissen, dass du in Sicherheit bist.«

Nish nickte.

»Und wir sehen uns in London, wenn die Angelegenheit hier ausgestanden ist.«

Bellas Suche nach Rose blieb erfolglos. Im Ballsaal hatte sie angefangen, Runde um Runde gedreht und jede Gruppe von Gästen so eingehend gemustert, dass man sie sicher für verrückt hielt. Die Jazzband spielte wieder auf und hatte vor allem die Jüngeren in die

Mitte des Saals gelockt, wo sie ihre eigenen drolligen Versionen des Charlestons tanzten. In dem Gedränge und der rauchverhangenen Luft, erschwert durch das schummrige Licht und die Musik, war es unmöglich, jemanden zu finden – vor allem, wenn er nicht gefunden werden wollte.

Als Nächstes versuchte sie es in den Spielräumen und war erstaunt, dass sie niemanden traf, den sie kannte. Wohin war ihre Familie verschwunden? Wo war der sonst so verlässliche Carlo? Dann begriff sie. Irgendwo musste es Privaträume geben. So etwas würde Cecil gefallen. Sie fragte den Spielleiter an einem der Tische, und nach einigem Hin und Her schickte er sie die Treppe hinauf und nach rechts. »Die Tür wird geschlossen sein«, fügte er spitz hinzu.

Als Bella den Raum fand, war sie überrascht – auf unangenehme Art. Er sah aus, wie ein Innenausstatter sich ein großzügiges Wohnzimmer in einem Landhaus vorstellen mochte: L-förmig, mit gemustertem dicken Flauschteppich und derart überdimensionierten Kronleuchtern, dass man sich fast den Kopf stieß, wenn man unter ihnen hindurchging. Es gab einen Schreibtisch mit einem Globus darauf und Regale mit unecht wirkenden Büchern. Dem Tabakgeruch folgend wandte sie sich nach links und fand Cecil, Victor und Carlo an einem Kartentisch mit eigenem Croupier. Alice und der korpulente Mann, den sie zuvor gesehen hatte – vermutlich der Besitzer – sahen ihnen zu.

Bella durchbrach die aufmerksame Stille, indem sie schnurstracks zu Alice ging und fragte, ob sie Rose gesehen habe.

Alice zuckte mit den Schultern, als wollte sie sagen: Warum sollte ich? »Nein. Nicht, seit wir hier sind.«

»Ruhe bitte«, rief der Croupier.

Bella ignorierte ihn. »Ich wäre dir dankbar, wenn du mir bei der Suche helfen würdest. Ich mache mir Sorgen um sie.«

»Wirklich? Es geht ihr bestimmt gut. Außerdem verliert Victor gegen Daddy. Ich muss hierbleiben und eingreifen können, bevor zwischen ihnen böses Blut entsteht.«

»Wie du meinst.«

Als sie sich zum Gehen wandte, hielt Cecil sie auf. »Bellakins! Warte kurz …« Er warf sein Blatt auf den Tisch, bedeutete seinen Mitspielern, er würde zurückkommen, dann ging er quer durch den Raum zu Bella, legte ihr eine Hand aufs Kreuz und schob sie sanft hinaus in den Flur. »Ich muss kurz mit dir sprechen.«

»Wirklich nur kurz«, sagte sie. »Rose ist verschwunden.«

»Ja, ja«, meinte er desinteressiert. »Ich wollte nur sagen, wie glücklich ich darüber bin, dass du dich wieder unserer Ehe zuwendest. Mir ist ebenso viel wie dir daran gelegen, dass sie funktioniert.«

»Danke, Cecil. Das freut mich zu hören.«

»Ich habe nur überlegt, ob wir nicht eine Möglichkeit finden sollten, den Vertrag zu annullieren, den wir unterschrieben haben. Den, in dem du mir deinen Anteil des Hotels überschreibst.«

»Oh.« Bella spielte die Naive. »Dann willst du ihn also nicht?«

»Na ja, es ist kompliziert. Anfangs, weißt du, war ich sehr daran interessiert, das Hotel ganz zu besitzen. Es hätte möglicherweise Steuervorteile für ein Geschäft, an dem ich mit Danioni beteiligt bin …«

»Einem was?«

»… aber jetzt bin ich nicht sicher, ob ich seinen Geschäftspartnern trauen kann. Und offensichtlich – *offensichtlich* – sollen sie keinerlei Anspruch auf das Hotel haben, wenn ich in einen Disput mit ihnen gerate.«

»Nein«, sagte Bella. »Ich verstehe, das wäre nicht gut.«

»Das wusste ich doch. Bei solchen Dingen bist du klug.«

Auch bei anderen Dingen, dachte sie.

»He, Cecil …«, rief Victor. »Kommen Sie zurück.«

»Ich muss gehen.« Mit üblem Atem drückte Cecil ihr einen

klebrigen Kuss auf die Wange. »Die Karten sind heute Abend auf meiner, besser gesagt, auf unserer Seite.«

Auf dem Weg aus dem Kasino lief sie Claudine und Hubert in die Arme. »Ich habe gehört, dass es einen Privatraum gibt«, sagte er. »Ob ich mich anschließen dürfte?«

»Mein Mann wäre sicher begeistert«, sagte Bella, dann wandte sie sich an Claudine, die ihrer Freundin nur zu deutlich ansehen konnte, wie beunruhigt sie war. »Ich muss gehen. Rose ist verschwunden, und ich mache mir Sorgen.«

»Kein Problem.« Claudine verstand sofort. »Ich begleite Hubert und behalte Cecil im Auge. Passe auf, dass er nicht seinen letzten Penny verwettet.«

»Du bist fabelhaft«, sagte Bella. »Schließlich ist es meine Aufgabe, Cecil sein Geld abzuknöpfen.«

Die Nachtluft war überraschend kalt, das Mondlicht fahl und matt. Als Bella den roten Teppich hinunterging, sah sie Lucian, der auf der anderen Treppenseite die Stufen hinaufeilte. Er wirkte aufgeregt, und der Ärmel seines Smokings war gerissen. Sie rief ihn zu sich.

»Wo warst du?«, fragte sie.

»Am Strand.«

»Ah.« Sie begriff. »Natürlich. War das Schwimmen angenehm?«

»Um diese Uhrzeit ist es riskant. Aber erfrischend, ja.«

»Ich kann Rose nicht finden«, sagte Bella. »Ich habe vorhin versucht, mit ihr zu reden, aber ich fürchte, ich habe es noch schlimmer gemacht.«

»Wir hatten Streit«, gab Lucian zu.

»Ich weiß.«

»Ihretwegen hätte ich mich fast verspätet.«

»Ich weiß.«

»Bestimmt ist sie zum Hotel zurückgekehrt.«

»Möglich. Aber wie hätte sie dort hinkommen sollen? Würde sie überhaupt den Weg finden?« Bella rieb sich die Augen und sog scharf Luft ein. »Ich gehe zurück, um mich zu vergewissern, dass es ihr gut geht. Und ich glaube, du solltest mich begleiten.«

Als Kind hatte man Rose immer wieder gesagt, sie solle sich von Klippenrändern fernhalten. Sie erinnerte sich an einen Ausflug in die South Downs – sie musste acht, vielleicht neun gewesen sein –, dessen Höhepunkt ein Spaziergang auf die Kreidefelsen namens Sieben Schwestern war. Rose hatte es immer wieder zum Klippenrand gezogen, weil sie diese Angst in der Magengrube mochte, die mit dem Wissen einherging, dass sie fallen könnte; diesen prickelnden Schwindel und das Gefühl, wie er plötzlich verschwand, wenn sie sich von der Klippe entfernte. Es war wie ein Radiosignal, das schwächer wurde, wenn man den Regler von einem Sender weiterdrehte.

Und jetzt stand sie wieder auf einer Klippe und blickte hinunter auf das glatte schwarze Meer. Aber dieses Mal war sie eine Erwachsene, in Italien, in einem dünnen Kleid, das sie attraktiv machen sollte, aber offenbar die gegenteilige Wirkung hatte. Den ganzen Abend über war sie von einer unerträglichen Traurigkeit beherrscht worden. Die Belastung war so groß, dass sie des Lebens überdrüssig war – nein, nicht nur des Lebens, sondern schon des Gefühls, lebendig zu sein und sich durch die Zeit zu bewegen. Denn worauf bewegte sie sich zu? Auf die Ehe?

Nein, diese Ehe war ein Fiasko. Und ohne sie hatte Rose nichts, keinen Ort, an den sie gehen konnte. Das hatte ihre Mutter sehr deutlich gemacht. Als Rose ihr gestanden hatte, dass sie die Ehe noch nicht vollziehen konnte, hatte ihre Mutter sie angefahren, sie solle sich »zurücklehnen und an England denken«, wenn sie mit Lucian verkehrte, egal, wie sehr es schmerzte.

»Finde einen Weg, es zu tolerieren«, hatte sie gesagt. »Denn wenn du es nicht tust, wäre es Lucians gutes Recht, die Ehe annullieren zu lassen. Und wenn das geschieht und du deine gesellschaftliche Stellung verlierst, komm nicht zu Mummy und Daddy nach Hause gekrochen. Wir würden dich verstoßen.«

Sie verstoßen! Eines dieser viktorianischen Wörter aus den Romanen, die ihre Gouvernante ihr als kleinem Mädchen vorgelesen hatte. Darin wurden tragische Heldinnen – zumeist Waisenmädchen – verstoßen und verbannt, als Lehrerinnen an Schulen für arme Kinder geschickt oder schlimmer noch, sie verhungerten oder starben an Schwindsucht.

Wie fremdartig Rose das Schicksal dieser Frauen als Kind erschienen war! Sie hatten ein großes Haus und Angestellte, die sich um all ihre Bedürfnisse kümmerten. Sie besaß Pferde und teure Kleider und hatte – zugegeben, mit der Hilfe ihrer Mutter – einen gut aussehenden, geeigneten Ehemann gefunden. Und doch stand sie nun hier, zitterte in der Nachtluft, schob die Füße näher und näher an den bröckeligen Klippenrand und forderte sich selbst heraus. *Wie weit komme ich, bevor ich abrutsche? Und wen würde es kümmern?*

Nish wusste, was es bedeutete, das Gewicht eines Menschen zu tragen. Ihm war klar, wie anstrengend es war, besonders wenn man einen Hügel hinaufging, eine Steigung oder Stufen. Es war egal, ob der Mensch in einem Karren lag oder auf einer Trage. Die Schmerzen in den Armmuskeln und im unteren Rücken waren dieselben.

Er erinnerte sich, dass er in der Anfangszeit seiner Ausbildung seinen Eltern in Indien geschrieben hatte …

Wir werden hier ständig auf Trab gehalten. Um neun Uhr
findet die Morgenparade statt. Das kann eine Übung im
Krankentransport per Trage sein (wie heute) oder im
Aufschlagen eines Feldlazaretts. Danach folgt oft ein Vortrag
über ein medizinisches Thema. Heute ging es um die
Methoden der Wundversorgung.

Methoden der Wundversorgung. Die waren eine tolle Hilfe gewesen für die von Granaten zerfetzten Soldaten und die Ärzte und Sanitäter, die versuchten, sie wieder zusammenzuflicken.

Jetzt war er der Mensch, der transportiert werden musste, unter einer Plane versteckt, in einem Holzkarren mit einem quietschenden Rad. Mit solchen Karren brachte man sonst Trauben nach der Lese zum Entrappen und Quetschen vom Weinberg hinunter. Ihn die Uferböschung hinaufzuschaffen hatte übermenschliche Anstrengung gekostet. Während der Karren wer weiß wohin über das Kopfsteinpflaster rumpelte, biss Nish die Zähne zusammen und wünschte sich, einer der Männer, die ihn schoben, hätte ein Fläschchen Morphium dabei. Es waren junge Männer, höchstens achtzehn. Ihre echten Namen kannte er nicht, und er würde auch nicht nach ihnen fragen. Sie riskierten ihr Leben, um seines zu retten.

Ruckartig blieb der Karren stehen. Nish schob die Plane zurück und hob den Kopf. Sie befanden sich in einem verlassenen, mit Steinplatten gepflasterten Innenhof. Vor sich und links erkannte er kastenartige, unauffällige Lagerhäuser.

In dieser angespannten Atmosphäre fühlte er sich völlig ausgeliefert. Es gab einen Plan, sicher, aber jemand anders hatte ihn erdacht.

Gianluca.

Einer der Männer hatte eine Taschenlampe. Er ließ sie zweimal aufblitzen, sodass man es im Gebäude vor ihnen sehen konnte. Umgehend wurde aus einem der Fenster mit doppeltem Aufleuchten geantwortet.

»*Va tutto bene*«, sagte der Mann mit der Taschenlampe und legte Nish eine Hand auf die Schulter. Alles in Ordnung.

Jetzt kam der andere Mann nach vorn. Er war größer und trug einen dichten schwarzen Bart. Wie sich zeigte, sprach er ein wenig Englisch. »Kannst du gehen?«, fragte er.

»Ein kurzes Stück.«

»Weiter kommen wir damit nicht.« Er klopfte auf den Karren.

Mit Hilfe der Männer gelang es Nish irgendwie, aus dem Karren zu steigen und zur Tür des Lagerhauses zu humpeln, die einen Spalt breit offen stand.

Am Ende eines langen, schmalen Flurs lag eine Tür, die ein Lichtstreif umschimmerte. Abgesehen vom leisen, verhaltenen Atmen der Männer neben ihm war nirgends ein Laut oder Lebenszeichen wahrzunehmen. Nish hatte so lange in die Dunkelheit gestarrt, dass seine Augen müde wurden. Er schloss sie kurz, und als er sie wieder öffnete, sah er, dass eine Gestalt im Türrahmen erschienen war. Ihr Umriss war deutlich zu sehen, aber der Körper und das Gesicht lagen im Schatten.

Langsam und zögerlich bewegten sie sich auf die Gestalt zu. Entsetzen stieg in Nish auf. Denn jetzt, als sie ihr näher kamen, erkannte er, dass es Gianluca war. Seine Augen waren vor Angst weit aufgerissen, seine Züge zu unheimlicher Reglosigkeit erstarrt.

Nish rief ihn. Als Gianluca seinen Namen hörte, trat er vor, ungelenk und ruckhaft, als wäre er gestoßen worden.

In diesem Moment sah Nish die Pistole am Kopf seines Geliebten, und der Mann, der sie hielt, war der grinsende Danioni.

VIERZEHN

Parrino hatte bereitwillig erlaubt, dass einer seiner Fahrer Bella und Lucian zurück zum Hotel Portofino brachte. Als Bella erklärt hatte, warum sie so früh aufbrechen mussten, hatte er sich besorgt gegeben. »Was für eine traurige Geschichte«, hatte er kopfschüttelnd gesagt. »Junge Frauen, sie empfinden alles so …«, an dieser Stelle hatte er seine Hände an die Brust gedrückt, »so *tief*.«

Lucian lief nach oben, um nachzusehen, ob Rose in ihrer Suite war. Bella ging in die Küche, wo sie zu ihrer Überraschung Betty fand, die allein am Tisch saß. Sie trug ihr Nachthemd, und das Licht war ausgeschaltet.

»Betty! Sie haben mich aber erschreckt. Ist alles in Ordnung?«

»Nein, Ma'am.« Sie stützte den Kopf in die Hände. »Ich bekomme kein Auge zu. Ich bin krank vor Sorge.«

Bella nahm ihr gegenüber Platz. »Sagen Sie mir, was los ist. Geht es um Rose?«

»Um Rose?« Betty wirkte verblüfft. »Es geht nicht um Rose, nein. Um Constance.«

»Constance?«

»Um ihren Sohn, Ma'am.« Sie schob einen Brief über den Tisch. »Der ist von Connies Mutter, Fanny. Sie ist eine meiner ältesten Freundinnen. Wir kennen uns, seit wir fünfzehn waren. Ich hatte gehofft, dass ich mit ihr reden kann – deshalb habe ich neulich gefragt, ob ich das Telefon benutzen darf –, aber dann kam raus, dass es ihr dafür zu schlecht geht. Sie hatte einen Schlaganfall, sagen die Ärzte.«

»Einen Schlaganfall. Meine Güte. Das tut mir sehr leid, Betty.«

Bellas Mitgefühl rührte Betty so sehr, dass es kein Halten mehr gab. Schluchzend erklärte sie Bella die ganze kummervolle Angelegenheit – dass Joan den kleinen Tommy vorübergehend aufgenommen hatte und dass Fanny nicht mehr für ihn sorgen konnte, selbst falls sie sich erholen sollte. Als sie dazu kam, dass Constance nur die Möglichkeit blieb, nach Hause zurückzukehren oder Tommy zur Adoption freizugeben, schnappte Bella nach Luft.

»Aber das ist doch unmenschlich! Ich kann nicht glauben, dass Sie mir nichts gesagt haben. Und dass Constance mir nichts gesagt hat …«

»Sie weiß es nicht, Ma'am.«

»Was?«

»Fanny will nicht, dass sie es erfährt. Sie soll sich keine Sorgen machen. Das ist ja das Schlimme – und deshalb sitze ich hier und frage mich, was in aller Welt ich tun soll.«

»Sie muss es erfahren«, sagte Bella.

»Ich weiß.«

»Überlassen Sie es mir. Ich rede morgen früh mit Constance. Im Moment haben wir ein anderes, dringenderes Problem. Rose ist verschwunden.«

»Was?« Auf Bettys ohnehin kummervoller Miene breitete sich Entsetzen aus.

Beide blickten auf, als Lucian atemlos hereinplatzte. »Oben ist sie nicht. Ich habe überall nachgesehen.«

Durch die Unruhe waren Billy und Constance wach geworden. Sie kamen in die Küche, nachdem sie sich schnell etwas übergeworfen hatten.

»Was ist los?«, fragte Constance. »Was geht hier vor sich?«

»Es ist wegen Rose.« Lucians Stimme kippte. »Helft ihr suchen?«

Und dabei war vor einer Stunde alles noch so gut gelaufen. Cecil hatte eine Glückssträhne gehabt, seine Jetons hatten sich zu einem wackligen Turm aufgestapelt. Aber dann war etwas passiert. Es war ihm zunehmend schwergefallen, sich zu konzentrieren – wahrscheinlich der viele Whisky, auch wenn er bei Cecil normalerweise nicht solche Auswirkungen hatte. Er fühlte sich angespannt, was seinerseits dazu führte, dass er das Vorhaben seiner Gegner weniger gut vorhersehen konnte. Lächerliche Fehler hatten ihn Jetons gekostet. Das Glück, das er zum Gewinnen gebraucht hätte, war ausgeblieben.

Je mehr Jetons er verlor, desto mehr zweifelte er an seiner Strategie und hinterfragte seine Entscheidungen. Hätte er ein Blatt anders spielen sollen? Früher aussteigen sollen?

Ein Spieler nach dem anderen hörte auf – zuerst Carlo, der ohnehin nicht mit dem Herzen dabei war; dann Hubert, der nicht der große Glücksritter war, für den er sich gehalten hatte. Am Ende saßen sich nur noch er und Victor mit den Karten gegenüber.

Jetzt glaubte Cecil, er hätte ein unschlagbares Blatt – ein Full House mit Damen und Siebenen. Aber dann erhöhte Victor den Einsatz, bis Cecil keine Jetons und kein Bargeld mehr hatte. Wie es aussah, hatte er das Ende der Fahnenstange erreicht.

»Zeit, nach Hause zu gehen, Mr Ainsworth«, sagte Parrino.

»Jetzt warten Sie mal. Ich brauche doch nur eine kleine Kreditaufstockung, ich bitte Sie …«

»Sie haben Ihre Grenze schon vor einer Weile erreicht.«

Cecil erhob sich schwankend vom Tisch. Der Raum verschwamm

vor seinen Augen. Plötzlich hatte Alice ihn beim Arm genommen und führte ihn in eine Ecke. »Ich habe eine Idee«, sagte sie. »Ich überrede Victor, dass er deine Verluste ersetzt. Er genießt seinen Aufenthalt hier so und …«

Aber Cecil riss sich von ihr los. »Ich will keine Almosen von einem anderen Mann«, donnerte er. »Außerdem kann ich mit diesem Blatt gar nicht verlieren.« Er wandte sich Victor zu. »Ich wette die Besitzurkunde für das Hotel Portofino gegen alle Jetons, die Sie auf dem Tisch haben.«

Ein verblüfftes Raunen ging durch den Saal.

»Einen Moment mal.« Dieses Mal meldete sich Claudine. Bellas Busenfreundin. War ja zu erwarten, dass sie ihm einen Dämpfer verpassen wollte. »Es steht Ihnen nicht zu, das Hotel ohne Bellas Wissen und Zustimmung zu verwetten.«

»Kümmern Sie sich verdammt noch mal um Ihre eigenen Angelegenheiten«, lallte Cecil. »Außerdem hat sie das Hotel mir überschrieben.«

Cecil genoss die leise Empörung, die er mit seinem Verhalten ausgelöst hatte, als er auf einmal Danioni unauffällig hereinhuschen sah. Er war eine Weile fort gewesen, über eine Stunde lang. Parrino schenkte ihm einen Drink ein, den er in einem Zug hinunterstürzte, bevor er sich wieder an den Tisch setzte, dieses Mal als Zuschauer. Cecil fing seinen Blick auf, als er die Besitzurkunde aus der Tasche seines Fracks zog.

»Ich nehme an«, sagte Victor und erntete betrunkenen Applaus.

»Also gut.« Cecil leckte sich über die Lippen und sah sich am Tisch um, berauscht davon, dass alle Aufmerksamkeit ihm galt. Dann drehte er triumphierend seine Karten um …

Im Raum wurde es totenstill. Victor schien seine Niederlage mit einem Nicken zu akzeptieren, und von den Frauen auf dem Sofa kam matter Applaus. Aber als Cecil nach seinem Gewinn griff, drehte

Victor seine Karten um – ein höheres Full House mit Königen und Neunen.

Im ersten Moment war Cecil zu verblüfft, um etwas zu sagen. Dann klang der Schock ab, und ihm wurde klar, was gerade geschehen war. Wut stieg in ihm auf, bis sie sich mit unkontrollierbarer Macht Bahn brach.

»Sie sind ein Betrüger«, schnaubte er und zeigte mit dem Finger auf Victor, der lächelnd die Hände hob und Cecils Blick auswich. »Ich habe die ganze Zeit die Karten gezählt, und wissen Sie was? Sie hätten auf keinen Fall dieses Blatt haben können, ohne zu betrügen.«

»Na, na.« Parrino trat näher, Danioni an seiner Seite. »Das reicht, Mr Ainsworth. Ein solches Benehmen ist unwürdig und zudem töricht.«

»Wenn ein Mann verliert, verliert er«, warf Danioni ein und schüttelte traurig den Kopf.

Aber Cecil weigerte sich, still abzutreten. »Kommen Sie mir nicht so herablassend, Sie kleines Wiesel. Wenn ich banale Aphorismen hören will, frage ich danach.« Er holte Luft. »Ich weiß, was Sie treiben. Sie beide. Sie haben sich hinter meinem Rücken verschworen, um das Hotel in Ihre schmierigen Finger zu kriegen. Aber das schaffen Sie nicht. Sie werden nicht gewinnen. Dafür sorge ich.« Als er auf einem Tisch in der Nähe ein schweres silbernes Zigarettenetui erblickte, ging Cecil hinüber und hob es auf. Wütend schleuderte er es durch den Raum. Es traf einen Stapel Jetons auf dem Tisch und verteilte sie auf dem Boden.

»Gehen Sie nach Hause«, rief Claudine. »Gehen Sie nach Hause und schlafen Sie Ihren Rausch aus, Sie großes Baby.«

Kochend vor Wut machte Cecil kehrt und marschierte hinaus.

»Es ist hoffnungslos«, sagte Billy. »Sie könnte überall sein.«

»Wir brauchen mehr Helfer«, stimmte Lucian zu.

Zu viert – Billy, Lucian, Constance und Paola – hatten sie das Hotelgelände nach Rose durchkämmt. Sie hatten jeden Zentimeter im Haus, im Garten und in den Nebengebäuden abgesucht, inklusive der Ställe. Sie hatten das Tor zum Ufer aufgeschlossen und bei jedem Felsen und in jeder Nische nach Kleidung und Schuhen Ausschau gehalten …

»Was, wenn sie vom Kasino zurückgelaufen ist?«, überlegte Billy. »Auf der Uferpromenade?«

Lucian dachte nach. »Könntest du mit Paola den Weg abgehen? Von hier aus braucht man sicher nicht mehr als eine Stunde zum Kasino.«

Billy willigte ein, und auch Paola ließ sich nicht lange bitten; sie war wegen Rose' Verschwinden sichtlich erschüttert, auch wenn sie früher um Lucians Liebe konkurriert hatten. Das war alles Geschichte – zumindest für sie.

Aber was bedeutete das alles für Constance? Sie und Lucian waren jetzt allein, nachdem Paola und Billy in die Nacht abgetaucht waren.

Ihre gemeinsame Sorge hatte die Anspannung zwischen ihnen dahinschmelzen lassen, und sei es nur für den Moment. Sie hatte ihnen ein klares Ziel gegeben, etwas, worauf sie sich konzentrieren mussten, und ihnen gleichzeitig vor Augen geführt, dass ihr gegenseitiges Verlangen eine gefährliche, unbeständige Kraft war, die sie kaum im Griff hatten. Sie konnte nicht nur sie selbst, sondern auch andere Menschen verletzen.

Constance trat näher zu ihm und fragte: »Was glaubst du, wo sie ist?«

»Ich wünschte, ich wüsste es. Ich war bei der Feier schroff zu ihr. Ungeduldig. Sie war betrunken, und ich musste weg.«

»Sie hat sich mir gegenüber komisch benommen. Ich habe ihr Schwimmunterricht gegeben, hat sie dir das erzählt?«

Lucian schüttelte den Kopf.

»Sie wollte dich überraschen. Ich habe es ihr einmal gezeigt. Wir wollten es wiederholen, und ich hatte mir schon dafür freigenommen und alles, aber dann war sie plötzlich ganz kalt zu mir. Als hätte sich etwas verändert. Als hätte sie etwas herausgefunden. Und heute Mittag habe ich in der Bibliothek meine italienischen Verben geübt, und sie kam herein und bat mich, ihr ein Glas Wasser zu holen.«

»Das ist doch nicht ungewöhnlich, oder?«

»Eigentlich nicht. Aber ich hatte den Eindruck, dass es ihr nicht um das Wasser ging. Sie wollte mich nur aus irgendeinem Grund nicht im Zimmer haben.« Sie lachte humorlos. »Es klingt lächerlich, ich weiß.«

Lucian legte Constance beruhigend eine Hand auf die Schulter. Am liebsten hätte er sie in die Arme genommen, sie fest an sich gedrückt, aber das wäre falsch gewesen. »Keine Sorge«, sagte er. »Rose kann das mit uns auf keinen Fall herausgefunden haben. Wir waren so vorsichtig.«

Cecil wachte steif und zerschlagen auf, als die ersten Strahlen der Morgensonne durch die schmutzigen Fenster fielen. Er lag im Nebengebäude auf einer alten Matratze. Der Geruch von warmem Kiefernholz und Terpentin hatte ihn letzte Nacht, als er auf der Suche nach einem Schlafplatz herumgestolpert war, nicht gestört, aber jetzt war er überwältigend, und Cecils Kehle fühlte sich wund und kratzig an.

Bei jeder Bewegung hämmerte sein Kopf, und der Raum verschwamm. Würde er sich übergeben müssen? Gut möglich …

Nach den Ereignissen des letzten Abends hatte er nicht gewagt, das Hotel zu betreten, ganz zu schweigen davon, in seinem eigenen Bett zu schlafen. Bella würde so wütend sein, wie er es noch nie erlebt hatte.

Trotzdem konnte er die Konfrontation nicht ewig aufschieben. Er rieb sich die Augen, dann rappelte er sich mühsam hoch. Da. So schlimm war es doch gar nicht. Übelkeit durchfuhr ihn, aber er hielt stand. Mit einer Hand stützte er sich an der Wand ab. Er schloss die Augen und schluckte.

Draußen ging etwas vor sich. Er hörte Stimmen – besorgte, laute Stimmen. In einem kindlichen Singsang wurde immer wieder ein Name gerufen. »Ro-ose!« Erwachsene, die Verstecken spielten. Heutzutage jung zu sein war eine komische Sache.

Die aufgequollene Tür öffnete sich schwer und knarrend. Cecil trat blinzelnd und verlegen wegen seiner förmlichen Kleidung von gestern Abend ins Sonnenlicht. Was er auch erwartet hatte, es war nicht die Menge an Menschen, die sich im Garten tummelte. Er erkannte einige Gäste, aber andere Gesichter waren aus der Stadt – Hotelbesitzer, Ladenbetreiber, sogar Fischer.

Wie in einem Traum ging er langsam durch die Gartenanlage und auf den Rasen vor dem Hotel, wo Betty und Paola an einem aufgebockten Tisch mit Gläsern voll Limonade standen. Er nahm ein Glas und leerte es in einem Zug, bevor er sich an Betty wandte, die wie der wandelnde Tod aussah, als hätte sie auch nicht gut geschlafen, und fragte, was denn nur los sei.

»Haben Sie es nicht gehört, Sir? Rose wird vermisst.«

»Ach herrje. Na ja, sie taucht bestimmt wieder auf. Das tun die Leute meistens. Das ist alles etwas … übertrieben, oder?«

»Ich hoffe es, Sir. Um ihretwillen.«

»Aufmerksamkeit, Betty. Darum geht es ihr. Und bei Gott, die bekommt sie gerade.«

Über den Rasen hinweg sah er Bella, wie sie mit dem Architekten, Bauarbeiter, was auch immer, Marco, und zwei Männern aus seinem Trupp redete. Sie drückte Marcos Hand und dankte ihm, wahrscheinlich für seine Hilfe bei der Suche nach Rose.

Sobald Marco sie verlassen hatte, ging Cecil nervös zu ihr. »Wie ich höre, haben wir eine Vermisste.«

Bella ignorierte seinen unbekümmerten, abschätzigen Ton. »Seit Rose gestern Abend das Kasino verließ, hat sie niemand mehr gesehen. Sie und Lucian haben sich betrunken gestritten.« Sie drehte sich um, und Cecil konnte ihr die Erschöpfung ansehen. »Ich hoffe nur, dass sie wie eine gewisse andere Person in einer dunklen Ecke ihren Kater ausschläft. Aber meine Sorge wächst mit jeder Minute.«

Cecil biss sich auf die Lippe. »Eine schlimme Sache«, sagte er. »Eine sehr schlimme.« Er zögerte. »Dir noch mehr Sorgen zu bereiten ist das Letzte, was ich will. Aber ich fürchte, ich muss etwas gestehen. Etwas, das gestern Abend passiert ist. Ich weiß nicht genau, wie es dazu kommen konnte …«

»Meinst du die Sache mit der Besitzurkunde?«

Erschrocken zuckte er zusammen. »Na ja, ja.«

»Spar dir den Atem. Ich weiß schon, was passiert ist. Claudine und Alice haben es mir erzählt.«

»Du wirkst erstaunlich gelassen deswegen.«

»Tue ich das?« Ihr Blick war hart und kalt. »Vielleicht liegt es daran, dass ich mich um wichtigere Dinge sorgen muss. Außerdem hast du nur deine Hälfte des Hotels verspielt.«

Die Übelkeit kehrte zurück, und mit ihr eine eigenartige Kälte, als wäre das Wetter plötzlich umgeschlagen. »Wie meinst du das?«

»Ich habe deinen Absichten von Anfang an misstraut. Deshalb habe ich als Vorsichtsmaßnahme meinen Anteil des Hotels Carlo überschrieben, einem italienischen Bürger, für die stattliche Summe von einem Pfund. Im Gegenzug hat er einen von Bruzzone aufgesetzten Vertrag unterzeichnet, mit dem er mir das Hotel für die Dauer von tausend Jahren für dieselbe Summe verpachtet.«

Cecil fing sich wieder. »Das ist ja schön und gut, aber wir haben beide einen Vertrag unterschrieben, in dem du deinen Anteil des Hotels an mich abtrittst.«

»Haben wir«, gab Bella zu. »Aber der ist nicht rechtskräftig. Er ist nicht ordentlich bezeugt worden. Claudine Pascal ist eine Kunstfigur. Tatsächlich heißt sie Louella-Mae Dobbs. Damit ist die Unterschrift bedeutungslos. Um die Wahrheit zu sagen, besteht unsere Ehe für mich nur noch auf dem Papier. Aber wenn du es vorziehst, den Schein zu wahren, statt eine skandalöse Scheidung zu riskieren, schlage ich vor, dass du zu Victor gehst, deinen Anteil des Hotels zurückkaufst – oder sollte ich sagen, ihn erbettelst – und ihn mir schenkst. Eine andere Lösung sehe ich nicht. Du etwa?«

Fassungslos darüber, dass er sich so schmählich einfach hatte ausmanövrieren lassen, konnte Cecil nur den Kopf schütteln wie ein Schuljunge.

»Er reist heute Vormittag ab. Victor. Also beeil dich lieber.«

Tatsächlich packte Victor seine Koffer, als Cecil ihn in seinem Zimmer aufsuchte.

»Wegen gestern Abend«, begann Cecil. »Ich möchte mich mit allem Nachdruck für mein Verhalten entschuldigen. Wenn ich ein wenig … zu heftig reagiert habe, dann nur, weil ich weiß, wie viel meine Frau und auch Alice geleistet haben, um das Hotel Portofino zu dem zu machen, was es ist. In diesem Moment habe ich plötzlich begriffen, was für ein Dummkopf und ein Schuft ich war, alles zu verspielen.«

Victor sagte nichts. Er schaute nicht einmal von seinem Koffer auf.

»Ich hatte gehofft«, fuhr Cecil fort, »dass Sie einer freundschaftlichen Beziehung zwischen Schwiegervater und -sohn in spe zuliebe bereit wären, mir die Besitzurkunde für eine angemessene Summe wieder zu verkaufen.«

Victor lachte leise vor sich hin.

»Was denn?«, fragte Cecil verärgert. »Was ist so lustig?«

»Eigentlich nichts. Das ist nur heute Morgen schon der zweite Besuch von jemandem, der mir die Besitzurkunde abkaufen will.«

»Wirklich?«

»Allerdings. Parrino und Danioni haben mir schon ein sehr attraktives Angebot gemacht.«

»Verstehe.« Cecils Herz begann zu rasen. »Das Problem ist, ich habe mittlerweile herausgefunden, dass ich das Hotel … gar nicht verspielen konnte. Tatsächlich gehört es zur Hälfte jemand anderem.«

Billy rannte über die Rasenfläche auf Bella zu. Er rief: »Mrs Ainsworth!«

Sie drehte sich um. »Was ist, Billy?«

Als er sie erreichte, war er so außer Atem, dass er nicht sprechen konnte. Schließlich brachte er die Neuigkeiten doch heraus. »Es ist Rose. Man hat sie gefunden.«

Hatte sie geschrien, als er das sagte? Sie konnte sich nicht erinnern. Als sie später über die Ereignisse nachgrübelte, war Bella überrascht, wie wenig sie noch von dem wusste, was danach passiert war.

Sie erinnerte sich daran, dass Billy sie durch das Tor zur Promenade geführt hatte. Auch an ihren Eindruck, sie hätte unnatürlich viel wahrgenommen, alle Farben, Geräusche und Gerüche schienen auf neue, unheilvolle Art intensiver zu sein. Sie liefen vielleicht zehn Minuten, bis das Ufer einen Bogen landeinwärts beschrieb und die Promenade in Treppenstufen endete, die zu einer kleinen Privatbucht führten. Sie war Teil des Geländes eines von Deutschen betriebenen Hotels, das kürzlich eröffnet hatte.

Zwei Kreise hatten sich gebildet. Im äußeren standen die Teilnehmer der Suche, vor allem aus der Stadt, die respektvoll Abstand vom inneren Kreis wahrten. Hier stand Constance, die eine Hand vor den Mund hielt und bitterlich weinte. Vor ihr kniete ein Mann, der sich über den ausgestreckten Körper einer jungen Frau beugte.

Der Mann blickte auf – und natürlich war er Lucian, das Gesicht bleich und vom Weinen verzerrt, und die Frau war natürlich Rose.

FÜNFZEHN

Carlo reiste als letzter Gast ab. Er hatte geduldig im Salon gewartet, bis die anderen bedient waren, um Bella nicht zu bedrängen oder im Weg zu stehen.

Als alles geregelt war und sie ihn zur wartenden Kutsche hinausbegleiten wollte, sah er sie mit tiefer Zuneigung an und nahm ihre Hand. »Es tut mir so leid«, sagte er. »Diese ganze Geschichte ist einfach furchtbar. Unglaublich traurig.«

»Danke, Carlo. Es ist sehr freundlich von Ihnen, dass Sie bereit waren, Ihren Aufenthalt vorzeitig zu beenden. Nach allem, was geschehen ist, können wir das Hotel nicht normal geöffnet lassen. Für die meisten Gäste konnte ich andere Unterbringungen finden. Zwei Suiten bleiben belegt. Alice sorgt hier mit einer kleinen Besetzung für das Nötigste, bis wir zurückkehren.«

»Sie fahren nach England?«

»Ja. Cecil, Lucian und ich reisen morgen nach London ab. Wir werden den Sarg begleiten. Julia, Rose' Mutter, will, dass sie so bald wie möglich zurück in die Heimat gebracht wird.«

»Das ist verständlich. Wobei ich sagen muss, dass ich die italienische Bürokratie gut kenne und überrascht bin, dass der Leichenbeschauer sie so schnell freigegeben hat.«

Bella lachte humorlos. »Cecils Bereitschaft, ein paar Hände zu versilbern, war endlich einmal zu etwas nutze. Die Behörden haben eingewilligt, den Tod als Unfall in die Akten aufzunehmen und Rose meiner Obhut zu überlassen.«

»Sie haben eine schwere Zeit durchgemacht«, sagte Carlo, als sie die Stufen zum Vorplatz hinunterstiegen. »Glauben Sie, Ihr Mann wird mir je verzeihen, dass ich Ihren Anteil des Hotels hinter seinem Rücken gekauft habe?«

»Ich bin nicht sicher, ob Cecils Vergebung etwas ist, das Sie anstreben oder sich wünschen sollten. Mit der Zeit wird er begreifen, dass es nur von Nutzen war, was Sie getan haben.«

Carlo räusperte sich nervös. »Und wie geht es Alice? Es tut mir leid, dass ich sie nicht mehr sehe, bevor ich abreise.«

»Ich fürchte, sie hat sich in ihrem Zimmer verschanzt, seit Victor gegangen ist, ohne sich zu verabschieden. Ich nehme an, Sie haben davon gehört? Er ist aus der Stadt getürmt und hat einen Haufen unbezahlter Rechnungen zurückgelassen.«

»Das überrascht mich nicht.«

»Nein.« Bella lächelte voller Bedauern. »Ich glaube, es geht ihr gut. Es ist eher Scham als Liebeskummer. Um Alice mache ich mir keine Sorgen. Aber darum, dass Victor zurückkommen und versuchen könnte, seinen Teil des Hotels zu beanspruchen, den er von Cecil gewonnen hat.«

»Oh, das wird er nicht tun«, sagte Carlo mit Nachdruck.

Bella schaute ihn neugierig an. »Sie sind sich erstaunlich sicher.«

»Weil ich das hier habe.« Carlo griff in seine Jackentasche und zog die Besitzurkunde des Hotels heraus.

In Bella brachen sich Erstaunen und Dankbarkeit Bahn. »Wie in aller Welt ...?«

»Ich sollte es erklären.« Carlo sprach leiser weiter. »Als Victor gestern Abend seine Jetons eintauschen wollte, habe ich ihn abgefangen. Ich sagte ihm, was ich von meinen Freunden über ihn erfahren hatte.«

»Ihren hochgestellten Freunden.«

»Genau. Was Victor über seinen Hintergrund und seine Abstammung erzählt hat, ist alles Schwindel. Er ist kein Sprössling einer adligen römischen Familie. Er ist ein Betrüger, der eine Schuldenspur über die französische und italienische Riviera hinter sich herzieht. Ich machte ihm klar, dass ich davon wusste, und ließ ihm die Wahl. Er konnte mir die Besitzurkunde geben, auf Alice in jeder Hinsicht verzichten und sich bereit erklären, nie wieder mit ihr zu sprechen – oder sich auf der Stelle verhaften lassen.«

»Und so hat er Ihnen die Urkunde gegeben.«

»Das hat er. Seine Jetons wollte er behalten. Aber ich habe ihn überzeugt, sie mir auszuhändigen. Mit dem Geld werde ich den Juwelier entschädigen, von dem Alice' Verlobungsring stammt – soweit ich weiß, wurde er nicht bezahlt.«

Männerstimmen hallten durch den Flur, ihr Geplänkel wurde lauter, als sie näher kamen. Der Schlüssel klirrte im Schloss, dann schwang die Zellentür auf und enthüllte zwei lächelnde, überraschend junge Schwarzhemden, die Danioni schon gestern Abend begleitet hatten.

Wortlos marschierten sie zu Nish auf seinem schmalen Eisenbett und zerrten ihn grob auf die Füße. Nish schrie vor Schmerzen auf, aber sie kamen ihm mit keiner Geste entgegen. Mit Handschellen fesselten sie ihm die Hände hinter dem Rücken, dann hielten sie ihn still, um ihm einen Sack über den Kopf zu ziehen.

Schwach fragte er sie: »*Dove mi stai portando?*« Wohin bringen Sie mich?

»*A Torino. Per essere processato.*« Nach Turin. Um vor Gericht gestellt zu werden.

Dann schleppten sie ihn durch den Flur und verfrachteten ihn in das wartende Automobil.

Trotz allem hatte Constance beschlossen, dass Rose nicht allein bleiben sollte. Seit die Polizei und der Bestatter ihre Leiche ins Hotel gebracht hatten, saß Constance neben ihr, leistete ihr Gesellschaft, tat, wozu Lucian sich offenbar nicht in der Lage sah.

Rose war in einem ihrer schönen Chanel-Kleider aufgebahrt. Claudine hatte sie geschminkt. Mit den über der Brust gefalteten Händen sah sie so friedlich und glücklich aus – glücklicher als je im Leben. Bella hatte sechs Kerzen angezündet, drei bei ihrem Kopf und drei bei den Füßen. Sie warfen flackernde Schatten auf die Wände des Kellers, der bald eine Therme werden sollte und jetzt eine Gruft war.

Constance war dem Tod noch nie so nah gewesen. Von der Leiche ihres Vaters hatte man sie ferngehalten. Zu jung, hatten die Leute gesagt, und wahrscheinlich hatten sie recht gehabt. Jetzt erfüllte sie die wächserne Reglosigkeit der Gestalt neben ihr mit Ehrfurcht. Sie hatte erwartet, dass sie Angst haben würde, aber es hatte wirklich nichts Unheimliches an sich; es war nicht unheimlicher, als an der Wiege eines ungeborenen Kindes zu sitzen. In beiden Fällen war der Mensch nicht da, aber man empfand Hoffnung. Man spürte deutlicher, wie die Zeit verstrich.

Nur eine Frage nagte unablässig an Constance – ob sie eine Rolle dabei gespielt hatte. Hatte Rose etwas gewusst, und wenn ja, wie viel? Genug, um sie so weit zu erschüttern, dass sie, nun ja …?

Nein, nein, sagte eine Stimme in ihr. Du weißt nicht, ob sie sich das Leben genommen hat. Vielleicht hatte sie versucht zu schwimmen, nachdem sie zu viel getrunken hatte … Aber ein anderer Teil von ihr glaubte das nicht. Dieser Teil vermutete, dass Rose alles gewusst hatte. Sie mochte naiv gewesen sein, aber an Intuition hatte es ihr nicht gemangelt. Auch nicht an der Fähigkeit, sich zu verstellen.

Sie hob den Blick und sah, dass Bella sie von der Tür aus beobachtete. Die ältere Frau kam zu ihr und umarmte sie, und als sie das tat, brach etwas in Constance, die Tränen strömten hervor, und tiefes, heftiges Schluchzen ließ sie erbeben. »Glauben Sie, dass sie sich ertränken wollte, Ma'am?«

»Ich weiß es nicht, Constance. Wir können es nicht wissen. Und wir werden nie erfahren, was sie gedacht hat.« Bella hielt sie fest in den Armen, sie drückte Constance an sich, als wäre sie ihr eigen Fleisch und Blut. »Ich fühle mich, als hätte ich sie schrecklich im Stich gelassen. Ich hätte mich besser um sie kümmern müssen. Nicht nur als Schwiegermutter, sondern als Frau.«

»Das gilt für uns alle.«

Schweigend saßen sie nebeneinander. Dann nahm Bella ihre Hand. »Ich muss mit Ihnen reden«, sagte sie.

»Ja?« Jetzt bekam Constance doch Angst.

»Betty hat einen Brief von Ihrer Mutter bekommen. Ich fürchte, es geht ihr nicht gut, und, nun ja, möglicherweise muss sie eine andere Lösung finden, wer sich um Tommy kümmert.«

Constance erstarrte. »Was hat sie? Was fehlt ihr? Warum hat sie es mir nicht selbst gesagt?«

»Sie wollte nicht, dass Sie sich Sorgen machen. Offenbar hatte sie einen kleinen Schlaganfall. Sie ist jetzt außer Gefahr, aber nicht mehr so stark wie früher. Das ist viel auf einmal, ich weiß, aber ich glaube, es wäre das Beste, wenn Sie morgen nach England zurückfahren würden – mit uns und Rose. Haben Sie jetzt Zeit, um zu packen?«

Stumm vor Bestürzung nickte Constance.

Sie ließ Bella mit der toten Rose allein und ging hinauf in ihr Zimmer. Bei ihrem Einzug letztes Jahr war es ihr riesig und luxuriös erschienen, und sie hatte sich in der ersten Woche immer wieder gekniffen, weil sie kaum glauben konnte, dass eine unverheiratete Mutter aus einer kleinen Stadt in Yorkshire so sicher auf die Füße gefallen war. Jetzt schienen die Wände sie einzuengen, und die Dinge, die sie vorher so geschätzt hatte – die schicke Frisierkommode, die feste Federmatratze auf dem Bett –, waren nur noch Symbole ihrer Selbstzufriedenheit und ihres Verlangens nach gesellschaftlichem Aufstieg. Ihr Tageskleid, das sie sich zur Feier ihrer Beförderung gegönnt hatte, lag ausgebreitet auf ihrem Bett. Sie war extra bis nach Genau gefahren, um es zu kaufen. Jetzt überlief sie ein Schauder, wenn sie es ansah.

Auf dem Nachttisch aus Kiefernholz stand ein gerahmtes Foto von Tommy. Er war ein hübscher kleiner Junge mit dichten blonden Locken und neugierigen Augen. Wie sehr sie ihn vermisste. Trotz aller Hektik bei ihrer Arbeit und der romantischen Verwicklungen, die sie beschäftigten, verging kein Moment, in dem Constance nicht an ihn dachte. Lächelnd nahm sie das Foto und räumte es aufs Bett, um es später einzupacken. Auf dem Tisch lag auch ihr Italienischlehrbuch. Als sie danach griff, bemerkte sie, dass unten etwas herausschaute, etwas, das jemand hineingelegt hatte – ein zusammengefaltetes Blatt Papier.

Verwundert schlug sie das Buch auf. Sie wusste, welches Blatt es war, bevor sie es auseinanderfaltete. Es war ihre Zeichnung des schlafenden Lucians, die sie aus ihrem Zeichenblock gerissen hatte. Wie gebannt starrte sie darauf, verwirrt und voller Schuldgefühle. Panik schnürte ihr die Kehle zu.

Wer hatte sie gefunden? Wie war sie hierhergekommen?

Das waren Fragen, die ein einfältiger Mensch stellen mochte. Sie waren überflüssig. Denn Constance kannte die Antworten.

Als sie die Bleistiftzeichnung anstarrte, die, sie musste es zugeben, gut getroffen war, fielen ihr erhabene Linien am oberen Ende des Blatts auf. Jemand hatte etwas auf die Rückseite geschrieben.

Ihre Hand fing an zu zittern, sie atmete schnell und schwer. Eine furchtbare Vorahnung befiel sie, vor Angst wurde ihr fast schlecht. Aber es half alles nichts. Sie musste das Blatt umdrehen und die Worte lesen.

Marco wartete am Empfangstresen, als Bella auf dem Weg zu ihrem Büro das Foyer durchquerte. Aber was sie zuerst sah, waren die Blumen – ein großer Strauß weißer Chrysanthemen, in braunes Papier gewickelt.

»Ich bin sofort hergekommen, als ich davon gehört habe«, sagte er. »Es tut mir so leid. Sie reisen ab, wie ich höre?«

»Ich fürchte, ja.«

Nickend senkte Marco den Blick. Er streckte ihr die Blumen entgegen, und Bella nahm sie an. »Die habe ich für Sie gepflückt. In Italien sind sie ein Symbol der Trauer. Sie wachsen in einem verborgenen Tal, das ich gern besuche, in den Hügeln oberhalb von Portofino.« Er hielt inne. »Irgendwann, wenn Sie wieder hier sind, würde ich gern mit Ihnen dorthin gehen.«

Ohne darauf zu achten, wer es sehen könnte, nahm Bella seine Hand, drückte sie fest und blickte ihm in die Augen. »Es wäre mir eine Freude. Mehr noch, der Gedanke daran wird mir durch die schweren Tage helfen, die mir bevorstehen.«

Seine Wangen röteten sich. »Ich werde für Ihre Familie beten. Letztes Jahr habe ich meine Schwägerin verloren, deshalb weiß ich, wie schmerzhaft Trauer sein kann. Es lässt sich mit nichts vergleichen. Wie geht es Signor Lucian?«

»Nicht gut«, sagte Bella. »Er hat sein Zimmer nicht mehr verlassen. Und ich hoffe, es macht Ihnen nichts aus, aber ich muss jetzt nach ihm sehen …«

Obwohl draußen der Morgen angebrochen war, herrschte in Lucians Zimmer Dunkelheit – die Fensterläden waren geschlossen, die Vorhänge fest zugezogen.

Er lag auf dem Bett, ohne zu schlafen, seine Gedanken gefangen in einem Strudel widersprüchlicher Gefühle. Als Soldat hatte er Trauer kennengelernt – zu viel Trauer, zu früh in seinem Leben. Aber obwohl sie ihn niedergeschmettert hatte, oft so sehr, dass er zu keiner Handlung mehr fähig war, waren seine Erfahrungen doch in gewisser Weise unkompliziert gewesen. Er hatte sich nie schuldig gefühlt, er hatte nie geglaubt, dass jemand gestorben war, weil er etwas nicht getan hatte oder es anders hätte tun können.

Bei Rose war das anders. Dieses Mal hatte er Anteil daran.

Es klopfte zögerlich an der Tür. Seine Mutter rief leise: »Lucian?«

Bella betrat das Zimmer. Ohne ein Wort setzte sie sich auf die Bettkante und legte ihm eine Hand auf die Seite. In dieser Position verharrten sie lange, vielleicht eine Stunde – Lucian verlor jedes Zeitgefühl.

Bella brach schließlich das Schweigen. »Du darfst dir nicht die Schuld geben.«

»Oh, aber das muss ich. Und das tue ich. Ich werde mir nie verzeihen, dass ich Rose nicht richtig geliebt und mich um sie gekümmert habe. Und ich weiß nicht, ob ich je nach Italien zurückkehren kann. Wenn ich irgendwo glücklich war, dann hier. Jetzt werde ich diesen Ort für alle Zeit mit meiner toten Frau verbinden. Mit … Schuld. Und Verlust.«

»Lieber Junge«, sagte Bella. Ihre Tränen flossen in Strömen. »Du konntest nicht ahnen, was sie vorhatte – falls sie sich tatsächlich das Leben genommen hat, was wir nicht mit Sicherheit wissen können. Und es ist nicht deine Schuld. Ich werfe mir selbst vor, dass ich mich deinem Vater nicht entschlossener entgegengestellt habe. Es war aberwitzig, mit welcher Eile er und Julia euch verheiraten wollten. Ich hätte widersprechen sollen. Stattdessen habe ich ihre Entscheidung hingenommen.« Sie hob die Hand und strich ihm über die Haare. »Ich bin so stolz auf dich. Und ich weiß, dass du nicht grausam warst, als du Rose im Kasino alleingelassen hast – du hast aus Zuneigung zu Nish und aus Sorge um ihn gehandelt. Wie tief deine Verzweiflung auch ist, du solltest nicht vergessen, dass Nish deinetwegen jetzt in Sicherheit ist.«

Lucian wandte den Kopf. »Glaubst du wirklich?«

»Ja«, sagte Bella mit tröstlicher Zuversicht. »Ich bin mir ganz sicher.«

Nish hatte keine Ahnung, wohin man ihn brachte. Mit einem Sack über dem Kopf und gefesselten Händen war es schwer, überhaupt etwas mit Sicherheit zu wissen. Er war in einem Lieferwagen, soviel wusste er, wahrscheinlich in einem Fiat Tipo 15, die häufig vom italienischen Militär benutzt wurden. Und er wusste, dass er von mindestens zwei Soldaten begleitet wurde, den Fahrer nicht mitgerechnet. Die Steigung nach etwa fünfzehn Minuten Fahrt sagte ihm, dass sie Rapallo hinter sich gelassen hatten und wahrscheinlich unterwegs in die Berge waren, zu dem kleinen Militärlager nahe der Kirche Nostra Signora di Montallegro. Auch die Luft roch anders, nicht mehr nach Thymian und Zitrone, sondern vage nach Petrichor – eines von Nishs Lieblingswörtern, das den Geruch von frischem Regen auf trockenem steinigen Boden bezeichnete, vom griechischen Wort *petros* für Stein und *ichor* für himmlische Flüssigkeit, das Blut der Götter.

Danach wurde die gewundene Straße uneben. Immer wieder durchfuhren heftige Stöße das Fahrzeug, jeder ließ Schmerzen durch Nishs zerschundenen Körper zucken.

Endlich hielt der Lieferwagen an. Es schepperte, als die Heckklappe heruntergelassen wurde, dann zog ihm jemand den Sack vom Kopf. Das Licht tat in seinen Augen weh, und es dauerte ein paar Sekunden, bis er auf der Bank gegenüber Gianluca erkannte. Er war ebenfalls gefesselt und blinzelte ins Licht.

Sie hatten auf einer Schotterstraße gehalten, die auf beiden Seiten von Wald begrenzt war.

Hinter ihnen hielt ein weiterer Lieferwagen. Die Soldaten, die Nish und Gianluca bewachten, ließen sie kurz allein, um mit dem Fahrer zu sprechen. Die beiden nutzten den Moment, um sich tief erschöpft und resigniert anzulächeln, dann fragte Nish: »Hast du eine Zigarette?«

Gianluca schüttelte den Kopf. »Ich wünschte, ich hätte eine.«

»Glaubst du, dass wir in Turin eine faire Verhandlung bekommen?«

Erst später begriff Nish, dass aus Gianlucas Miene Mitleid sprach, als er antwortete: »Wir haben Glück, wenn wir es so weit schaffen.« Mit einer Geste forderte er Nish auf, nach rechts zu schauen. Als er es tat, sah er Danioni mit einer Pistole in der Hand auf den Lieferwagen zumarschieren. Auf sein Zeichen hin sprangen drei Schwarzhemden auf und trieben Nish und Gianluca mit Schlägen ihrer Gewehrkolben aus dem Fahrzeug und auf einem schmalen Fußweg tief in den Wald hinein.

Sie gingen vielleicht zehn Minuten, bis sie eine Lichtung erreichten. Dann überschlugen sich die Ereignisse, alles geschah so schnell, dass Nish es kaum begreifen konnte. Gleichzeitig wurde ihm erstaunt klar, dass er nicht einen Hauch von Panik spürte, weil es nichts mehr gab, was er tun konnte.

Niemand verband ihnen die Augen, was Nish als zusätzliche sinnlose Grausamkeit empfand. Sie bekamen den Befehl, sich hinzuknien, einander gegenüber, aber etwa fünfzig Meter voneinander entfernt. Danioni trat neben Gianluca, hielt ihm seine Pistole an die Schläfe und drückte ab. Aber die Waffe hatte eine Ladehemmung. Trotz der Situation musste Nish lachen.

Gianluca nutzte diesen kurzen Moment, er sah Nish an und rief: »Ich bereue nichts. Du warst die Liebe meines Lebens.«

Die Worte waren ihm kaum über die Lippen gekommen, als Danioni es mit einer anderen Waffe versuchte. Dieses Mal funktionierte es. Der Schuss hallte von den Bäumen wider. Nish sah mit an, wie der Kopf seines Geliebten zu feinem roten Nebel zerspritzte, wie sein Körper seitlich zu Boden sackte.

Unwillkürlich schrie Nish auf. Er versuchte, sich hochzukämpfen, aber die Schwarzhemden schlugen auf ihn ein und stießen ihn nieder. Benommen blickte er auf und sah Danioni vor sich stehen, nasse Blutspritzer im Gesicht.

»Sie verabscheue ich von allen am meisten.« Danioni spie ihm die Worte wütend entgegen. »Sie halten sich für einen Engländer. Die Engländer behaupten, es wäre nicht wichtig, ob man gewinnt oder verliert, sondern wie man spielt.« Er beugte sich vor. »Ich werde Ihnen was sagen, mein Freund: Diese Philosophie ist Schwachsinn. Mussolini lehrt uns eine andere. Eine bessere. Dass das Leben kein Spiel ist, sondern ein tödlicher Kampf um die Vorherrschaft. Und nur der Starke überlebt.«

Er hob die Waffe und zielte auf Nish.

Die Nachricht hatte Constance bis ins Mark getroffen. Und so ging sie an ihrem letzten Tag in Italien ans Meer, um Trost zu finden und vielleicht sogar Vergebung, auch wenn die Aussichten darauf weiß Gott nicht gut waren. Ihre Sünden waren zu groß.

Sie starrte auf die schmale Linie des Horizonts, wo die Erde auf den Himmel traf. Es war seltsam, dachte sie, dass sie das Meer früher so geliebt hatte und jetzt nur noch daran denken konnte, wie gefährlich und grausam es war. Sich aufs Wasser hinauszuwagen hatte schon immer bedeutet, den Tod herauszufordern, sich den Elementen auszuliefern. Im Innersten wusste das jeder.

Sie hörte nicht, dass Lucian näher kam. Seine Anwesenheit bemerkte sie erst, als er leise »Constance« sagte und sie innerlich einen scharfen Ruck spürte, wie den Rückstoß einer Waffe. Hektisch griff sie ihre Sachen und stützte eine Hand auf einen großen Stein, um sich hochzustemmen.

»Bitte geh nicht.« Aus seiner Stimme klang Verzweiflung. »Ich muss mit jemandem reden.«

Constance erstarrte. »Ich weiß nicht, was ich dir sagen soll. Ich bin voller Trauer und Schuldgefühle wegen dem, was passiert ist.«

»Es gibt nichts, weswegen du dich schuldig fühlen müsstest. Ich bin dafür verantwortlich, dass Rose sich vernachlässigt und ungeliebt gefühlt hat.«

»Nicht allein«, sagte Constance. Sie beugte sich vor und gab ihm das Blatt Papier, dann ließ sie sich wieder zurück auf den Boden sacken, als hätte es keinen Sinn mehr, sich zu wehren, als hätte nichts einen Sinn.

Entsetzen und Kummer zeichneten sich auf Lucians Miene ab, als er die Worte las. Er verbarg sein Gesicht in der linken Hand und sprach sie aus: »»Lieben Sie ihn für mich.‹«

Constance spürte neue Tränen auf ihren Wangen, spürte, wie ihre Hände zitterten. »Sie hat die Zeichnung gefunden. Sie hat gewusst, dass etwas zwischen uns geschehen ist. Und egal, was alle anderen sagen, ich werde bis ans Ende meiner Tage glauben, dass es sie dazu getrieben hat, sich umzubringen.«

»Nein.« Lucian schüttelte den Kopf. »Im Gegenteil. Mit dieser Nachricht gibt Rose uns ihren Segen.«

Constance starrte ihn ungläubig an. »Das ist kein Segen. Es ist ein Fluch. Und er bedeutet, dass wir nie zusammen sein können.«

»Das empfindest du jetzt so. Aber es wird nicht immer so sein.«

»Wie kannst du das sagen? Es ist nicht, als wäre eine Großmutter gestorben. Eine alte Frau, die ein erfülltes, glückliches Leben hatte.« Sie stützte den Kopf in die Hände. »Das hat alles verändert, Lucian. Verstehst du das nicht?«

»Es ist für alle schlimm«, sagte Claudine. »Aber für die beiden ist es irgendwie besonders schrecklich.«

»Ich weiß.« Bella rückte näher und legte den Kopf auf Claudines Schulter. »Sie sind ein Bild des Jammers.«

Sie beobachteten Lucian und Constance, die ein Stück den Bahnsteig hinunter auf getrennten Bänken saßen und einander ignorierten. Constance las ein Buch, wobei Claudine das Gefühl hatte, es sei nur eine Requisite, die andere Menschen fernhalten sollte. Lucian allerdings … Er starrte nur vor sich hin. Selbst aus der Ferne war zu erkennen, wie gequält er war.

Der Bahnhof Santa Margherita war an diesem hellen, sonnigen Morgen nur spärlich besucht – einem Morgen, dem es Claudines Ansicht nach überhaupt nicht zustand, so hell und sonnig zu sein. Denn alles war kaputt oder schien doch so. Und alle gingen fort.

Sie hatte versprochen, Bella bis Paris Gesellschaft zu leisten. Und dann? Wer wusste das schon. Das Studio wollte sie zurück nach

Cannes holen. Was sie selbst wollte, nun ja ... Das versuchte sie noch herauszufinden.

»Ich muss ständig an die arme Rose denken«, sagte Bella. »Ich frage mich, wie Julia und ihr Vater ihren Verlust verkraften werden. Es klingt furchtbar, aber diese Menschen sind mir nie vorgekommen, als hätten sie Gefühle. Und Lucian ... Ich mache mir Sorgen, dass er es nicht verkraftet.«

»Er ist noch jung«, erinnerte Claudine sie, »und kann mehr durchstehen, als du es ihm zutraust. Vergiss nicht, er hat einen Krieg überlebt.«

»Ich hoffe, du hast recht. Aber nach dem, was er durchmachen musste, hat es Jahre gedauert, bis er wieder gesund und glücklich war. Die Schuldgefühle, die er jetzt empfindet ... Die verlassen ihn vielleicht nie.«

»Die Zeit heilt alle Wunden.«

»Ich weiß.«

»Und du kannst ihm die Trauer nicht abnehmen. Du darfst deine eigenen Träume nicht aufgeben, um den Kummer deines Sohns zu lindern.«

»Du hast recht. Ich muss nach Italien zurückkommen und das Hotel weiterführen, nicht zuletzt, weil es für Lucian irgendwann ein Zufluchtsort sein könnte.«

»Willst du es immer noch ausbauen?«

»Ich glaube nicht. Dazu fehlt mir irgendwie die Kraft. Außerdem will ich von Cecil keinen Penny annehmen. Aber an den Plänen für die Therme halte ich fest.«

»Das freut mich zu hören. Und ich bin sehr froh, dass du meine Investition angenommen hast. Es wird dir guttun, neue Wege zu beschreiten. Die Grenzen deiner Fähigkeiten auszuloten.«

Bella lächelte. »Damit habe ich etwas Neues, auf das ich mich konzentrieren kann. Und ...«, sie drückte Claudines Hand, »meine neue Geschäftspartnerin ist mir sehr viel lieber, als es der alte Partner je war.« Sie warf einen Blick auf ihre Uhr. »Da wir gerade von ihm sprechen, Cecil verspätet sich.«

»Er ist da drüben.« Claudine zeigte zum Ende des Bahnsteigs, wo die Gepäckträger in ihrer Uniform, die Mütze als Zeichen des Respekts in der Hand, neben Rose' Sarg standen.

Cecil war sofort klar, dass Danioni nicht gekommen war, um sein Beileid auszudrücken, als er den Italiener am Ende des Bahnsteigs entdeckte. Trotzdem war es natürlich das Erste, was Danioni ansprach, nachdem er Cecil zu einer ruhigen Ecke hinter dem Hauptgebäude geführt hatte. »Die arme Frau«, sagte er, allem Anschein nach voller Kummer. »Offenbar fand sie das Leben *molto difficile*.«

»Was wollen Sie?«, fragte Cecil schroff, der selbst nichts lieber wollte, als einen Schlussstrich zu ziehen und all das hinter sich zu lassen.

»Ihnen eine Nachricht von unserem gemeinsamen Freund übermitteln. Ich habe gestern gehört, dass ein Repräsentant der East Side Gang im Laufe des Monats in London sein wird. Er freut sich schon darauf, Sie dort zu treffen – und gute Neuigkeiten über unser gemeinsames Unternehmen zu hören.«

Cecil ging zum Angriff über. »Drohen Sie mir nicht, Sie Wiesel. Ich weiß verdammt gut, dass Sie und Parrino versucht haben, mich um meinen Anteil des Hotels zu prellen. Aus meiner Sicht ist das mehr als Grund genug, unsere Zusammenarbeit zu beenden.«

Aber Danioni lachte nur. »Ah, das Gepolter der Engländer! Wie mitreißend. Und doch …« Er zuckte theatralisch mit den Schultern. »Sie kann nicht *beendet* werden. Die wissen genau, wo Sie wohnen und wo Sie essen. Und«, er kicherte, »wo Sie Ihre ›Saat ausbringen‹, wie Sie Engländer sagen. Obwohl diese traurige Geschichte mit Signora Rose – in dieser Hinsicht kann das nichts Gutes für Sie bedeuten. Nein, nein. Sie werden sich eine andere Geliebte suchen müssen …«

Der Zug sollte in fünf Minuten einfahren. Constance klappte ihr Buch zu, das sie ohnehin nicht las, und schaute den Bahnsteig entlang zu Lucian. Vornübergebeugt und reglos wie eine Wachsfigur saß er da, den Blick wer weiß wohin gerichtet.

Es kam natürlich nicht infrage, vor aller Augen zu ihm zu gehen und ihn anzusprechen, und auch nicht, im Zug neben ihm zu sitzen. Trotzdem sehnte sie sich danach, mit ihm zu reden, weil er der einzige Mensch war, mit dem sie über das Geschehene überhaupt reden konnte. Der Einzige, der es verstehen würde.

In der Grabesstille des Bahnsteigs bedauerte sie, dass sie ihn so jäh und rigoros zurückgewiesen hatte, obwohl er offensichtlich auch litt. Alles Körperliche … das würden sie für immer unterdrücken müssen, das lag auf der Hand, und Lucian würde auch zu diesem Schluss kommen, wenn er erst einmal Zeit hatte, die Sache zu überdenken.

Aber sie hatte nicht vor, ihre Anstellung bei Bella aufzugeben, und er war Bellas Sohn und würde immer zum Umfeld seiner Mutter gehören, wo sie auch war. Da wäre es nur vernünftig, Freunde zu bleiben oder sich zumindest nicht völlig zu entzweien. Über das, was zwischen ihnen vorgefallen war, würden sie nie sprechen müssen, zumindest nicht offen. Manchmal hatte es seinen eigenen Wert, etwas nicht auszusprechen. Sie blätterte in ihrem Buch zu einem ihrer Lieblingsgedichte von Emily Dickinson. Dort hieß es, man solle die ganze Wahrheit sagen, aber »schräg« – indirekt, verblümt.

Constance runzelte nachdenklich die Stirn.

Was, wenn sie einander gelegentlich schrieben? Das wäre doch in Ordnung, oder?

Oder?

Die Kutsche fuhr gelenkt von Billy über die Zufahrt davon.

Betty stand mit Alice auf den Stufen vor der Eingangstür und winkte den letzten abreisenden Gästen hinterher. »Tja, das wäre geschafft …« Sie seufzte. »Jetzt sollten wir zurechtkommen, bis Ihre Mutter und Constance wieder hier sind.« Sie hatte es kaum ausgesprochen, da begriff Betty schon, dass sie das Falsche gesagt hatte.

»Wir werden viel mehr tun, als nur zurechtzukommen«, sagte Alice spitz. »So wenige Gäste zu haben sollte ein neuer Ansporn für herausragende Leistungen sein.«

»Ja, Ma'am.«

Als Alice kehrtmachte und ins Hotel ging, streckte Betty ihr die Zunge heraus. Was für eine versnobte, aufgeblasene kleine Madame sie war. Ganz anders als ihre Mutter, die es schaffte, dass sich jeder in ihrer Nähe wohlfühlte.

Gerade hatte die Kutsche das Tor passiert, da bog Luigi, *il postino*, in die Zufahrt ein. Seine schwere Tasche schwang hin und her, als er über den knirschenden Kies fuhr. Er rief »*buon giorno!*«, und Betty drehte sich um.

Luigi hatte nur einen Brief für sie und drückte ihn Betty in die ausgestreckte Hand. Ohne nachzudenken, brachte sie ihn zu Alice, die am Empfangstresen Schlüssel sortierte. Alice bedankte sich nicht. Das tat sie nie.

Betty war schon halb den Flur hinunter, als sie Alice rufen hörte: »Das gibt es ja nicht!«

Sie drehte sich um. »Was ist denn, Ma'am?«

Alice wirkte ungewohnt entgeistert. »Er ist von dieser Dame, deren Sohn diese garstige Narbe hatte. Mrs Bertram.«

»Ach ja?«

»Sie hat das Hotel mit fünf Sternen bewertet. In Amerikas beliebtester Reisezeitschrift!«

Betty wurde plötzlich schwindlig. »Was schreibt sie über uns?«

»›Das Hotel Portofino ist eine reizende zitronengelbe Villa im Stil der Neorenaissance, erbaut 1902 nach den Vorgaben des berühmten Wiener Architekten Carl Seidl …‹ Bla bla bla … ›Genießen Sie einen entspannenden Spaziergang auf der Promenade, die gleich unterhalb der Terrasse verläuft, oder verweilen Sie abends mit einem Glas Prosecco in der prächtigen Gartenanlage …‹« Alice unterbrach sich und lächelte, als wollte sie Betty necken.

»Und?«

»›Das Essen ist uneingeschränkt exzellent. Meinem Begleiter und mir schmeckten besonders der Polpo al forno con verdura tostata und das saftige Bistecca alla fiorentina. Ein Sonderwunsch wurde freundlich und mit bemerkenswertem Können erfüllt. Die Suiten sind groß, hell und geschmackvoll eingerichtet. Die Hotelbesitzerin Bella Ainsworth und ihre Mitarbeiter sorgten mit größtem Engagement für unser Wohlbefinden. Sie organisierten Tagesausflüge, darunter eine unvergessliche Angelfahrt. Zurzeit wird ein Thermenbereich gebaut, der nächstes Jahr eröffnet sein sollte. Bei unserer Abreise aus dem Hotel Portofino fühlten wir uns erholt und erfrischt. Ich kann es nur mit Nachdruck empfehlen.‹« Mit einem zufriedenen Seufzen blickte Alice auf, doch ihr Gesichtsausdruck änderte sich schlagartig, als sie Betty ansah. »Meine Güte, Betty. Was ist denn nur los?«

»Nichts, Ma'am. Ich habe nur was im Auge, das ist alles.« Tatsächlich strömten ihr Tränen der Freude und Dankbarkeit übers

Gesicht. Sie hatte in ihrem Leben so wenig Freundlichkeit und Lob erfahren. Beides jetzt in solchem Übermaß zu bekommen war überwältigend. Überwältigend, aber wunderbar. »So«, sagte sie und wischte sich mit dem Handrücken über die Wangen. »Ich kann nicht den ganzen Tag hier rumstehen. Ich habe Brötchen im Ofen und will nicht, dass sie anbrennen.«

Leseprobe

384 Seiten / Auch als E-Book

EINS

Es war wirklich befriedigend, dachte Bella, die Zimmer für die Gäste herzurichten. Nach einiger Diskussion mit Cecil hatte sie entschieden, die Drummond-Wards in der Epsom Suite unterzubringen. Die Zimmer boten nicht nur einen schönen Meeresblick, sie waren auch hell und luftig, mit einem Bett aus solidem Mahagoni und Tapeten mit einem zarten, unaufdringlichen Blütenmuster.

Von zu geschäftigen Mustern hielt sie nichts. Man war leicht versucht, innezuhalten und sie ausgiebig zu betrachten, um ihr Zusammenspiel aus Linien und Formen zu verstehen. Aber manchmal war es – im Leben ebenso wie beim Interieur – besser, Muster blieben unbemerkt.

Bella hatte ohnehin keine Zeit innezuhalten. Sie war viel zu beschäftigt.

Sie ging hinüber zu Francesco und Billy, die sich abmühten, eine Matratze zu wenden.

»Du bist doch ein starker Bursche«, sagte sie zu Billy. Er hatte einen hochroten Kopf und ächzte. »Versuch es noch mal.«

»Aber es ist so schwer, Mrs Ainsworth!«

»Das ist Pferdehaar«, erklärte Bella. »Deshalb schläft man so bequem darauf.«

»Da ist auch Metall drin. Das fühle ich.«

»Das sind Federn, Billy.«

Während Billy noch ungläubig den Kopf schüttelte, eilte Paola mit einem Stapel frisch gebügelter Bettwäsche herein. Die Laken waren aus London gekommen – von niemand Geringerem als Heal's aus der Tottenham Court Road. Sicher, der British Store in Bordighera verkaufte neben typischen Produkten wie Gordon's Gin und Keksen von Huntley & Palmer auch Bettwäsche. Viele Briten vor Ort kauften gern dort ein.

Aber für das Hotel Portofino war nur das Beste gut genug.

Und das bedeutete weiche, mit dickem Faden gewebte Baumwolle. Bettlaken, die schnackten, wenn man sie von der Wäscheleine zog.

Als die Matratze ordnungsgemäß gewendet war, trollte Billy sich in die Küche, um seiner Mutter zu helfen. Paola bezog das Bett, und Francesco stellte eine Vase mit violett schimmernden Iris auf einen Beistelltisch.

Die Bäder bestückte Bella gern selbst. Im Hotel Portofino gehörte zu den besseren Suiten ein eigenes Bad. Sie und Cecil hatten in moderne Warmwassertechnik investiert. Heutzutage erwarteten die Leute, ein Bad nehmen zu können – ohne Dienerschaft in der Nähe, die umständlich immer wieder Holz in den Ofen legen musste. Auch bargen die alten Anlagen zum Teil echte Gefahren. Jeder kannte die Geschichte von dem explodierten Badeofen im Castello Brown. Ein unseliger englischer Tourist hatte ihn im falschen Moment ausgestellt, und – nun ja – drei Monate später wurde immer noch renoviert.

Mit leisen Schritten überquerte Bella die glänzenden Mosaikfliesen, legte ein frisches weißes Handtuch neben das Waschbecken und stellte eine Duftkerze auf einen Sims neben der großen Badewanne mit den Klauenfüßen. Die letzten Bewohner der Suite – ein älteres Paar aus Guildford, furchtbare Nörgler alle beide – hatten einen unangenehmen Geruch beklagt. Bella hatte nichts feststellen können, aber bei den Drummond-Wards wollte sie kein Risiko eingehen.

III

Als sie das Bad verließ, stand Paola neben dem fertig bezogenen Bett und wartete auf Bellas Urteil. Paola war eine Kriegswitwe aus dem Dorf. Sie hatte große dunkle Augen und rabenschwarze schimmernde Haare, die sich zurückgebunden im Nacken lockten. Sie war ebenso hübsch wie verlässlich. In letzter Zeit war Bella allerdings eine Veränderung aufgefallen. Eine Wachsamkeit kombiniert mit etwas eher Urwüchsigem, etwas, das ahnen ließ, dass sie ein Geheimnis hatte. Es war schwer zu beschreiben, aber Paola kam Bella vor wie eine Katze, die wusste, dass ein Schälchen Sahne auf sie wartete.

Die Tagesdecke musste nur eine Winzigkeit zurechtgezupft werden. Bella trat einen Schritt zurück, begutachtete die Arbeit des Zimmermädchens und nickte anerkennend.

»Eccellente«, sagte sie lächelnd. Paola erwiderte das Lächeln, wich dem durchdringenden Blick ihrer Arbeitgeberin aber aus.

Warum mache ich mir Sorgen?, fragte Bella sich. *Warum kann ich nicht einfach entspannt sein?*

Die Antwort lag auf der Hand, wenn sie darüber nachdachte. In diesem Sommer stand viel auf dem Spiel. Nicht nur die Zukunft des Hotels, sondern auch Lucians Zukunft und – es fiel ihr schwer, es zuzugeben, aber es blieb ihr nichts anderes übrig – ihre Ehe mit Cecil. Manchmal erschien es Bella, als würde sie am seidenen Faden hängen. Wenigstens mit ihren Angestellten hatte sie Glück.

Betty, ihre Köchin, und ihr Sohn Billy waren schon in London und davor in Yorkshire bei ihnen gewesen. Sie waren wie Familie, und Bella vertraute ihnen blind, aber in dieser neuen, fremden Welt mussten sie sich weiß Gott erst noch zurechtfinden. Was Constance betraf, Lotties neue Nanny, die Betty empfohlen hatte, hegte Bella große Hoffnungen.

Paola war dagegen immer noch eine unbekannte Größe. Nach einer Stunde mit ihr fragte Bella sich, ob sie die Italiener jemals verstehen würde. Dabei wollte sie es doch so gern.

Italien hatte Bella schon als Kind fasziniert. Im Internat hatte sie Kopien berühmter italienischer Gemälde über ihr Bett gehängt und musste ihre Wut mühsam unterdrücken, als sie auf Geheiß der Nonnen, die die Schule leiteten, Botticellis *Die Geburt der Venus* wegen Obszönität abnehmen musste. Für Bella verkörperte Italien alles Wahre, Schöne und Gute. Wie ein Leuchtfeuer auf einer hohen Landzunge sandte es strahlendes mediterranes Licht aus, das die Düsternis des feuchtkalten, nebeligen Londons durchdrang.

Cecil mochte Italien auch. Zumindest sagte er das. Aber es war Bellas Idee gewesen, ihre Flitterwochen in Portofino zu verbringen.

Jetzt seufzte sie, als sie an diese sorglose Zeit zurückdachte. Kaum zu glauben, dass die Tochter, die sie in diesem Urlaub gezeugt hatten, jetzt Witwe war und ihr Sohn ein verwundeter Veteran nach dem schlimmsten Krieg seit Menschengedenken. Noch unglaublicher, dass es 1926 war und sie achtundvierzig Jahre alt.

Die Zeit war wie ein Schatten vorbeigehuscht.

Und das war nicht alles, was sie verloren hatte. Aber diesen Gedanken schob sie von sich, so weit sie konnte.

Beinahe unvorstellbar erschien ihr, dass Cecil und sie einmal jung und verliebt gewesen waren, aber es stimmte; sie hatten milde, verführerische Nächte lang aufs glitzernde Wasser gestarrt, bevor sie nackt bei Paraggi in der Bucht geschwommen waren, während über den Bergen die Sonne aufging.

Bei dieser ersten Reise nach Portofino hatten sie sich in stillen mondbeschienenen Gassen innig geküsst, so viel Neues gespürt, so viel Neues geschmeckt – salzigen, kräftigen Prosciutto zum Beispiel und Feigen, so frisch, dass sie auf der Zunge zerplatzten.

Wenn Cecil im Hotel Tennis spielte, zog Bella allein los und folgte alten Maultierpfaden zu Bergbauernhöfen und Olivenhainen. Sie spähte durch verschlossene Tore in Gärten voll üppiger Blumen und fragte sich, wer dort wohnen mochte – und ob sie selbst jemals so wohnen würde. Sie sah den Spitzenklöpplerinnen auf dem Marktplatz zu, danach legte sie sich auf die warmen Felsen und tankte Sonne, während Eidechsen über ihre nackten Beine flitzten.

Damals waren die Sitten noch strenger, eine Frau allein unterwegs erntete Gegrummel und missbilligende Blicke. Aber davon ließ Bella sich nicht aufhalten. Warum sollte sie auch? Sie war eine dieser neuen Frauen, von denen sie in Romanen las, und sie konnte eine neue Wirklichkeit erahnen.

Einmal stieg sie die Anhöhe neben dem Hafen hinauf zur Kirche San Martino, deren gestreifte Fassade sie gelockt hatte. Abgesehen von einer alten Frau in Schwarz mit einem gehäkelten Kopftuch war sie allein dort. Als ihr der Weihrauchduft in die Nase stieg, sie die Finger ins Weihwasser tauchte und sich bekreuzigte – obwohl sie nicht katholisch war, erschien es ihr richtig –, kam es ihr vor, als würde sie eine Rolle spielen und gleichzeitig Teil von etwas sein. Es war wie eine Erleuchtung, eine Erfahrung, die sie abspeichern und von der sie später zehren konnte.

Im Leben hing so vieles von Ritualen und dem richtigen Auftritt ab, vor allem jetzt, da sie ein Hotel leitete und die Direktorin und die Concierge gleichzeitig spielte. Es wäre ihr lächerlich erschienen, ihre Arbeit als Berufung zu bezeichnen, aber sie empfand sie als zutiefst sinnvoll. Und sie war gut, das wusste sie. Umso mehr schmerzte die Erinnerung, wie skeptisch Cecil anfangs auf ihre Idee reagiert hatte.

»Ein Hotel eröffnen? An der italienischen Riviera?« Sie waren im Wohnzimmer ihres hohen, schmalen Hauses in Kensington gewesen, Cecil hatte sich gerade Single Malt nachgeschenkt. »Was in aller Welt sollte uns dazu treiben?«

Er wusste genau, wie er ihr den Wind aus den Segeln nehmen konnte. Aber in diesem Fall hatte sie nicht klein beigegeben.

»Es wäre ein Abenteuer«, sagte sie munter. »Ein Neuanfang. Eine

Möglichkeit, den Krieg und all das Schreckliche, das er unserer Familie angetan hat, zu vergessen.«

»Ein Hotel zu führen ist Plackerei. Überleg nur mal, um wie viel unsinniges Zeug man sich kümmern muss. Die richtigen Stühle für die Terrasse kaufen. Ausflüge in Museen organisieren. Das ist so …«

»Mittelklasse? Gewöhnlich?«

»Na ja, schon. Ganz zu schweigen von …«, Cecil verzog die Lippen, als er nach dem *mot juste* suchte, »prosaisch. Was nicht schlimm wäre, aber du, Bellakins, bist niemals prosaisch. Deshalb habe ich dich geheiratet. Nun ja, unter anderem deshalb.« Seufzend ließ er sich in seinen Lieblingssessel sinken. »Außerdem gibt es heutzutage zu viel Konkurrenz. Jedenfalls, wenn du Touristen der besseren Sorte anlocken willst.«

Das konnte sie nicht abstreiten. Jedes Jahr im November trat die britische Oberschicht ihre Wanderung in wärmere Gefilde an, wo sie bis zum Ende des Winters blieb. Einige bevorzugten Cannes, andere schworen auf den Lido di Venezia oder die gesundheitlichen Vorzüge von Baden-Baden. Wenn die Hitze an der französischen Riviera unerträglich wurde, galt Biarritz als herrlicher Zufluchtsort.

Die italienische Riviera war dagegen noch relativ unentdeckt. Natürlich gab es hier eine britische Kolonie – wo auf der Welt nicht? –, und die größeren Hotels lockten sogar mit Tennisplätzen und Swimmingpools.

Aber auf dieses Publikum setzte Bella nicht ihre Hoffnungen.

»Ich stelle es mir als Sommerhotel vor«, sagte sie. »Nicht als Sammelpunkt für die Zugvögel der besseren Gesellschaft.«

Cecil gab sich entsetzt. »Aber, aber! Umgekehrter Snobismus ist auch kein feiner Zug.«

»Ich bin kein Snob, weder umgekehrt noch sonst wie.« Bella bemühte sich, nicht wütend zu klingen. »Ich möchte nur, dass es interessante Menschen anspricht. Menschen, mit denen ich mich gern unterhalten würde.«

»Künstler zum Beispiel.«

»Ja.«

»Und Schriftsteller.«

»Das hoffe ich doch.«

»Menschen mit *radikalen Ansichten*.« Cecils spöttischer Ton war nicht zu überhören.

»Nicht unbedingt.«

»Menschen, die nicht so vornehm tun wie ich.«

Jetzt riss Bella der Geduldsfaden. »Werde nicht albern.«

»Oder so arm sind wie ich. Und finanziert wird das Projekt von deinem Vater, vermute ich.«

»Er hilft uns bestimmt mit Freude aus.«

Cecil hob spöttisch sein Glas. »Dann ein Toast – auf seine großzügige Majestät.«

Mit den Jahren hatte Bella sich angewöhnt, Cecils Sarkasmus zu ignorieren, weil sie wusste, dass er damit seine Unsicherheit überspielte. Es war zermürbend. Daher band sie ihn jetzt ganz bewusst mit ein und animierte ihn dazu, in Zeitungen und Zeitschriften nach Immobilienannoncen Ausschau zu halten, während sie stapelweise Maklerbroschüren durchging. Das sollte ihm das Gefühl geben, er sei Teil des Plans. Außerdem konnte er erstaunlich einfallsreich und sogar findig sein, wenn er nur wollte.

An der Riviera wurden zahlreiche Häuser angeboten, trotzdem fand sich in den Broschüren nichts Passendes. Die Immobilien waren entweder zu groß oder zu klein oder in den bekannteren, aber zu stark erschlossenen Urlaubsorten wie Santa Margherita und Rapallo, während Bellas Herz an Portofino mit seiner intimeren Atmosphäre hing.

Sie suchten bereits seit Monaten und waren schon kurz davor

aufzugeben, als Cecil an einem Winterabend beiläufig die aktuelle *Times* unter seinem Arm hervorzog und Bella auf eine Annonce hinwies, die er in seiner geliebten burgunderroten Tinte eingekreist hatte:

Historische Villa in Portofino, elegantes Anwesen mit reizvollem Meeresblick. Strand- und stadtnah. Hervorragend als »pensione« geeignet. Nur ernsthafte Anfragen an: 12 Grosvenor Square, Mayfair.

Drei Tage später fanden sie sich in Italien wieder, ganz aufgekratzt, aber auch nervös aus Sorge, nach all den Mühen – Seekrankheit und verpasste Anschlüsse hatten die Reise zu einem Albtraum gemacht – könnte das Haus sie enttäuschen. Vielleicht würde es in Wirklichkeit nicht so aussehen wie auf den Fotos, die der Verkäufer, ein älterer viktorianischer Herr, der durchdringend nach Talkumpuder roch, ihnen beim Tee gezeigt hatte.

Eine geschotterte Zufahrt gesäumt von Palmen führte zu einer großen blassgelben Villa mit einem gedrungenen Turm wie bei einem Bauernhaus aus dem fünfzehnten Jahrhundert. Ein unerwarteter Hauch von Toskana, bemerkte Cecil. Es war schön, so wunderschön! Erleichterung durchströmte Bellas Körper wie Opium. Sie würde nie die eindrucksvolle Stille vergessen, als die schwere Eichentür aufschwang und sie zum ersten Mal die kühle marmorne Eingangshalle betraten.

Vi piacerà, vedrete, hatte der Agent behauptet. Es wird Ihnen gefallen.

Und jetzt waren sie hier!

Bella hörte, wie eine Tür zum Flur geöffnet wurde und ein Mann sich räusperte. Lucians Freund Nish, kurz für Anish. Er war schon seit ein paar Wochen hier – eine sanfte, gelehrte Seele, die nach dem Krieg Lucians Leben gerettet hatte, kein Zweifel.

Als Bella die Treppe hinunterging, drangen andere Geräusche zu ihr: laute Frauenstimmen, wütend oder zumindest verstimmt.

Alice stürmte aus der Küche und stieß am Fuß der Treppe fast mit ihrer Mutter zusammen. Sie wirkte aufgewühlt.

»Betty schon wieder«, rief sie. »Sie regt sich furchtbar auf. Hilfst du mir, sie zu beruhigen?«

Die beiden Frauen gingen in die Küche, wo eine Fülle von Kupfertöpfen im Sonnenlicht schimmerte, das durch die offene Hoftür strömte. Der Duft des Brots im Backofen stieg Bella verführerisch in die Nase. An diesem Morgen war sie zu sehr in Gedanken gewesen, um zu frühstücken.

Betty stand am Herd, das gerötete Gesicht zu einer Grimasse verzogen. Bella ging zu ihr und fragte: »Was ist los, was haben Sie?«

»Nichts, Mrs Ainsworth. Ich schaffe das schon.«

»Was schaffen Sie schon?«

Ohne sich umzudrehen, deutete Betty auf das große Stück Rindfleisch, das hinter ihr auf dem Tisch lag. »So ein Stück habe ich noch nie gebraten.«

»Es ist doch Rindfleisch, oder?« Bella winkte Alice heran. Beide begutachteten das Fleischstück näher.

»Ja, sicher. *Italienisches* Rindfleisch.«

»Und mit italienischem Rindfleisch stimmt etwas nicht?«

»Es hat kein Fett«, sagte Betty nüchtern.

Alice schaltete sich ein. »Und das … ist nicht gut?«

Betty starrte sie an, als wäre Alice verrückt. »Da habe ich keinen Bratensaft! Für den Yorkshire Pudding! Oder die Kartoffeln! Wo wir gerade dabei sind, solche haben Sie noch nie gesehen.« Mit spitzen Fingern nahm sie eine Kartoffel aus einem Kochtopf und hielt sie hoch. »Wächserne kleine Knubbel. Gar keine richtigen Knollen.«

»Sie bekommen sie bestimmt wunderbar hin«, sagte Alice. »Das machen Sie doch immer, Betty.«

»Ich gebe mein Bestes, Mrs Mays-Smith.«

Alice ließ Bella mit Betty allein. Nicht zum ersten Mal bemerkte

Bella, dass die ältere Frau überfordert war, und spürte dabei ihr schlechtes Gewissen. Es war nicht einfach gewesen, Betty davon zu überzeugen, in London ihre Zelte abzubrechen und den Ainsworths nach Italien zu folgen, vor allem weil sie erst ein paar Jahre zuvor aus Yorkshire dorthin gezogen war. Betty war davor nie ins Ausland gereist, und selbst London hielt sie für gefährliches fremdes Pflaster.

In ihrem ganzen Leben war sie noch nie ein so großes, kühnes Wagnis eingegangen wie diesen Umzug, und Bella hatte Betty dafür mit Lob überschüttet. Manchmal sorgte sie sich allerdings, dass sie mit ihren Ermutigungen Druck aufbaute. Und das wollte sie nicht. Sie wollte liebenswürdig sein, vor allem jemandem wie Betty gegenüber.

Wie so viele Menschen hatte Betty immer noch nicht den Krieg verwunden. Sie hatte zwei Söhne an der Westfront verloren. Zwei Söhne! Billy war ihr geblieben, aber wie musste es für sie sein, wenn ihr Blick auf Lucian fiel? Jeden Tag musste es sich anfühlen, als würde ein Glassplitter in ihrem Fuß stecken.

Ihr den Reiz Italiens zu beschreiben war schwierig gewesen, auch wenn er für Bella offensichtlich war. Sie zeigte Betty Postkarten, die sie von ihrer Hochzeitsreise mitgebracht hatte. Von Hand teilkoloriert, voller Erinnerungen an Sonne und Glück. Die Strategie schien zu funktionieren – sie beruhigte Betty, dass Italien ein zivilisiertes Land war, ein sicherer Ort für sie und ihren vaterlosen Sohn, auch wenn die Nachrichten manchmal ein anderes Bild zeichneten.

»Wie sieht es mit dem Essen aus?«, hatte Betty misstrauisch gefragt.

Bella hatte aus ihrer Tasche ein Buch hervorgeholt. Mit ihrer molligen Hand hatte Betty über den weichen grünen Stoffeinband gestrichen und dann mit zusammengekniffenen Augen den Titel gelesen: »*Von der Wissenschaft des Kochens und der Kunst des Genie-ßens* von Pellegrino Artusi.«

»Darin steht alles, was Sie wissen müssen«, hatte Bella gesagt. »Niemand schreibt besser über italienisches Essen als dieser Mann.«

Betty hatte gelächelt. Sie war zurecht stolz darauf, lesen zu können. »Ich werde mich jeden Abend damit hinsetzen.«

Bettys erste Versuche konnte man nicht als kulinarische Glanzleistungen bezeichnen. Besonders denkwürdig war ihre Version einer Minestrone, allerdings aus ganz falschen Gründen.

»Was in aller Welt ist das?«, fragte Cecil und rührte in dem matschigen Gemüse.

Vorsichtig kostete Bella die Suppe. Die Minestrone war so scharf, dass Bella sich überrascht die Serviette vorhielt, um ein Husten zu unterdrücken. »Ich glaube, sie hat Bärlauch genommen. Eine ganze Menge. Na ja. Das ist nicht schlimm.« Sie legte ihren Löffel beiseite. »Wir müssen sie ermutigen, Cecil. Außerdem wird sie nicht jeden Tag italienisch kochen. Viele unserer Gäste essen sicher lieber Pasteten mit Rindfleisch und Nieren.«

Schon nach ein paar Wochen hatte sich viel verändert. Betty war eine fleißige und fähige Köchin. Und ihr Sohn Billy war zu einem beeindruckenden, vertrauenswürdigen jungen Mann herangewachsen, der einen hervorragenden Hoteldiener abgeben würde. Bald wollte Bella ihm das Kellnern beibringen – die hohe Kunst des aufmerksamen Belauerns.

Jetzt drückte Bella sanft Bettys Schulter. »Sie machen das wunderbar. Das Essen, das Sie zaubern. Es ist himmlisch.«

Betty errötete vor Freude. »Das ist sehr nett von Ihnen, Mrs Ainsworth.«

»Und Billy hilft Ihnen, oder?«

Betty nickte. »Ich habe ihn losgeschickt, um Sahne für den Zitronenpudding zu holen.«

»Das ist gut. Und vergessen Sie nicht, dass Sie bald auch Constance hier haben. Sie wird Ihnen in der Küche zur Hand gehen können, wenn sie nicht auf Lottie aufpasst.«

Als sie das hörte, drehte Betty sich zu Bella um und erstarrte. »Welchen Tag haben wir heute?«

»Donnerstag.«

»O nein …« Die Köchin schlug sich eine Hand vor den Mund.

»Was ist los, Betty?«

»Es ist heute. Constance kommt *heute* an. Mit dem Zug aus Genua.«

»Das ist doch der Zug, den Lucian abpassen will. Der Zug mit den Drummond-Wards.«

»Oh, Mrs Ainsworth.« Betty wirkte den Tränen nah. »Und Sie haben mir vertraut, dass ich alles vorbereite. Weil Constance eine Freundin der Familie ist …«

»Keine Panik, Betty. Vielleicht ist Lucian noch nicht losgefahren. Dann kann er Constance gleich mitbringen.«

Sie bemühte sich, zuversichtlich und munter zu klingen. Allerdings war die Situation alles andere als ideal. Nach dem, was Bella über Julia Drummond-Ward gehört hatte, würde sie es nicht gut annehmen, wenn sie die Kutsche mit einer Bediensteten teilen musste. Außerdem war Lucian mit ziemlicher Sicherheit längst unterwegs zum Bahnhof Mezzago. Bella hatte mit ihm gesprochen, als er darauf gewartet hatte, dass Francesco die Pferde einspannte.

Eilig lief Bella ins Foyer und rief Lucians Namen, ohne wirklich eine Antwort zu erwarten. Ihre Stimme hallte noch von den Wänden wider, als Nish aus der Bibliothek kam.

»Er ist nicht hier, Mrs Ainsworth. Er ist vor einer Stunde aufgebrochen. Er wollte auf keinen Fall zu spät kommen, um Rose abzuholen.«

»Und ihre Mutter«, erinnerte Bella ihn.

»Natürlich. Sie auch.« Nish lächelte. »Kann ich bei irgendetwas helfen?«

»Nein, nein«, winkte Bella ab. »Entspannen Sie sich, ruhen Sie sich aus. Sie sind unser Gast hier.«

»Aber diese Woche ist wichtig für das Hotel. Und für Sie.«

Das ließ sich nicht abstreiten. Montag waren die ersten Gäste eingetroffen – erst Lady Latchmere und ihre Großnichte Melissa, dann Graf Albani und sein Sohn Roberto. Am Wochenende würde das Hotel voll belegt sein.

Über die Buchung des Grafen hatte Bella sich besonders gefreut. Damit hatte er der breiten Öffentlichkeit signalisiert, dass auch Italiener das Hotel Portofino besuchten. Cecil jedoch war nicht überzeugt davon, dass sie dieses Signal ausstrahlen sollten.

Wo in aller Welt war er jetzt? In letzter Zeit flog er immer öfter und ohne Ankündigung aus. Würde er zurückkommen, bevor die Drummond-Wards eintrafen? Bei ihrer ersten Begegnung mit Julia wollte Bella nicht allein sein. Sie kannte Julias und Cecils Vorgeschichte. Und sie empfand dieser Frau gegenüber starke, komplizierte Gefühle. Neugier, Neid – sogar Angst. Wofür war ein Ehemann gut, wenn er ihr in einer solchen Situation keinen Rückhalt bot?

»Geht es Ihnen gut, Mrs Ainsworth?« Nish riss Bella aus ihren Gedanken.

»Ich mache mir nur Sorgen wegen Constance«, sagte sie. »Dem neuen Kindermädchen. Sie kommt offenbar mit dem Zug der Drummond-Wards. Aber jetzt können wir nichts mehr ausrichten. Sie muss allein hierherfinden.«

»Das schafft sie bestimmt«, sagte Nish. »Als ich in Mezzago ankam, hat es vor eifrigen Taxifahrern nur so gewimmelt.«

Bella lachte. »Warum beruhigt mich das jetzt nicht?«

Mit aufgepflanztem Bajonett stellte Lucian einen Fuß fest auf den Schützenauftritt, den anderen auf die wackelige Leiter an der Grabenwand. Er lehnte den Kopf gegen die oberste Sprosse, schloss die Augen und flüsterte ein Gebet.

Hörte Gott zu? Er sah nicht viel, was dafür sprach.

Die Dämmerung zog schwer heran, sie verschmolz Himmel und Erde zu einer formlosen grauen Masse. Eiskalter Regen traf Lucians Gesicht wie Nadelstiche. Seine Hände und Füße waren verfroren, aber an seinem Rücken lief trotzdem Schweiß herab. Um ihn herum donnerten die Waffen. Wann hatte es zum letzten Mal eine Pause von diesem Getöse gegeben? Lucian hielt es nicht mehr nach. Er hatte sich an diese Welt der kalten, beklemmenden Angst gewöhnt.

Vielleicht war ein Teil von ihm schon seit Langem daran gewöhnt. In der Schule hatte Lucian eine Bewältigungsstrategie für die Momente perfektioniert, wenn er wieder einmal für irgendein banales Vergehen Schläge mit dem Rohrstock bekam. Er hatte sich so tief in sich zurückgezogen, dass er die Schmerzen nicht mehr gespürt hatte.

Jetzt versuchte er es mit derselben Taktik, er konzentrierte sich auf seine Atmung und den Puls, der in seinen Ohren pochte. Aber das ferne Dröhnen der Haubitzen, das Heulen und die Einschläge der Granaten konnte er nicht ignorieren. Jede verstreichende Sekunde erschien wie eine Ewigkeit.

Und dann kam es – das geisterhafte Pfeifen die Reihe entlang. Der barsche Befehl, sich bereitzuhalten. Lucian stützte sich an der lehmigen Grabenwand ab. Vollkommen durchgefroren. Wenn eine Granate explodierte, flogen winzige Stückchen hart wie Mauersplitter herum.

Plötzlich gellte ein Pfeifen in sein linkes Ohr. Es war klar, was das bedeutete. Er war an der Reihe. An der Reihe, seine Pflicht zu tun und aus dem Graben zu klettern …

Lucian riss die Augen auf, der Anblick war unerwartet: ein untersetzter Mann mit Schnurrbart, roter Schirmmütze und langem Mantel mit Messingknöpfen. Er beugte sich zu Lucian vor und rief auf Italienisch: »*Signore! Il treno da Nervi sta arrivando!*« Dann trat er behutsam zurück.

Mit hämmerndem Herzen setzte Lucian sich auf.

Es war wieder passiert. Er musste eingeschlafen sein. Wie so oft hatte er von Cambrai geträumt. Furchtbare Träume, die ihn zurück an die Front versetzten.

Wieder ertönte dieses Geräusch, Lucian zuckte zusammen und klammerte sich an seinen Stuhl. Wo war er? Sein Blick huschte nervös umher, aber er beruhigte sich, als er die Terrakottafliesen sah, die bunten Plakate und die Sonne, die durch die Fenster strömte.

Natürlich.

Der Warteraum am Bahnhof Mezzago. Die Panik ebbte ab.

Der wuchtige Bahnhofsvorsteher füllte den Türrahmen aus. Er nahm die Pfeife aus dem Mund, blickte zu Lucian hinüber und deutete mit dem Daumen auf den stehenden Zug. Lucian stand auf und folgte ihm auf den Bahnsteig. Es war unheimlich, wie sehr dieser Mann Lucians früherem Sergeant-Major ähnelte. Andererseits schienen diese Geister überall aufzutauchen.

Mit einem Schritt in die Hitze zu treten war ein wunderbares, belebendes Gefühl. Er atmete tief ein und roch Jasmin und heißen Asphalt.